옮긴이 김소연

경북 안동에서 태어났다. 한국외국어대학에서 프랑스어를 전공하고, 현재 출판기획자 겸 번역자로 활동하고 있다. 옮긴 책으로 『우부메의 여름』, 『망량의 상자』 등의 교고쿠 나쓰히코 작품들과 『음양사』, 『샤바케』, 『집지기가 들려주는 기이한 이야기』(이상 손안의책 출간), 미야베 미유키의 『마술은 속삭인다』, 『외딴집』, 『혼조 후카가와의 기이한 이야기』, 『괴이』(이상 도서출판 북스피어 출간) 등이 있으며 독특한 색깔의 일본 문학을 꾸준히 소개, 번역할 계획이다.

FURUERU IWA
by MIYABE Miyuki
Copyright © 1993 MIYABE Miyuki
All right reserved.

Originally published in Japan by SHIN JINBUTSU ORAI SHA, Tokyo.
Korean translation rights arranged with OSAWA OFFICE, Japan
through THE SAKAI AGENCY and SHINWON AGENCY.

이 책의 한국어판 저작권은 THE SAKAI AGENCY와 신원 에이전시를 통해 MIYABE Miyuki와의 독점계약으로 도서출판 북스피어에 있습니다.
저작권법에 의해 한국 내에서 보호를 받는 저작물이므로 무단전재와 무단복제를 금합니다.

* 이 도서의 국립중앙도서관 출판시도서목록(CIP)은 e-CIP 홈페이지(http://www.nl.go.kr/cip.php)에서 이용하실 수 있습니다.(제어번호: CIP2008003670)

'겐로쿠 아코 사건'에 대하여

1701년, 조정에서 파견된 칙사의 접대역으로 아코 번주 **아사노 나가노리**와 요시다 번주 다테 무네하루가 임명된다. 두 사람의 의례 지도는 **기라 요시나카**가 맡게 되었다. 행사가 끝나는 날인 3월 14일에도 성에서 칙사를 접대하러 가는 길에 아사노가 검을 빼어 들고 기라를 베려 했으나 실패했다. 아사노가 왜 기라를 베려고 했는지 정확한 이유는 남아 있지 않다.

아사노는 즉일 할복과 가문 단절의 벌을 받지만, 경미한 부상을 입은 기라는 아무런 벌도 받지 않았다. 이에 아코 번 최고 가로家老 오이시 요시타카는 대책 회의를 열어 일단 순순히 아코 성을 막부에 내어 주기로 한다. 영지에서 쫓겨난 아코 번의 무사들은 주군 아사노의 복수를 위해 모이지만 비참한 생활 속에 탈락자가 속출하여, 결국 마흔일곱 명만 남게 된다.

마침내 복수의 날이 1702년 12월 14일 새벽으로 정해지고, 아코 무사 마흔일곱 명은 정문과 뒷문 양쪽에서 기라 저택을 난입한다. 한 시간에 걸친 전투 끝에 기라 측은 마흔한 명의 사상자를 내는 동안 아코 무사들은 전사자 없이 경미한 부상자만 내는 압승을 거두었다. 기라 요시나카는 하자마 미쓰오키에 의해 부엌 옆 창고에서 발견되어 목이 베였다.

거사를 이룬 후 아코 무사들은 순순히 막부에게 붙잡혀 네 명의 다이묘에게 나누어 맡겨졌다. 이듬해 1703년 2월 3일, 막부는 이들 전원에게 할복을 명한다.

사람들은 아코 무사들의 충정에 환호를 보내고, 그들의 이야기를 앞 다투어 연극으로 만들어 상영했다. 하지만 막부의 눈을 피하기 위해 시대나 인물 이름을 바꾸어야만 했다.

이후 가장 많이 알려져 지금까지도 수많은 영화와 드라마, 소설 등으로 만들어지고 있는 〈가나데혼 주신구라〉는 1748년 성립되었다. 가나데혼은 마흔일곱 자(=마흔일곱 명의 무사)의 문자를 의미하는 '가나'와 본보기란 뜻의 '데혼'을 합친 말이다. 주신구라의 '주신'은 충신忠臣을 뜻하고, '구라'는 창고藏를 뜻하여 합치면 '충신이 창고'라는 말이 된다. 실제 아코 사건을 배경으로 만들어진 결개와 충의를 지킨 무사들의 이야기 〈주신구라〉는 폭발적인 인기를 끌며, 어느새 사람들은 에도 성의 칼부림부터 아코 무사들의 복수와 할복까지 일련의 사건 자체를 '주신구라'라 부르게 되었다. 그러나 〈주신구라〉는 어디까지 만들어진 이야기일 뿐 아코 사건의 진실이라고는 말할 수 없다.

많은 사람들이 아사노가 기라를 벤 이유가 기라의 잘못된 연심이나 뇌물 때문이라 생각하지만, 실제로 정확한 이유는 밝혀지지 않았다. 아사노에게 베인 기라의 상처를 치료했던 막부의 의원 구라사키 도우는 아사노의 신경증을 의심하기도 했다. 그밖에도 여러 사람들에 의한 갖가지 설들이 난무하고 있다. 아코 무사들의 비참했을 생활이나 그들이 어떤 심정으로 기라에게 복수를 감행했는지 역시 알 길이 없다.

미야베 미유키는 사람들이 보지 않고 지나치려 했던 〈주신구라〉의 이면에서 이야기를 시작한다…….

★ 참고서적 : 『47인의 사무라이』, 다케다 이즈모 · 미요시 쇼라쿠 · 나미키 센류, 최관 옮김, 고려대학교 출판부, 2007

차
례

제1장 사령 9
제2장 기름통 65
제3장 움직이는 돌 135
제4장 의거의 이면 209
제5장 백 년 만의 원한 갚기 317

옮긴이 후기 364

기이한 돌이 소리를 내며 움직이는 이야기

교와 2년 여름, 어떤 사람이 와서 말하기를, 다무라 가의 정원에 돌이 있는데 요즘 그 주변에는 아무도 얼씬하지 않는다고 한다. 사연을 물으니, 옛날 겐로쿠(1688년~1704년) 시대에 아사노 나가노리가 에도 성 안에서 폭력을 휘두른 죄로 다무라 가에 맡겨졌다가 죄인을 영주나 절, 친척 집 등에 맡겨 감독하게 하는 에도 시대 형벌 중 하나 정원에서 할복한 자리에 큰 돌을 놓아 표식으로 삼았다고 한다. 그때 다무라 가의 본가 센다이에서 '제후를 정원에서 할복하게 하다니 예의를 모른다'며 한동안 잘못을 탓하였다. 올해에 무슨 까닭이 있어 돌이 소리를 내며 움직이는지는 알 수 없다 하였다. 기이한 이야기라 여기에 적는다. —『미미부쿠로*』(6권)

★ 『미미부쿠로新耳袋』: 1798년부터 1815년까지 행정 부교를 지낸 네기시 야스모리가 삼십여 년에 걸쳐 쓴 수필로 총 10권에 1,000편의 신기하고 괴이한 이야기들이 수록되어 있는 책. '귀로 들은 이야기 주머니'란 뜻의 '미미부쿠로'란 말은 현대에는 고유명사처럼 사용되어 이 책을 본뜬 『신新미미부쿠로』와 같은 괴담집이 나올 만큼 대중적으로도 잘 알려져 있다.

‡ 일러두기
  본문의 모든 주는 옮긴이 주입니다.

제1장 사령死靈

1

 후카가와 산겐초의 열 간짜리 공동 주택에서 시비토쓰키사람의 시체에 나쁜 영이 깃드는 것 소동이 일어난 것은 교와 2년(1802) 유월 말경의 일이었다. 죽은 사람이 도로 일어나는 바람에 그 자리에 있던 사람들을 놀라게 했다.
 죽은 사람은 올해 마흔이 된 기치지란 자로, 여기저기 초를 팔러 다니는 일을 생업으로 삼고 있는 지극히 얌전한 남자였다. 공동 주택 주민들 사이에서는 보통 홀아비 기치 씨라고 불렸다. 서로 사랑하여 부부의 연을 맺게 된 오유라는 아내를 십 년 전에 잃은 후, 그가 계속 독신으로 지내 왔기 때문이다.
 고켄보리를 등진 상가 일대에서 가장 구석진 자리에 있는 산겐초의 열 간짜리 공동 주택은 좁은 골목길을 사이에 두고 기타모리시타초에 접해 있다. 볕도 잘 들지 않고 해자 쪽에선 축축한 바람이 불어

들어오기 때문에 입이 건 사람들은 '가난신도 싫어서 나가겠다'라고 말할 정도로 궁상스러운 곳이었는데, 기치지는 공동 주택 안에서도 최악인 공동변소 바로 옆에 있는 두 평 반짜리 방에 벌써 십 년도 넘게 살고 있었다.

얄팍한 벽 한 장을 사이에 둔 옆방에는 일용직 목수 다케조와 오쿠마 부부가 산다. 이 부부 또한 이곳에 산 지 오래되어 공동 주택 안에 있는 주민들의 생활에 대해 어떤 때는 관리인보다도 더 잘 알고 있을 정도였는데—특히 오쿠마는 이웃집들의 집세가 얼마나 밀렸는지는 물론이고 부부가 사는 집에서 태어난 갓난아기가 언제쯤 생겼는지까지 확실하게 파악하고 있다—그런 그들조차 조용하고 도락 하나 없는 기치지의 생활 속에서 이렇다 할 특이한 점을 찾아낼 수 없을 정도로 그는 눈에 띄지 않는 남자였다.

"종이에 그려 벽에 붙여 놓은 그림 같은 사람이야, 기치 씨는."

오쿠마는 수다를 떨다가 기치지의 이름이 나오면 꼭 그렇게 말하곤 했다.

"종이에 그려서 이렇게, 밥풀을 뭉개 벽에 붙여 놓았으니 끽해야 바람에 펄럭거릴 뿐이지. 집에 돌아와도 달그락 소리 하나 내지 않는다니까."

그 말이 맞다며 다른 아낙들도 제각기 고개를 끄덕인다. 딱 한 사람, "당신네 집이 너무 시끄러워서 안 들릴 뿐인 거 아니야?" 하고 대꾸한 맞은편 방 아낙은 오쿠마와 아직까지도 사이가 좋지 않다.

기치지에게도 후처 이야기가 없지는 않았다. 남 돌보기를 좋아하는 관리인이나 기치지가 사 모은 초를 들여 가던 양초 가게 주인 등이 몇 번인가 이야기를 꺼낸 적이 있다. 하지만 그때마다 그는 죽은 아내의 이름을 입에 올리며 온화하지만 단호하게 거절하곤 했다.

"제게는 오유라는 아내가 있으니까요."

"바로 그게 잘못이야. 자네가 계속 혼자 외롭게 살면 누구보다도 오유 씨가 슬퍼하지 않겠나?"

관리인이 몸을 비쩍 내밀며 말했을 때도 기치지는 이를 보이며 싱긋 웃었다.

"외롭다고 생각한 적 없습니다, 관리인 아저씨. 오유가 있는걸요."

그는 그렇게 말하고는 방에 있는 유일하게 가구다운 가구인 조잡한 장롱 위에 늘 먼지 하나 묻지 않도록 깨끗하게 닦아 장식해 둔 오유의 위패 쪽을 돌아보았다. 이렇다 보니 관리인도 포기할 수밖에 없었다.

다만 관리인도 기치지의 마음을 모르는 것은 아니었다. 기치지의 아내 오유는 산고 때문에 목숨을 잃었다. 아기도 오유도, 둘 다 살지 못했다. 산파의 말에 따르면 아기가 거꾸로 선데다 탯줄이 목에 감겨 있었다고 한다.

너무나 잔혹한 형태로 기치지는 두 가지 행복을 한꺼번에 빼앗기고 말았다. 게다가 그에게도 책임의 일부가 없지는 않았다. 오유에게 아이를 갖게 한 사람이 기치지 자신이었으니까.

기치지는 머리에 뜸을 얹은 거북이 새끼처럼 목을 움츠린 채 자신 안에 틀어박히고 말았다. 어쩔 수 없는 일인지도 모른다. 아무리 손쓸 길이 없는 바보라도—우리 집 구제 불능 손자는 그렇다 치더라도, 하고 관리인은 떨떠름하게 생각했다—한 번 화상을 입은 아이가 펄펄 끓는 주전자 위에 두 번 다시 손을 내밀려고 하지 않는 것과 마찬가지다.

그런 사정으로 기치지는 조용히 살고 있었다. 오유가 죽은 후로 그가 소리 내어 웃는 모습을 보거나 들은 사람은 한 명도 없다. 아침에는 해님과 함께 일어나 부지런히 아침 식사를 끝내고 새벽 여섯 시가 되자마자 집을 나선다. 초를 팔러 다니는 장사는 어느 정도 구역이 정해져 있다지만 그래도 일찍, 넓게, 부지런히 발품을 들인 사람이 이기는 법이다. 행상이 장사가 되는 이유는 당시엔 초가 고급품이라 도저히 일반 가정에서 쓸 수 있는 물건이 아니었기 때문이다. 자연히 큰 가게나 음식점, 크고 작은 무가武家 저택 등을 돌아다니게 되므로 성질이 난폭한 사람은 도저히 할 수 없는 일이었다. 그 점에서도 기치지는 과묵하고 태도가 겸손하여 실로 이 일에 적합했다. 하타모토쇼군가 직속 가신으로 쇼군의 알현이 가능한 무사 중에서도 융통성 없는데다 험상궂기로 유명한 선봉대들의 저택에도 출입하며 좋은 단골들을 쥐고 있었다.

매일 아침 여섯 시 종이 울리자마자 머리를 빗으로 깔끔하게 빗어 넘긴 기치지가 허리에 보자기를 비끄러매고 작은 저울을 짊어진 채 바깥 장지문을 조용히 열고 장사하러 나가는 모습을, 옆집의 오쿠마는 이미 셀 수 없을 정도로 많이 보아 왔다. 설령 종이 울리지 않는 날이 있어도 기치지의 집 장지문이 스르륵 열리는 때가 새벽 여섯 시라고 해도 좋을 만큼 그의 아침 행동은 자로 잰 듯 정확했다. 가끔 부부가 함께 술을 잔뜩 퍼마시고 해가 중천에 솟을 때까지 둘 다 일어나지 못할 경우에도 스르륵 열리는 옆방의 장지문 소리는 술로 탁해진 오쿠마의 꿈속까지 들려왔다.

그러나 유월 말의 그날 아침에는 장지문 열리는 소리가 들리지 않았다.

오쿠마는 처음에는 자신이 못 들었나 보다 생각했다. 얇은 이불에서 빠져나올 때 크게 했던 재채기 소리에 묻혔는지도 모른다.

'아무리 그래도……'

장지문을 여닫은 후에 하수구를 덮은 널빤지를 밟으며 공동 주택 문 쪽으로 걸어가는 기치지의 발소리조차 듣지 못했다니 이상하지 않은가.

오쿠마도 장지문 소리나 기치지의 발소리를 언제나 주의 깊게 듣지는 않는다. 그런 소리들은 매일 아침, 여름이든 겨울이든 그녀가 일어나자마자 봉당에 내려가 물을 한 그릇 떠 마시는—밑 빠진 독처럼 술을 마시는 남편의 습관이 그녀에게도 그대로 옮고 말았다—동안 깨닫지도 못한 사이에 머리 한구석을 스쳐 지나갔다. 들리지만 들리지 않는다. 자신이 숨쉬는 소리나 마찬가지다.

그렇기에 오쿠마는 기치지가 나가는 소리가 정말로 들리지 않은 순간 금세 알아차릴 수 있었다. 이내 이상하다는 생각이 들었다.

'기치 씨, 몸이라도 안 좋은가?'

다케조와의 사이에서 낳은 외아들은 시끄러운 것과 아침잠을 좋아하는 점이 아버지를 꼭 닮은 '구제 불능의 밥벌레'라고 그녀는 생각하고 있지만, 단 한 가지 다케조와 다른 점이 있었다. 그녀가 소리를 지르면 지체 없이 말을 듣는다는 점이다. 오쿠마에게 남편이란 소리를 지르면 이불을 뒤집어쓰고 자 버리는 존재이고, 아이란 소리를 지르면 만사를 제쳐 두고라도 "엄마, 왜?" 하며 달려오는 존재였다.
 그녀는 아들을 향해 소리를 질렀다. 기분 좋게 아침잠을 자다가 그녀의 고함 소리에 일어난 아들은 잠에 취해 멍한 눈으로 반쯤 벗겨진 구깃구깃한 잠옷을 질질 끌며 옆집 기치 아저씨의 상황을 보러 갔다. 오쿠마는 양손을 허리에 대고, 아직 부뚜막에 불조차 지피지 않은 채 봉당에 꼼짝 않고 서서 기다렸다. 고구마를 너무 많이 먹었을 때처럼 몹시 불편한 무언가가 가슴에 꽉 막혀 있었다.
 "기치 아저씨, 아저씨."
 아들이 부르고 있다. 장지를 덜그럭거리는 소리가 들려온다.
 열리지 않는다. 홀아비 기치 씨가 늦잠을 자는 놀라운 일이 생긴 것일까.
 "엄마, 버팀목이 질러져 있어요." 머리 옆을 긁적이며 돌아온 아들이 말했다.
 "불러도 대답이 없니?"
 "응."
 "안에서 신음하는 것 같은 목소리가 들리진 않고?"
 "기치 아저씨 어디 아파요?"
 오쿠마는 아들을 옆으로 밀쳐 내고는 서둘러 옆집으로 향했다. 몸집이 크고 성큼성큼 걷는 그녀의 걸음으로는 겨우 두세 발짝의 거리다. 그 짧은 사이에 심장이 열 번은 두근거린 것 같다.
 "기치 씨."
 오쿠마는 목소리를 돋우었다.

"벌써 아침이에요. 오늘은 안 나가세요? 기치 씨, 오쿠마예요."

두 번쯤 목소리를 높이자 기치지보다 먼저 맞은편이나 대각선 건너편 집에 사는 사람들이 모두 소리를 듣고 얼굴을 내밀기 시작했다. 어이, 누가 죽었나? 누가 야반도주라도 했나?

오쿠마는 다시 한번 부르고 나서, 뭔가 말하고 싶은 표정으로 서 있는 이웃 사람들에게 등을 돌리고 서둘러 남편의 머리맡으로 달려갔다.

"여보, 홀아비 기치 씨가 이상해요. 안 나온다고요."

오쿠마는 이때 입을 반쯤 벌리고 잠들어 있는 다케조에게 큰 소리를 내지는 않았다. 낼 수가 없었다. 왠지 가슴 한가운데가 써늘해지는 기분이 들었다.

"여보."

한 번 부른 후 오쿠마는 남편의 대머리 밑에서 베개를 들어 올렸다. 겨우 다케조가 눈을 떴다. 오쿠마는 서둘러 말했다. "기치 씨가 이상해요."

나중에 다케조는 그때 당신이 훨씬 더 이상했다고 말했다. 그만큼 오쿠마는 불안했다.

다케조는 입을 우물거리면서 일어나더니 조금 전 아들이 그랬던 것처럼 벗겨지려는 잠옷을 어깨 위로 끌어올리면서 밖으로 나갔다. 기치지의 집 앞에는 상황을 보러 나왔는지 양 소매에 손을 감추고 어깨를 움츠린 맞은편 집 여자가 묘하게 추워 보이는 얼굴로 서 있었다.

오쿠마는 말했다. "불러도 대답이 없어."

"기치 씨가 늦잠을 자다니." 맞은편 집 여자는 고개를 갸웃거리더니 씩 웃었다. "이제야 여자라도 생긴 거 아닐까?"

"그럴지도 몰라." 다케조가 오쿠마를 돌아보았다. 오쿠마는 세차게 고개를 가로저었다.

"그런 것과는 다르다구."

"어떻게 알아?"

"아니까 알지." 몸 안쪽에서 점점 부풀어 오르는 불길한 예감이 오쿠마를 성급하게 만들었다.

"어쨌거나 빨리 문이나 열어요, 멍텅구리 양반아."

오오, 무서워라, 하며 맞은편 집 여자가 웃는다. 다케조는 마지못해 앞으로 나서더니 장지를 슬쩍 흔들어 보고, 열리지 않자 비와 기름얼룩으로 누레진 장지 종이를 아무렇게나 찢어 안으로 손을 집어넣고는 버팀목을 뺐다.

문이 열렸을 때 갑자기, 그리고 수십 년 만에 오쿠마는 빈농의 자식으로 태어나 자란 신슈 시골구석에서 딱 한 번 얼음 저장고를 들여다보았던 경험을 떠올렸다. 흙을 발라 굳힌 두꺼운 벽 너머의 어둠 속에 거적을 몇 겹이나 덮은 얼음이 들어 있었다. 얼음을 직접 볼 수는 없었지만 싸늘한 냉기를 느낄 수는 있었다. 축축하게 젖었는데도 깃털처럼 가벼운 기모노 소매로 슥 어루만져지는 기분이었다.

유월 말이면 여름이 한창이다. 하루 종일 무덥고 새벽에도 그리 시원하지는 않다. 하지만 그때 기치지의 좁은 집 안에는 분명히 냉기가 고여 있었다. 여기만 단숨에 한겨울로 되돌아간 것 같았다.

기치지는 바닥에 깔려 있는 네 장의 다다미 가장 안쪽 벽에 바싹 붙이듯이 자리를 깔고 누워 있었다. 머리 옆, 그가 올려다보면 바로 눈에 들어오는 곳에 위패가 놓여 있다. 잠자리에 든 후 오유의 위패와 이야기를 나누고 있었는지도 모른다.

기치지가 사는 집 안을 들여다보기는 이번이 처음이지만 오쿠마는 자신의 집과 비등비등하게 낡은 다다미가 거스러미 하나 없이 깨끗함을 깨달았다. 사람이 죽었는데 다다미 따위에 눈길이 가다니 제정신이 아니라고 생각하면서도 그런 사소한 부분들을 빈틈없이 보고 있었다. 아마 기치지는 다다미가 닳아서 보풀이 일어나면 깔끔하게 잘라 다듬고, 잘라 다듬었을 것이다…….

기치지는 얇은 이불 위에 천장을 향해 누운 채 양손을 머리 옆에 축 늘어뜨리고 있었다. 한껏 기지개를 켜다가 그대로 털썩 쓰러진 듯한 모습이었다. 여러 번 빨아 색이 바랜 마 이불이 배 언저리까지 미끄러져 내려가서 벌어진 잠옷 사이로 갈비뼈가 도드라진 마른 가슴이 드러나 있었다.

머뭇머뭇 다가가서 말을 걸어 보아도 대답은 없었다. 다케조가 드러난 가슴에 거친 손을 조심스럽게 올려놓아 보고는 아주 조금 쉰 목소리로 말했다.

"틀렸어. 이미 차갑군."

홀아비 기치지는 천장을 바라보며 뭔가에 몹시 놀랐을 때처럼 두 눈을 부릅뜬 채 죽어 있었다.

일단은 변사 사건이었지만 크게 잔손 갈 일이 없었던 첫 번째 이유는 기치지가 다툼 한번 일으킨 적이 없는 얌전한 남자였던 탓이고, 둘째는 관리인이 평소부터 돈을 잘 쓰고 다녔기 때문이다. 원래 같으면 검시를 요청하고 그에 합당한 처리를 해야 할 상황이지만, 소식을 들은 관리인은 곧 친하게 지내는 마을 의원과 후카가와에서 이 일대를 담당하고 있는 다쓰조라는 오캇피키^{범인의 수색과 체포를 맡았던 자}에게 심부름꾼을 보냈다. 오캇피키가 먼저 와서 죽은 사람이나 집 안의 상황을 한바탕 살펴보고 났을 때 의원이 달려왔다. 기치지의 맥을 짚어 보고, 눈을 까뒤집어 보고, 주먹으로 가볍게 가슴을 두드리고 귀를 대어 소리를 들으며 한동안 오캇피키와 소곤소곤 이야기를 나누더니 이윽고 입을 열었다.

"지금까지 병다운 병 한번 걸린 적이 없는 사람이라도 드물게 이런 일이 있는데, 자고 있는 사이에 심장이 멈춰 버린 모양일세."

관리인은 눈을 부릅떴다. "그런 일이 있을 수 있나요?"

"나도 지금까지 두세 명밖에 본 적이 없지만 있긴 있지. 특히 이맘때나 초가을 같은 때는."

"노인도 아닌데."

"젊은 사람이라도 몸이 심하게 약해지면 그럴 수 있어."

마을 의원은 그렇게 말하며 다쓰조의 옆얼굴을 힐끗 보았다. 그는 의원의 뒤를 이어 말했다.

"내가 보기에도 수상한 점은 없네. 방 안도 깔끔하게 정리된 상태 그대로이고, 몸에 이상한 흔적이나 상처도 없어. 기치지는 거짓말을 하지 않는 곧은 사람이었으니 남에게 원한을 사서 이런 일을 당했다고는 생각할 수 없고……. 선생님 말씀대로 갑작스런 병으로 죽었다고 처리해도 상관없을 게야."

관리인은 안도하며 어깨에서 힘을 뺐다. "고맙습니다."

이럴 때 묘한 트집을 잡히지 않도록, 그리고 발 빠르게 움직여 주도록 하기 위해 평소부터 오캇피키 대장에게 빠뜨리지 않고 보낸 이런저런 선물이 효과가 있었다. 다시 말해서 돈을 잘 깔아 놓은 셈이다.

히기기 내려졌기 때문에 딩장 빔샘과 장례식 준비가 시삭되었다. 가난한 공동 주택이다 보니 대단하게는 할 수 없었지만 죽은 사람이 가야 할 곳으로 제대로 갈 수 있도록 적으나마 신경을 써 주어야 한다. 오쿠마를 비롯한 공동 주택 사람들은 돈은 없지만 정은 있었고, 관리인도 성의 표시 정도의 돈은 내놓을 생각이었다.

시체를 깨끗이 닦고 잠옷을 갈아입힌 후 다케조가 벌벌 떨면서 수염을 깎아 주자 기치지는 말쑥한 얼굴이 되었다. 마을 의원이 눈꺼풀을 감겨 주어 이제는 놀란 표정도 없어졌다. 반듯이 눕힌 얼굴 위에 하얀 천을 덮고, 손은 맞잡은 형태로 가슴 위에 올리니 어느 모로 보나 틀림없는 시체였다.

입관 전에 독경을 해 줄 스님을 어디에서 불러야 할지 다 함께 머리를 맞대고 상의했지만, 가장 필요한 돈을 생각하면 좀처럼 의견이 모아지지 않았다. 저녁때까지는 어떻게든 해야 했기 때문에 싼 가격에 맡아 줄 만한 곳이 생각나는 사람이 각각 찾아 보기로 했다. 다음으로 기치지의 친지에게 어떻게 소식을 전할지가 문제였다. 한없이 말수가 적었던 그는 신상 이야기를 누구에게도 한 적이 없었다. 어디에 알려야 할지, 오유가 죽었을 때는 어땠는지 따위를 저마다 이야기하는 사이에 시간은 점점 지나갔다.

평소 같으면 사람들 사이에 끼어 목소리를 돋우었을 오쿠마가 지금은 어딘지 모르게 기운을 잃고 사람들과 거리를 두고 있었다. 기치지의 방 안을 청소하거나 자잘한 정리를 하며 자신의 집과 기치지의 집 사이를 큰 걸음으로 왔다 갔다 할 뿐이다.

오쿠마는 내내 한기가 들어 도무지 견딜 수가 없었다. 돌아다니면 땀이 나지만 등만은 오싹오싹 차갑다.

다른 것은 없어도 밤샘이 끝난 후에 올릴 신주神酒 정도는 준비해 두어야 한다. 다행히 기치지의 단골이었던 니혼바시에 위치한 양초 가게 안주인이 눈치가 빠른 사람이라 소식을 듣고 바로 마련을 해준 덕분에 가난한 사람들만 모여 있는 공동 주택 주민들로서는 크게 안심했다. 큰 가게의 안주인 중에도 마음씨 좋은 사람은 있는 법이라고 오쿠마는 생각했다.

죽은 사람의 머리맡에 병풍을 거꾸로 세우려 해도 병풍의 위아래를 거꾸로 세우는 것은 죽음이란 비일상을 나타냄과 동시에 액막이를 의미한다 애초에 이 공동 주택 주민들에게는 어디를 뒤져 봐도 병풍은 한 개도 없었다. 그러자 관리인이 대체 언제 샀는지 짐작도 가지 않을 만큼 낡은 병풍을 빌려 주었다. 검은색 틀에 누렇게 바래고 먼지 낀 종이가 붙어 있을 뿐이라 어느 쪽이 위고 어느 쪽이 아래인지도 확실하지 않다. 사람들의 부탁에 병풍을 맡은 오쿠마도 어째야 할지 몰라서 한참이나 고개를 갸웃거렸다. 오쿠마는 조용히 누워 있는 기치지의 머리맡에 무릎으로 서서 이러지도 못하고 저러지도 못하며 이리저리 만지작거리다가 문득 죽은 사람을 보았다.

'아니, 아닐 거야, 기분 탓이야.'

얼굴을 덮은 하얀 천이 기분 탓인지 어긋나 있는 것 같다.

오쿠마는 잠시 동안 조용히 숨을 죽이고 기치지의 얼굴 쪽을 바라보았다. 하얀 천은 물론 꿈쩍도 하지 않는다. 배 위에서 깍지 낀 손가락도, 가슴 위에 얹혀 있는 마를 쫓는 칼도.

기치지가 너무나도 갑자기 죽었기 때문에 아직 사실이라는 생각이 들지 않는다. 그래서 묘한 기분이 느는 것이다. 오쿠마는 자신을 타일렀다.

'하지만……'

기분 탓일까―당연히 기분 탓이겠지만―또다시 예의 차가운 공기에 에워싸인 느낌이 들기 시작했다. 손끝이 차가워진다. 목덜미가 서늘하다.

병풍의 위아래 따윈 아무래도 상관없다는 생각이 들었다. 동시에 병풍의 위치를 정확하게 맞춰 두어야 할 것 같은 기분도 든다. 오쿠마는 마음을 다잡고 등을 곧게 펴서 앉은 자세를 단정히 하고는 되도록 병풍의 깨끗한 부분이 보일 수 있게 신경을 쓰면서 죽은 사람 머리 위에 놓았다.

그때 뭔가가 잡아당기는 기분이 들어 기치지 쪽을 보니―.

이번에는 손가락이 느슨해진 것처럼 보였다. 방금 전까지는 단단히 맞잡고 있었는데 지금은 느슨해져서 손과 손 사이에 빈틈이 생겨 있다. 마를 쫓는 칼의 위치도 옆구리 쪽으로 조금 어긋난 것 같다. 기치지가 몸을 움직이는 바람에 가슴 위에서 미끄러져 움직인 것처럼.

죽은 사람에게 마물이 씐다. 그런 생각이 오쿠마의 머리를 스쳤다가 사라졌다.

시비토쓰키다. 혼이 빠져나간 죽은 사람의 몸에 마물이 들어가 나쁜 짓을 하니까 마를 쫓는 칼을 두는 것이다. 때로는 마를 쫓는 칼이 효과가 없을 때도 있는데—.

'나도 참, 무슨 생각을 하는 걸까. 작작해야지.'

강하게 스스로를 타이르며 오쿠마가 일어선 그때.

"우우."

낮은 신음 소리가 나더니 갑자기 기치지가 상반신을 일으켰다. 마를 쫓는 칼이 얇은 이불 위로 떨어지고 얼굴을 덮고 있던 하얀 천이 팔랑거리며 날아올랐다.

오쿠마는 머리카락이 곤두섰다. 그녀는 목소리 하나 내지 못한 채 튀어 오르듯이 일어난 죽은 사람과 정면으로 얼굴을 마주했다.

기치지는 두 눈을 부릅뜨고 있었다. 흰자위가 붉고 눈동자가 흐릿하게 탁했다. 그래도 눈은 뜨고 있었다. 오쿠마가 눈을 부릅뜨고 지켜보는 가운데, 말라서 가장자리가 하얘진 죽은 사람의 입술이 움찔움찔 움직이더니 둘로 갈라진 입술 사이로 쉰 목소리가 새어 나왔다.

"……리에."

오쿠마의 눈앞이 새하얘졌다. 그대로 옆으로 쓰러질 뻔했지만, 튼튼한 몸이 크게 기울며 엉덩이가 방바닥에 쿵 떨어지는 소리와 진동에 제정신으로 돌아왔다.

오쿠마는 목이 찢어져라 소리를 지르며 맨발로 밖을 향해 뛰쳐나갔다.

"시비토쓰키다아! 기치 씨가 시비토쓰키에 씌었다아아!"

비명 소리에 놀라 달려온 관리인과 다른 사람들 앞에서 오쿠마는 땅바닥에 흐물흐물 주저앉았다.

2

에도 남쪽 행정 부교소所는 스키야바시 성문 옆에 있다. 관사官舍이기 때문에 부교여기서는 대도시의 행정·재판 사무를 담당하고 집행하는 행정 부교를 뜻함는 처자식과 함께 부교소 건물 안에 있는 안채에서 살고 있다.

교와 2년 칠월 초, 해자의 물도 짙은 푸른색으로 물들어 여름 하늘을 비출 무렵에 남쪽 행정 부교소의 뒤쪽 현관을 지나 젊은 처녀 하나가 안쪽에 있는 부교의 사저 쪽으로 들어갔다. 뒤쪽 현관은 안에서 일하는 하녀들도 출입하는 곳이긴 하지만 처녀는 여기서 일하는 사람은 아니다. 그런 것치고는 스스럼없는 발걸음이고, 내부를 잘 안다는 듯이 망설이는 기색도 보이지 않는다.

처녀가 사람을 부르자 하녀가 나왔다. 나타난 하녀에게 인사를 하니 하녀도 사정을 다 아는 모양인지 시원시원한 태도로 앞장서서 복도를 걷기 시작했다. 처녀 쪽이 조금 뒤로 물러서서 걸으며 복도 모퉁이를 한 번 꺾고 두 번 꺾었다. 두 사람은 지극히 스스럼없는 말투로 오늘 아침도 꽤나 무덥다는 등의 이야기를 했다.

처녀는 안내받은 작은 다다미방에서 잠시 기다리라는 말에 무릎을 가지런히 모으고 정좌했다. 하녀는 처녀를 남겨 두고 일단 다다미방을 나갔다. 장지문을 꼭 닫고 간다.

 이제 겨우 오전 일곱 시가 되려는 참이고, 이번 달은 북쪽 행정 부교소가 근무할 차례이기 때문에 남쪽 행정 부교소는 대문도 열지 않았다. 가까운 곳에서도 먼 곳에서도 사람 목소리, 기침 소리 하나 들려오지 않는 조용한 다다미방 안에서 처녀는 단정하게 무릎에 손을 올려놓은 채 정좌를 하고 있다. 몸집이 작고 통통하며 얼굴이 둥글다. 피부는 하얗지만 가까이 가서 자세히 보면 코언저리에 드문드문 흩어져 있는 주근깨를 발견할 수 있을 것이다. 약간 처진 듯한 눈매가 사랑스러운 얼굴이지만, 선이 또렷한 작은 입술을 꼭 다문 입매는 꽤나 지기 싫어하는 성격으로도 보인다.

 방금 전의 하녀가 돌아와 처녀를 재촉하여 두 사람은 함께 다다미방을 나섰다. 커다란 다다미방 옆에 작은 다다미방, 그곳을 지나니 또 복도가 나오는 복잡한 구조의 관사 안을 하녀는 발소리도 내지 않고 성큼성큼 빠져나갔다. 한 발짝 뒤에서 따라가던 처녀는 앞장서 가는 하녀의 언뜻언뜻 보이는 하얀 버선 바닥을 쳐다보다가 갑자기 뭔가 생각난 얼굴을 하고 잠시 걸음을 멈추더니, 선 채로 재빨리 오른쪽 발을 쳐들어 자신의 버선 바닥을 보았다. 큰일났다는 표정이 작은 얼굴 위를 잠시 스친다. 하지만 곧 아무 일도 없었다는 얼굴로 돌아와 하녀의 뒤를 따랐다.

 이번에 하녀가 걸음을 멈춘 곳은 아까와 똑같은 장지문 앞이다. 두 사람은 장지문 앞에서 단정하게 정좌했다. 하녀가 장지문 너머로 말을 걸었다.

"모셔왔습니다."

"들어오너라." 남자의 목소리가 대답했다. 충분히 나이를 가늠케 하는 조금 쉰 목소리였다.

하녀가 장지문을 살짝 열고 뒤로 물러나니 처녀는 앞으로 나서서 복도에서 양손을 짚고 머리를 숙이며 인사를 했다.

"안녕하십니까." 어느 모로 보나 지기 싫어하는 듯한 입매에서 새어나오기에 어울리는 잘 울리는 목소리다.

"어서 오너라."

다다미방 맞은편 툇마루를 겸하는 넓은 복도 끝에서 반쯤 등을 돌리고 걸터앉아 있던 노인이 처녀에게 얼굴을 돌리며 대답했다. 외투를 입지 않은 간편한 차림으로, 옆에는 대나무로 만든 갸름한 새장이 하나 놓여 있다. 우아한 새장 안에는 동박새가 아닌 참새 한 마리가 작은 날개와 다리로 쫑쫑거리며 왔다 갔다 하고 있다. 노인은 작은 접시 하나와 긴 젓가락 한 벌을 손에 들고 있었다. 먹이를 주는 중이었나 보다.

"안으로 들어오너라. 이쪽으로 오렴." 노인은 처녀를 불렀다. "열흘 전쯤에 앞마당에 참새가 떨어졌거든. 매에 쫓기기라도 했는지 날개가 부러져 있었는데 이제 다 나아서 먹이도 잘 먹는구나. 조만간 다시 놓아 줄 수 있겠다."

"그거 다행이네요."

처녀는 생긋 미소를 지으며 허리를 반쯤 구부린 자세로 얌전히 다다미방 안으로 들어갔다. 하녀는 물러갔지만 처녀는 여전히 장지문 바로 옆에서 단정하게 정좌를 하고 있었다.

"그렇게 어려워할 것 없다, 오하쓰."

노인은 웃음을 띠며 처녀에게 말했다. "뭐, 버선 바닥에 구멍이 뚫려 있다 해도 신경 쓰지 마라. 못 본 걸로 해 둘 테니."

그 순간 처녀의 얼굴이 단숨에 누그러졌다.

"꿰매는 걸 잊고 있었는데 깜박하고 또 신고 와 버렸어요."

계절상 집 안에서는 맨발로 지내다 보니 그만 깜박 잊어버린 것이다. 처녀는 혀는 내밀지 않았지만 웃음을 터뜨리고 말았다.

"정말로—."

오하쓰라고 불린 처녀는 조심스러워하는 기색도 격의도 없는 웃음을 지었다.

"어르신 눈에는 아무것도 숨길 수가 없군요."

"그렇고 말고."

어르신이라고 불린 노인—남쪽 행정 부교 네기시 야스모리는 처녀의 웃는 얼굴을 눈부신 듯이 바라보며 온화한 음성으로 물었다.

"그래, 무슨 일이 있었던 게로구나?"

삼십 분쯤 후—.

"시비토쓰키라니……."

오하쓰는 참새가 들어 있는 새장을 사이에 두고 노^老부교 바로 옆에 앉아 지금까지의 일을 이야기하고 있었다. 아까 그 하녀—관사를 방문하게 된 후로 지금껏 오하쓰를 맞이하고 안내해 주는 하녀 우두머리로 이름이 오마쓰란 사실을 바로 얼마 전에 안 참이다—가 보리차를 가져다준 뒤로는 부교의 거실인 이 다다미방 안에 줄곧 두 사람밖에 없었다. 옆에서 보면 할아버지와 손녀가 툇마루에서 사이

좋게 이야기하고 있는 것처럼 보일지도 모른다.

"이야기를 듣고 온 것은 분 씨—아니, 분키치라는 사람인데요."

오하쓰가 당황하며 말을 고치자 부교는 혼잣말처럼 중얼거렸다.

"분키치는 조금 술을 삼가게 되었나? 계속 그대로 가다간 오미요가 그에게 정나미가 떨어져 버릴 텐데."

오하쓰는 놀랐다. 어떻게 어르신이 로쿠소 오라버니가 부리는 시탓피키오캇피키의 부하 중 한 명이며 지금까지 얼굴 한번 본 적 없는 분 씨에 대해서 이렇게 잘 아는 걸까. 게다가 분 씨와 사귀지만 늘 싸움만 하는 오미요 씨에 대해서까지.

그녀의 놀람은 아랑곳하지 않고 부교는 말을 이었다.

"시비토쓰키 이야기도 술김에 주워들은 게 아니냐?"

"맞아요. 아까 말씀드린 이야기에 나왔던 산겐초 근처를 담당하고 있는 오캇피키 다쓰조 대장님은 로쿠조 오라버니와도 오래전부터 알고 지내는 사이거든요."

자연히 시탓피키끼리도 왕래가 있어 늘 이야기를 주고받는다. 시비토쓰키 기치지 사건도 그런 경위로 분키치가 듣고 왔던 것이다.

"로쿠조 오라버니가 듣고 네게 맞는 이야기라며 다시 제게 전해 주었어요."

오하쓰는 그렇게 말하고는 새장 안에서 귀엽게 고개를 갸웃거리는 참새 쪽으로 시선을 떨어뜨렸다.

"신기한 이야기라 당장이라도 어르신께 알려 드리러 오려고 했어요. 그래서……."

분키치를 붙잡고 더 자세히 들어 보니 이랬다.

"기치지라는 사람은 갑자기 벌떡 일어나 공동 주택 사람들을 깜짝 놀라게 한 후, 얼마 안 있어 완전히 건강해져서 전과 조금도 달라진 데 없이 다시 건강하게 장사를 하고 있대요. 아침 일찍부터 밤늦게까지 성실하게 일하고 있다는군요. 그러면 이것은 시비토쓰키는 아니겠지요, 어르신."

부교는 괴담 이야기에 흥겨워한다기보다 어려운 사건을 조사할 때 같은 표정으로 고개를 끄덕였다.

"내가 아는 바로 시비토쓰키란 혼이 빠져나간 시체에 들어가 나쁜 짓을 하는 마물로, 날뛰거나 음식을 먹거나 술을 마시거나 아니면 여자와 아이들에게 장난을 치는 등 나쁜 짓만 저지르다가 시체가 상하기 시작하면 어디론가 빠져나간다고 하니 말이다. 기치지가 원래대로 성실한 인간이 되었다면 시비토쓰키가 아니라 그저 잠시 동안 심장과 숨이 멈추어 죽은 상태처럼 되었을 뿐이겠지."

오하쓰는 고개를 끄덕였다.

"산겐초의 공동 주택 사람들도 아직 관에 넣기 전에 살아 돌아와 주어서 정말 다행이라고들 하고 있대요. 기치지라는 사람은 됨됨이가 아주 좋아서 이웃 사람들도 좋아했던 모양이니까요."

처음에 이야기를 들었을 때 오하쓰도 분키치에게 딱 지금 부교가 한 것 같은 말을 해 주었다. 술고래 특유의 번들거리는 콧등을 문지르면서 듣고 있던 분키치는 시시하다는 얼굴로,

"그럼 이건 시비토쓰키니 뭐니 하는 요괴가 나온 게 아니었던 거군요. 우시 녀석에게 속았네"라며 다쓰조의 시탓피키의 이름을 들먹이며 분해했다.

"속인 건 아니겠죠. 오쿠마라는 사람이 순간적으로 '시비토쓰키다' 하고 외쳤다는 것도 이해가 가니까요. 분 씨도 틀림없이 그랬을 걸요. 만일 우리 오라버니가 임종한 자리에서 벌떡 일어난다면 말이지요."

"아이고, 무서워라. 제게는 그렇게 무서운 일은 또 없습니다, 아가씨."

"나도 그래요."

그런 말을 하며 서로 웃은 후, 문득 생각나서 덧붙이는 것처럼 분키치는 이런 말을 했다. "그런데 아가씨. 오쿠마라는 아주머니가 말입니다, 그 사람만 아무래도 상태가 이상하다는군요."

"상태가 이상하다니요?"

분키치는 이렇게 설명했다. "홀아비 기치 씨가 죽지 않아서 다행이라며 공동 주택 사람들은 다 기뻐하고 있는데, 오쿠마만은 왠지 우울한 얼굴을 하고 원래대로 돌아온 기치지와도 옛날처럼 왕래하지 않는 모양이에요. 관리인이 물어봐도 특별히 어떻다고는 하지 않는데요. 아직 으스스해서 그럴까요. 어쩐지 찝찝합니다."

분키치가 했던 이야기를 되풀이한 후 오하쓰는 부교의 얼굴을 올려다보았다.

"어르신, 저는 그 이야기를 듣고는 이유 없이 갑자기 신경이 쓰이더라고요."

"흠." 부교는 고개를 끄덕이고 말했다. "그래서 네가 직접 산겐초까지 가 본 게 아니냐?"

그 말대로 오하쓰는 산겐초까지 가 보았다. 바로 어제의 일이다.

"한 번 죽었다가 되살아나기 전과 똑같이 기치지라는 사람은 아침 일찍부터 저녁때까지 일하러 나가 있다고 하여 해가 질 무렵을 골라서 가 보았어요. 이쪽으로 이사 온 기치지란 이름의 소꿉친구를 찾고 있다고 둘러댔더니 공동 주택 사람들이 곧 아아, 그건 기치지가 아니다, 여기에 살고 있는 기치지는 당신 친구가 아니라며 웃음을 터뜨리더군요. '이곳에 사는 기치지 씨는 홀아비 기치 씨예요. 마흔 나이에 궁상스러운 얼굴을 한 마르고 작은 남자지요.' 그런 이야기를 하고 있는데 마침 기치지 씨가 돌아와 사람들이 저 사람이라고 가르쳐 주었어요."

오하쓰는 갑자기 입을 다물었다. 이제부터 하려는 말이 아무래도 엉뚱한 것 같아 조금 망설여졌다.

"기치지의 얼굴을 보고 너는 어떻게 했느냐?"

온화한 재촉을 받고 오하쓰는 다시 한번 노부교의 얼굴을 올려다보았다.

"어르신, 한번 죽었다 살아난 사람이 전보다 젊어지는 일이 있을 수 있을까요?"

부교는 물총으로 맞은 듯한 얼굴을 했다. 네기시 구로자에몬 야스모리, 올해 예순여섯 살. 녹봉 백오십 석에 유서도 그리 깊지 않은 네기시 집안에 스물두 살 때 양자로 들어가 가문을 물려받고, 그 후로 세상 사람들이 눈을 휘둥그렇게 뜰 만한 출셋길을 걸어 마침내 부교가 된 사람이다. 그러다 보니 활달한 기질을 가져 사람 됨됨이가 괜찮다고 생각되면 오하쓰 같은 시정 처녀나 떠돌이 무사 등과도 거리낌 없이 사귀고, 세상 물정에도 밝다. 소탈한 인품은 잘 알려져 있지만 역시 이런 표정은 남에게 보여 줄 만한 것이 아니다. 그 증거로 부교가 너무 놀란 얼굴을 하는 바람에 오하쓰가 웃음을 터뜨리고 말았다.

오하쓰는 웃으면서 사과했다. "죄송합니다. 역시 그런 일이 있을 리는 없겠지요. 그냥 되살아나는 일만 해도 좀처럼 없는 일이고요."

"아니, 이니, 잠낀민 기다러 봐라." 부교는 위엄을 뇌찾으며 말했다. "흐음……. 젊어진다고 했지. 다시 말해, 네 눈에는 기치지의 나이가 젊어진 것처럼 보였다는 뜻이냐?"

오하쓰는 웃음을 거두고 말했다.

"예. 그렇게 보였어요. 물론 저는 예전 기치지 씨의 얼굴도 분위기도 모릅니다. 그러니 나이는 마흔—이라는 공동 주택 사람들의 말을 근거로 삼고 볼 수밖에 없지만 그때 만난 기치지라는 사람은 제 눈에 고작해야 서른두세 살 정도로밖에 보이지 않았어요. 게다가 몸은 야위었어도 키는 작은 편이 아니더군요. 등이 곧게 펴져 있어서 그렇게 보이는지도 모르겠지만요. 분명히 눈에 확 띄는 얼굴은 아니었고, 얌전한 성격처럼 보이기는 했어요."

"흰머리는?"

"제가 본 바로는 눈에 띄지 않았어요."

오하쓰는 대답하고 새삼 고개를 갸웃거렸다.

"사람을 잘못 찾은 것은 아니에요. 공동 주택 사람들은 기치지 씨에게 말도 걸고 별다른 기색도 없이 인사를 하기도 했거든요. 기치지 씨도 붙임성 있게 대답을 했어요. 이상해서 주위 사람들에게 '기치지 씨라는 분은 나이보다 젊어 보이네요'라고 말했더니 다들 웃더군요."

"웃었다고?"

"예. 제 눈이 이상하대요."

한동안 마당이나 나무들 사이에서 작은 새가 지저귀는 소리를 들으면서 오하쓰도 나이 든 부교도 입을 다물고 있었다. 이윽고 부교가 다짐하듯이 느릿한 말투로 말했다.

"오하쓰, 네 눈에는 기치지가 젊어진 것처럼 보인다. 분명히 그렇게 보여. 그렇지?"

오하쓰는 또렷하게 고개를 끄덕였다. "예. 그렇습니다."

"그것을 어찌 생각하느냐?"

오하쓰는 고개를 저으며 대답했다. "모르겠습니다. 다만……."

"다만, 뭐지?"

눈가에 살짝 그늘을 드리우며 입을 다문 오하쓰에게 부교가 물었다.

"그 사실과 오쿠마의 상태가 이상해진 것을 합쳐 보면 몹시 신경이 쓰입니다. 기치지 씨에게는 역시 뭔가 일어났던 게 아닐까 하는 생각이 들어요."

"그렇다면," 부교는 고개를 기울였다. "시비토쓰키는 아니라 하더라도 무슨 일인가가 일어났단 말이지?"

오하쓰는 얌전히 고개를 끄덕였다.

"뭔가 불길한 설렘이라도 느껴지느냐?"

"아뇨, 그 정도는 아니에요. 그냥 이상해서요."

노부교는 야윈 팔을 들어 가슴 앞에서 팔짱을 끼며 잠시 생각에 잠겼다가 이윽고 온화한 목소리로 말했다. "상황을 좀 알아볼까?"

오하쓰는 기운을 차리고 갑자기 몸을 일으키려고 했다. "허락해 주시는 겁니까?"

"물론이지. 처음 있는 일도 아니고 말이다."

부교는 웃는 얼굴이 되어 말을 이었다. "어차피 내가 아무 말 하지 않아도 그럴 생각이었지 않느냐?"

그 밀씀이 옳았기 때문에 오하쓰는 슬쩍 어깨를 움츠렸다. "어르신의 『미미부쿠로』에 또 하나 재미있는 이야기를 더할 수 있지 않겠습니까?"

부교는 미소를 지었다. "그렇구나. 그러려면 네가 한바탕 일을 해 주어야겠지."

"그야 어려운 일도 아니지요."

그럼 이만, 하며 성마르게 일어서려는 오하쓰를 불러세우듯이 손으로 제지하며 부교는 말을 이었다.

"그렇게 서두르지 마라, 오하쓰. 오늘은 나도 네게 볼일이 있단다."

"어르신이 제게요?"

부교는 고개를 끄덕이고 몸을 비틀더니 옆방과 이 방 사이를 나누고 있는 장지문 쪽으로 얼굴을 돌리고 이렇게 불렀다.

"우쿄노스케."

그에 답하여 누군가가 "예" 하고 말했다. 이어서 장지문이 가만히 열린다. 문지방 맞은편에 양손을 짚고 엎드려 있는 하오리_{길이가 짧은 겉옷}와 하카마_{기모노 겉에 입는 폭이 넓은 하의}를 입은 무사 한 명이 보였다.

오하쓰는 크게 놀랐다. 처음으로 이 관사에 불려왔을 때, 다다미방에서 다다미방, 복도에서 복도로 하녀 우두머리 오마쓰 뒤를 따라

걸으면서 마치 일부러 알기 어렵게 만든 것 같다고 생각하여 부교 어르신에게 소박하게 물어본 적이 있다. 부교는 수상한 사람이 숨어들었을 때를 고려해 복잡한 구조로 되어 있을 거라고 답했다.
"아마 그럴 거라는 말밖에 할 수가 없구나. 나는 필요를 느낀 적이 없으니까."
그때 오하쓰는 웃으며 말했다. "그런 대비가 필요하다는 소리는, 어르신과 제가 이야기를 나눌 때도 만에 하나 무슨 일이 생길지 모르니 저택 어딘가에 숨겨 놓은 무사가 저쪽에서 대기하고 있다는 말씀인가요?"
그러자 부교도 마주 웃으며 대답했다. "어디 시험해 보겠느냐?"
그 후로 오하쓰는 부교와 둘이 이렇게 이야기를 하고 있을 때 달리 엿듣는 귀가 있으리라고는 전혀 생각하지 않았다. 그렇게 웃으며 말씀하셨는걸—.
노부교는 옆방의 무사에게 이쪽으로 오라고 명령하고 나서 오하쓰를 돌아보며 말을 이었다. "그렇게 놀란 얼굴 할 것 없다, 오하쓰. 네게 소개해 줄까 싶어서 특별히 불러 둔 사람이다—자, 그만 얼굴을 들지 않겠느냐?"
마지막 말은 어색한 동작으로 다다미방에 들어와 출입구 쪽으로 물러나서 다시 엎드려 있는 무사를 향해 한 말이었다. 그는 당황하며 머리를 들었다.
아직 젊다. 오하쓰와 비슷한 또래로 보인다. 매끈매끈한 사카야키 성인 남자가 이마에서 머리 중간까지 깎은 머리. 하얀 피부, 가냘픈 몸매, 특히 어깨가 가늘고 민틋하게 내려와 있어서 묘하게 머리가 크고 무거워 보여 눈에 띄었다. 젊은 무사가 머리를 들자마자 오하쓰는 얼른 양손을 방바닥에 짚고 인사를 했는데, 예의를 갖추려고 한 것이지만 동시에 저도 모르게 입가에 떠오르고 만 웃음을 감추기 위한 동작이기도 했다.

'저분, 안경을 쓰고 있네.'

젊은 나이에 눈이 나쁘다니 가엾다. 하지만 테가 동그란 안경을 끈으로 머리에 묶은 얼굴은 어찌 봐도―'웃기단 말이야.'

"오하쓰 너도 인사는 그쯤 하거라." 부교가 말을 걸었다. "그래서야 서로 얼굴도 잘 보이지 않겠구나."

오하쓰는 나긋나긋하게 다시 한번 깊이 머리를 숙이고 나서 겨우 등을 펴고 젊은 무사와 처음으로 제대로 얼굴을 마주했다.

상대방은 당황한 듯한 눈을 하고 고개를 숙이고 말았다. 재미있어서 눈을 살짝 크게 뜬 오하쓰는, 그때 퍼뜩 깨닫고 다시 부교를 돌아보았다.

"어르신, 지금 제게 이 무사님을 소개해 준다고 하셨지요."

"그래, 그렇게 말했다만."

"그것은 저어…… 무슨 뜻인가요?"

순간 노부교는 폭소했다. "맞선을 보게 하려는 것은 아니다. 걱정하지 마라, 오하쓰."

오하쓰는 얼굴을 붉혔다. 그도 그럴 것이―.

"그것은 알고 있었어요."

"여기 있는 사람은 후루사와 우쿄노스케. 나이는 오하쓰 너보다 한 살 위다. 작년 봄부터 요리키_{부교 등에 소속되어 부하인 도신을 지휘하던 사람} 견습을 시작했지. 지금도 여전히 무족無祿 견습 신분이다."

무족이란 봉록이 없다는 뜻이다. 요리키의 신분은 표면적으론 대물림되지 않는 관직이지만 실제로는 세습에 가까워서 부모의 뒤를 아들이 물려받는다. 도신요리키 밑에서 서무와 경찰 일 등을 맡아 했던 하급 관리 밑에서 일한 지 슬슬 이십 년이 다 되어 가는 오캇피키 로쿠조를 오라비로 두고 있는 오하쓰는 행정 부교의 요리키에 대해서 어느 정도 지식은 갖고 있었다. 그래서 서둘러 머리를 굴렸다. 후루사와, 후루사와—.

떠올림과 동시에 목소리가 나왔다. "어머나, 빨간 도깨비 후루사와 님이군요."

말해 버리고 나서 두 손을 입에 댔지만 이미 늦었다. 나온 말을 쫓아가서 붙잡을 수도 없다.

양손을 무릎에 올려놓고 단정하게 앉아 있던 후루사와 우쿄노스케는 얼굴을 맞댄 채 아버지의 별명을 듣고는, 별명대로 자신도 새빨개졌다.

"예, 제 아버지는 후루사와 부자에몬 시게마사, 심문관 요리키를 맡고 있습니다."

딱딱한 말투로 말하지 않더라도 오하쓰는 잘 알고 있다.

심문관은 시정을 상대하는 요리키의 직무 중에서도 가장 인기가 높다. 범죄 수사나 형사·민사 사건에 관한 취조와 형의 집행 등, 모든 것을 관장한다. 후루사와 부자에몬은 그중에서도 능력이 뛰어나다고 평판이 높은 사람으로, 요미우리세간의 사건 등을 인쇄해 내용을 재미있게 읽어 주며 팔러 다니던 사람가 파는 신문에까지 이름이 나온 적이 있다. 다만 하늘은 모든 것을 주시지 않는다는 말대로 볼품없는 용모로도 유명했다. 오하쓰의 오라비 로쿠조의 상사인 조마와리 도신_{시내를 돌며 범죄를 수사하고 법령 위반을 단속했던 도신} 이시베 마사시로는 언젠가 오하쓰가 후루사와 님은 어떤 분이냐고 물었을 때,

"후루사와 님? 아아, 그분이라면 장아찌 항아리를 눌러놓는 돌이 술을 마시고 빨개진 것 같은 얼굴이지"라고 말했을 정도다. 사실 후루사와 부지에몬의 별명이 '빨간 도깨비'이다.

"부교소 사람들은 모두들 그렇게 부르고 있어. 부엌 하녀까지 알고 있다니까. 유명한 사실이지."

후루사와 부자에몬은 거의 술을 즐기지 않으니 아무래도 붉은 얼굴색은 타고났나 보다. 그의 취조는 엄하기로 유명하지만 성질이 급하거나 쉽게 격해지는 것은 아니다. 그런 점에서도 불그레한 얼굴 때문에 손해를 본다는 소문을 들은 적이 있다.

부자에몬은 또한, 지키신카게 파_{검과 연월도 등의 일파}의 고수이기도 하다는데, 심문관 요리키는 그렇게 자주 검을 휘두를 필요는 없지만 바쁜 업무 사이에 짬을 내어 도장에도 나간다고 한다. 본래 후루사와의 집안 자체가 거칠고 용맹한 집안이다.

그런 후루사와 가의 부자에몬 뒤를 이어야 할 장남이 어찌된 일인지 아버지와는 전혀 다른 부드러운 남자—라고 하면 듣기에는 좋지만 어째 말라죽은 오이처럼 미덥지 못한 젊은이라 오하쓰는 정말로 깜짝 놀랐다.

"그래서 그……." 저도 모르게 말을 횡설수설하게 된다. "어르신은 후루사와 님을 어쩌라는 건가요?"

꽤 무례한 말이지만 놀라서 정신이 없는 오하쓰는 자신의 말실수

를 깨닫지 못했고 부교도 나무라지 않았다. 우쿄노스케도 오하쓰의 신분에 대해 들은 바가 있는지 조용히 입을 다물고 있다.
"어떻게 하라는 이야기는 아니다만."
"예에."
"우쿄노스케에게 너와 함께 시정을 조사해 달라고 하면 어떨까 싶었거든."
"예?"
"그렇게 멍청한 대꾸만 하지 마라. 함께 조사를 하라는 말이야."
"제가."
"그래."
"여기 있는 후루사와 우쿄노스케 님과."
"집요하구나, 오하쓰."
입매는 진지하지만 눈가에는 웃음을 띠면서 부교가 말했다.
"자세한 것은 가는 길에 둘이 서로 상의해서 정하도록 해라. 나는 이제 슬슬 출근을 해야 할 시간이니까. 알겠지?"
그렇게 해서 일은 시작되었다.

3

오하쓰와 함께 거리를 돌아다니려면 역시 이 차림이 좋을 것 같다며 우쿄노스케는 조마와리 도신 같은 차림새로 나타났다. 검은 미쓰

몬등과 소매 뒤쪽으로 세 개의 문장이 있는 예복 하오리, 짓테체포 도구의 하나에 긴 요도腰刀. 그래도 여전히 풍채가 시원치 못하다. 띠 사이에 끼워 넣은 짓테가 당장이라도 떨어질 것만 같아서 왠지 걷기 힘들어 보인다.

오하쓰는 잠시 할 말을 잃었다. 조마와리는 적당히 연륜도 쌓이고 활기가 넘치는 한창 나이인 삼십 대에서 사십 대 정도의 도신이 맡는다. 아무리 이리저리 뒤집어 봐도 우쿄노스케 같은 새파란 애송이 조마와리가 있을 리 없다. 핫초보리에 사는 나리는 사방팔방 얼굴이 알려져 있으니 새로운 사람이 오면 당장 소문이 나기 때문에 이러면 오히려 나쁜 의미로 눈에 띄고 만다. 우쿄노스케가 오하쓰와 함께 돌아다니려고 일부러 이런 옷차림을 하고 왔다는 것은 이 요리키 견습 젊은이가 그 정도의 상식도 모른다는 증거다.

'뭐, 상관 없나?' 오하쓰는 생각했다. 여기서 잔소리를 하지 않아도 반 정町만 가면 알게 될 것이다.

노부교의 '가면서 상의하라'는 말이 무슨 뜻인지에 대해서는 둘이서 남쪽 행정 부교소를 떠나 니혼바시 도리초에 있는 오하쓰의 집 쪽으로 걸음을 옮기기 시작했을 무렵, 우쿄노스케가 조금씩 설명을 시작했다.

"부교소 밖으로 나가 시정에 대해서 자세히 알아보는 편이 좋겠다고 하셨습니다. 그러려면 오하쓰 씨나 로쿠조 씨에게 부탁하는 것이 제일이라고도 하셨지요."

다시 말해서 오하쓰의 오라비이며 도리초 일대를 맡고 있는 오캇피키 로쿠조에게 후루사와 우쿄노스케를 소개해 주어라, 자세한 것은 네 마음대로 해도 좋으니 부탁한다는 뜻이었던 셈이다.

"어르신이 직접 후루사와 님께 그렇게 말씀하셨나요?" 나란히 걸으면서 오하쓰가 물었다. "저와 함께 조사를 해 보라고요?"

"아니요, 아버지는 모르십니다."

우쿄노스케는 딱딱한 어투로 말했다.

"그렇다면 이 일은 어르신과 후루사와 님 사이에서만 오간 이야기군요?"

거듭된 물음에 우쿄노스케는 초조한 듯이 고개를 저었다. "아니요, 그러니까 그게 아닙니다. 아버지는 이 일을······."

말하다 말고 그는 겨우 두 사람의 대화가 같은 자리를 뱅뱅 도는 원인이 무엇인지 이해한 모양이다.

"오하쓰 씨가 말씀하시는 '후루사와 님'은 아버지가 아니라 저였군요?"

당연하지 않느냐고 생각하면서 오하쓰는 고개를 끄덕였다. "예."

"아아, 그렇군요." 우쿄노스케는 안경 끈을 만지작거리며 고쳐 쓰더니 기분 탓인지 얼굴을 붉히고 말했다. "그렇군, 저를 말하는 것이었군요. 그렇다면, 예, 그렇죠. 이번 일은 저와 부교님 사이에서만 오간 이야기가 맞습니다."

이상한 분이라는 생각을 숨기고 오하쓰는 물어보았다. "어째서 제가 아버님 되시는 후루사와 님 이야기를 한다고 생각하셨어요?"

지금은 견습이긴 하지만 신분으로 따지자면 도신보다도 직위가 위이고, 부교소 안에 있으면 매일 몇 번이고 '후루사와 님'이라고 불릴 기회가 있을 것이다. 아버지와 혼동된다는 이유로 달리 특별한 호칭으로라도 불리는 걸까.

우쿄노스케는 눈을 약간 내리깔고 방금 가다듬은 안경의 방향을 다시 바꾸려는 듯이 손을 대면서 변명처럼 말했다. "저에 관한 일은 무엇이든 아버지가 결정하기 때문입니다. 저는, 그……." 도중에 입을 다물었다가 다시 말했다.

"아니요, 됐습니다. 아무것도 아니에요."

두 사람은 스키야마시 싱문을 지나 신료가에초로 향했다. 밝은 햇빛이 비쳐 들어 마을은 이미 활동하기 시작했다. 바쁘게 오가는 사람들 사이에 섞여 파수막 앞을 지나칠 때, 그때까지는 느긋하던 파수꾼이 검은 하오리를 입은 우쿄노스케의 모습을 보고는 허둥거리는 모습이 재미있었다. 두 사람이 지나간 후에도 파수막 문으로 얼굴을 내밀고 지켜보고 있었던 모양이다. 낯선 나리가 나타났다는 소문이 퍼질지도 모른다.

"오하쓰 씨의 오라버님인 로쿠조 씨는 지금까지 어려운 사건을 수없이 해결해 오셨다고 들었습니다."

여전히 진지한 말투로 우쿄노스케가 말했다. 오하쓰는 저도 모르게 웃음을 터뜨렸다.

"당치도 않아요. 로쿠조 오라버니는 아무것도 해결하지 않는답니다. 공무를 보고 있을 뿐이지요. 게다가 후루사와 님이 오라버니나 저를 그렇게 부르실 필요도 없어요. 그냥 편하게 이름을 불러 주세요."

마침 그때 쌀가마니를 산더미처럼 쌓아 올린 커다란 짐수레가 위세 좋게 소리를 지르면서 길 한가운데로 지나갔다. 오하쓰는 길 오른쪽으로, 우쿄노스케는 허둥거리면서 왼쪽으로 피했기 때문에 목소리가 들리지 않았던 모양이다. 수레가 지나가고 나자 "지금 뭐라고 하셨습니까?" 하고 되물으면서 이쪽으로 다가왔다.

  요즘 비가 오지 않아 길은 완전히 말라 있었다. 원래대로 나란히 서 보니 우쿄노스케의 검은 하오리에는 짐수레 바퀴가 피워 올린 미세한 흙먼지가 가득 붙어 있었다. 손을 뻗어 털어 주기는 쉬운 일이지만 더욱 실례가 될 것 같아 오하쓰는 손을 내밀지 못했다. 다행히 우쿄노스케도 알아차렸는지 여기저기를 탁탁 털기 시작했다.

  '밖에 나온 적이 별로 없는 걸까?'

  우쿄노스케를 곁눈질로 쳐다보면서 오하쓰는 속으로 생각했다. 대체 견습 요리키는 어떤 일을 '견습하고' 있을까. 원한다고 해서 아무나 심문관이 될 수도 없을 테고, 직무는 여러 가지가 있을 것이다. 우쿄노스케는 어떤 일을 하고 있을까.

  직접 거리에 나가 보면 좋겠다는 말씀도 막연하다. 무엇보다도 오하쓰에게는 마음에 걸리는 부분이 있다. 우쿄노스케가 무엇을 어디까지 알고 있는가 하는 점이다.

  "후루사와 님."

  이름을 부르자 그는 그제야 먼지 털기를 멈추고 이쪽을 향해 얼굴을 돌렸다. 둥근 안경 너머의 가느다란 눈이 길을 잃은 강아지처럼 깜박거리고 있다.

  "후루사와 님은 어르신께 제 이야기를 어떻게 들으셨나요?"

  "어, 어떻게라니요?"

  "저 같은 상사람이 아무 이유도 없이 후루사와 님 같은 높으신 분과 함께 일할 수 있을 리 없지 않습니까. 그렇게 따지자면 제가 부교소 안채에 드나드는 일 자체가 이상한 일이잖아요? 그런 점에 대해서는 어떤 이야기를 들으셨나요?"

우쿄노스케가 당황하며 대답을 못하자 결코 성격이 느긋한 편이 아닌 오하쓰의 말투는 저도 모르게 날카로워졌다. 방금 전까지는 속으로 '어르신은 모르는 척하고 있었지만 실은 우쿄노스케 님이 겉보기와 달리 검술의 달인이라, 몰래 나를 지켜 주라고 보내 주셨는지도 모른다'는 속 편한 생각을 하기도 했다. 하지만 큰길을 걷다가 짐수레에 치일 뻔한 모습을 보면 그렇게 낙관할 일은 아닌 모양이다. 이분은 겉모습 그대로 어설픈 분이다. 그렇게 생각하니 저도 모르게 그를 홀대하게 된다. 멋대로 기대한 사람이 잘못이지만, 기대를 상대 탓으로 돌리며 입을 삐죽거리고 싶어지는 것도 인지상정—하물며 젊은 처녀이니 어쩔 수 없다.

"말씀을 해 보시지요, 후루사와 님."

오하쓰가 고압적인 태도로 묻자 우쿄노스케는 공연히 오가는 사람들에게 시선을 보내며 주위를 꺼리는 얼굴을 한다.

"이런 시끄러운 길가에서는 무슨 이야기를 해도 누군가가 들을 걱정은 없답니다."

기선을 제압하며 단호하게 말하자 우쿄노스케는 또 허둥거렸다.

"아, 아니, 그것은, 그, 그렇지만……."

혀를 깨물지나 않았는지 보는 사람이 걱정이 될 정도다.

"후루사와 님도 참, 그렇게 쭈뼛거리지 마세요. 정말이지—."

말이 더욱 거칠어졌지만 오하쓰도 일단 말을 시작하면 멈추지 못하는 편이라 입을 다물 수가 없었다.

"무사님이시잖아요. 아버님은 도깨비처럼 무섭다는 평판까지 나신 대단한 분이 아닙니까. 정신 차리세요."

시정 처녀에게 따끔하게 야단을 맞고 있는 젊은 도신의 모습이 재미있는지 지나가던 사람들이 힐끔힐끔 쳐다본다. 오하쓰가 말하는 사이에도 우쿄노스케는, 심부름을 가는 듯 보자기를 목에 매고 앞쪽에서 달려오는 사환 아이와 부딪힐 뻔하여 헛발을 디디는 등 한심한 모습을 보여 주었다.

"됐어요. 나머지 이야기는 나중에 하고 서두르지요. 우선 저희 집으로 가셔요."

이분과 바쁜 에도 거리를 걸으면서 이야기를 하기는 무리일 것 같다. 결심이 서자 오하쓰는 앞장서서 성큼성큼 걷기 시작했다. 걸어가는 동안 어르신은 어째서 이런 사람을 내게 떠맡기셨을까 싶은 생각에 화가 치밀어 더욱 걸음이 빨라진다. 그런 오하쓰를 우쿄노스케는 서둘러 쫓아온다. 둘이서 술래잡기를 하다시피 걷다가 나카바시 가로街路 부근에서 오하쓰를 따라잡은 우쿄노스케는 숨을 조금 헐떡이면서 말했다.

"저는 오하쓰 씨에 대해서 잘 알고 있습니다."

목소리는 오하쓰의 등 뒤, 틀어 올린 머리 언저리에서 들렸다. 우쿄노스케의 키는 오하쓰보다 약간 큰 정도라서 그렇게 느껴지는 것이다.

"오하쓰 씨에게는 남에게는 보이지 않는 것이 보이거나 들리지 않는 것이 들릴 때가 있다면서요. 그 능력이 어려운 사건을 해결하는 단서가 된 적이 여러 번 있었다는 사실도 압니다."

오하쓰는 걸음을 멈추었다. 어르신이 오하쓰의 그런 능력에 대해서 자신이 모르는 곳에서 다른 사람에게 이야기했다—그러한 사실을 직접 듣기는 이번이 처음이다.

"정말인가요?"

오하쓰가 물어보며 돌아보는 순간 우쿄노스케는 오하쓰와 부딪힐 뻔했다. 우쿄노스케는 허둥지둥 뒤로 물러나 고개를 끄덕였다.

"오하쓰 씨와 한동안 함께 일해 보면 틀림없이 제게 도움이 될 거라고 하시며 저를 당신에게 소개해 주셨습니다."

어쩐지, 하고 오하쓰는 겨우 이해했다. 그래도 기분은 개운치 못하다. 이렇게 불안하고 미덥지도 못한, 처마 밑에 매단 표주박 같은 사람에게 어르신이 내 이야기를 선뜻 하시다니…….

'어르신의 진심은 무엇일까?'

혹시 하는 생각에 오하쓰는 우쿄노스케를 만난 후 처음으로 흠칫 놀라며 그의 얼굴을 보았다.

"후루사와 님, 후루사와 님도 저와 똑같이 남에게는 보이지 않는 것이 보이거나 들린 적이 있으신가요?"

우쿄노스케는 오하쓰가 뚫어져라 바라보자 안경 너머의 눈을 깜박거렸다.

"제가요?"

"예, 후루사와 님이."

"그런 적은 없어요. 제게는 아무것도—이상한 것은 보이지 않고 들리지도 않습니다. 왜 그런 걸 물으시는지?"

오하쓰는 크게 낙담했다. 아니었구나. 그러면 나와 같은 힘을 가진 사람을 발견했기 때문에 소개해 주신 것도 아닌 모양이다.

말하기는 미안하지만 후루사와 우쿄노스케는 로쿠조에게도 오하쓰에게도 터무니없는 짐일지 모른다. 부교소 안에서만 돌보기에는 힘에 부친다는 이유로 일반 서민에게 떠넘기다니 어르신도 너무하신다.

나카바시 가로를 지나면 이제 도리초 4번지다. 오하쓰는 걸음을 서둘렀다.

"알겠습니다. 지금이라면 오라버니도 집에 있을 거예요. 저는 가게를 살펴봐야 하니 우선은 오라버니에게 앞으로 어떻게 해 나가야 제일 좋을지 이야기를 들어 보셔요."

오라비 로쿠조가 공무를 보고, 오하쓰는 새언니 오요시와 둘이서 '시마이야'라는 작은 식당을 꾸리고 있다. 니혼바시 다리 기슭과 가깝다는 이점도 있어서 일 년 내내 눈이 돌아갈 정도로 바쁜 아주 잘 나가는 가게다. 오하쓰도 범죄만 쫓아다니지는 않는다—아니, 어르신의 주선을 통해 오라비와 비슷한 일을 할 때가 훨씬 더 적다. 그런 오하쓰에게 어르신은 어째서 이렇게 손이 많이 가는 견습 요리키님을 붙여 주셨을까—.

그때.

오하쓰의 머릿속 깊은 곳이 지끈 울렸다.

눈과 눈 사이에서 손가락 두 마디쯤 위로 벗어난 이마 한가운데. 정확하게 그 부분을 통해 굵은 바늘을 머릿속으로 찔러 넣은 듯 확하고 뜨거운 아픔이 스쳤다. 눈앞이 흐릿하게 흐려지더니 하얀 안개 같은 것이 자욱하게 꼈다. 도리초의 널찍한 큰길을 채우고 있는, 에도에서도 둘째가라면 서러운 소란스러움이 갑자기 멀찍이 떨어졌다.
　그럴 때의 오하쓰는 스스로 자신의 머릿속을 들여다보는 기분이 든다. 새까맣고, 손으로 떠낼 수 있을 만큼 짙은 어둠 안에 갇혀 있다. 들려야 할 소리는 전부 사라졌는데 어째서인지 두근, 두근 하는 낮은 소리만이 들려온다. 오하쓰의 몸 안을 흐르는 피가 관자놀이 언저리에서 맥박 치는 소리다.
　오하쓰는 눈을 굳게 감았다. 눈을 감아도 똑같은 어둠이 있다. 똑같이 피 흐르는 소리가 들린다.
　다시 눈을 떠 보니 오하쓰는 기름 도매상 앞에 서 있었다.
　코를 찌르는 이상한 냄새는 어유魚油 냄새다. 오하쓰 주위에는 올려다보아야 할 정도로 높고 커다란 나무통이 나란히 서 있다. 오하쓰의 팔뚝만 한 굵기의 테가 둘러져 있는데도 나무통 틈새로 기름이 천천히 새어나오는 것일까. 아니면 되로 재어 옮길 때에 누군가가 흘리고 갔을까. 흙을 밟아 다진 봉당 바닥에는 흐릿하게 빛나는 기름 웅덩이가 생겨 있다.
　오하쓰는 가장 가까운 곳에 있던 나무통을 올려다보았다. 위테와 아래테 사이에 가게 이름이 커다랗게 새겨져 있다. 동그라미 안에 '안雁'이라는 글자.
　이상한 냄새는 더욱 강하게 코를 찌른다. 이것은―'기름 냄새가 아니야.'
　몸을 떠난 오하쓰의 눈은 원래 같으면 꿰뚫어 볼 수 있을 리 없는 나무통 안쪽을 바라보고 있었다. 마치 밤에 횃불을 들고 연못을 들여다보는 것과 같다. 밤에 보는 물은 검다. 오하쓰의 눈에 비치는 기름도 검다. 하지만 새카만 기름 속, 표면 바로 아래에 뭔가가 떠 있었다.

작은—오하쓰의 절반 크기밖에 되지 않는 작고 하얀 손이다.

'아아, 큰일 났다.'

손의 모양을 알아보자마자 오하쓰는 자기 머리의 어둠 속에서 소리를 질렀다. 순간 어둠도 하얀 안개도 사라졌다. 바로 눈앞에 후루사와 우쿄노스케의 안경이 있었다.

"오하쓰 씨? 대체 무슨 일입니까?"

제정신으로 돌아오자 거리의 시끄러운 소리가 한꺼번에 돌아와 오하쓰를 감쌌다. 다행히 오가는 사람들은 자신의 일로 바빠서 길 위에 우두커니 서 있는 두 사람에게는 신경도 쓰지 않았다. 오하쓰는 그 자리에 선 채로 크게 어깨를 들썩이며 깊이 숨을 쉬었다.

그 후에 재빨리 머리를 굴려 길 양쪽에 늘어서 있는 기와지붕을 얹은 당당한 광 같은 구조의 가게를, 간판을, 회반죽을 바른 벽을 살펴보았다. 찾아 나갔다. 동그라미에 안. 동그라미에 안 자가 적혀 있는 기름 도매상은 어디일까.

예전에는 직종이나 파는 물품에 따라 구역을 나누는 제도를 엄격하게 지켜 마을 이름의 유래가 되기도 했지만 메이레키의 대화재(1657)를 경계로 점차 불분명해지더니 요즘에는 완전히 유명무실하게 되었다. 하지만 아직 군데군데에는 마을 이름과 같은 물건을 파는 가게가 줄지어 있는 곳도 있다. 오하쓰는 지금 자신이 서 있는 곳, 환상이 덮쳐 와 어둠에 휩싸인 채 걸음을 멈춘 이곳이 미나미아부라초 '아부라'는 기름이라는뜻의 입구라는 것을 알고 있었다.

이 근처 어딘가 아주 가까운 곳에 있다.

우쿄노스케의 존재 따위 완전히 잊고 오로지 지금 본 환상의 모습을 좇던 오하쓰의 눈에 동그라미 안에 안 자가 적혀 있는 표식이 들어왔다. 마루야라는 간판과 가게 앞에 놓여 있는 나무통.

"후부사와 님."

떨리는 입술을 억누르며 오하쓰는 마음을 가라앉히고 우쿄노스케를 불렀다. 아까부터 어리둥절한 얼굴로 오하쓰를 따라오고 있던 그는 대답 대신 얼빠진 목소리를 냈다.

"엄청난 일이 생길 것 같아요."

오하쓰는 몸을 돌려 그의 겁먹은 듯한 가느다란 눈을 바라보며 말했다.

"지금 여기서 환상을 보았어요. 다른 사람에게는 보이지 않는 것을 보았습니다."

"음." 우쿄노스케는 가까스로 고개를 끄덕였다.

"무엇을 보셨습니까?"

띠로 조인 가슴 위에 손을 대고 오하쓰는 단호하게 딱 잘라 말했다. "마루야라는 기름 도매상의 나무통 속에 어린아이가 가라앉아 있어요. 빨리 손을 써서 시체를 건져 주어야 해요."

4

도리초의 로쿠조는 올해로 서른여섯 살이다. 태어난 곳은 바쿠로초, 작은 종이 가게의 셋째 아들이다. 어릴 때부터 걸핏하면 싸움을 했고, 열다섯 살이 되던 해 가게 손님을 상대로 크게 난투를 벌여 상대방에게 상처를 입히는 바람에 하마터면 잡혀갈 뻔했는데, 그 무렵 니혼바시 다리 남쪽 일대를 관리하고 있던 가미로쿠라는 오캇피키가 도와주어 이 길에 들어섰다. 도리초에서 큰 가게를 열고 있는 나리들도 한 수나 두 수씩 접어 주는 한편 거북해하기도 했던 가미로쿠 대장은 당시 이미 예순에 가까웠지만 손자뻘인 나이의 소년을 자식처럼 돌봐 주었다. 거짓말을 조금 보태어 말하자면 자신의 인생은 대장이 구해주었을 때부터 시작되었다고 로쿠조는 생각하고 있다.

사실을 말하면 로쿠조라는 이름도 가미로쿠 대장의 뒤를 물려받게 되었을 때 대장의 이름에서 한 글자를 받아 새로 지은 것으로, 부모가 지어 준 이름은 산조라고 한다. 삼남의 산參에 아들의 수만큼 광鑛을 지을 수 있도록 해 달라는 부모의 욕심 가득한 바람을 담아 붙인 이름이었다. 흔히 그렇듯이 이름값을 못했는지 이치조一鑛는 아직 어렸을 때 돌림병으로 죽었고 니조二鑛는 사 전, 오 전짜리 코푸는 종이나 뒷간 휴지를 팔아서 하루하루 먹고사는 종이 가게 장사와 가난한 생활을 끔찍하게 싫어하여 채 어른이 되기도 전부터 나쁜 친구들과 어울려 놀러다니다 결국에는 집을 뛰쳐나가 지금도 소식을 알 수가 없다. 로쿠조 자신도 가미로쿠 대장을 만나지 못하고 그냥 산조로 살았다면 조만간 둘째 형과 같은 길을 걸어 집을 떠났으리라 생각한다.

열다섯 살 때 일어난 싸움은 그때나 지금이나 표면적으로는 돈이 오가다가 생긴 오해가 이유라고 되어 있다. 계산에 서투른 로쿠조가 잘못 준 거스름돈이 원인이 되어 손님과 다툼이 일어났다는 말이다. 먼저 로쿠조 쪽이 폭력을 휘둘렀다.

가미로쿠 대장과 로쿠조와 그의 부모는 사실이 아님을 알고 있었다. 로쿠조와 싸운 상대는 도리초에서 버선과 속옷을 도매하는 가게 셋째 아들로 가미로쿠의 시탓피키 중 한 명이 하는 말에 따르면 '자기가 눈 소변보다도 더 도움이 안 되는 놈이야. 소변은 그나마 밭에 뿌리면 거름이라도 되지. 그놈은 아무 짝에도 쓸모가 없어. 거름도 못 된다니까'랄 정도로 형편없는 놈이었다.

이 방탕한 아들은 도리초의 자경대 사이에서도 악명이 알려져 있을 정도라 가미로쿠 대장도 조만간 무슨 일이 일어나긴 할 거라고 생각하고 있었다. 그래서 버선 및 속옷 도매상의 주인으로부터 종이가게 주인의 난폭한 아들이 소중한 자기 자식의 이마를 깨고 큰 상처를 입혔다며 고소가 들어왔을 때도 당장 행동에 나설 수 있었다.

가미로쿠는 로쿠조와 로쿠조의 부모, 흥분해서 소리를 질러 대는 방탕한 아들의 주장을 듣고 서로 비교하였다. 먼저 폭력을 휘두른 것이 잘못이긴 했지만 로쿠조의 주장에 일리가 있다고 판단이 되자 그길로 버선 도매상으로 쳐들어갔다. 그리고 정어리를 구우면서 연기를 부채로 흐트러뜨릴 때처럼 초장부터 성대하게 은근을 떨었다. 지금 내가 하는 말을 얌전히 받아들이고 일을 수습하지 않으면 옛날 일이 다시 들먹여질지도 모른다며.

'옛날 일'이란 이번 싸움이 일어나기 일 년쯤 전에 일어난 일로 버선 도매상에게는 지극히 불명예스러운 사건이었다. 가게에 들어와 살며 일하던 행수가 큰돈을 들고 달아난 것이다. 가미로쿠 대장은 자신이 공을 세우기보다 도리초의 평온과 번성을 먼저 생각하고 있었기 때문에, 장사를 하는 가게의 체면이 뭉개지는 이런 종류의 사건이 생기면 가급적 사태를 겉으로 드러내지 않고 처리하려고 노력하고 있었다. 또한 빚을 지워 두면 거기에는 반드시 이자가 붙어 돌아오게 되어 있으니, 나중에 얼마든지 써먹을 데가 생긴다는 사실을 알고 있었기 때문이다.

그러한 지혜가 로쿠조 사건 때에도 효과를 발휘했다. 버선 도매상 주인은 고소를 거두었고, 로쿠조는 처벌을 받지 않았다. 그 길로 종이 가게를 하는 부모 곁으로 돌려보내기도 뭣하여 한동안 가미로쿠 대장이 그를 맡아 데리고 있기로 하고 매듭을 지었다.

오캇피키도 열심히 여기저기 돌아다니다 보면 얼마든지 돈을 벌 수는 있지만 애초에 직업으로 인정받진 못하기 때문에 대개의 대장들은 다른 생계 수단을 갖고 있다. 가미로쿠 대장도 예외는 아니어서 아내와 딸이 긴로쿠초에서 다과 찻집을 운영하고 있었다. 로쿠조는 처음 석 달 동안 찻집을 도와 부지런히 일했다. 밖에서 손님을 상대하기보다 청소나 빨래, 장보기 등 뒤에서 하는 일을 묵묵히 해내었다. 가미로쿠 대장은 그런 그를 가만히 관찰했다.

어느 날, 로쿠조만을 데리고 오카와 강을 건너 도미가오카 하치만구[하치만 신을 모신 신사의 총칭]와 에이타이지 절까지 산책을 나갔다. 가는 길에는 이렇다 할 알맹이 있는 이야기도 꺼내지 않다가 초저녁이 되자 문전 마을의 단골 음식점에 들어갔다. 그는 술과 안주를 주문하고 열다섯 살의 로쿠조를 어엿한 남자처럼 대하며 그때 처음으로 머리를 맞대고 간곡하게 이야기를 했다. 그때의 대장은 로쿠조의 성미를—성질이 급하지만 이유 없이 급한 것이 아니라, 가령 술에 취해서 여자에게 칠칠치 못하게 나쁜 짓을 하는 주정뱅이나, 장사하는 입장에서는 참을 수밖에 없다는 사실을 빌미로 신이 나서 실컷 저하고 싶은 대로 하는 손님 등 인간으로서 가장 한심한, 약한 자 괴롭히기를 좋아하는 놈들에 대해서 도저히 참지 못하고 터져 나오고 마는 종류의 화라는 사실을 이미 완전히 꿰뚫어보고 있었다. 로쿠조가 일을 도우면서도 찻집에서 손님 상대를 하고 싶어 하지 않는 이유도, 본가인 종이 가게에서 장사를 할 때 그런 성격 때문에 손님과 다툼을 일으키곤 했던 탓이라는 것까지 잘 알고 있었다.

"네게는 손님 장사가 맞지 않을 게다."

술병을 흔들어 술이 얼마나 남았는지 보면서 가미로쿠는 날씨 이야기라도 하듯이 담담하게 말했다.

"너는 참는 법을 배워야 해. 아무리 네가 옳고 상대방에게 잘못이 있다 해도 조금은 조절할 줄 알아야지. 주정뱅이는 술이 깨면 자신이 한 짓을 반드시 후회하는 법이고, 장사꾼 상대로 으스대는 손님은 대개 다른 데 가서 으스댈 곳이 없는 소심한 사람이야. 너와 어릴 때부터 친했고 너에게는 둘도 없이 좋은 놈이라도 어디선가 코 푸는 종이를 살 때 종이 가게 주인에게 실컷 으스대고 있을지도 모르지. 아니, 지레짐작하지 마라, 어쩌다 그렇게 되었으니 버선 가게의 바보 같은 놈이 한 짓까지도 용서해 주라는 말은 아니니까."

기선을 제압하며 못을 박는 대장의 말에 로쿠조는 목을 움츠렸다. 로쿠조가 버선 가게 주인의 셋째 아들을 두들겨 팬 것은 그가 가게를 보고 있던 로쿠조의 어머니에게—아직 서른다섯에 나이보다 네다섯 살은 젊어 보이는데다 충분히 눈에 띄는 미인이기도 했다—대낮부터 몹쓸 짓을 하려다가 도망치는 그녀를 쫓아 집 안까지 들어왔기 때문이다.

"네가 손을 더럽히지 않아도 앞으로는 그 멍청한 놈의 부모 형제가 녀석이 못된 짓을 저지르지 못하도록 그야말로 눈을 부릅뜨고 감시할 게다. 애초에 아들에게도 고용살이 일꾼에게도 엄하게 버릇을 가르치지 않는 집이니 조금 긴장하는 편이 딱 좋을 게야."

그런 놈은 이제 그만 내버려둬라. 그보다 네가 앞으로 어떻게 행동하느냐가 더 중요하다—그렇게 말하며 가미로쿠 대장은 취해 물기를 띤 눈으로 로쿠조를 똑바로 응시했다.

"어떠냐, 내 밑에서 일해 보지 않을래? 나랏일이라고 하면 듣기에는 좋지만 이것만큼 참을성과 인내가 필요한 일도 없지. 네게는 딱 알맞은 장사 같다만."

가미로쿠 대장은 '장사'라고 분명하게 말했다. 도리초가 번성하고 여유로워질 수 있도록 돕는 장사라고.

로쿠조는 제안을 받아들였다. 이렇게 해서 가미로쿠 대장 밑에서 가장 젊은, 가장 말단 시탓피키로서의 생활을 시작했다.

들어가 살면서 하는 일이라 바쿠로초에 있는 본가에서는 나와 살게 되었다. 낮에 가끔 찾아가도 삼십 분도 느긋하게 있을 수 없을 정도다. 그만큼 매일 할 일이 많았다. 하지만 격해지기 쉬운 성격만 빼면 나무랄 데가 없다는 말을 듣던 막내아들이 아무래도 성질 때문에 길을 잘못 들게 될 일은 없어진 것 같다며, 부모는 진심으로 기뻐해 주었다.

그런 생활을 계속해 나가다가 로쿠조가 스무 살이 되고 시탓피키 중 실력이 뛰어나다며 주위에서도 한 수 접어 주는 존재가 되었을 무렵 혼담이 들어왔다. 가미로쿠 대장의 바둑 상대로 하마초에서 고급 음식점을 경영하고 있는 남자가 첩과의 사이에서 낳은 딸인데 이름은 오요시라고 했다. 그때 열일곱 살로 첩의 자식이라는 그늘이 느껴지지 않는 대범하고 느긋한 성격의 처녀였다. 당시에는 오히려 로쿠조보다 가미로쿠 대장이 더 적극적으로 혼담을 추진했다. 이렇게 해서 젊은 부부는 처음엔 모토다이쿠초에서 가정을 꾸렸다.

마침 이맘때쯤의 일이었다. 바쿠로초에서 살고 있던 양친이 버려진 아이를 주운 것은.

소식을 듣고 놀란 로쿠조가 찾아가 보니 아버지가 가게를 보면서 위태로운 손놀림으로 갓난아기를 안고 열심히 달래고 있었다. 그의 얼굴을 보더니 몹시 기뻐하며 갓난아기를 내밀고는 "놀아 주고 있으렴. 나는 기저귀를 빨 테니까" 하고 우물가로 나가 버렸다. 어머니는 젖을 얻을 곳을 찾아 뛰어다니고 있다고 한다.

대체 어떻게 된 일이냐고 물어보니 요즘 들어서 겨우 살림에 여유가 생긴 아버지가 친구의 권유를 받고 신나이부시_{전통 음악인 조루리의 일종}를 배우고 있는데, 그저께 밤 신나이부시 연습을 갔다가 돌아오는 길에 기분 좋게 술에 취해 지나던 야나기바시 다리 기슭에 새 포대기에 싸인 아이가 버려져 있었다고 한다.

"버린 부모가 근처에 있을지도 모른다는 생각에, 나는 바쿠로초의 종이 가게 사람이라고 큰 소리로 말하고 나서 아이를 안고 돌아왔지. 손난로를 안고 있는 것처럼 따뜻하고 쿨쿨 자고 있더구나. 조금도 울지 않았어."

여자 아이였다. 태어난 지 아직 한 달도 되지 않은 듯했다.

일단 마을 관리에게 신고는 했지만 부모가 나섰다는 이야기도 없고 아이를 데려가겠다는 사람도 나타나지 않았다. 부부는 상의한 끝에 아이를 양녀로 삼기로 결정했다. 우선은 우리가 맡아서 키우자. 그러다가 부모가 나타나면 그때 다시 상의하면 된다.

다행히 종이 가게 장사는 번성하고 있었고 특별히 방해도 받지 않아 아기는 종이 가게 주인의 딸로 자라게 되었다. 살풍경한 아들들만 키우다가 정말로 하늘이 주신 여자 아이를 얻은 어머니는 뛸 듯이 기뻐하며, 그 무렵 에도 안에서 제일이라는 평판이 나 있던 점쟁이에게까지 찾아가 여자 아이의 이름을 받아 왔다.

그렇게 해서 붙인 이름이 오하쓰. 다른 사람들에게는 로쿠조의 친동생으로 되어 있다. 나이 차이는 많이 나지만 아주 없는 일도 아니라서 아무도—특히 오하쓰 자신도 수상하게 여기지 않았다.

그대로 평화로운 생활이 계속되어 주었다면 좋았겠지만, 그렇게 되지 않는 것이 세상이다. 오하쓰가 세 살 때 화재가 번지는 바람에 바쿠로초의 집이 불에 탔다. 불은 한겨울의 북풍이 강할 무렵에 미나미덴마초 쪽에서 일어났는데 지난 삼십육 년 동안 로쿠조가 경험한 중에서는 가장 큰 화재였다. 초저녁부터 무시무시한 돌풍이 불어닥쳐 불길한 예감을 느끼고 있었는데 기다렸다는 듯이 덮친 참사였다.

바쿠로초의 집은 불에 타서 무너지고 미처 도망치지 못한 양친은 죽었다. 목숨을 건진 사람은 오하쓰 한 명뿐.

로쿠조는 그것이 이상한 일의 시작이었을지도 모른다고 생각할 때가 있다.

화재로 목숨을 잃은 사람은 로쿠조의 양친만이 아니었다. 바쿠로초에 있는 종이 가게 주위의 상점에서만도 스무 명 이상의 희생자가 나왔다. 겨우 세 살이었던 오하쓰는 연기에 휩싸여 부모와 헤어진 상황에서, 머리도 들 수 없을 정도로 강한 바람과 미친 듯이 몰아치는 불꽃을 뚫고 찰과상 정도의 상처만 입은 채 살아남았다. 로쿠조는 물론 기뻐했지만 자신의 눈을 의심하기도 했다.

가미로쿠 대장도 마찬가지였다. 당시에 대장은 이미 은퇴해, 오캇피키로서의 임무를 로쿠조에게 맡기고 긴로쿠초에 있는 딸의 다과 찻집에서 살고 있었다. 혼란 속에서 부모와 헤어진 오하쓰는 작은 발을 움직여 제일 먼저 대장이 있는 곳으로 뛰어들어 갔다. 콧등은 그을음을 뒤집어 써서 새까맣고, 짚신 한 짝은 어딘가에 잃어버린 채 기모노 소매가 찢어져 어깨가 드러나 있는 그때의 모습을 보고 가미로쿠는 저도 모르게 아이에게 발이 있는지 없는지 확인하고 말았다고 한다.

"용케…… 살아남았구나, 애야."

믿을 수 없는 마음으로 오하쓰를 안고 눈을 들여다보며 가미로쿠는 말했다.

"연기가 심했을 텐데 휘말리지도 않고 어떻게 방향을 알았니?"

오하쓰는 아직 멍한 얼굴을 하면서도 이렇게 말했다고 한다.

"내가 달려가는 곳에는 불이 타고 있지 않았어. 불이 없어졌어. 그리고 나, 불에 탄 자리가 보였어. 불에 안 탄 자리도 보였고. 그래서 불에 안 탄 곳을 따라 뛰어서 도망쳤어. 아빠랑 엄마도 불렀는데 내 목소리가 안 들렸나 봐."

나중에 로쿠조는 오하쓰에게 당시의 일을 물어본 적이 있지만, 대체 어디를 어떻게 달렸는지, 긴로쿠초에 도착했을 때 가미로쿠 대장과 어떤 이야기를 했는지 확실하게는 기억나지 않는다고 했다. 겨우 세 살 때의 일이니 무리도 아니다. 지금 생각해 보면 화재가 있던 날 밤이 오하쓰라는 처녀를 따라다니는 신기한 일들의 시작이었던 것 같다는 생각이 들어 견딜 수가 없다.

로쿠조와 오요시 부부는 남겨진 오하쓰를 맡아 셋이서 한 가족으로 살기 시작했다. 화재가 있은 지 반 년쯤 지나 가미로쿠 대장이 죽고, 명실 공히 그의 뒤를 이은 로쿠조는 도리초를 담당하는 오캇피키가 되었다―.

'세월 참 빠르군. 그 후로 벌써 십삼 년이나 지났나?'

올봄, 오하쓰는 열여섯 살이 되었다.

십삼 년 동안 여러 가지 일이 있었다. 공무 때문에 관여한 일들은 그렇다 치더라도 오요시가 그렇게 간절히 바라던 식당을 열었고, 모토다이쿠초에서 니혼바시 다리 기슭에 있는 요로즈초로 이사를 왔다. 오하쓰는 오요시를 돕고 있는데, 지금은 완전히 가게의 간판 아가씨로 이름이 알려져 있다. 어엿한 아가씨로 자라 슬슬 혼담도 들어올 때가 됐다.

하지만 오하쓰는 한편으로 로쿠조와 비슷한 일을 하는 몸이 되었다.

'어쩌다 일이 이렇게 되었지?'

그래도 오하쓰가 로쿠조처럼 오캇피키 일을 직업으로 삼고 있는 것은 아니다. 아니, 실제로는 현재의 남쪽 행정 부교 네기시 야스모리 님을 직접 모시며 지극히 은밀한, 겉으로는 드러낼 수 없는 일을 하고 있다.

오하쓰에게는 사람에게 보이지 않는 것이 보이고 들리지 않는 것이 들린다. 마치 세 번째 눈, 세 번째 귀가 있는 것처럼. 이따금 그녀가 꿈에서 본 일이 얼마 안 있어 현실이 될 때도 있다. 사람의 마음을 읽고, 생각하는 것을 알아맞힐 때도 있다. 옛날에 일어난 사건을 마치 지금 눈앞에서 보는 것처럼 세세한 데까지 설명할 때도 있다. 오요시와 둘이서 머리를 맞대고 생각해 보니 오하쓰가 아주 어렸을 때부터 그녀가 가진 신비한 힘을 엿볼 수 있는 작은 일들이, 화재 때뿐만 아니라 그밖에도 가끔 일어나곤 했다. 생각나는 일이 몇 가지 있었다.

힘이 분명하게 겉으로 드러나게 된 시기는 뭐니뭐니 해도 재작년 봄, 그녀에게 처음으로 여자의 증거가 나타난 후의 일이다. 적어도 오요시는 단언하고 있다.

"몸이 어른이 되었기 때문에 오하쓰 안에 있던 힘도 어른이 되어서 밖으로 나온 거겠지요."

로쿠조는 처음에 오하쓰가, "오라버니, 어제 핫폰구이 근처에 떠오른 익사체를 자세히 조사해 보세요. 그건 살인이에요. 나는 범인 얼굴이 어떻게 생겼는지도 알아요"라느니, "오라버니, 붓 가게의 오나쓰라는 여자는 연적인 오치카라는 여자를 죽이려고 품에 쥐약을 숨겨 가지고 다니고 있어요"라며 식기를 넣는 함에서 밥그릇을 꺼내듯이 불쑥불쑥 깜짝 놀랄 만한 이야기를 꺼낼 때마다 그녀를 엄하게 야단치곤 했다. 쓸데없는 소리 하지 말라고. 그러면 오하쓰는 고집스럽게 눈썹을 치켜올리고 입가를 삐죽이며 대꾸한다.

"그냥 하는 말이 아니에요. 나는 알 수 있어요. 보이는걸요."

실제로 '말도 안 돼'라고 생각하면서도 로쿠조가 조사해 보니 정말로 핫폰구이의 익사체 목에는 노련한 검시관조차 놓쳤을 정도로 희미하게 끈으로 조른 듯한 흔적이 남아 있었다. 붓 가게에 드나드는 손님을 통해 탐문을 해서 오나쓰라는 아가씨의 상황을 살펴보니 분명히 그녀는 함께 바느질을 배우고 있는 오치카라는 처녀와 잘생긴 퇴물 배우를 둘러싸고 서로 싸우고 있었다.

왠지 어부바 요괴를 업은 것 같다고 로쿠조는 생각했다. 오하쓰의 말이 맞을 때마다 등에 달라붙은 보이지 않는 요괴—오하쓰의 영감이라는 요괴가 무겁게 덮쳐누른다. 믿지 않을 수가 없게 된다.

로쿠조도 오요시도 오하쓰의 이런 힘에 대해서는 서로 굳게 약속하여 다른 곳에 발설하지 않았다. 오하쓰 자신도 다른 사람들은 좀처럼 믿어 주지 않을 것을 알고 있는지, 뭔가 보고 듣거나 느껴도 오라비 부부가 아니면 이야기하지 않았다.

그래도 일단 불을 피우고 나면 아무래도 연기는 나는 법이다. 하물며 오하쓰의 '영감'이 로쿠조의 공무에 도움이 되는 경우가 늘어

남에 따라 계속 숨겨두기는 어려워졌다. 시탓피키들은 어떻게든 얼버무릴 수 있어도 로쿠조를 신뢰하고 일을 맡겨 주는 도신 이시베 마사시로는 속일 수 없다. 실제로 오하쓰의 영감에 의지해 해결한 사건이 있으면 다 털어놓고 이야기하지 않을 수 없으니 말이다.

이시베는 고지식한 인물이라 함부로 다른 사람들에게 일을 떠벌리고 다니시는 않는다. 그러나 그에게도 오하쓰의 힘으로 해결한 사건을 오하쓰 이야기는 전혀 꺼내지 않고 보고하기는 역시 어려운 일이다. 보고서 하나를 써도 조서를 만들 때도 그중에 애매한 부분, 분명하지 못한 부분, 설명이 부족한 부분이 생길 때가 왕왕 있었다. 그것을 부교가 직접 추궁하는 바람에 그만 자백하고 말았다—올해 초봄의 일이다.

남쪽 행정 부교 네기시 야스모리는 오하쓰에 대해서, 그녀가 갖고 있는 영감에 대해서 몹시 흥미를 갖게 된 모양이었다. 그녀를 직접 불러들여 자세히 이야기를 듣고는 완전히 감탄하고 말았다.

'게다가 부교님도 특이하신 분이니 말이야.'

로쿠조는 마음속으로 남몰래 그렇게 생각하고 있다.

무사의 신분이면서도 젊은 시절부터 항간에 넘쳐나는 소문이나 신기한 전설에 흥미를 갖고, 방대한 양을 기록했다고 하니 놀라운 일이다. 게다가 『미미부쿠로』라는 이름을 붙인 기록을 앞으로도 계속 써 나가는 데 있어서 보통 사람에게는 없는 오하쓰의 힘이 도움이 된다며 고작해야 열여섯 살짜리 계집아이를 부교소 안채에 마음대로 드나들 수 있게 했던 것이다.

로쿠조도 오하쓰가 보고 들은 것이 범상치 않은 사건의 단서가 되곤 했던 것을 알고 있는 이상, 그녀의 힘을 딱 잘라 부정할 수는 없다. 그래도 역시 아무래도 아직 석연치 않은 마음이—아니, 자백하자면 석연치 않다고 생각하고 싶은 마음이 남아 있다. 이것만은 마음이 그런 것이니 어쩔 도리도 없다.

오하쓰가 시마이야로 돌아왔을 때 로쿠조도 마침 늦은 아침식사를 마친 참이었다. 전날 밤에는 늦게까지 성가신 일에 쫓기느라 하늘이 하얗게 밝아올 무렵에야 겨우 잠자리에 들었던지라, 사실을 말하면 아직 잠이 부족해서 머리가 맑지 못했다. 그때 오하쓰가 큰 소리를 지르며 뛰어 돌아온 것이다.

'왔구나' 하고 그는 생각했다. 오하쓰의 영감일까.

목소리를 듣고 놀라서 뛰어나온 오요시가 방문 앞에서 숨을 헐떡이는 오하쓰를 껴안고 우선 물을 한 잔 먹였다. 로쿠조는 얼굴을 찌푸리며 일어서서 천천히 문 쪽으로 나갔다.

오하쓰 뒤에 못 보던 얼굴의 젊은 도신이 서 있다. 저것은 누구일까. 이번에는 대체 무슨 일이 시작되려는 것일까.

"시끄럽구나, 오하쓰."

큰 소리로 호통을 치고 나서 그는 누이의 얼굴을 응시했다.

"차근차근 얘기해 보렴. 대체 무슨 일이냐?"

"오라버니, 큰일났어요—."

로쿠조는 오하쓰가 미나미아부라초에 있는 기름 도매상 마루야의 나무통 안에 아이 시체가 떠 있다고 얘기했을 때도 놀라지는 않았다. 우선 이야기를 받아들일 준비는 되어 있었다. 그러나 건수를 잡았다고 흥분하지도 않았다.

"확실하지? 분명히 너는 그것을 본―아니, 느낀 거지?"

다짐하듯이 말하는 그의 팔을 잡아당기며 오하쓰는 말했다.

"오라버니도 알잖아요. 로쿠조 오라버니, 내가 이런 일로 거짓말을 할 리가 있겠어요? 자, 빨리, 제발 빨리 좀 가 보셔요."

당연하다. 로쿠조는 고개를 흔들어 누이와 관련된 사건이 일어났을 때면 늘 느끼곤 하던 당혹감 같은 것을 털어내고는 일어섰다. 신을 신고 밖으로 나가 오하쓰의 안내를 받으며 길을 서둘렀다. 달리면서 도신 차림의 남자가 요리키 견습인 후루사와 우쿄노스케라고 자신을 소개하는 것을 머리 뒤쪽에서 듣고 있었다.

로쿠조에 비해서 후루사와 우쿄노스케인지 뭔지 하는 젊은이는 달리기가 몹시 느렸던 것이다.

제2장 기름통

1

마루야의 기름통 안에는 다섯 살 정도 된 작은 여자 아이가 떠 있었다. 끌어올려 보니 붉은 고소데_{소맷부리가 좁고 옷자락을 앞에서 교차시켜 여미는 의복}에 채유菜油가 흠뻑 배어들어 있었으며, 귀 밑에서 가지런히 자른 검은 머리카락도 기름에 절어 반들반들하게 빛나고 있었다.

고후쿠바시 다리에 있는 북쪽 행정 부교소와 도리 2번지는 엎어지면 코 닿을 거리이기 때문에 검시를 하는 사람도 신속하게 달려왔다. 로쿠조는 남쪽 행정 부교소의 조마와리 도신 밑에서 일하고 있기 때문에 북쪽 행정 부교소에는 그다지 아는 사람이 없다. 찾아온 두 명의 도신에 대해서도 어디선가 얼굴을 본 적이 있는 것 같다고 생각한 정도였다.

상대방은 로쿠조를 알고 있었던 모양이다. 그들은 로쿠조로군, 하며 잠시 동안 그의 얼굴을 물끄러미 바라보았다. 두 명 중 체격이 좋

은 도신이,

"요즘 도리초 부근에서 어린아이가 없어진 일은 없겠지?" 하고 마찬가지로 소식을 듣고 파수막에서 달려온 관리인에게 물었다.

이번 달의 근무를 맡은 관리인은 이헤라고 하는데, 지난달에 환갑을 맞은 나이라 역시 노련하고 차분하다. 로쿠조와도 잘 알고 지내는 사람이니 그 점에서는 운이 좋았다.

이헤는 곧 대답했다. "아니요, 신고된 것은 없습니다." 그는 확인하듯이 로쿠조의 얼굴을 보았다.

"분명 없습니다. 도리초 일대는 소란스러운 곳이지만 만일 어린아이가 유괴되거나 모습을 감춘 일이 있었다면 무슨 사정이 있어 신고가 늦어졌다 하더라도 제 귀에는 들어왔을 겁니다. 이 아이는 다른 곳에서 데려온 아이가 아닐까 싶은데요." 로쿠조도 말을 덧붙였다.

음, 하고 고개를 한 번 끄덕이더니, 오카노 소타로라는 이름의 체격 좋은 도신이 육 척은 될 것 같은 높이의 기름통을 올려다보았다.

"그렇다 해도 이해가 안 가는군. 어째서 이런 곳에 시체를 던져 넣은 걸까."

"가게 사람들은 모두 모아 두었습니다."

계산대 안쪽에서 마루야 사람들이 서로 매달리다시피 하며 얼굴을 맞대고 불안한 시선으로 이쪽을 바라보고 있다. 물론 조사가 끝날 때까지는 안 됐지만 가게 문을 닫아야 한다. 오카노가 그쪽을 쳐다보자 사람들은 가을 폭풍을 맞은 들풀처럼 일제히 머리를 숙였다.

"마루야는 큰길에 면해 있는 가게 중에서는 규모가 작은 가게지만 견실한 장사로 착실하게 돈을 벌고 있는 것으로 유명합니다. 거래처도 큰 요정이나 도리초 일대의 도매상뿐이고."

　오카노의 엄격한 시선을 누그러뜨리듯이 이헤가 온화한 목소리로 그렇게 말했다. 도신은 새 신에 기름이 밸까 봐 조심스러운지 발밑에 생긴 기름웅덩이를 피하면서 기름통 주위를 한 바퀴 돌았다. 같은 크기의 기름통 두 개가 봉당에 놓여 있다. 로쿠조는 한 발짝 물러서서 길을 열어주며 오키노기 하는 행동을 지켜보았나.

　오카노보다 젊어 보이는 다른 도신 한 사람이 가게 바깥쪽에서 누군가에게 질문을 하는 듯한 목소리가 구경꾼들의 술렁거림에 섞여 들려온다. 로쿠조는 머리 한구석으로 얼핏 오하쓰는 얌전히 물러갔을까 하고 생각했다.

　로쿠조를 이곳으로 안내해 주고 "저기 저 통이에요" 하며 손가락질로 가르쳐 준 오하쓰에게는 일에 휘말리지 않도록 어딘가에 숨어서 모르는 척하고 있으라고 단단히 일러두었다. 오하쓰보다 더 허둥거리며 어쩔 줄 모르는 얼굴을 하고 있던 후루사와 우쿄노스케도 마찬가지다. 그런데 빨간 도깨비 후루사와 님의 아드님이 어째서 오하쓰 같은 아이와 얽혀 도리초를 어슬렁거리고 계셨던 걸까.

　그건 그렇고 이번만은 애를 먹었다. 아무래도 오하쓰의 '저 나무통이에요, 틀림없어요'라는 말만을 근거로 나무통 안을 조사하게 할 수는 없었다. 생각다 못한 로쿠조는 마루야에 손님이 오기를 기다려 틈을 보아 가게에 얼굴을 내밀었다. 고용살이 일꾼 중 한 명이 방금 그 손님을 위해 나무통 아래의 기름 나오는 곳을 열고 됫박으로 기름을 달고 있을 때 "아무래도 기름이 잘 안 나오는 것 같은데? 속이 막힌 것인지도 모르겠군"이라고 억지스러운 말을 하여 간신히 뚜껑을 열게 할 수 있었다.

열어 보니 보는 바와 같이 정말로 여자 아이의 시체가 나왔다. 오하쓰의 말은 틀림이 없다. 누이이긴 하지만 약간 오싹하기까지 한 능력이다.

"양을 재어 파는 것은 이 통부터인가 보군."

한 바퀴 돌고 원래 있던 곳으로 돌아온 도신이 말했다. 로쿠조는 잠시 동안 잠겨 있던 생각을 뿌리쳤다.

"그렇습니다." 이헤가 대답한다. 로쿠조는 말없이 옆에 대기하고 있었다.

이번에는 우연히 시체를 발견하는 계기를 만들었으니 이 자리에 있을 수 있지만, 본디 오캇피키라는 직책은 공식적인 것이 아니기 때문에 이럴 때는 끼어들 수가 없다. 도신들의 조사를 돕는 것은 어디까지나 자경대인 이헤다. 교호(1716~1736) 무렵에 메아카시 금지령_{도신이나 요리키가 개인 재산으로 고용하는 메아카시가 서민들을 갈취하는 일이 횡행하여 막부가 메아카시 사용을 금지함}이 내려지면서 한때는 엄하게 단속되다가 이름을 오캇피키로 바꾸며 끈질기게 살아남아 지금까지 조금씩 세력을 떨치게 된 직업이지만, 표면적으로는 인정을 받지 못하고 있다.

"채유밖에 없군."

한 되에 사백 문, 서민에게는 비싼 가격이지만 마루야에서는 거래처가 전체적으로 고급이다 보니 채유밖에 취급하지 않는다.

나무통 위의 뚜껑은 들어 올려서 열게 되어 있다. 봉당 구석에는 사다리도 세워져 있으니 마음만 먹으면 나무통에 사다리를 걸치고 올라가 뚜껑을 열고 안에 물건을 던져 넣기도 불가능하지는 않다.

어린아이의 시체도 그렇게 해서 던져 넣었을 것이다.

왜 일부러 이런 짓을 했을까. 숨길 생각이었다면 더 좋은 장소가 있었을 테고, 그냥 버리기만 할 거였다면 오카와 강에 던져 넣으면 된다.

"원한이 얽혀 있을지도 모르겠군."

오키노기 불쑥 중얼거리고 동의를 구하듯이 로쿠소의 얼굴을 보았다. 로쿠조는 목례를 했다. 이번에도 이헤가 대답한다.

"마루야 사람들도 흥분해 있어서 확실하게는 단언할 수 없지만 지금까지 들은 바에 따르면 마루야와 관련이 있는 친척이나 손님, 고용살이 일꾼들의 친척 중에서 이만한 나이의 여자 아이가 있는 사람은 없는 모양입니다."

자리에 있던 사람들 전원에게 끌어올린 아이의 얼굴을 보여 주었지만 모두들 고개를 저으며 모르는 아이라고 대답했다.

오카노는 수염이 짙어 보이는 턱을 문지르면서 고개를 갸웃거렸다. "그렇다 해도 원한일 가능성은 버릴 수 없네. 마루야에 원한이 있는 사람이 심술을 부리려고 한 짓인지도 모르지. 관련이 있든 없든 세상 사람들은 아이와 마루야가 어떻게 관련되어 있는지 이런저런 억측을 할 테니 말이야."

로쿠조는 내심 감탄했다. 오카노 나리는 이래봬도 의외로 세상 물정에 통달한 분인 모양이다.

마루야의 주인 고베는 올해 마흔넷. 스물다섯 살 때 부모의 뒤를 이어 주인이 된 후로 십오 년 동안 장사 일에는 견실했지만 여복이 많기로 유명한 사람으로 드나드는 여자가 수시로 바뀐다. 선대 주인, 즉 고베의 아버지가 고용살이 일꾼 출신의 데릴사위라서 주인집 딸이던 아내 때문에 했던 온갖 고생이 아들 대에 이르러 엉뚱한 쪽으로 폭발했다는 소문도 있다. 고베라면 다른 곳에 숨겨둔 자식 한두 명은 있어도 전혀 이상하지 않다. 만일 이 여자 아이가 그런 아이라면—.

"그렇다 해도 어떻게 이런 잔혹한 일이 있을 수 있을까요."

어두운 얼굴을 한 이헤가 대답했을 때 와 달라고 부탁했던 마을 의원이 이제야 도착했다는 소식이 들어왔다.

도리초 부근에서 변사나 살인이 일어나면 반드시 얼굴을 보게 되는 겐안이라는 고참 의원이다. 공무와 관련된 이런 조사에 익숙하고 입도 무거운데다 실력도 확실하다. 가끔 시마이야에도 밥을 먹으러 온다. 이제 쉰이 넘은 참이지만 독신으로 니시카와기시초에 집을 빌려 살고 있다. 사방등을 켠 아담한 그 집의 일층에서 진료를 하고, 이층에서 생활한다. 출퇴근하는 하녀가 한 명 있지만 그녀는 보기 드물 정도로 요리가 서툰 사람이라고, 시마이야에 올 때마다 투덜거린다. 그래도 해고하지 않는 것을 보면 밥 짓기 이외의 일은 잘하는 모양이다. 술을 몹시 좋아하는 사람이라 술에 취해 있지 않을 때가 없다. 시마이야에서도 찬밥에 식은 술을 부어달라고 아무렇지도 않게 졸라댄다. 오요시가 싫어하는 손님 중 한 명이다.

"스다초의 공사장에서 사람이 다쳐서 말이지요. 사람을 보내시기 조금 전에 부상자가 실려 들어오는 바람에 늦었습니다."

이제 슬슬 백발이 섞일 법도 한데 아직 파릇파릇한 대머리를 쓰다듬으며 겐안은 변명의 말을 늘어놓았다. 로쿠조는 숨 냄새를 맡아

보았다. 희미하게 술내가 났다.

"어린아이라면서요?"

의원은 허물없는 어투로 로쿠조에게 말하더니 봉당에 눕혀져 있는 여자 아이의 옆에 몸을 구부리고 거적을 들추었다.

몸과 어울리지 않을 정도로 작은 겐안의 손이 기름에 전 옷을 입은 여자 아이의 몸을 재빨리 살피고, 눈꺼풀을 뒤집고, 엎어서 등을 조사하고, 팔다리의 관절 상태며 손톱 색깔, 무엇을 보는지 알 수 없지만 손가락 사이까지 꼼꼼하게 조사해 나가는 것을 로쿠조와 오카노, 이헤는 아무 말도 없이 묵묵히 지켜보았다.

"기름에 빠져죽지는 않은 것 같습니다."

겐안은 여전히 한쪽 무릎을 꿇은 채 그렇게 말했다. 손은 지금 여자 아이의 이마를 어루만지며 머리카락을 가지런히 해 주고 있다.

어린아이가 기름통 안에 빠져죽은 것이 아니라는 정도는 로쿠조도 알고 있었다. 만일 그랬다면 당연히 마루야의 누군가가 알아차렸을 테니까. 오카노도 마찬가지이리라. 그래서 아까도 "어째서 이런 곳에 시체를—"이라고 말한 것이다.

"눈에 띄는 이렇다 할 상처도 없어요. 이렇게 어린 아이이니 코와 입을 손으로 막기만 해도 눈 깜짝할 사이에 숨이 끊어지고 말 테지요. 그런 방식으로 살해당한 것 같군요."

"묶였던 흔적은 보이지 않나?"

오카노의 물음에 겐안은 얼굴을 들고 대답했다.

"없는 것 같습니다. 어린아이의 피부는 약해서 수건으로만 묶어도 붉게 자국이 남으니까요."

"죽은 지 얼마나 지났습니까?"

로쿠조가 묻자 겐안은 대머리의 뒷덜미를 톡톡 두드리며 천장을 올려다보고 잠시 생각에 잠겼다.

"아마 그저께쯤……. 아니면 오늘 아침 이른 시각이거나……."

"상당히 오차가 나는군."

오카노의 말에 겐안은 일어서면서 굵은 목을 움츠렸다.

"익사체라면 얼마든지 본 적이 있지만 기름 속에 던져진 시체를 검시하기는 처음이거든요. 어쩌면 몸이 상하는 속도나 피부색의 변색, 굳어지는 속도, 그런 것이 다른 경우와는 다를지도 모릅니다. 안구가 탁해진 정도로 판단하자면 늦어도 어젯밤에는 이미 죽어 있었을 것 같지만 이것만은 저도 확실하게 말씀드릴 수 없습니다. 안 그래도 어린아이의 시체는 검시가 어렵지요."

"그렇군." 오카노는 고개를 끄덕였다. 겐안은 로쿠조 쪽을 돌아보며 말했다.

"그보다 어린아이가 던져 넣어진 것이 언제인지, 그쪽을 조사하는 게 더 빠를 거요. 오카와 강에 풍덩 던져 넣은 것과는 다르니까요. 살인자가 이런 짓을 저지를 수 있었던 시간은 지극히 한정되어 있었을 것 같은데요."

"물론이지요."

로쿠조가 대답하자 겐안은 입 끝을 튕겨 올리듯이 씩 웃었다. 도리초의 대장님, 당신의 실력을 시험하는 살인이군요, 라고 작은 눈이 말하고 있었다.

"더운 물로 깨끗이 씻어 줘야겠군."

원래대로 거적을 덮으면서 여자 아이의 시체 옆에서 일어선 오카노가 말했다.

마을에서 신원을 알 수 없는 사망자가 나오면 우선은 자경대가 맡아 장례를 치러 주는 것이 규칙이다. 이헤가 말했다.

"괜찮다면 당장이라도 데려가 씻어 주고 싶은데요."

로쿠소에게 눈으로 힐낏 신호를 보냈다. 로쿠조는 알아볼 수 없을 정도로 살짝 고개를 끄덕였다. 여자 아이의 시체는 로쿠조의 집으로 실려 가게 될 것이다. 그렇게 하면 인상착의를 그린 그림을 만들 때도 편하다.

오카노는 고개를 끄덕였다. "그렇게 해 주게. 나도 손을 쓰겠지만 사람을 보내서 게시판에도 시대에 미아나 행방불명된 사람의 수색을 위해 나라에서 설치한 공공 게시판을 조사해 보는 편이 좋겠어."

"알겠습니다."

우선은 마루야 주인의 얘기를 들어 볼까—하고 혼잣말처럼 중얼거리던 오카노는 봉당을 나가면서 문득 뒤를 돌아보고 말했다.

"우리 집은 핫초보리의 기타시마초 부근에 있네. 옆에 서당의 간판이 있고 남천나무가 심어져 있으니 금방 알 수 있을 거야. 사람을 좀 보내주지 않겠나?"

"예에."

"내게도 이 아이만 한 딸이 있네." 도신은 거적 쪽으로 시선을 떨어뜨리며 말했다. "뭔가 입힐 만한 것을 찾아 두지. 부엌 쪽으로 돌아 들어와서 사람을 부르면 곧 알 수 있도록 해 두겠네."

오카노가 나가고 나자 겐안이 로쿠조 쪽으로 얼굴을 돌렸다.

"도깨비의 눈에도 눈물은 있다는 게로군."

로쿠조는 말없이 고개를 끄덕였다. 그 역시 더운 물로 깨끗이 씻기고 나면 아이에게 오하쓰가 옛날에 입던 낡은 옷을 찾아내어 입혀주려고 생각하던 참이었다.

"한잔하고 싶은 기분이에요." 겐안이 이렇게 말하자, "정말 그렇군" 하고 이헤가 대꾸했다.

2

로쿠조에게 쫓겨난 오하쓰와 우쿄노스케는 그 무렵, 시마이야로 돌아가 있었다. 오하쓰 혼자라면 큰길에 모여든 구경꾼들 틈에 섞여 들어가서 시치미를 뗄 수도 있지만 옷차림만은 조마와리 도신 같은 우쿄노스케가 함께 있으면 지나치게 눈에 띄기 때문에 무리다. 우쿄노스케도 지금은 자신이 나설 때가 아니라는 것을 알고 있는지 얌전히 마루야를 떠나 오하쓰를 따라왔다. 어르신의 명령에 따라 끝까지 오하쓰와 행동을 함께할 생각인 모양이다.

시마이야에 돌아오자마자 오하쓰는 그런 우쿄노스케를 안채 다다미방에 밀어 넣고 "편하게 계셔요"라는 말을 남긴 후 재빨리 가게로 나가 버렸다. 어르신과 이야기를 나누려면 아무래도 이른 아침 시간에 찾아뵈어야 했기 때문에 오늘 아침에는 양해를 구하고 외출했지만 원래는 이른 아침부터 점심때까지가 식당이 한창 바쁠 때다. 일손은 조금이라도 많은 편이 좋다. 사건이 생겨 로쿠조 오라버니도 외출해 버렸으니 후루사와 님은 나중으로 돌리고 장사부터 해야 한다.

아니나 다를까 목덜미를 땀으로 적신 오요시가 이리저리 뛰어다니고 있다. 피부가 하얗고 고운 새언니는 비지땀을 흘려도 예쁘다. 로쿠조 오라버니는 이렇게 예쁜 사람을 어떻게 꼬드겨서 아내로 삼았을까, 하고 오하쓰는 가끔 생각한다.

미나미아부라초는 바로 옆 동네라서 마루야에서 일어난 소동은 시마이야에 오는 손님들이나 큰길을 오가는 사람들의 입을 통해 오하쓰의 뒤를 쫓듯이 시마이야 안에도 들어왔다. 오요시는 물론 오하쓰가 한 번 돌아왔다가 로쿠조를 데리고 나간 것을 알고 있기 때문에 뭔가 있었다는 사실만은 알고 있었다. 그러나 기름통 안에 어린 아이가 떠 있었다는 이야기를 듣자 눈을 크게 뜨고 오하쓰를 바라보았다.

"정말이에요." 오하쓰는 작은 목소리로 속삭였다. "내가 봤어요."
"나중에 얘기해 줘."

그렇게만 말하고 두 사람은 손님 상대에 전념했다.

니혼바시가와 강가의 니혼바시 다리에서 에도바시 다리 사이의 북쪽 기슭에 있는 혼후나초는 어시장으로 낮 열두 시경까지는 매일 불이라도 난 듯이 소란스럽다. 에도 시가에서 유통되는 생선은 다이묘^{봉록 1만 석 이상의 영주}의 밥상에 올라가는 한 토막당 얼마, 하고 가격이 붙는 고급 생선에서부터 뒷골목 가게의 풍로에서 구워지는 정어리 한 마리에 이르기까지 전부 이 강가를 통해 나간다. 나란히 줄지어 있는 생선 도매상, 중개인, 생선 가게에 모이는 사람들은 성에 식재료를 대는 거상에서부터 생선을 지고 팔러 다니는 장사치까지 여러 종류지만, 많은 사람들이 모이는 곳에 음식 장사가 많은 것은 당연한 일이라 혼후나초의 북쪽에 있는 나가하마초, 야스하리초, 혼오다와라초 일대에는 생선 가게나 건어물 가게 등에 섞여 음식점이 몇 곳이나 장사를 하고 있다. 물론 밥집도 수없이 많다.

새언니가 그런 곳에 끼어들어 밥장사를 시작하겠다는 말을 꺼냈을 때는 오하쓰도 꽤나 마음을 졸였다. 로쿠조도 마찬가지 생각이었는지, 나가하마초로 가자고 주장하던 오요시를 '내 구역이기도 하니까'란 말로 설득하여 니혼바시 다리 이쪽 편에 있는 요로즈초에 가게를 열기로 이야기가 마무리되었을 때는 안도의 한숨을 내쉬었다. 처음에는 성질 급한 어시장 사람들이 느긋하게 다리를 건너 밥을 먹으러 와 줄 리가 없다고 골을 내던 오요시도 본디 지기 싫어하는 마음이 강한 사람이다 보니, 가게가 망하면 자신의 수치라며 여러 가지로 궁리를 하고 내놓는 음식도 바꾸어 가는 등 공을 들여 시마이야의 이름을 널리 알렸다. 덕분에 오히려 요즘은 급한 성질로 밥을 벌어먹고 사는 어시장 남자들이 가게 앞에 줄을 서 가며 기다릴 때도 있다.

부엌에는 가키치라는 이름의 쉰 살이 넘은 주방장이 있는데 오요시와 힘을 합쳐 하루에 백 인분, 이백 인분의 밥 준비를 그리 힘든 내색도 없이 해내고 있다. 가키치는 시마이야가 처음 개업을 했을 때부터 있어 주었기 때문에 벌써 오랫동안 알고 지낸 사이인데, 원래는 가구라자카 부근의 요정에서 주방장을 맡았던 적도 있다고 할 만큼 실력이 좋았다. 그런 사람이 무슨 생각으로 이런 작은 식당에 왔는지, 자세한 사정은 오요시와 로쿠조 두 사람밖에 모른다. 오하쓰는 그저 가키치가 만드는 음식, 특히 구이가 맛있다는 사실과 그가 오하쓰를 부를 때의 '아가씨'라는 목소리가 상냥해서 몹시 마음에 들었다.

그 외에는 오히쓰외 미친가지로 음식을 나르거나 가게를 청소하는 일에서부터 설거지까지 뭐든지 하는 소녀 두 명이 있을 뿐인 아담한 가게다. 오하쓰는 소매를 어깨띠로 걷어 올리고 "오오, 이제야 왔군. 오하쓰의 얼굴을 안 보면 밥이 맛이 없단 말이야" 하며 말을 걸어오는 남자들에게 웃음을 지으며 열심히 장사를 했다.

점심때의 바쁜 고비를 넘기고 가게 안이 비기 시작하면 시마이야 사람들도 교대로 늦은 점심을 먹는다. 저녁이 되면 술을 내놓는 식당도 있지만 시마이야는 정말로 밥만 파는 가게고 저녁때도 네 시만 되면 문을 닫아 버리기 때문에 하루 중 가장 바쁜 시간은 이제 지나간 셈이다.

일이 일단락되자 오하쓰도 우쿄노스케가 생각났다. 배가 고플 거라는 생각이 들어 작게 이름을 부르고 나서 안채 다다미방을 들여다보니 우쿄노스케는 창가의 문지방 쪽을 향해 단정하게 정좌를 하고 앉아 밝은 쪽으로 머리를 기울인 채 뭔가 열심히 바라보고 있었다―.

아니, 바라보는 것이 아니다. 손을 움직여 뭔가를 쓰고 있었다.

"후루사와 님."

아까 불렀을 때는 들리지 않았는지 우쿄노스케는 정좌를 한 채 한

치쯤 뛰어오른 것처럼 보일 정도로 놀란다.

"오하쓰 씨?"

그는 적고 있던 것을 팔꿈치로 가리다시피 하며 허둥지둥 말했다.

"슬슬 마을을 돌아보시겠어요?"

오하쓰는 기가 막힌 동시에 본의는 아니지만 조금 감탄했다. 이렇게 방치해 뒀으니 어쩌면 화를 내며 집에 가 버리지 않았을까 반쯤은 기대하고 있었는데 이분은 어르신이 시키신 일을 성실하게 해낼 생각인 모양이다.

"그건 그렇고 후루사와 님, 점심을 드시지 않겠어요? 배가 고프시지요."

"아니, 저는—."

우쿄노스케가 말하려고 했을 때 그의 배에서 꼬르륵 소리가 났다. 오하쓰는 생긋 웃었다.

"저희 집은 식당이니까 가게에서 그날그날 내놓는 것과 똑같은 반찬밖에 없지만 맛은 보장할 수 있답니다. 이쪽으로 가져다드릴게요."

부엌 쪽으로 돌아가면서 오하쓰는 어떻게 해야 하나 생각했다. 가게 사람들과 같이 들게 할 수는 없고, 그렇다고 오하쓰가 마주앉아 상대를 하기에도 모양새가 이상하다.

'앞으로의 일도 있고······.'

오요시에게 와 달라고 해서 우쿄노스케에게 이런저런 이야기를 들으며 점심을 먹기로 할까.

오하쓰가 대강 사정을 이야기하자 오요시는 입을 딱 벌렸다.

"오하쓰, 그럼 후루사와 님을 지금까지 계속 안채에 밀어 넣고 내버려두었다는 말이야?"

"네."

"네라니, 그런 실례되는 짓을."

어째서 일찍 알려 주지 않았느냐며 오요시는 나무라는 얼굴이다.

"뭐 어때요. 어르신께서 내게 맡기신 분인걸요. 구워먹든 삶아먹든 내 마음이지요."

"오하쓰." 새언니는 따끔하게 타일렀다. "어르신께는 어르신의 생각이 있으시겠지만 네가 그 위세를 업고 큰소리를 쳐서는 안 되지."

오하쓰는 혀를 쏙 내밀었다. "그러게요. 하지만 후루사와 우쿄노스케 님은 성실하긴 성실한데 햇볕에 내놓은 금붕어처럼 흐리멍덩한 분이에요. 왠지 불쌍해질 정도라니까요."

가키치가 웃음을 참으면서 차려 준 상을 들고 두 사람은 우쿄노스케가 앉아 있는 다다미방으로 향했다. 얼굴을 마주하고 보니 그때까지 '빨간 도깨비 후루사와 님의 아드님이다'라는 생각에 긴장하고 있던 오요시도 맥이 탁 풀린 모양이다.

'그렇지요?' 오하쓰는 눈짓을 하며 고개를 끄덕였다.

매일 바뀌는 그날의 반찬은 뜨거운 밥에 역시나 뜨끈뜨끈한 두부된장국, 구이는 전갱이, 머위조림에 오요시가 담근 가지장아찌와 매실장아찌. 배가 고프기도 하고 무엇보다 한창 먹을 나이라 우쿄노스케는 처음에는 사양하는 것 같았지만 이내 아무 말도 하지 않고 열심히 젓가락만 움직이게 되었다. 오요시와 오하쓰는 힐끗 얼굴을 마주 보았다. 잠시 후에 오요시가 갑자기 자리를 뜨더니 그릇에 날달

갈을 담아 가져왔다.

"간장을 뿌려서 드세요." 오요시가 생글생글 웃으며 우쿄노스케에게 권한다.

"고맙습니다."

우쿄노스케는 기분 좋아질 정도로 기쁜 얼굴을 하며 밥을 한 공기 더 청해서 먹었다. 콧등에 맺힌 땀방울도 김으로 안경이 흐려진 것도 신경 쓰이지 않는 모양이다. 옆에서 오요시가 부채를 꺼내 계속 바람을 보내 주고 있다.

식사가 끝나고 뜨거운 엽차를 마실 때쯤 되어서야 오하쓰는 오늘 어르신을 찾아뵈었을 때의 일부터 설명하기 시작했다. 우쿄노스케는 오하쓰의 이야기에 끼어들지 않고 그 말이 맞는다는 듯이 턱을 끄덕거리고 있다. 오요시는 가끔 두 사람의 얼굴을 번갈아 바라보며 듣고 있다가 이렇게 말을 건넸다.

"왠지 송구스러운 일이로군요. 오하쓰, 어르신은 네게 후루사와 님을 안내해 드리라고 말씀하셨니?"

"안내라니, 에도 거리를?" 오하쓰는 그렇게 말하더니 웃음을 터뜨렸다. "시골에서 갓 상경한 촌뜨기 하녀도 아닌데 그런 일을 왜 하라는 거예요? 그렇지요, 후루사와 님?"

오요시는 오하쓰의 가벼운 말투에 기겁을 하며 허둥지둥 우쿄노스케에게 머리를 숙였다.

"무례하게 군 것을 용서해 주시기 바랍니다. 오하쓰는 말하는 예의를 잘 몰라서······."

우쿄노스케는 사람 좋아 보이는 웃음을 얼굴 가득 띠고는 오요시의 말을 가로막았다.

"신경 쓰실 것 없습니다. 저는 오하쓰 씨를 따라다니면서 오하쓰 씨를 도우며 견문을 넓히고 오라는 부교님의 명을 받고 온 것입니다. 물론 조사도 할 것이고요. 당장은 기름 가게 사건을 조사해야겠지요."

우쿄노스케는 오하쓰의 얼굴을 살폈다. 오하쓰는 고개를 저었다.

"기름 가게 사건에 대해서는 로쿠조 오라버니가 돌아오기 전에는 아무 말씀도 드릴 수 없어요. 저도 돌아오는 길에 그런 사건과 마주칠 줄은 생각도 못했고요. 어르신은 제가 찾아뵙고 말씀드린 시비토쓰키가 씌인 산겐초의 기치지라는 사람에 대해서 조사하게 할 생각이시지 않을까요."

시비토쓰키라는 말에 오요시가 살며시 얼굴을 찌푸렸다.

그녀도 오하쓰가 갖고 있는 기묘한 힘이나 거기에 따라붙어 일어난 사건이 남편 로쿠조가 임무를 다하는 데에 도움이 되어 온 것 등 여러 가지 사정을 전부 알고 있다. 하지만 굳이 말하자면 오싹한 느낌이 드는 힘을 너무 많이 사용하지 말고 오하쓰가 착하고 귀엽게 지내 주었으면 하는 바람이 본심이다.

"그보다 후루사와 님, 정말로 저 같은 것과 함께 돌아다니실 생각이라면."

"물론 그럴 생각입니다, 오하쓰 씨."

"그렇다면 그런 옷을 입으시면 곤란해요. 차라리 상사람들 같은 옷차림을 해 보시는 게 어떨까요? 훨씬 돌아다니기 쉬울 거예요."

우쿄노스케도 이 말에는 기가 죽었다. "하지만 어떻게……."

"옷이라면 어떻게든 구할 수 있을 거예요. 우리 가게의 분 씨나 기타 씨 같은 옷차림이 제일 좋을 것 같은데요."

은밀하게 순찰을 다니는 도신은 종종 관리인이나 상인 같은 옷차림을 하고 다닌다. 그러지 않으면 임무를 할 수가 없다. 그런 상황을 생각했는지, 우쿄노스케도 곧 고개를 끄덕였다. 오요시만이 불안한 얼굴을 하고 있다.

"허리에 차고 계시는 검도 그렇고 짓테도 당분간은 필요 없어요, 후루사와 님."

오하쓰가 어르신과 약속한 것은 마을에서 일어나는 신기한 사건, 기묘한 소문의 출처나 자세한 내용을 조사해서 알려 드리는 일이라 범인 체포로까지 발전하는 경우는 열 건 가운데 한 건 정도다. 그런 의미로 위험한 조사는 아니었다.

오요시가 손을 써 주어서 우쿄노스케는 줄무늬 기모노와 모모히키꽉 들러붙는 남성용 하의로 갈아입고 머리도 가게 점원처럼 다시 틀어 올렸다. 하지만 안경만은 벗을 수 없었다. "환전상의 행수 분위기네요." 오하쓰는 웃었다. "어울리셔요."

우쿄노스케가 양 소매 끝을 손으로 잡고 새 옷을 입게 된 어린아이처럼 뚫어져라 자신의 모습을 보고 있을 때 로쿠조가 돌아오는 소리가 들렸다.

로쿠조와 함께 아직 이름도 모르는 여자 아이의 시체도 실려 왔다. 오요시는 어린아이의 무참한 모습에 얼굴이 조금 창백해졌지만 곧 마음을 다잡고 부지런히 움직여 시체를 닦아 주었다. 그 사이에 로쿠조의 부하 중 한 명으로 그림을 잘 그리는 신키치가 깨끗해진 여자 아이의 얼굴을 그려 인상착의서를 만들었다. 핫초보리에 심부름을 다녀온 점원이 받아다 가져다준 붉은 고소데를 입히고 약식으로나마 장례 준비도 했다.

오하쓰도 일을 거들었는데 이때 처음으로 환상 속에서 본 아이의 작고 하얀 손을 자신의 손으로 잡아 보았다. 그리고 작은 얼굴도 보았다.

이번에는 더 이상 어떤 환상도 찾아오지 않았다.

지금까지 살인이 일어났을 때 희생자의 시체를 건드린 순간 그들을 해친 자의 얼굴이 오하쓰의 머릿속에 마치 환등으로 보는 것처럼 몇 번인가 떠오른 적이 있었다. 이름이나 신원을 알 수는 없기 때문에 그 후의 조사가 중요하다는 사실에는 변함이 없지만 그래도 큰 단서임엔 틀림없다. 로쿠조가 아이의 시체를 떠맡은 이유는 오하쓰가 가진 마음의 눈―머릿속에 잠들어 있는 눈이 아이의 시체에 직접 닿으면 무언가를 볼 수 있지 않을까 기대하는 바가 있었기 때문일 것이다.

이번에는 헛된 시도, 허무한 바람이었다. 눈짓으로 묻는 로쿠조에게 오하쓰는 말없이 고개를 저어 보였다.

대강 정리가 되고 나자 오하쓰는 오늘 아침부터 있었던 일을 오라비에게 설명했다. 이야기를 듣고 묘하게 고지식한 얼굴인데다 상사람처럼 머리를 올린 우쿄노스케에게 눈을 깜박거리며 인사를 한 후 로쿠조는 아침 겸 점심을 먹으면서 마루야에서 그 뒤에 있었던 일을 설명했다.

"아이의 신원도 언제 기름통에 던져졌는지도 아직 아무것도 알 수 없어. 다만 마루야와 관련이 있는 아이는 아닌 것 같구나. 온갖 소문이 나 있는 주인이지만 아이의 얼굴을 보여 주었을 때 모르는 아이라고 대답하던 모습이 연기 같지는 않았거든."

로쿠조는 어린아이 살해라는 잔인한 사건에 입매를 팽팽하게 긴장시키며 말을 이었다.

"우리 애들이 패를 나누어서 인상착의서를 들고 아이를 본 적이 있는지 없는지 시내를 돌아다니며 묻고 있다. 지금은 그것밖에 방법이 없어. 분키치가 게시판에서 뭔가 알아내서 돌아와 주면 좋겠다만. 오하쓰 너는 다시 한번 마루야의 현장을 슬쩍 보아 주었으면 한다. 처음에 보이지 않았던 것이 보일지도 모르니까."

오하쓰는 승낙하고 우쿄노스케와 함께 가기로 했다. 옷차림이 바뀌었으니 잠시라도 밖에 나가 보면 그도 다니기 편해졌음을 실감할 수 있으리라 생각했기 때문이다. 하지만 그 말을 듣고 로쿠조의 메부수한 얼굴이 갑자기 흐려졌다.

"후루사와 님." 그는 정중하게 말을 꺼냈다. "저 같은 사람이 어르신의 생각을 알 수는 없습니다. 어엿한 요리키 신분이신 후루사와 님께서 굳이 이런 계집애를 도와주실 필요는—."

우쿄노스케는 로쿠조가 끝까지 말하기도 전에 시원스럽게 말했다. "저는 부교님의 명령에 따를 뿐입니다. 로쿠조 씨, 걱정 마십시오."

로쿠조 씨라고 불리자 어지간한 도리초의 대장도 다음 말을 잇지 못했다.

우쿄노스케와 나란히 시마이야를 떠나 마루야 앞까지 걸어가면서 오하쓰는 말했다.

"마루야의 고용살이 일꾼 중에 제가 잘 아는 하녀가 있어요. 우선 그 사람한테 말해서 가게 안을 좀 들여다보게 해 달라고 할 테니 후루사와 님은 지나가는 구경꾼인 척하고 계셔요."

"오하쓰 씨는 또 뭔가 보일 것 같습니까?"

"글쎄요, 모르겠어요. 과연 언제 보일지, 무엇이 보일지, 저도 짐작이 가지 않거든요. 벼락이 떨어질 때처럼 제 뜻과는 상관없이 오는 것이라서요."

마루야 앞에는 아무래도 적어지기는 했지만 여전히 그럭저럭 많은 사람들이 모여 있었다. 근처 가게의 고용살이 일꾼도 보인다. 살해된 아이가 마루야와 관련이 있든 없든 마루야에게 있어 재난이라는 사실은 틀림이 없다. 지켜보는 사람들도 하나같이 눈썹을 찌푸리고 목소리를 낮추며 무서운 것이라도 보듯이 마루야의 기름통 쪽을 살펴보고 있었다. 반쯤 닫혀 있는 바깥문의 틈으로 나무통 아래쪽만을 엿볼 수 있을 뿐이었다.

오하쓰와 사이가 좋은 하녀는 오콘이라고 하는데 나이는 열다섯이었다. 안채의 잡다한 일을 모두 맡고 있다. 사쿠라에서 혼자 고용살이를 하러 온 야무진 처녀다. 뒷문 쪽으로 들어간 오하쓰는 뒤뜰 우물가에서 빨래를 하고 있던 그녀를 발견했다. 손을 멈추고 이쪽을 올려다보는 그녀의 얼굴이 약간 창백했다.

"힘들었지?"

오콘은 앞치마로 손을 닦으며 일어서서 다가왔다.

"대장님이 우리한테도 여러 가지를 물으시던데."

"우리 오라버니는 얼굴은 그렇게 생겼지만 무서운 사람은 아니야."

"응, 그건 알아. 하지만 오하쓰. 파는 기름이 들어 있는 나무통 속에 그렇게 어린 여자 아이가 죽은 채 떠 있었다니……. 나는 너무 무서워."

"언제 던져졌는지 전혀 짐작도 안 가?"

"관리님도 대장님도 꽤 자세히 물으신 모양이야. 지금은 아직 언제인지 확실하지 않아. 나 같은 게 알 수 있을 리도 없고. 오하쓰 너도 알지? 우리 나리가 어떤 사람인지."

마루야의 주인에겐 숨겨 둔 아이가 한두 명 있어도 이상하지 않다는 이야기다.

"응, 알아."

"만일 그 아이가 그런…… 세상 사람들에게 드러내기 꺼려지는 아이였다면 어떡하느냐고, 마님은 그 생각에 머리가 아프신가 봐. 우리는 어떻게 될까? 만일 나리에게 혐의가 걸리면 우리도 고용살이를 할 수 없게 되고 말 거야."

오하쓰는 몸집이 작은 오콘의 어깨를 껴안았다. "쓸데없는 걱정을 해 봐야 소용없어. 그렇게 되지는 않을 거야. 나리는 상관없을 것 같다고 우리 오라버니도 그러더라. 안심해."

고개를 숙이고 만 오콘을 위로하면서 오하쓰는 시선을 들어 마루야의 집 안을 바라보았다. 뒤뜰에서는 복도를 사이에 두고 줄지어 있는 고용살이 일꾼들이 생활하는 작은 방이 보인다. 조금 더 돌아 들어가 보면 석등이나 나무가 있는 잘 가꾸어진 안뜰이 나오지만 지금은 그렇게까지 할 필요는 없을 것 같았다. 그보다 다시 한번 밖을 돌아보자.

오하쓰는 오콘을 격려하고 뒤뜰을 나서 큰길로 돌아 나갔다.

우쿄노스케는 오하쓰가 말한 대로 길가에 서서 조금 졸려 보이는 눈을 깜박거리며 마루야의 입구 쪽을 멍하니 바라보고 있었다. 오하쓰는 그의 옆을 지나쳐서 바깥문의 틈새를 통해 마루야 안으로 발을 들여놓았다.

이끼 우쿄노스케에게 한 말은 거짓이 아니지만 무언가가 '보이기' 전에는 늘 하나같이 이상하게 가슴의 고동이 느껴진다. 아니면 오늘 아침에 마루야 앞을 지나쳤을 때처럼 머리가 아프다고 느낄 때가 많다. 지금은 그런 증세가 전혀 없다. 덕분에 가게 안으로, 또 기름통 옆으로 다가가는 것도 그다지 무섭지 않았다.

게다가 지금까지의 경험으로 하나의 장소, 하나의 물건과 관련된 환상은 한 번밖에 보이지 않는다는 사실도 알게 되었다. 단서가 될 만한 환상이 몇 번이나 이것저것 보인 적은 지금까지 한 번도 없었다. 로쿠조도 사정은 알고 있지만 만에 하나의 요행을 바라고 한 번 더 보고 오라고 명령한 것이다.

오하쓰가 들어간 곳에는 인기척이라곤 없고 나무통 옆에 무료한 얼굴을 한 파수꾼 한 명이 파수를 보고 있을 뿐이었다. 오하쓰도 아는 얼굴이다. 그는 그녀를 알아보고 곧 가까이 다가왔다. "들어오면 안 되는데요. 혹시 대장님 심부름으로 왔습니까?"

"네. 마루야의 안주인에게 우리가 도울 수 있는 일이 있으면 무엇이든 말씀하시라고 전해 주세요."

부자연스럽지 않을 정도로 천천히 그렇게만 말하고 나무통을, 그리고 집안사람들이 순서대로 관리에게 조사를 받고 있을 안채 다다미방 쪽을 바라본 후 오하쓰는 발길을 돌렸다.

소용없다. 아무것도 느껴지지 않는다. 아무것도 보이지 않는다. 캄캄한 어둠 속에 어린아이의 손이 떠 있던 그때의 환상—이번에 오하쓰의 마음의 눈은 역시 그 광경만 본 모양이다.

밖으로 나가자 우쿄노스케가 바로 다가왔다. 기분 탓인지 긴장한 얼굴을 하고 있다. 오하쓰는 고개를 저어 보였다.

"소용없었습니까?"

우쿄노스케는 그렇게 말하며 작게 한숨을 쉬었다. "오하쓰 씨에게도 모든 것이 보이지는 않는군요."

"이렇게 되면 저는 이 사건에서는 더 이상 아무 도움도 되지 못해요. 그대로 놔두었다면 사람들이 좀처럼 알아채지 못했을 시체를 발견한 것으로 제 역할은 끝이지요. 나머지 조사는 로쿠조 오라버니와 다른 사람들이 할 일이에요."

"그럼 처음 예정대로 산겐초의 시비토쓰키 쪽을 조사해 볼까요?"

사람에 따라서는 웃음을 터뜨리거나 눈썹을 찌푸릴지도 모를 시비토쓰키라는 말을 우쿄노스케는 너무나도 진지하게 입에 담는다. 오하쓰는 저도 모르게 물었다.

"후루사와 님은 제가 입에서 나오는 대로 아무렇게나 이야기를 지어내고 있다고는 생각지 않으시나요?"

무슨 생각을 하는지 우쿄노스케는 잠시 멍하니 있었다. 오하쓰가 바라보는 시선을 느끼고 제정신으로 돌아와서는 이렇게 되물었다.

"뭐라고 하셨나요?"

"아니요, 됐어요."

그보다 그가 지금 무엇을 생각하고 있었나가 더 신경 쓰이기 시작했다.

"후루사와 님은 지금 무슨 생각을 하셨어요?"

"대단한 것은 아닙니다만."

모양이 바뀌었기 때문에 역시 신경이 쓰이나 보다. 우쿄노스케는 올려 묶은 머리 뒤쪽을 만지면서 말했다. "여기 서서 구경꾼들이 하는 말을 듣다가 알게 되었는데 마루야라는 가게는 채유밖에 취급하지 않는다고 하더군요."

"네. 대대로 그렇게 해 온 모양이에요. 자리 탓도 있겠지요. 도리초는 부자들이 많은 곳이니까요."

채유의 반값에 거래되는 어유 같은 것은 취급할 필요가 없다.

"처음에 오하쓰 씨가 기름통 속의 여자 아이 환상을 보았을 때는 냄새가 났다고 하셨지 않습니까."

"냄새?"

"예. 어유 냄새가 났다고."

오하쓰는 두 눈을 크게 뜨고 우쿄노스케의 얼굴을 뚫어져라 쳐다보았다. 그는 쩔쩔매며 안경 끈을 계속 만지작거렸다.

"무엇을 보시는 겁니까?"

"빨간 도깨비 후루사와 님의 아드님 얼굴이요."

오하쓰는 그렇게 말하며 웃음을 지었다. "미처 알아 모시지 못했군요."

우쿄노스케는 매우 당황했다. "그 정도는 아닙니다."

"아뇨, 말씀해 주시지 않았다면 계속 잊고 있었을 거예요. 로쿠조 오라버니에게 얘기해야겠어요."

3

어유 얘기를 로쿠조에게 하자 그는 슬쩍 고개를 갸웃거렸다.
"그럼 어떻게 된 걸까?"
"나도 모르겠지만 어쨌든 냄새가 느껴졌어요." 오하쓰는 그렇게 말하고 나서 목소리를 낮추었다. "아이를 죽인 범인의 몸에 어유가 묻어 있었을지도 모르지요."
로쿠조는 오하쓰의 얼굴이 아니라 자신의 코끝 언저리를 물끄러미 쳐다보는 듯한 얼굴을 하고 생각에 잠기더니 이윽고 말했다. "생각해 보마. 그것뿐이었느냐?"
"네. 그 외에는 오콘이 가엾을 정도로 무서워하기에 위로해 주고 왔을 뿐이에요."
그래? 하며 숨을 내쉬고 로쿠조는 피우다 만 담뱃대를 들어 네모난 화로 안에 담배를 털어냈다. 그는 옷에도 음식에도 그다지 집착하지 않는 성격이라 가끔 오요시가 "도무지 의욕이 안 생긴다니까"라며 한탄할 정도였지만 담배에만은 까다로워서 고쿠부 지방의 질 좋은 담배, 그것도 이 집에 드나드는 한때 배우였던 치요조라는 담배 장수가 짊어지고 오는 물건이 아니면 사지 않는다. 로쿠조의 말에 따르면 치요조가 가져오는 물건은 잎이 실처럼 가늘게 잘려 있는 그가 고안한 담배라 다른 고쿠부 담배와는 향이 다르다고 한다.

지금도 로쿠조는 약 같기도 한 독특한 향이 나는 연기 속에서 굵은 눈썹을 찌푸리고 있다. 얼굴은 무섭게 생겼지만 마음씨는 착한 오라비를 잘 알고 있는 오하쓰는 그의 마음속이 어떤지 충분히 헤아릴 수 있었다. 로쿠조는 초조하다. 어린아이 살해는 모든 대죄 중에서도 최악의 죄다. 저항하지 못하는 어린아이를 해지다니 혼이 썩은 인간이 아니면 할 수 없는 짓이다.

로쿠조는 화가 나 있었다. 그런 인간이 지금 이 순간에도 어딘가를 느긋하게 돌아다니거나 자신과 똑같이 담배를 피우거나 주위 사람들과 웃으며 이야기를 나누고 있을지도 모른다고 생각하면 참을 수 없는 것이리라. 참을 수 없어서 당장 붙잡아 오려 해도 지금은 단서가 너무 없다. 그래서 초조하다. 초조해하면서 다음에는 누구에게 무엇을 어떻게 조사해야 할지 순서를 생각하고 있다. 대개 로쿠조는 일이 일어났을 때 당장 부산을 떨며 돌아다니지는 않는다. 보통 먼저 차분하게 앉아서 생각한다. 그럴 때는 부모의 원수라도 되는 양 담배를 피운다. 조금이라도 습기가 차는 것이 싫어서 많이 사 놓지는 않기 때문에 매일같이 치요조가 시마이야를 찾아오게 된다.

"내가 오라버니를 도울 수 있는 일은 이제 없을 것 같지만 그래도 무슨 일 있으면 바로 말해 주셔요."

그렇게 말하며 일어서려는 오하쓰를 뒤쫓듯이 오라비가 물었다.

"너, 후루사와 님을 어떻게 할 셈이냐?"

"어떻게 하다니요. 어르신이 말씀하신 대로 그분과 함께 산겐초 쪽을 조사해 볼 생각이지요."

"어르신이 무슨 생각을 하시는지 나는 확실히는 모르겠다만."

로쿠조는 그답지 않게 어금니에 뭔가 낀 것처럼 불분명한 어투로 말하며 얼굴을 찌푸렸다.

"너, 후루사와 님의 아드님에 대한 소문은 아는 게냐?"

그분이 소문이 날 만한 분인가? 오하쓰는 놀랐다.

"아니요. 오라버니는 뭔가 아는 게 있어요?"

어쩌면 알려지지 않은 검의 고수가 아닐까―하는 생각이 다시 떠올랐다.

"얼굴을 뵙기는 오늘이 처음이지만 소문은 들은 적이 있다. 후루사와 님의 아드님은―."

로쿠조는 말을 끊었다. 오하쓰는 기둥에 손을 대고 오라비의 이야기가 길어질 것 같으면 다시 앉을까 생각했지만 로쿠조는 생각을 바꾸었는지 턱을 바싹 들고 입을 열었다.

"아니, 됐다. 다녀오렴. 어르신의 『미미부쿠로』에 신기한 시비토쓰키 이야기를 더하려는 게지? 산겐초에 가는 김에 하치만구에 참배도 하고 에이타이 경단이라도 먹고 오너라. 오늘은 너로선 괴로운 것을 본 날이었으니까."

기치지는 늘 해가 지고 나서야 공동 주택으로 돌아온다고 한다. 지금 산겐초로 출발하면 천천히 걸어가도 꽤 시간이 남는다. 오하쓰는 로쿠조가 말한 대로 하기로 했다. 우쿄노스케를 여기저기 데리고 다녀 보아도 좋겠다.

어르신은 우쿄노스케를 선뜻 오하쓰에게 넘겨주었지만 오하쓰로서는 조금이라도 그의 속마음을 알게 되기 전까지는 같이 조사를 할 수 없다. 다행히 우쿄노스케는 무뚝뚝하기는 하지만 물어보면 여러 가지 이야기를 해 줄 것이다.

"후루사와 님은 후카가와에 와 보신 적이 있나요?"

다쓰미 게이샤_{후카가와의 게이샤를 일컬음}를 끼고 놀았다거나 사창가의 단골이라는 대답은 기대하지 않았지만 "아뇨, 저는 에이타이바시 다리를 건넌 적도 없습니다"라는 대답에는 놀랄 수밖에 없었다.

"정말이셔요?"

"예. 저는 밖에 잘 나가지 않아서 핫초보리에 있는 무사 주택과 행정 부교소 주위밖에 모릅니다."

"밖에 나가지 않는다니—하지만…… 바로 지난달에는 천하 축제_{삼대 여름 축제 중 하나인 산노 축제의 별명}가 있었잖아요. 천하 축제는 보셨겠지요?"

산노 히에 신사에서 이 년에 한 번씩 열리는 제례는 한껏 장식한 수레가 마흔다섯 차례나 나오는데다 온갖 화려한 좌판도 벌어진다. 호화로운 의상을 걸친 게이샤나 마을 처녀들이 춤을 추며, 음악을 연주하는 사람도 있다. 산노 히에 신사에서 모시는 산노 신은 도쿠가와 가의 수호신으로서 숭배를 받는 신으로 이 제례는 쇼군_{막부의 최고 주권자}도 본다고 해서 천하 축제라고 불리는 것이다.

우쿄노스케는 고개를 저었다. "보지 않았습니다. 저는 행정 부교소 안에서 심문관의 기록을 보고 있었던 것 같습니다. 경호를 위해 사람들이 다 나가고 없었거든요."

"직무를 맡게 되시기 전에는 보신 적이 있으시겠지요?"

우쿄노스케는 정말로 모르겠다는 듯이 고개를 갸웃거리며, "글쎄요, 기억이 없습니다. 보았을지도 모르지요."

생각보다 더 이상한 분이라 오하쓰는 어이가 없어서 말도 나오지 않았다. 천하 축제도 본 적이 없다고? 기억이 없어? 축제가 즐겁게 여겨지지 않는 것일까. 믿기지 않는 이야기다.

우쿄노스케는 오하쓰의 놀란 얼굴은 아랑곳하지 않고 변함없는 발걸음으로 걸어간다. 제방 위의 곳집_{다이묘들이 영지 내에서 생산된 쌀이나 특산물을 팔고자 설치한 곳간과 거래소를 겸하던 건물}을 왼쪽으로 보면서 에도바시 다리를 지나 모토자이모쿠초 쪽으로 꺾어서 가이조쿠바시 다리를 건넌다. 이대로 동쪽으로 나아가면 우쿄노스케가 사는 핫초보리의 무사 주택이 바로 가까이에 있다.

'너무 끈질기게 이것저것 물어보면 자기는 이만 돌아가겠다고 말할지도 몰라.'

에이타이바시 다리를 건너 후카가와로 가려면 일단 고아미초 쪽으로 건너가야 한다. 요로이 나루터를 넘어가도 되고, 니혼바시가와 강의 기슭을 따라 미나미카야바초를 지나서 레이간바시 다리, 미나토바시 다리를 건너 에이타이 기슭의 기타신보리초로 나가도 된다. 어느 쪽이 빠르냐 하면 요로이 나루터 쪽이겠지만 어깨를 약간 늘어뜨리고 터벅터벅 걸어가는 우쿄노스케를 보고 있자니, 그는 상사람 옷차림을 하고 있어도 나룻배 안에서 함께 탄 손님이 스스럼없이 "형씨들은 어디로 가시오?" 하고 말을 걸기라도 할라 치면 쩔쩔매다가 물에 빠지고 말지도 모른다는 생각이 들었다. 혹은 요리키 견습으로서의 우쿄노스케를 아는 사람과 마주치지 말란 법도 없다.

근처의 길은 잘 아는지 요로이 나루터 쪽으로 발길을 향하는 우쿄노스케를 붙들고 오하쓰는 말했다. "걸어서 가지요. 날씨가 좋으니까요."

길 저편에 단바 마이즈루 번을 다스리는 마키노 가의 저택 돌담과 나란히 선창 기슭에 있는 나루터 오두막의 조잡한 지붕이 보인다. 푸르른 강물은 맞은편 기슭에 늘어서 있는 많은 곳간들의 하얀 벽과 어우러져 이루 말할 수 없이 아름답다. 방금 선창을 떠난 나룻배에는 젊은 처녀들도 타고 있는지 들뜬 듯한 밝은 웃음소리가 바람을 타고 흘러왔다.

한겨울이면 잇몸이 얼어붙을 각오를 하고 타야 할 때도 있는 나룻배지만 지금 같은 계절에는 기분 좋게 탈 수 있다. 날씨가 좋으니 더더욱 나룻배를 타야 한다. 조금 아쉽다고 생각하면서도 오하쓰는 우쿄노스케의 소매를 잡아당겼다. "만일 아는 분과 마주치면 대하기가 거북하시지 않겠어요?"

그제야 우쿄노스케는 지금 자신이 어떤 차림새를 하고 있는지 떠올린 모양이다.

"그렇군요." 그는 눈을 껌벅거리며 말했다. 그러고는 젓가락에서 밥알을 흘리듯이 불쑥 작은 목소리로 중얼거렸다. "저는 요로이 나루터를 건너는 것이 꿈입니다."

"네에?" 오하쓰는 저도 모르게 되물었다. 요로이 나루터를 건너지 않고서야 핫초보리에 사는 나리들은 몹시 불편한 일이 많아진다. 어째서 이런 말을 하는 걸까.

오하쓰의 놀란 얼굴을 보고 우쿄노스케는 어린아이 같은 웃음을 지으며 말했다. "아니, 아무것도 아닙니다. 가시지요."

아무것도 아닌 게 아니다. 오하쓰는 이리저리 생각하면서 미나토바시 다리에 접어들 때까지 말없이 걸었다. 다리 위에서 한 번 걸음을 멈추고 난간으로 다가가 아래쪽을 흐르는 강의 흐름과 오가는 배들을 바라보았다. 훈도시남자의 아랫도리를 덮어 가리는 천 한 장만 걸친 선장이 긴 장대로 모는, 목재를 산더미처럼 실은 배가 지나간다. 조키배지붕 없이 가늘고 작은 배도 간다. 간장통을 실은 우로우로배유람선 사이를 오가며 음식을 팔던 작은 배 한 척이 강변 쪽으로 노를 저어 올라간다. 하얀 잔물결을 일으키며 나아가는 작은 배는 오하쓰의 눈에도 시원해 보였고, 강 수면을 불어오는 바람은 소매 사이로 미끄러지듯이 들어오는 것 같았다.

"이제 곧 가을이 오겠네요." 우쿄노스케가 똑같이 난간에 기대며 말했다. "물은 정직하지요. 계절이 오면 제일 먼저 시원해지거나 따뜻해지지 않습니까."

"아직 덥긴 하지만요."

오하쓰는 강한 햇살에 손을 들어 빛을 가리면서 뺨을 어루만지고 가는 여름 바람을 맛보았다. 약장수가 덜컹덜컹 소리를 내면서 멈추어 서 있는 두 사람을 지나치는 모습을 눈부신 듯 바라보던 우쿄노스케가 오하쓰를 돌아보았다.

"만일 기치지라는 남자에게 이상한 구석이 있다면 오하쓰 씨는 어떻게 하실 생각이십니까?"

오하쓰는 걸음을 옮기면서 고개를 저었다.

"글쎄요, 모르겠어요. 어쨌거나 오늘은 다시 한번 기치지 씨를 만나서 얼굴을 보고 이야기를 해 보고 싶어요. 처음 갔을 때랑 똑같이 이름만 같은 다른 기치지를 찾고 있다고 하면서요. 그리고 많지는 않지만 우리 가게에서도 초를 쓰고 있다고 얘기하고, 시마이야에도 초를 팔러 와 달라고 부탁해 보면 어떨까 해요. 그렇게 하면 일부러 찾아가서 변명을 지어내지 않아도 앞으로 기치지 씨의 얼굴을 자주 볼 수 있지 않겠어요?"

"그렇군요, 알겠습니다."

"제 눈에는 기치지 씨가 나이보다 젊어 보이지만 본디 사람에 따라 다르게 느끼는 법이니까요. 후루사와 님에겐 어떻게 보이는지 말씀해 주세요. 아, 그렇지."

잊을 뻔했다.

"지금부터 가는 곳에서는 후루사와 님이 저희 가게 부엌에서 요리를 배우고 있는 사람이라고 해 주시면 안 될까요? 가끔 제가 외출할 때 시중을 들어 주기도 한다고요. 물론 사실은 그렇지 않지만 표면적으로."

"그렇군요, 좋은 생각입니다. 이름은 어떻게 할까요?" 우쿄노스케가 말했다.

"우키치가 어떨까요?"

"우키치." 우쿄노스케는 되뇌어 보고는 슬쩍 웃었다. "재미있군요. 우키치 씨인가요?"

싱글벙글 웃고 있는 얼굴을 곁눈질하며 오하쓰는 떠올렸다. 로쿠조 오라버니가 그랬던가……. 후루사와 님에 관한 무슨 소문이 있다고.

듣고 싶은 것, 물어보고 싶은 것은 많이 있다.

"사와라야의 꼬치 경단 먹고 가요, 후루사와 님."

에이타이바시 다리 서쪽 기슭까지 왔을 때 오하쓰가 말했다. 두 사람은 나란히 사와라야 가게 앞에 놓여 있는 긴 걸상에 걸터앉아 양념장을 발라 구운 경단을 먹고 차를 마셨다. 셈은 오하쓰를 제지하며 우쿄노스케가 치렀다.

"시중을 드는 사람이 내는 것이 마땅하지요." 이렇게 태연하게 말한다.

늘 그렇듯이 사와라야는 시끌벅적하게 붐비고 있었다. 오하쓰 일행과 같은 걸상 오른쪽에는 약쑥 장수가 짐 상자를 내려놓고 장사를 잠시 쉬고 있다. 오하쓰와 등을 맞대고 앉아 있는 젊은 처녀는 어느 가게 주인의 딸인가 보다. 참배를 나왔다가 돌아가는 길인지 부적을 소중하게 가슴에 안고 있다. 부모로 보이는 남녀 두 명이 함께 있고, 시중을 드는 남자 한 명을 거느리고 있다. 아까부터 머리를 맞대고 뭔가 소곤소곤 이야기하고 있지만 나쁜 이야기는 아닌 것 같다. 가끔 처녀가 이를 살짝 드러내며 웃는다. 단정하게 묶어 올린 머리카락에서 희미하게 동백기름 향이 난다. 화려하지는 않지만 붉은 산호가 달린 비녀가 눈길을 끈다.

비슷한 나이의 처녀가 즐거운 듯 이야기하는 모습이 문득 오하쓰의 마음을 움직였다. 이렇게 날씨도 좋고 한데 시비토쓰키니 뭐니 하는 음침한 이야기는 내팽개치고 실컷 놀다가 돌아가도 되지 않을까—하고.

애초에 나는 어째서 지금 같은 일을 하고 있는 것일까. 무엇이 보이고 무엇이 들리든 상관없는 일이라고 무시하고 잊어버리면 끝날 텐데.

'내가 이상한 건가?'

마음속 생각에 저도 모르게 쓴웃음을 짓고 있는데 우쿄노스케가 그 모습을 보았다.

"왜 그러십니까?" 그가 묻는다.

"아뇨, 그냥요."

얼버무리려고 했지만 우쿄노스케는 오하쓰가 거북하게 느껴질 정도로 뚫어져라 그녀를 바라보고 나서 주위를 꺼리듯 목소리를 낮추며 슬쩍 물었다.

"오하쓰 씨에게는 다른 사람들에게 보이지 않는 것이 보이고, 들리지 않는 것이 들릴 때가 있다고 하셨지요······."

"네, 그야 뭐······."

"그것은 그러니까," 우쿄노스케는 말하기가 어렵다는 듯이 우물거렸다. "오하쓰 씨는 주위에 있는 사람들의 마음을 읽을 수도 있습니까?"

오하쓰는 깜짝 놀라서 눈을 크게 떴다.

"어르신이 그렇게 말씀하시던가요?"

"아니요, 그렇지는 않습니다."

"그렇다면 안심이네요. 그런 일은 없거든요."

"사람의 마음속은 보이지 않으신단 말씀이시지요?"

"네. 감으로 때려 맞히거나 억측을 하는 정도라면 남들만큼 할 수 있겠지만 남의 마음을 읽을 수는 없어요. 그런 힘은 없답니다."

우쿄노스케는 작게 고개를 끄덕였지만 아직도 석연치 않다는 듯이 관자놀이 언저리를 손으로 긁적였다.

"그러면 오하쓰 씨가 보거나 들을 수 있는 것은······ 어떤 것인가요? 마루야의 기름통 속에 있던 아이를 볼 수 있었던 것은 어째서입니까?"

설명하기 어려운 일이라 오하쓰는 머릿속에서 일단 생각을 정돈하고 나서 천천히 입을 열었다.

"사실을 말씀드리면 저도 잘 몰라요. 그러니 어르신께서 제게 해 주신 이야기를 그대로 옮길게요……."

"부교께서요?"

"네. 어르신의 말씀으로는 사람은 누구나 죽을 때 무시무시하게 강한 마음을 품게 된대요. 살아 있는 동안에 했던 생각과는 비교가 되지 않을 정도로 강하고 격렬한 마음이지요. 마치 불을 붙인 향이 다 타서 떨어지기 전에 화악 밝아지는 것처럼."

우쿄노스케는 고개를 끄덕였다. 아무래도 향불 놀이를 하며 논 적이 있는 모양이다.

"사람이 편안하게 죽을 때는 두고 가는 가족에 대한 애정이나, 임종을 지켜준 것에 대한 감사의 마음, 이별을 아쉬워하는 슬픔—슬픔이지만 따뜻한 슬픔이지요—을 마음에 품게 돼요. 하지만 갑자기 죽게 될 때는 놀람이나 불만, 공포는 화악 타올라서 마음에 남지요. 그런 마음은 그 사람의 숨이 끊어진 후에도 남게 되는 거예요."

우쿄노스케는 으음 하고 신음했다. 오하쓰는 말을 이었다. "어르신께서 이야기해 주신 건데 옛날에 어느 무사님이 어떤 일로 문책을 받고 할복을 하게 되었대요. 그분은 원통해서 견딜 수가 없었어요. 내 부덕 때문이니 자신이 받는 문책은 체념할 수도 있었지만, 나를 위해 일해 주던 젊은 부하 무사들까지도 똑같이 죽어야 한다는 것이

이가 갈릴 정도로 안타깝게 여겨졌지요. 그분은 영주님께 호소했어요. 할복을 돕는 사람의 검에 베여 머리가 몸통과 분리되었을 때 의지의 힘으로 영주님이 보고 계시는 방까지 뛰어올라 보이겠다. 반드시 뛰어오르겠다. 여기서 온갖 말을 늘어놓기보다 그 모습을 보시면 제가 얼마나 부하들을 생각하는지 마음을 더 잘 아실 수 있을 것이라고요. 마음을 헤아리시거든 부디 젊은 부하들은 벌하지 말고 용시해 달라고요."

우쿄노스케는 눈을 크게 떴다. "뛰어올랐습니까?"

"네. 멋지게 뛰어올랐대요. 영주님은 남은 사람들을 벌하지 않으셨다는군요."

우쿄노스케는 신음하는 목소리를 내면서 차를 꿀꺽 마셨다.

"사람이 죽을 때의 마음은 그만큼 강하다고 어르신은 말씀하셨어요. 그러니 다른 사람의 손에 억울한 죽음을 당하거나, 두려워 울부짖으면서 살해되거나, 원통한 눈물을 흘리며 숨이 끊어지면 마음이 남지 않을 리 없지요. 제가 보거나 듣는 것은 그렇게 남은 '마음'이랍니다."

"마루야의 기름통 속에 있던 아이도 마찬가지로군요?"

오하쓰는 힘차게 고개를 끄덕였다. "그 아이가 두려워 울면서 죽어 간 마음이 제 눈에 환상을 보여 주었겠지요."

이 세상을 떠날 때 가슴에 품은 마음—그것이 허공에 쏘아지고 그 자리에 머물러, 오하쓰 같은 '눈'을 가진 자에게 보이게 된다.

"때로는 남은 마음이 너무 강해서 몸이 썩어 없어진 후까지 계속 남아 있다가 형태를 이루어 저 같은 사람뿐만 아니라 다른, 보통 사람들의 눈에도 보이게 될 때가 있어요. 유령이라고 불리는 것의 정체라고 어르신은 말씀하시더군요. '접시 세는 여자'라는 괴담의 기원이 된 이야기도 그런 종류일 거라면서요."

"그렇군요."

우쿄노스케는 잠시 동안 팔짱을 낀 채 생각에 잠겨 있었다. 오하쓰는 찻잔을 만지작거리면서 그를 지켜보고 있다.

우쿄노스케가 물었다. "오하쓰 씨는 무섭지 않으십니까?"

"무섭다고요?"

"그런 것을 보고 들으면서 무섭다고 생각하신 적은 없으십니까?"

오하쓰는 웃음을 지었다. "무섭지요. 언제나 매번 죽을 만큼 무서워요."

우쿄노스케의 얼굴이 살짝 일그러졌다. "그런 힘이 있다는 것은 몹시 괴로운 일이기도 한 셈이로군요."

"뭐, 그렇지요." 오하쓰는 그렇게 대답하고 나서 살짝 웃어 보였다. "괴롭다고 해서 끊어 버릴 수도 없으니 어쩔 수 없어요."

"몸에는 지장이 없나요." 우쿄노스케가 중얼거렸다. "피로해지지는 않으십니까?"

"그렇게 심하지는 않아요." 오하쓰는 웃음을 지우지 않은 채 대답했다.

자신에게 잠들어 있는 이런 신비한 힘을 깨달은 것은 그리 먼 옛날 일이 아니다. 로쿠조의 이야기로는 오하쓰가 어릴 때부터 가끔 이상한 모습을 보일 때도 있었다고 하지만 오하쓰 자신은 기억도 못 하고, 물론 자각도 없었다. 오하쓰에게는 모든 게 힘이 눈을 떴을 때―첫 달거리가 찾아오고 나서의 일이다.

만일 힘이 눈을 떴을 때부터 지금까지 계속 혼자였다면 머잖아 이 힘이 무거운 짐이 되어 자칫하면 오하쓰 자신의 마음이 이상해지고 말았을지도 모른다. 어르신을 만나 여러 가지 이야기를 듣고 지혜를 빌려 왔기 때문에 지금처럼 몸속에 있는 불가사의한 힘과 사이좋게 지내며 극복할 수 있게 되었다고 생각된다.

사와라야를 나서서 다시 걸음을 옮기기 시작한 후에도 우쿄노스케는 계속 오하쓰의 말을 곱씹으며 생각에 잠겨 있는 것 같았다. 가끔 입속으로 무슨 말을 중얼거리기도 한다. 오하쓰는 굳이 말을 걸지 않고 조금 뒤쳐져서 걸어갔다.

이 부근은 오카와 강 중에서도 하류 쪽이라 강의 폭도 훨씬 넓고, 오카와 강에 걸려 있는 다리 중에서 에이타이바시 다리가 제일 길다. 강 수면을 내려다보니 목재를 연결한 긴 뗏목이 내려간다. 근처를 오가는 것은 기사라즈나 교토쿠에서 짐을 싣고 오는 배나 먼 바다의 운송선에서 짐을 받아온 거룻배 같은 작은 배 등 장사를 하는 배들이다. 무리를 지어 니혼바시가와 강이나 오나기가와 강을 향해 서둘러 가는 바쁜 배의 움직임은 에도의 활기를 그대로 나타내고 있다.

에이타이바시 다리를 따라 사가초 방향으로 내려가 계속해서 서쪽으로 간다. 도미오카 하치만구에 참배를 가는 사람과 참배를 갔다가 돌아오는 사람들 사이에 섞여 걷다 보니 세 번의 종소리시간을 알리는 종을 치기 전에 주의를 환기하기 위해 치는 종에 이어 오후 네 시를 알리는 종소리가 들려왔다. 도미오카 하치만구는 경내에서 시간을 알리는 종을 쳐도 된다는 허가를 얻은 신사다. 아주 가깝게 들리는 것은 그 때문이다.

종소리를 듣고 우쿄노스케는 퍼뜩 생각에서 깨어난 모양이다. 오하쓰는 그를 첫 번째 도리이[신사의 참배길 입구에 세우는 문] 쪽으로 재촉했다.

"참배를 드리고 가도록 하지요."

도미오카 하치만구의 첫 번째 도리이 앞에는 사창가가 모여 있다. 원래는 아직 에이타이바시 다리가 생기기 전, 에도 중심에서 떨어져 있어 참배를 드리기 불편한 도미오카 하치만구가 조금이라도 사람들로 붐비게 하려고 특별히 규제를 풀어 찻집에 여자를 두어도 된다고 허가한 것이 시작으로, 지금은 요시와라[에도의 유곽이 모여 있던 곳]에서 노는 데 질렸다는 풍류인까지 찾아오는 유곽지가 되고 말았다.

사창가에 찾아와 하오리를 입은 것이 특징인 다쓰미 게이샤와 신나게 놀려는 사람들은 근처까지 조키배를 준비해 수로를 타고 온다. 하치만구도, 옆에 나란히 있는 에이타이지 절도 곁눈질로 보며 그냥 지나친다. 따라서 신이나 버선을 흙먼지로 더럽히며 걸어 다니는 사람은 하치만 신앙을 가진 참배객들뿐이다.

우쿄노스케는 정말 이곳에 처음 온 모양이다.

"이게 소문으로 듣던 경내 상점가입니까?"라는 말을 하고 있다. 그렇구나, 고참 심문관이자 빨간 도깨비인 후루사와 님께선 이곳에 올 일이 별로 없겠구나, 하고 오하쓰는 생각했다.

요리키와 도신의 분과 중에는 '혼조과'라는 담당이 있어서 요리키 한 명, 도신 두 명이 혼조, 후카가와 일대의 여러 가지 사무를 나누어 맡고 있다. 수로에 놓을 다리나 건물 공사에서부터 촌장 교체나 퇴진 같은 사소한 일까지 모두 맡고 있는데 유곽이 많은 곳이다 보니 꽤나 수입이 짭짤한 일이었다. 도리초 근방에서 뒤가 구린 일을 저지르면 다리를 건너 후카가와나 스나무라 쪽으로 도망치는 놈들이 많기 때문에 로쿠조는 혼조과의 나리들과 친하게 지내고 있는데 그들은 어지간한 지키산쇼군가 직속 가신단인 하타모토와 고케닌의 총칭들도 이를 갈며 부러워할 정도로 돈이 많았다.

그러나 우쿄노스케를 보아도, 그 아버지의 평판을 들어 보아도 후루사와라는 이름이 붙은 요리키 집안은 그런 깝깔힌 분과를 좋아하지는 않는 모양이다. 빨간 도깨비 후루사와 님의 투박한 얼굴 어디를 찾아보아도 부하들을 꼬드겨 사창가를 들여다보게 하는 별난 취미는 숨기고 있지 않을 것 같다.

본전에 참배를 하고 오하쓰가 운세가 적힌 제비를 뽑고 있는 사이에 우쿄노스케는 어디론가 가 버렸다. 모습이 보이지 않는다. 주위를 이리저리 둘러보아도 그의 뒷모습이 눈에 띄지 않는다. 약간 걱정이 되어 허둥거리고 있자니 잠시 후 "오하쓰 씨" 하고 말을 거는 목소리가 들려왔다.

"세상에, 어디에 계셨어요?"

"아니, 저도 모르게 구경하느라 넋이 팔려서요." 우쿄노스케는 변명했다. 무엇에 넋이 팔려 있었는지 모르겠지만 뺨 언저리가 살짝 붉었다. 눈도 반짝인다. 오하쓰는 대체 무슨 일일까 하고 생각했다.

"무엇을 보셨는데요?"

"아주 신기한 것을 발견했습니다" 하며 숨을 몰아쉰다. "아아, 좋은 것을 보았어요."

어느 예쁜 여자의 목덜미라도 보고 있었던 걸까 하며 오하쓰는 살짝 미간을 찌푸렸다.

"어떤 좋은 것인데요?"

"그것은 말이지요—."

우쿄노스케는 기세 좋게 이야기하려다가 무슨 연유인지 입을 다물고는 모호하게 말했다.

"아니, 오하쓰 씨에게 이야기해 봐야 소용없겠군요."

"저는 모르는 것인가요?"

"그럴지도 모릅니다. 어쩌면 이야기해서는 안 될지도 모른다는 생각이 드는군요."

세상에, 망측해라. 오하쓰는 멋대로 혼자 결론을 내렸다.

"그럼 가시지요."

오하쓰는 무뚝뚝하게 재촉하며 앞장서서 걷기 시작했다. 우쿄노스케는 아직도 행복해 보이는 얼굴을 하고 입속으로 혼잣말을 중얼거리기도 하면서, 기분 탓인지 가벼워진 발걸음으로 들뜬 듯이 따라온다. 더더욱 망측하다. 정말 뭘 모르는 분이다. 오하쓰는 조금 부아가 치밀었다.

산주산겐도 옆을 지나 나가이바시 다리, 가메히사바시 다리를 건너 히라노초를 오른쪽에 끼고 서쪽으로 되돌아간다. 우미베바시 다리에서 오른쪽으로 꺾어 상가 안을 잠시 걷다 보니 오른쪽에 레이간지 절이 보였다. 더욱 북쪽으로 나아가 다카바시 다리를 건너서 큰길을 오른쪽으로 꺾는다. 오가사와라 사도노카미의 저택 문 앞을 지나 좁은 골목길을 왼쪽으로 꺾는다. 그 너머가 산겐초다.

길을 가는 동안에는 더 이상 할 이야기도 없다.

후루사와 우쿄노스케 님. 모르겠다. 참으로 이상한 분이다. 어르신을 원망하고 싶은 기분도 든다.

우쿄노스케는 이것저것 말을 걸었지만 오하쓰는 건성으로 대답하며 받아넘겼다. 반나절의 유람도 이것으로 끝이다.

산겐초 부근에는 이층짜리 여염집이며 단층 공동 주택이 뒤섞여 빼곡하게 지어져 있지만 기치지가 사는 열 간짜리 공동 주택의 출입문 옆에 장사가 신통치 않아 보이는 직업소개소가 간판을 걸고 있었던 것을 기억하고 있어서 오하쓰는 거의 헤매지 않았다. 하수구를 덮은 널빤지를 밟으며 축축한 바람이 고여 있는 안쪽으로 나아갔다. 집집마다 안주인들이 저녁식사 준비를 시작했는지 좁은 골목에 연기가 흘러나오고 어디에선가 밥 짓는 냄새가 풍겨온다.

해는 지기 시작했지만 기치지의 집에는 인기척이 없었다. 그래도 한번 사람을 불러 보고 나서 오하쓰는 찢어진 부분을 기워 붙여 무늬처럼 되어 버린 징두리널을 댄 장지문에 손을 대고는 슬쩍 열었다.

그 순간 오하쓰는 저도 모르게 몸을 뒤로 뺐다.

기치지의 좁은 다다미방 안은 통째로 뒤집힌 것처럼 어질러져 있었다. 뿐만 아니라 벽이나 다다미 여기저기가 그을어 있고 봉당은 축축하게 젖어 있다. 탄내도 풍기고 있었다.

그때 등 뒤에서 목소리가 났다.

"기치 씨에게 무슨 볼일이 있나요?"

돌아보니 부은 얼굴에 기분 나빠 보이는 표정을 지은 오쿠마가 서 있었다. 오하쓰의 얼굴을 알아보고 "아아" 하고 중얼거렸다.

"요전에 기치 씨를 잘못 찾아온 아가씨잖아."

오하쓰는 인사를 하고, 오늘은 가게 사람과 함께 다시 기치지 씨를 만나러 왔다고 이야기했다. 우쿄노스케도 "우키치입니다" 하고 자기소개를 했지만 오쿠마는 거의 듣지도 않는 것 같았다. "기치 씨라면 이제 곧 돌아올 거예요." 오쿠마는 말했다. "약속이 되어 있는 손님이 있어서 비록 이런 때라 해도 장사는 쉴 수 없다며 나갔어요."

"무슨 일이 있었나요?"

기치 씨의 집을 가리키며 물은 오하쓰에게 오쿠마는 무뚝뚝하게 대답했다. "어젯밤에 무엇에 놀랐는지 기치 씨가 사방등을 쓰러뜨려서요. 불이 났지요. 금방 껐지만."

"사방등을 쓰러뜨렸다." 우쿄노스케, 즉 우키치가 말했다. "그거 큰일이었군요. 기치지 씨는 다치지 않았습니까?"

"화상을 조금 입은 모양이지만 대단치는 않아요."

오하쓰와 우쿄노스케를 뚫어져라 번갈아 바라보며 오쿠마는 말했다. 지칠 대로 지친 말투였다.

"당신들, 기치 씨가 돌아올 때까지 기다릴 거면 안에 들어가 있어도 될 거예요. 조금씩 정리하고 있다고 했으니까 앉을 자리 정도는 있을 테지."

있을 테지, 라. 기치지와 친하게 지내던 오쿠마가 그런 식으로 말하고 있다. 역시 기치지가 한번 죽었다가 되살아난 다음부터 전처럼 지내지는 못하고 있는 것이다. 오쿠마가 등을 돌려 가 버린 뒤에도 오하쓰는 잠시 그녀가 있던 곳을 바라보고 있었다.

우쿄노스케가 앞장서서 기치지의 집에 발을 들여놓았다. 다행히 무사한 모양이었던 얇은 이불을 옆으로 치워놓고, 다다미가 타지 않은 곳에 오하쓰를 앉혀 주었다.

"작은 불이었나 보지요. 탄 곳보다 젖어 있는 곳이 더 넓군요."

그렇게 말하며 우쿄노스케는 주위를 둘러보았다. "사방등이 없네요. 버린 걸까요."

"쓸 수 없게 되었을 테니까요."

그래도 너무 처참하다고 생각하면서 오하쓰는 대답했다. 어디에 무엇이 있는지 전혀 알 수 없다.

"오하쓰 씨." 우쿄노스케가 불렀다.

"왜 그러세요?"

올려다보니 그는 반쯤 빈 물병 옆에 멍한 얼굴로 서 있었다.

"기치지라는 사람은 사방등 기름으로 무엇을 사용했을까요?"

오하쓰는 눈을 크게 떴다. "예?"

"살림살이를 보자면 사치를 부릴 수 있을 것 같지는 않군요. 사방등 기름은—."

오하쓰는 퍼뜩 생각이 나서 말했다. "어유겠지요."

"오늘은 어유 이야기가 많이 나오는 것 같지 않습니까?"

설마 그것만으로—오하쓰가 말하려고 했을 때 장지문이 열렸다. 기치지가 돌아왔다.

오하쓰는 마루야의 기름통 환상을 보았을 때 맡았던 냄새를 또다시 느꼈다.

4

 오하쓰를 내보낸 후 로쿠조는 신키치가 그려서 사본을 만든 여자아이의 인상착의서를 손에 들고 부하들과 패를 나누어 도리초 끝에서 끝까지, 눈에 띄는 집이나 가게를 순서대로 돌며 사정 청취를 하는 일로 돌아갔다. 그저께부터 지금까지 이 아이의 얼굴을 보지 못했는지, 마루야 주위에서 낯선 사람을 보지는 못했는지, 신통한 대답은 없었지만 이런 일에는 끈기가 중요하다.
 그러던 중 시바구치의 게시판에 보냈던 분키치가 돌아와 혼조 아이오이초 2번지에 있는 우헤의 셋집에서 세입자의 다섯 살배기 오센이라는 여자 아이가 어제 오후부터 행방불명이라는 팻말이 세워져 있더라고 알려 왔다. 팻말에 적혀 있는 아이의 머리 모양이나 옷 색깔도 마루야에서 발견된 여자 아이와 몹시 흡사하다고 한다.
 "아이오이초라. 좋아, 잠시 다녀오지."
 이럴 때 로쿠조는 반드시 직접 찾아간다. 가미로쿠 대장 밑에서 일하던 시절부터 다리가 빠른 것으로는 정평이 나 있기도 하지만 오캇피키란 본디 자신의 다리로 먹고사는 일이다. 게다가 이번 같은 경우 부하들이 간다면 상대방이 신용해 주지 않거나, 설령 그렇지 않더라도 분명히 자제심을 잃게 될 부모의 마음을 배려하여 행동하기에는 로쿠조의 부하들은 아직 너무 젊다.
 많은 미아가 에도의 약점 중 하나이기도 했다. 유괴나 납치, 지금으로 말하자면 인신매매 같은 악랄한 짓에서부터 축제나 장날에 어린아이의 손을 끌고 나갔다가 인파에 휩쓸려 잃어버리는 예까지, 셀 수도 없을 정도다. 한 번 미아가 되면 쉽게 찾을 수가 없다. 미아가 된 아이를 보호하고 있던 마을에서 자라 부모를 알지 못한 채 어른이 되어 버리는 경우도 종종 있다. 생이별의 비극을 로쿠조는 지금까지 수도 없이 보고 들어 왔다.

시바구치의 게시판은 교호 시대에 8대 쇼군 요시무네 공이 이러한 실종자나 미아를 수색하는 데 도움이 되도록 하기 위해 설치한 것이다. 그 외에 주요 다리의 기슭이나 신사의 경내 등에는 그 동네 사람들이 설치한 미아표도 있다. 덴포 시대(1830~1844)에는 유시마텐진 신사神社 경내에 미아석이라는 이름의 돌까지 세워지게 된다. 그만큼 미아는 심각한 문제였다.

그러나 세상에는 교활한 놈들이 있는 법이라 이러한 팻말 등을 보고 미아가 생겼다는 것을 알게 되면, 지푸라기에라도 매달리는 심정으로 소문이나 소식이 들어오기를 기다리는 부모의 마음에 파고들어 아이를 찾았다, 만나게 해 주겠다는 거짓말로 돈을 뜯어내려는 놈들도 나타난다. 실제로 그런 예도 이루 다 꼽을 수 없을 정도다. 그러니 부모에게 소식을 전하러 갈 때는 조금이라도 그들이 '진짜일까, 이 사람을 믿어도 될까' 하고 마음을 쓰지 않아도 되도록 처음부터 로쿠조가 직접 가는 편이 낫다.

혼조 아이오이초는 료고쿠바시 다리를 건너가면 있는데, 다이토쿠인 절 앞마을 남쪽으로 앞쪽에서부터 1번지, 2번지가 나란히 있다. 아이오이 2번지와 큰길을 사이에 둔 북쪽은 지금은 마쓰자카초 1번지의 상가가 되었지만 백 년 전 겐로쿠 시대에는 아코 사건 주군의 원수를 갚기 위해 아코 번 무사 마흔일곱 명이 기라 요시나카의 저택을 습격한 사건으로 이름 높은 기라의 저택이 있었던 곳이다. 서두르는 걸음으로 뛰듯이 근처를 지나치면서, 그러고 보니 이달 10일부터는 나카무라 극장에서 〈가나데혼 주신구라_아코 사건을 바탕으로 만든 이야기로, 서민극인 가부키의 대표 공연물_〉가 상연된다던 오요시의 말을 떠올렸다. 4대 이치카와 단조가 일곱 가지 역을 연기한다는 둥 하면서 오하쓰와 둘이서 보고 싶다고 난리였다.

관리인 우헤가 사는 집은 금세 알 수 있었다. 사람을 부르자 곧 본인이 나온 것을 보면 역시 밖에서 소식이 들어오기를 기다리고 있었나 보다. 목소리가 걸걸한 오십 대의 남자로 마을 관리를 오랫동안 지내왔는지 로쿠조의 이야기를 듣고도 당황하지는 않았다.

"그렇습니까, 오센이 발견되었군요" 하고 말하며 아랫입술을 깨문다.

"아직 확실한 것은 아닙니다. 부모는 어디에 살고 있습니까?"

우헤는 앞장서서 안내했다.

"아버지 야스케는 셋타_대나무 껍질로 만든 바닥에 짐승의 가죽을 댄 신발_ 수선을 생업으로 삼고 있는 사람이고, 어머니는 오토메라고 합니다. 낮에는 에코인 절 앞마을에 있는 찻집에서 일하고 있지요. 오센은 외동딸이고, 저도 잘 아는데 얌전하고 정말 착한 아이였습니다. 오토메는 어제는 온종일 미친 듯이 찾아다녔지만 지금은 정신이 나가 버려서 주저앉아 있습니다."

오센의 집은 공동 주택 출입문 바로 앞에 있었다. 우헤가 사람을 부르며 장지문을 열자 머리카락이 흐트러진 스물대여섯 살의 여자가 안쪽에 바싹 붙여 깐 얇은 이불에서 새파랗게 질린 얼굴을 들고 이쪽을 보았다. 확실히 마음고생이 심해 야윈 것으로 보였다.

"오토메 씨, 야스케는?"

우헤의 물음에 오토메는 일어나 머리를 가다듬으면서,

"다시 한번 짐작 가는 데를 찾아보겠다며 미노 씨와 함께 나갔어요. 한 시간쯤 전에."

로쿠조는 앞으로 나서서 재빨리 자기소개를 하고 오센으로 보이는 여자 아이가 발견되었다는 이야기를 들려주었다. 오토메는 무언가에 홀린 얼굴을 하고 맨발로 봉당에 뛰어내렸다.

"어딘가요, 대장님, 오센은 어디에 있나요?"

로쿠조에게 덤벼들 듯한 기세였다. 뺨에 그녀의 침이 튀었다. 우헤가 당황하며 떼어 놓는다. 오토메를 달래어 몸을 피했을 때 로쿠조는 갈색으로 바래 끝이 찢어진 대삿갓이 뒤집힌 채 마루 끝에 놓여 있는 것을 발견했다. 안에는 자투리 천으로 만든 빨간색이나 감색 공이 서너 개 들어 있었다.

셋타를 수선하는 행상은 장사를 나갈 때 대삿갓을 쓰고 간다. 야스케가 낡은 대삿갓을 오센에게 주었을 것이다.

보고 싶지 않은 것을 보았다. 오토메와 우헤를 데리고 도리초로 돌아가는 길이 더욱더 괴로워졌다. 시마이야에 눕혀져 있는 여자 아이가 오센이 아니기를 바라는 마음이 들기 시작했다. 아이의 신원은 알고 싶지만 오센이 아니었으면 좋겠다. 로쿠조는 그런 모순을 마음속으로 바랐다.

하지만 오캇피키의 바람이란 대개의 경우 이루어지지 않는 법이다.

시마이야까지 온 오토메는 더운 물로 깨끗이 씻겨 눕혀 놓은, 잠든 것 같은 귀여운 얼굴의 어린 소녀를 보자마자 그 자리에 털썩 쓰러졌다.

"오센입니다." 우헤가 말했다.

틀림없는 그 냄새.

냄새를 맡은 순간 이치를 따지기 이전에 오하쓰는 알았다. 지금 눈앞에 있는 기치지라는 남자가 작은 여자 아이를 죽였다는 사실을. 왜 죽인 것인지, 대체 어떤 일이 있었던 것인지, 사리에 맞는 설명은 할 수 없다. 하지만 오하쓰는 느낄 수 있었다.

기치지의 좁디좁은 집 안에 뭔가 말로는 표현할 수 없지만 손으로 만질 수 있을 것 같은, 무게는 있지만 형체는 확실하지 않은 요괴 같은 것이 슬쩍 숨어들어 온 것처럼 느껴졌다. 손끝이 차가워지고 관자놀이와 이마 한가운데가 아파 오기 시작했다.

오하쓰의 눈에 보이는 기치지의 모습은 바로 얼마 전에 처음으로 이곳을 찾아와서 봤을 때와 똑같이 비쩍 마르고 뺨이 움푹 팬 자그마한 남자로, 커다란 두 눈 밑에는 그려 넣은 듯한 그늘이 져 있었다. 그날도 생각한 일이지만 피부의 탄력이나 머리카락의 윤기 등이 마흔이라는 나이로는 보이지 않는다. 고작해야 서른두세 살 정도다.

"······누구십니까?"

기치지는 머리에 쓰고 있던 수건을 벗으면서 오하쓰와 우쿄노스케를 번갈아 바라보더니 물었다.

우쿄노스케가 오하쓰의 얼굴을 보았다. 지시를 바라는 표정을 하고 있다. 오하쓰가 홀린 듯이 기치지를 바라보고만 있자 잠시 동안 어쩔 줄 몰라 하며 눈썹을 올렸다 내렸다 한 끝에 더듬더듬 입을 열었다.

"저희는—그러니까—얼마 전에도 이곳을 찾아온 적이 있는데—."

우쿄노스케의 목소리가 오하쓰를 악몽 같은 생각에서 끌어냈다. 오히쓰는 흠칫히며 등을 펴고 앉아 있던 귀틀에서 일어서며 밀했다.

"잊으셨나요? 바로 얼마 전에도 기치지라는 이름을 가진 다른 이를 찾아왔던 사람입니다. 저는 오하쓰라고 해요."

오하쓰는 우쿄노스케 쪽을 돌아보며,

"이 사람은 우키치라고, 저희 집에서 고용살이를 하는 사람입니다. 미처 말씀드리지 못했는데 저는 하마초에 있는 이소젠이라는 식당의 딸입니다."

순간적으로 새언니인 오요시의 아버지가 운영하는 가게의 이름을 꺼냈다. 초를 팔러 와 달라는 말을 꺼내려면 작은 식당보다는 큰 음식점의 이름을 들먹이는 편이 그럴 듯하다.

기치지는 '아아, 생각났다'는 표정을 지었다. "지난번 아가씨군요…… 오늘은 제게 무슨 일로 오셨습니까? 사람을 잘못 찾았다는 것은 아셨을 텐데요."

기치지가 등에 짊어진 저울과 허리에 감은 보자기를 내려 귀틀 쪽에 놓는다. 등에 멘 짐이 없어지자 기치지의 허리가 펴져, 처음에 느낀 것만큼 작은 몸집으로는 보이지 않게 되었다.

"아니요, 실은—."

오하쓰가 준비해 두었던 구실을 늘어놓는 사이에 기치지는 앉지도 않고 그 자리에 선 채 열심히 이야기를 들었다. 우쿄노스케도 오하쓰를 보거나 기치지를 보며 눈을 이리저리 굴리면서 그럴싸한 거짓말을 듣고 있다.

"그런 이야기라면 제게는 고마운 말씀이지요."

오하쓰의 이야기를 다 듣자 기치지는 그렇게 말하며 붙임성 있는 웃음을 띠었다. 이 남자가 웃는 모습을 오하쓰는 처음으로 보았다. 그리고 기치지가 웃자 오른쪽 뺨 아래쪽에 있는 칼에 베인 듯한 흉터가 희미하게 도드라진다는 것을 깨달았다. 밋밋한 표정을 하고 있으면 알 수 없지만 뺨이 움직이면 그 부분만 선을 그은 것처럼 파인 흉터가 보인다.

흉터에는 어딘지 '그림으로 그려서 벽에 붙인 것 같은 사람'에게는 어울리지 않는 데가 있는 듯한—

'아니, 그렇지 않아.'

오하쓰는 입만 움직여 기치지와 말을 나누면서 마음속으로 열심히 생각했다.

'기치지에게는 역시 죽은 사람이 씐 거야. 그래서 살아 있었을 때는 조금도 이상해 보이지 않았던 흉터 하나까지도 묘한 색깔로 물들어 보이는 것이지. 숨이 끊어진 기치지의 몸에 옮겨 붙은 죽은 사람의 혼이 그런 작은 부분에서 삐져 나와서 배어나오고 있는지도 몰라.'

오하쓰는 숨이 막혀 와서 저도 모르게 허리띠 부근에 손을 댔다. 몸에 축축하게 땀이 배어 있다는 사실을 그때 깨달았다. 얼굴에도 나타나 있을까? 눈빛에 내 두려움이 나타나 있을까?

"저어, 죄송하지만 잠시 뒷간을 빌려 쓸 수 있을까요?"

오하쓰는 잠시라도 좋으니 일단 여기를 벗어나자는 생각에 그렇게 말해 보았다. 부자연스러운 말이었지만 기치지는 신경 쓰는 기색도 없이 "저쪽 모퉁이입니다" 하며 위치를 가르쳐 주었다.

징두리널을 댄 장지를 열면서 오하쓰는 빠른 말투로 우쿄노스케에게 말했다. "우기치, 기치지 씨와 이야기해서 가격은 어느 정도로 할지, 언제 와 줄지, 자세한 것을 정해 주셔요."

시선에 힘을 담아 우쿄노스케를 바라보며 '잘해야 한다'고 전하려는데 그는 안경 너머로 불안한 눈빛을 보내며 "예, 예에" 하고 갖다 붙인 대답을 한다. 미덥지 못하지만 지금의 오하쓰는 숨 한 번 쉬는 동안도 기치지와 얼굴을 마주할 수 있을 것 같지 않았다.

오하쓰는 밖으로 나가서 손을 뒤로 돌려 장지문을 닫고, 떨리는 손을 꽉 움켜쥐어 스스로를 격려하며 가까운 파수막을 찾으러 달려갔다. 빨리 로쿠조 오라버니에게 알려야 한다.

그때 산겐초의 파수막에는 담당 관리인은 없고 고용된 파수꾼과 서기, 두 명이 한가하게 화재에 대비해 놓아둔 도비구치_{화재 때 집을 부수거나 물건을 운반할 때 사용하는 도구} 등의 도구에서 먼지를 떨어내거나 수를 세어 보고 있는 중이었다. 그때 눈을 치켜뜬 젊은 처녀가 구르듯이 뛰어들어 왔으니 두 사람 다 깜짝 놀랐다.

그 처녀는 숨을 헐떡이며 우선은 쓸 것을 좀 달라고 말했다. 종이와 붓을 건네주자 도깨비에 씌기라도 한 표정으로 뭔가 휘갈겨 쓰더니 다음에는 가마를 보내어 이것을 도리초의 시마야인가 하는 작은 식당에 좀 전해 달라고 부탁했다. 대체 뭐가 뭔지 전혀 알 수가

없다. 미친 여자인가 하는 생각도 들었지만,

"제발 부탁드려요!" 하며 머리를 숙이고 얼굴 앞에서 손을 모으는 것을 보니 함부로 거절할 수도 없다. 전해줄 상대도 확실히 알고 있고 해서 파수꾼이 편지를 받아들었다. 처녀는 목소리를 쥐어짜 내다시피 하며 외쳤다.

"서둘러 주세요, 부탁이에요!"

5

슬슬 해가 기울 무렵이 되어 마루야에서 물러난 이헤는 로쿠조와 파수막에서 만났다. 도리초의 파수막은 큰길에 면해 있는 가로 두 간, 세로 세 간 크기로, 출입구 쪽에 봉당이 있고 봉당을 향해 서기가 앉아 있다. 흘러 들어오는 길을 오가는 사람들의 시끄러운 웅성거림이 지금은 오히려 도움이 된다.

이헤가 마루야에서 조사에 입회하여 자세히 보고 들었다는 사실에 로쿠조는 기대하고 있었다. 만일 남쪽 파수막이 근무하는 달이었다면 도신 이시베와 직접 이야기를 나누며 조사를 진행할 수도 있었겠지만 친하지 않은 북쪽의 도신과는 그럴 수 없다. 아무리 도리초가 로쿠조의 영역이라고 해도 오카노 님은 오카노 님대로 자신이 키운 오캇피키를 부리는 쪽이 편할 것이다. 그런 사정을 생각하면 이 달의 근무조가 이헤라서 정말 운이 좋았다고 생각했다.

이헤는 마루야의 조사가 어땠는지를 시원스럽게 이야기해 주었다. 오카노라는 도신은 상당히 수완이 좋아서, 가져오게 한 두루마리에 어젯밤부터 오늘 아침에 걸쳐 마루야의 누가 어디에서 무엇을 하고 있었는지를 한눈에 알 수 있도록 나란히 적어 나갔다고 한다.

"그렇다고 해도 가게 사람들을 의심하고 계시는 건 아닐세. 가게 사람이라면 자신이 일하는 곳에 시체를 버릴 리가 없으니까. 적어 놓고 나무통 주위에 사람이 없었던 시간을 조사하신 거지."

거기에 따르면 어젯밤 열 시쯤에 마루야의 가게 쪽과 안채 전체의 문단속을 했다고 한다. "오늘 아침에는 물을 긷고 밥을 지으려고 하녀가 새벽 네 시에 일어났을 때 뒷문을 열었다고 하네."

밤사이에는 아무도 나무통 옆에 없었지만 문단속을 하고 나면 밖에서 사람이 들어올 수 없으니 다시 말해 어젯밤 열 시에서 오늘 아침 네 시까지는 제외할 수 있다는 소리다.

"그렇군, 그래서?"

"어젯밤에는 장부에 틀린 곳이 있어서 출퇴근하는 대행수가 평소보다 늦게까지 남아 있었다고 하네. 바깥문을 닫은 후에도 계속 가게에 있으면서 촛불 하나를 켜 놓고 장부를 조사하고 있었지. 나무통이 보이는 곳이었네. 밥을 먹기 위해 잠깐 자리를 비웠을 뿐이라고 하네. 그 대행수가 퇴근할 때 문단속을 했지."

"그게 열 시라는 겐가?"

"그렇겠지. 그러니 아이가 던져진 것은 어젯밤이 아니라는 뜻이 되네. 오늘 아침일 테지."

로쿠조는 고개를 끄덕였다. "아침엔 어떤 사람들이 드나들었나?"

이혜는 이 질문을 받았을 때 마루야 사람들이 했던 것과 똑같이, 곤란한 듯이 고개를 저었다.

"아침 일찍부터 일하는 것은 하녀들이고, 안주인도 같은 시간에 일어난다고 하지만 이게 확실하지가 않아. 어쨌든 뒷문을 열어 두고 자신들도 그리로 드나들곤 했으니까 마음만 먹으면 밖에서 사람이 숨어들 수는 있었을 거라고 하더군."

로쿠조는 고개를 갸웃거렸다. 뒷문으로 숨어들어가도 나무통이 있는 곳까지 가려면 거리가 좀 된다. 그렇게 쉽게, 구조도 모르는 집 안을 빠져나갈 수 있을까.

로쿠조가 생각에 잠겨 있자니 이혜가 재떨이를 끌어당기면서 말했다.

"자네 구역에서 엄청난 일이 일어났군. 그건 그렇고 훌륭했어, 대장. 그렇게 빨리 어린아이의 신원을 알아내다니."

아이의 신원을 알아내자마자 이혜를 통해서 오카노에게 보고해 두었다.

이혜에게 고용되어 있는 파수꾼이 내준 차를 홀짝이며 로쿠조는 고개를 끄덕였다.

"운이 좋았어. 우리에게 운이 있는 것은 고마운 일이지. 나는 어떻게든 오센을 죽인 자를 내 손으로 잡고 싶네. 구역이 어쩌니 하는 치사한 이야기는 빼더라도 도리초에서 어린아이를 죽이고 시체를 버리는 놈을 살려 두었다간 내 체면이 말이 아니야."

"가미로쿠 대장님께도 면목이 없지."

이혜는 가미로쿠가 일대를 담당하고 있었을 때부터 관리인 일을 해 왔다.

"살인을 저지른 놈은 어린아이를 짊어지고—그때는 이미 죽어 있었을 테고 다섯 살짜리 아이이니 몸도 작겠지만, 그래도 아이를 짊어지고 마루야에 들어간 걸세."

스스로에게 들려주며 확인하듯이 로쿠조는 말했다.

"그렇겠지." 이헤가 고개를 끄덕였다.

"도대체 어떻게 그런 일을 할 수 있었을까. 마루야 사람들에게 들키지 않고. 조금이라도 소리를 내면 끝장 아닌가."

"나는 어째서 그런 짓까지 하면서 마루야에 오센이라는 아이를 버려야 했는지가 더 신경 쓰이네." 이헤는 그렇게 말하며 불쾌한 얼굴로 담배를 피웠다.

마침 그때 파수막 입구로 분키치가 뛰어들어 왔다. 귀틀에 부딪치다시피 하며 이쪽으로 손을 내민다.

"대장님!"

접은 종잇조각을 쥐고 있었다.

"무슨 일인가?"

"방금 아이오이초의 파수막에서 사람이 와서 오하쓰 아가씨에게 부탁받았다며 편지를 주었습니다."

"오하쓰에게?"

로쿠조는 재빨리 종잇조각을 낚아챘다. 이헤도 놀라서 담뱃대를 떨어뜨리며 일어서서 들여다본다.

"무조건 서둘러 달라는 부탁을 받았다며 가마를 빌려 달려왔더군요. 대체 뭐라고 적혀 있습니까?"

분키치는 자신이 가마를 짊어지고 뛰어온 사람처럼 숨을 헐떡이며 말했다. 로쿠조는 종잇조각을 읽었다. 급했는지 한자는 쓰지 않고 히라가나만으로 휘갈겨 썼다.

〈산겐초의 시비토쓰키 기치지　마루야 살인의 범인　하쓰〉

글씨는 읽을 수 있었지만 무슨 뜻인지 알 수가 없어서 로쿠조는 입만 딱 벌리고 있었다. 이게 뭐지? 오하쓰는 무슨 말을 하려고 했을까?

들여다보고 있던 이혜가 의아한 얼굴로 말했다. "산겐초라면 후카가와의 산겐초겠지."

"그렇긴 한데, 어째서 이것이."

이혜와 분키치는 오하쓰의 신비한 힘에 대해서 모른다. 로쿠조는 당혹스러워하면서도 신중하게 말했다.

"기치지라는 남자는 전혀 다른 일로 알아보고 있는 남자인데, 초를 팔러 다니는 일을 생업으로―."

말을 이으려는데 베개를 빼앗겨 잠에서 깨어난 사람처럼 갑자기 머리가 쿵 울렸다.

초를 파는 행상이라면 아침 일찍부터 돌아다니는 장사가 아닌가.

"이보게, 분키치. 기왕 뛰어온 김에 마루야에 가서 드나드는 초 장수가 정해져 있는지, 그 사람이 오늘 아침에도 왔는지 물어보고 오게."

분키치가 달려간 후 뒤를 쫓듯이 로쿠조도 봉당으로 뛰어내렸다.

"초 장수?" 이혜가 앵무새처럼 중얼거리다 갑자기 얻어맞은 것 같은 얼굴을 했다.

"그러고 보니 그놈들은 단골손님의 집 안을 속속들이 알고 있지. 게다가 늘 저울을 짊어진 채 다니고—."

로쿠조는 소리는 내지 않고 속으로 말했다. 오늘 아침만은 저울 대신 어린아이의 시체를 짊어지고 있었을지도 모르지.

도리초의 큰길을 달려 갔던 분키치가 다시 돌아와서 목소리가 들리는 데끼지 오자, 피수막 앞에 나와 기다리고 있던 로구조에게 큰 소리로 알렸다.

"대장님, 틀림없어요. 기치지가 왔었다고 합니다! 매일 있는 일이라 드나든 사람을 조사할 때도 꼽지 않았대요."

기치지와 둘이 남겨진 우쿄노스케는 초의 가격에 대해서는 전혀 모르고, 너무 많은 말을 하면 상사람 같지 않은 말씨를 들킬 것 같아서 몹시 허둥거리고 있었다. 오하쓰 씨는 하마초에 있는 음식점의 딸과 고용살이 일꾼이라고 말했는데 음식점의 고용살이 일꾼은 어떤 말씨를 쓸까?

"이소젠에서는 평소에 초를 얼마나 쓰십니까?"

상대방이 사람을 잘못 찾아왔다가 손님으로 바뀌었다고 생각해서인지 기치지의 말투는 다시 정중해졌다.

"글쎄." 우쿄노스케는 중얼거렸다. 얼마나 쓴다고 대답해야 할까? 다다미로 시선을 떨어뜨려 보아도 공교롭게도 거기에는 대답이 적혀 있지 않다.

"개수에 따라서는 매일이라도 찾아뵐 수 있고, 이틀마다 찾아뵈어도 좋겠지요. 저는 부지런히 돌아다니는 것만이 능사인 장사를 하고 있으니까요.”
"음." 우쿄노스케는 신음하고 나서 이래서는 음식점의 고용살이 일꾼 같지 않다고 생각을 고쳐먹었다.
'그렇군, 고맙다고 말하면 될까?'
"그렇군, 그렇게 해 준다면 고맙지."
시험 삼아 그렇게 말해 보자 기치지는,
"그럼 매일 찾아뵙는 게 좋겠습니까?"
"글쎄."
이번에는 기치지도 눈썹 언저리에 희미하게나마 수상하다는 듯한 표정이 떠올랐다. 이 사람 대체 무슨 수작이냐고 생각했을지도 모른다. 이래서는 안 된다.
"그, 그렇군, 매일 와 주면 좋겠소. 일단 하루에 예순 개 정도—."
"예순 개?" 기치지가 눈을 크게 떴다. "그렇게 많이 쓰신다고요?"
기치지는 이제 이쪽을 의심하기 시작한 모양이다. 눈빛이 험악해졌다.
"당신, 정말로 음식점의 고용살이 일꾼이 맞소?" 하고 날카롭게 물었다. "왠지 수상한데."
"아니, 그것은." 당황한 우쿄노스케는 필사적으로 머리를 굴렸다. 어떻게 하면 될까, 어떻게 하면?
그 순간 생각난 것이 있었다.
"어떻소, 세어 봐 주지 않겠소?"
"센다고?"
"그렇소. 한 달 동안 하루에 초를 열두 개 쓰는 날이 나흘, 스무 개 쓰는 날이 이레, 스물일곱 개 쓰는 날이 열흘―."

이번에는 기치지가 허둥거리기 시작했다. "자, 잠깐만 기다려 주십시오. 적어야겠습니다."

그가 꾸물거리며 붓을 꺼내는 사이에 우쿄노스케는 호흡을 가다듬었다. 숨을 길게 내쉬면서 앉은 자세를 고쳤을 때 기모노 무릎 언저리에 붙어 있는 머리카락 한 올을 발견했다. 우쿄노스케는 깨끗한 것을 좋아하는 성격이었기 때문에 곧 머리카락을 손가락으로 집었다.

세 치 정도 되는 길이의 머리카락이었다.

기치지의 머리카락이 아니라는 사실이 처음 머리에 떠올랐다. 머리를 묶을 수 있는 길이의 머리카락이 아니다. 그가 머리를 깎은 것이 아니라면, 이것은―이것은―

'어른의 머리카락이 아니다.'

그렇다. 어른의 것이 아니다. 어린아이의―

'어린아이의 머리카락?'

손끝으로 집어든 머리카락에서 흠칫 놀라 시선을 들다가 기치지의 눈과 마주쳤다. 마주친 순간 소리가 난 듯한 기분이 들었다. 우쿄노스케는 입을 벌리고, 말도 하지 못한 채 그 자리에 얼어붙었다.

그때 장지문이 드르륵 열렸다. 쳐다보니 핏기 잃은 얼굴의 오하쓰가 문 앞에 서서 우쿄노스케 뒤쪽으로 탄내 나는 다다미가 깔린 곳을 바라보고 있었다.

돌아와서 장지문을 열자마자 겨우 눈 한 번 깜박일 동안에 오하쓰는 다시 환상을 보았다.

환상 속에서는 기치지의 집에 아직 불이 나지 않았다. 얇은 요가 방구석에 바싹 붙어 깔려 있고, 찢어진 병풍이 이불 옆에 세워져 있었다.

병풍 쪽으로 고개를 돌려 보니 붉은 기모노를 입은 여자 아이 한 명이 등을 돌린 채 누워 있었다. 기모노 자락이 말려 올라가 통통한 허벅지가 보인다. 다리가 비틀린 것처럼 하얀 발바닥이 이쪽을 향하고 있다. 얼굴은 보이지 않지만 눈에 보이는 팔이나 목이나 종아리 등의 피부는 밀랍처럼 새하얗다. 생생한 피부색이 아니다.

환상은 순식간에 사라졌다. 아니, 사라졌다기보다 오하쓰의 머릿속에서 빠져나갔다. 나갈 때 오하쓰의 몸을 뼛속까지 차갑게 만들고 갔다.

'아아, 그래. 이제 정말로 틀림없어.'

제정신으로 돌아와 보니 다다미방 끝에 정좌를 하고 둥근 안경을 쓴 얼굴을 이쪽으로 향한 채 멍한 표정을 짓고 있는 우쿄노스케의 모습이 보였다. 부뚜막 가까이에 서 있는 기치지의 얼굴도.

생각하기도 전에 말이 튀어나왔다.

"당신이 여자 아이를 죽였지요?"

그러자 기치지가 덤벼들었다.

젊은 여자의 비명과 장지문이 떨어져 나가는 소리를 듣고 밖으로 뛰쳐나온 공동 주택의 주민들은 기모노 자락을 흐트러뜨리며 젊은 처녀에게 덤벼드는 기치지의 모습을 보았다. 모두들 당장은 자신의 눈과 귀를 믿을 수가 없었다. 나중에 건넛집 여자가 말했다. "나는 오쿠마 씨네 부부싸움인 줄 알았어요. 그런 것치고는 홀아비 기치 씨가 가세하는 게 이상하고, 무엇보다 오쿠마 씨가 언제 저렇게 야위었을까 했지. 전혀 앞뒤가 안 맞는 이야기인데도 그런 생각이 들더군요."

 기치지의 습격을 받은 당사자인 오하쓰에게는 무슨 생각을 할 여유라곤 없었다. 기치지는 오하쓰를 누르고 목을 조르려고 손을 뻗었다. 왝 소리를 지르며 일어선 모습을 마지막으로 시야에서 사라졌던 우쿄노스케가 야윈 개구리처럼 뛰어올라 기치지의 목에 매달렸지만 바로 떨어져나가 엉덩방아를 찧었다. 안경이 날아가 어디론가 사라졌다.

 오하쓰는 손을 휘둘러 기치지의 상투를 뒤에서 잡고 힘껏 잡아당겼다. 끅 하는 소리가 나고 팔이 느슨해졌다. 오하쓰는 기치지를 밀쳐내고 기다시피 도망쳤다. 하지만 곧 그의 팔이 쫓아와 기모노의 뒤쪽 띠를 움켜쥐었다.

 다시 끌려들어 갈 판이다. 숨이 막힌다. 얼굴에 닿는 기치지의 숨결이 속이 울렁거릴 정도로 악취를 풍긴다는 사실을 오하쓰는 깨달았다. 아아, 이 사람의 몸은 죽었다. 죽은 몸에 나쁜 혼이 옮겨 들어갔다. 몸은 점점 썩어간다.

 그가 오하쓰의 목을 조른다.

 정신이 아득해지려는 찰나 머리 위쪽에서 검은 것이 번득이는 동시에 퍽 하는 소리가 났다.

 우쿄노스케였다. 하수구를 덮은 널빤지를 치켜들고 기치지의 머리를 내리친 것이다. 그러다가 자신도 비틀거리며 기치지와 함께 털썩 쓰러졌다. 공동 주택에 사는 아주머니 한 명이 달려들어 기치지를 누르려고 손을 뻗었다.

어질어질한 머리를 들었을 때 오하쓰는 아주머니의 손에 잡힌 기치지의 팔에 더운 물을 부은 두부껍질처럼 가느다란 주름이 가는 모습을 보았다. 아주머니가 기치지의 팔을 잡아당기자 주름 진 피부가 그대로 훌렁 벗겨졌다. 아주머니는 자신이 움켜쥔 것을 보고 머리가 이상해진 사람처럼 소리를 질렀다.

"기치 씨, 기치 씨, 당신 피부가아아아아아."

땅바닥에 양 무릎과 양손을 짚고 있던 기치지는 버둥거리다시피 일어서서 오하쓰 쪽으로 얼굴을 돌렸다. 기치지를 보았을 때 오하쓰도, 다른 사람들도 모두 소리를 질렀다.

기치지의 두 눈은 새하얗게 흐려지고 눈가에서 눈물이 흘러나오는 것처럼 보였다. 눈물은 탁했다. 그가 입을 벌리고 울부짖는 소리를 내자 이끼가 낀 혀가 보였다. 빛깔이 검붉게 변하기 시작했다. 오하쓰의 눈에는 그의 얼굴 생김새 자체가 변한 것처럼 보이기도 했다.

기치지는 일어섰지만 더는 오하쓰를 덮치려고 하지는 않았다. 그는 팔을 휘두르고 무릎을 후들거리며 비틀비틀 걸어가다가 저쪽 문에, 이쪽 벽에 붙인 널빤지에 부딪히며 울부짖었다. 목소리도 탁해져 간다.

'몸이 무너지는 거야.'

오하쓰는 눈을 크게 뜨고 미친 듯이 울부짖는 기치지의 모습을 바라보며 몸을 떨었다.

다시 한번 크게 헛발을 딛고 비틀거리더니 기치지는 쿵 소리를 내며 땅바닥에 넘어졌다. 반쯤 엎드린 채 우우욱 하는 소리를 내고는 그대로 조용해졌다.

오하쓰도 우쿄노스케도 공동 주택 사람들도 그 자리에 주저앉거나 엉덩방아를 찧거나 멀거니 선 채 한동안 움직일 수도 말을 할 수도 없었다. 숨소리조차 들리지 않는다.

오하쓰는 기치지의 집 문에 기대어 졸린 목을 문지르면서 숨을 가다듬고 있었다. 그리고 나서 겨우 다리를 움직여 골목길 반대쪽에 주저앉아 있는 우쿄노스케에게 다가갔다.

곁으로 다가가 보니 그가 부들부들 떨고 있었다. 아까 오하쓰를 구하기 위해 치켜든 널빤지 가운데 한 장은 그의 옆에 떨어져 있다. 우쿄노스케는 쓰러져 있는 기치지의 움직이지 않는 몸 위에 시선을 똑바로 고정하고 있었다. 아무래도 거기에서 눈을 뗄 수가 없는 모양이다.

"다치신 데는 없으셔요?" 오하쓰가 작은 목소리로 물었다. 우쿄노스케는 말했다. "오하쓰 씨, 저것은 무엇입니까?"

"시비토쓰키예요."

속삭이듯이 대답한 후 오하쓰는 천천히 기치지에게 다가갔다. 그의 머리맡에는 양손을 몸 옆에 축 늘어뜨리고 입으로 숨을 쉬면서 멍하니 오쿠마가 서 있다.

"오쿠마 씨―."

오하쓰가 불렀다. 오쿠마는 손으로 얼굴을 덮고 손가락 사이로 웅얼거리는 목소리를 냈다. "이상하다고 생각하고 있었어. 기치 씨는 정상이 아니었던 거야."

오하쓰가 오쿠마의 어깨를 안고 위로하고 있는데, 공동 주택 출입문을 지나 달려오는 로쿠조의 모습이 보였다.

"한발 늦었어요, 오라버니."

로쿠조는 쓰러져 있는 기치지의 모습을 보고 갑자기 얻어맞기라도 한 것 같은 얼굴을 했다. 하지만 아직도 멀찍이서 둘러싸고 있는 공동 주택 사람들 앞에서 큰 소리로 사정을 이야기할 수는 없다.

"이쪽으로—." 오하쓰는 기치지의 집 쪽으로 오라비를 재촉했다.

그때였다.

"오하쓰 씨!"

우쿄노스케가 외쳤다. 오하쓰가 돌아보았다. 로쿠조도 돌아보았다.

기치지가 갑자기 벌떡 일어났다. 튕기듯이 일어나더니 다시 오하쓰에게 덤벼들었다. 간발의 차로 오하쓰는 뒤로 뛰어 피했지만 썩은 냄새를 풍기는 기치지의 손이 뺨을 스치고 그때 그의 손톱이 흔들흔들 하는 것을 보았다.

공동 주택의 골목길에 다시 비명이 울려 퍼졌다. 어린아이가 울음을 터뜨리는 소리가 메아리쳤다. 뒤로 물러난 오하쓰는 간신히 일어선 우쿄노스케에게 부딪혀 크게 뒤로 쓰러지면서 호되게 엉덩이를 부딪쳤다.

미친 기치지의 썩은 몸이 덤벼든다. 로쿠조가 그와 맞붙어 말리려고 하지만 당장이라도 떨어져나갈 것 같다. 로쿠조의 얼굴이 일그러진다. 기치지는 엄청난 힘을 발휘하고 있었다. 그의 팔이 로쿠조의 목을 비틀려고 한다. 어지간한 로쿠조도 겁을 먹고 힘을 빼자 기치지는 곧 로쿠조를 뿌리쳤다.

그의 갈라지고 말려 올라간 입술에서 신음하는 목소리가 새어나왔다.

"……리에."

그때 오쿠마의 고함소리가 울려 퍼졌다.

"무슨 짓이에요, 기치 씨!"

다음 순간 오하쓰는 확 하고 뿌려지는 뜨거운 물을 느꼈다. 바로 뒤에 있던 우쿄노스케가 뒤에서 잡아낭겨 주지 않았나면 좀 너 정면에서 뜨거운 물을 뒤집어썼으리라.

기치지의 절규가 울렸다.

오쿠마가 바로 옆에 있다. 그녀는 손에 냄비를 들고 있었다. 냄비 안은 비어 있었다.

펄펄 끓는 솥에 들어 있던, 조촐한 저녁 식사를 위한 국을 기치지에게 퍼부은 것이다. 뜨거운 국물을 뒤집어쓴 기치지는 땅바닥에 쓰러져 몸부림치면서 소리를 지르다가 이윽고 조용해졌다.

"정말로 숨이 끊어졌을까요?"

잠시 후 우쿄노스케가 머뭇거리는 말투로 중얼거렸다. 아무도 대답하는 사람이 없었기 때문일지도 모르지만 그는 직접 나서서 기치지의 다리 쪽으로 돌아가더니 종아리를 손끝으로 가볍게 찔렀다. 한 번, 그리고 또 한 번.

우쿄노스케의 손가락에 찔린 종아리의 피부가 푹 들어간 채 원래대로 돌아오지 않는다.

"기치지 씨는 훨씬 전에 숨이 끊어져 있었어요." 오하쓰가 말했다.

기치지의 몸에서 견디기 힘든 심한 냄새가 피어오르고 있었다. 뒤쪽에서 누군가가 구역질을 하고 있다. 기침을 하는 소리도 들린다.

로쿠조가 일어나 우쿄노스케와 나란히 기치지의 시체를 확인하고는 말했다. "죽었어. 죽은 정도가 아니다. 사나흘 전부터 죽어 있었던 것 같은데, 이건."

"이런 건 싫다구."

오쿠마가 머리를 끌어안고 신음했다.

오하쓰는 발을 밀어내다시피 발걸음을 떼어 기치지의 머리맡으로 돌아갔다.

"조심하십시오." 우쿄노스케가 말했다.

로쿠조가 말한 대로 기치지는 이번에야말로 정말 죽어 있었다. 엎드려 있던 머리를 이쪽으로 돌리려고 손을 대자 머리카락이 뭉텅이로 뽑혀 나왔다. 속이 울렁거려 현기증이 날 것 같다.

겨우 똑바로 눕힌 기치지의 얼굴은 완전히 썩어 문드러져 무너져 있었다. 오하쓰는 눈을 감았다.

6

로쿠조가 조사한 바에 따르면 오늘 아침 일찌기 기치지가 아이오이초로 들어가는 출입구를 지났을 때, 그는 평소와 달리 작은 고리짝 같은 것을 보자기에 싸서 짊어지고 있었다고 한다. 파수꾼이 말했다.

"엄청나게 무거워 보이기에 무엇을 들고 가냐고 물었더니 단골

손님이 부탁한 헌옷을 가져다주려는 거라고 하더군요. 헌옷을 모아서 어딘가에 기부를 할 거라면서. 기치지가 어떤 사람인지는 잘 알고 있었고 딱히 추궁할 일도 아니라 그러냐고 말하고 그냥 보냈습니다."

다른 출입구에서도 가장 중요한 도리초 입구에서도 모두 같은 대화가 오갔다. 어디에서도 기치지의 말은 신용을 받았고, 아무도 고리짝 안을 조사하려 하지는 않았다. 기치지는 매일 아침 이곳을 지나가는 얌전한 초 장수였기 때문이다.

"기치지는 어제 점심때쯤, 교묘한 말로 여자 아이를 아이오이초에서 납치해 온 게지. 다섯 살짜리 아이이니 과자라도 보여 주고 말만 잘하면 어렵지도 않았을 거야."

사람들도 많이 오가는 낮 동안은 낯선 여자 아이를 데리고 다녀도 조심하기만 하면 남들 눈에 띄지 않고 산겐초로 돌아올 수 있었을 것이다. 공동 주택에 돌아오고 나면,

"낮에는 아주머니들도 자기 집에서 부업에 열을 올리거나 우물가에 모여 수다를 떨고 있을 테니 눈을 피해 몰래 자기 집으로 돌아가기도 어렵지는 않아. 그렇게 해서—."

오센의 숨을 막아 죽였다.

"다음 날 아침, 아이를—오센을 고리짝에 넣고 나가려다가 사방등을 쓰러뜨렸겠지. 작은 불이 나는 바람에 소동이 일어나서 기치지도 크게 당황했을 거야. 다행히 화재가 일어나지는 않았고 공동 주택 사람들이 오센의 시체를 알아차리지도 못했어. 하지만 기치지의 손과 옷에 사방등 기름이 묻은 거야."

"그게 내 코에는 느껴진 거지요."

오하쓰가 말하자 로쿠조는 고개를 끄덕였다.

"아마 틀림없이 그렇게 된 게다. 오센은 기치지의 집에 있었고, 그곳에서 살해되었어. 후루사와 님이 발견하신 머리카락도 있지."

하지만.

"도대체 기치지는 어째서 그토록 잔인한 살인을 저질렀을까. 무엇이 녀석을 그렇게 만들었을까. 죽인 아이를 어째서 일부러 도리초까지 운반해 가서 마루야의 나무통에 던져 넣었을까. 나는 전혀 모르겠다."

로쿠조의 물음에 오하쓰는 고개를 저었다.

"몰라요. 나도 모르겠어요, 오라버니."

마음에 깊이 새겨지고 만 기치지의 얼굴을 떠올리며 중얼거렸다.

"하지만 오라버니. 그건 기치지 씨가 아니었어요. 기치지 씨의 시체에 나쁜 것이 씌어 있었어요. 그게 오센을 죽인 거지요. 오라버니의 말대로 나쁜 것이 어째서 어린아이를 죽였는지, 어째서 시체를 마루야에 던져 넣었는지는 역시 모르겠지만요."

"네게도 보이지 않았느냐?"

"보이지 않았어요." 오하쓰가 말했다. "오라버니, 가장 알 수 없는 것, 가장 큰 수수께끼는 기치지 씨의 시체에 대체 누구의 혼이 씌어 있었는지가 아닐까요. 이제 결코 알 수 없는 일이겠지요……."

아니, 결코 알 수 없는 일은 없다. 다만 전모가 밝혀지는 것은 시간이 조금 더 지난 후의 일이다.

—기치지에게는 대체 무슨 일이 일어났던 것일까.

제3장 움직이는 돌

1

 산겐초의 기치지 사건이 일단락된 후 며칠이 지나 오하쓰는 다시 저택으로 부교를 찾아뵈었다. 지난번과 똑같은 시간이었다. 이번에도 오마쓰가 뒤쪽 현관에서 맞이해 주고 늘 가는 다다미방으로 안내해 주었다. 오하쓰는 인사도 하는 둥 마는 둥 하고 일의 전말을 자세히 이야기했다.
 "이번에는 특별히 뒷맛이 좋지 않은 사건이었던 것 같구나."
 걱정스러운 표정으로 오하쓰를 바라보며 노부교가 말했다. 오하쓰는 살짝 미소를 지었다.
 "오센을 해친 범인을 알아낼 수 있었던 점에서는 속이 후련해요. 그 부분에 대해서는 저를 칭찬해 주고 싶어요."
 부교는 크게 고개를 끄덕였다. "그래. 그 말이 맞다. 네가 아니면 할 수 없는 일이었겠지."

"하지만 기치지 씨에게 씌어 그렇게 심한 짓을 하게 한 것이 대체 어떤 존재였는지 알 수 없다는 점이 마음에 걸려요."

기치지의 마지막 모습. 한동안은 마음이 몹시 약해질 때마다 그 광경이 꿈에 나올 것만 같다.

"기치지에게 무엇이 씌어 있었는지…… 말이지." 노부교는 중얼거리며 가슴께에 턱을 묻었다. "그것만은 오하쓰, 네 힘으로도 이제 알아낼 수는 없을 게다. 너무 마음 쓰지 마라. 그보다 좋은 방향으로 눈을 돌려보면 어떻겠느냐. 빨리 손을 쓰지 않았다면 희생자는 오센 한 명으로는 끝나지 않았을지도 모르지. 너는 그것을 막은 게야."

"네." 오하쓰는 고개를 끄덕이고 등을 곧게 폈다.

"그런데—."

부교는 천천히 앉은 자세를 고치면서 미소를 지었다.

"우쿄노스케는 어떠냐? 꽤 재미있는 젊은이지?"

로쿠조와 이야기 끝에 후루사와 우쿄노스케는 잠시 동안 시마이야와 오캇피키 로쿠조의 이른바 '식객'이 되기로 했다.

오하쓰는 당장은 대답하지 못했다. "네, 재미있는 분이셔요." 곧장 대답하면 우쿄노스케를 너무 가볍게 여기는 것처럼 들릴 듯하여 신경이 쓰였다. 부교는 그런 오하쓰의 심정을 알아차렸는지 다시 묻지는 않고 그저 입가에 희미한 미소를 담은 채 오하쓰를 들여다보고 있다.

"도깨비로 평판이 높은 후루사와 님의 장남치고는 매우 다정한 분 같아요."

오하쓰는 머릿속에서 이것저것 말을 고른 끝에 우선은 그렇게 대답해 보았다.

"그래?"

"예. 저 같은 사람을 대할 때도 거만하게 말씀하시지 않고 온화한 말투를 쓰시더군요. 오히려 제가 황송해질 정도로."

사실은 별로 황송하게 느끼지는 않았지만 일단 그렇게 말해 두지―그렇게 생각하고 한 밀이있기 때문에 부교가 여기에서 풋 하고 웃음을 터뜨려 오하쓰도 놀랐다.

"우스우셔요?"

"우습구나." 부교는 계속해서 웃으면서 말했다.

"우쿄노스케는 길가의 참새 새끼도 황송해할 만한 성격의 젊은이는 아니지 않느냐. 그게 또 그 친구의 좋은 점이긴 하다만."

말투에서 손아랫사람을 배려하는 따뜻한 마음 씀씀이가 느껴졌기 때문에 오하쓰는 기뺐다. 어르신은 우쿄노스케 님을 좋아하시는 것이다.

"어르신은 무슨 생각으로 후루사와 님을 저와 오라비에게 소개하신 건가요?"

그런 질문도 편하게 할 수 있었다. 부교는 반대로 되물었다.

"너는 어떻게 생각하느냐?"

오하쓰는 고개를 저었다. "모르겠습니다. 다만, 그……."

"상관없다. 말해 보렴."

"그분의 다정한 성격이 요리키로서 임무를 해 나가는 데에는 지장이 되니 잠시 밖에 내보내 세상의 풍파를 겪어 보라는 생각이신지도 모르겠다고 생각한 적이 있어요. 그렇다면 군이 저희에게 맡기시지 않더라도 요리키 견습의 입장이면 충분히 가능한 일이잖아요? 그러니 정말 모르겠습니다."

부교는 조용히 고개를 끄덕였다. "그 말이 맞다."

남에 대해서 하는 추측이니 말에 신중을 기해야 한다. 오하쓰는 스스로를 격려하며 말을 이었다. "우쿄노스케 님의 아버님은 굉장히 훌륭하신 분이잖아요. 그런 아버님 밑에 있으면 오히려 우쿄노스케 님께 좋지 않으니 한번 떼어놓아 보자는 생각은 할 수 있었을 것 같아요. 적어도 오라비는 그렇게 말하더군요."

오하쓰는 얼굴을 들고 작게 웃음을 지었다. "이상한 일이 있었어요. 여기서 처음으로 우쿄노스케 님을 뵙고, 도리초까지 같이 걸어갔을 때의 일이었지요. 제가 우쿄노스케 님을 '후루사와 님'이라고 불렀는데 우쿄노스케 님은 아버님을 가리킨 말이라고 생각하시더군요. 이유를 여쭈었더니 '저에 관한 일은 무엇이든 아버지가 결정하기 때문'이라는 말을 하셨어요. 그렇다면 우쿄노스케 님께는 지나치게 훌륭한 아버님이 눈엣가시―."

저도 모르게 심한 말을 할 뻔한 오하쓰는 흠칫하며 손으로 입을 눌렀다. 하지만 이미 늦었다. 부교는 소리 내어 웃었다.

"그것도 네 말이 맞다, 오하쓰. 우쿄노스케에게는 정말 아버지가 눈엣가시지. 두 눈에 다 돋아 있는 가시 말이다. 가시가 너무 무거워서 우쿄노스케는 눈을 똑바로 뜨고 자신의 얼굴을 보지도 못하는 게야."

말투는 밝았지만 눈빛을 보면 부교가 걱정하고 있는 일임에 틀림없다.

"게다가 오하쓰, 지금 네가 한 말에는 또 다른 의미가 있다. 우쿄노스케는 '후루사와 님'이라고 불려도 자신을 가리키는 말이라고는 생각하지 못해. 성가신 별명이 있기 때문이다."

"성가신 별명?"

"그래. 부교소에 있는 자들이라면 대부분 알고 있지."

부교는 비밀 이야기를 하듯이 목소리를 낮추며,

"사람들이 뒤에서는 우쿄노스케를 '주판알'이라고 부른단다."

"주판―."

어째서일까 하고 오하쓰는 깜짝 놀랐다. "상인도 아닌데 왜 주판알인가요?"

"우선은 아버지의 손끝 하나에 이리 탁, 저리 탁 움직인다―는 뜻이 한 가지 있겠지. 그리고 또 하나는……."

부교는 고개를 기울이며 오하쓰를 보았다. "우쿄노스케가 아직 너에게는 이야기하지 않았느냐?"

"무엇을요?"

"이야기하지 않은 게로군." 부교가 혼자 고개를 끄덕이며 미소를 짓는다.

"그렇다면 이 이야기는 우쿄노스케에게 듣는 게 좋겠다. 그게 제일 좋아. 스스로 누군가에게 고백할 수 있게 된다면 그도 조금은 가망성이 있으니까."

오하쓰는 석연치 않은 기분으로 물러나야 했다.

당사자인 후루사와 우쿄노스케는 완전히 로쿠조에게 몸을 맡긴 생활을 하고 있었다. 시마이야 안채에 있는 다다미방에서 살고 있다. 로쿠조와 행동을 같이 하면서 나름대로 흥미를 느끼게 되었는지 오하쓰의 눈으로 보자면 태평해 보이기까지 할 정도로 매일을 즐겁게 보내고 있었다. 사흘에 한 번 꼴로 핫초보리에 있는 본댁에 돌아가기는 하지만 그 외의 시간에는 옷차림도 머리 모양도 전부 상사람처럼 하고 다닌다.

로쿠조 밑에 있는 세 명의 시탓피키 중 시마야에 자주 드나드는 사람은 분키치 한 명이다. 우쿄노스케에 대해서도 그에게만은 대충 사정을 이야기해 두었다. 대장이 이상한 짓을 하는 데에는 익숙한 분키치는 행정 부교소에서 맡긴 도련님에 대해서도 그냥 그러냐고만 했을 뿐 특별히 소동을 피우지는 않았다.

"다른 사람들에게는 시탓피키가 한 명 늘었다고 말해 두면 될까요?"

그렇게 말한 후에는 태연자약하다. 여전히 말술을 퍼마시고 오미요와 요란하게 싸움을 하기도 하지만 입은 무거워서 우쿄노스케의 정체에 대해서는 조금도 발설하지 않았다. 오하쓰는 새삼 분키치를 다시 보게 되었을 정도다.

가장 편리한 점은 분키치에게라면 그날 우쿄노스케가 어땠는지를 마음 놓고 물어볼 수 있다는 것이었다. 만일 로쿠조였다면 집요하게 물어본들 '시끄럽다, 네가 알 바 아니야' 하고 일갈했을 것이다. 하지만 분키치가 상대라면 듣고 싶은 것을 실컷 물어볼 수 있다.

"우쿄노스케 님이 오늘은 어디에 가셨어요?"

"오라버니와 어떤 일을 하던가요?"

오하쓰의 물음에 분키치는 성실하게 하나하나 대답해 준다. 그러다가 처음에는 세 번에 한 번 꼴로, 다음에는 두 번에 한 번 꼴로, 마지막에는 매번 분키치의 눈 속에 놀리는 듯한 빛이 얼핏 떠오르게 되었다. 마침내 그는 말했다.

"아니, 오하쓰 아가씨, 저는 아가씨가 그런 비실비실한 호리병박 같은 놈에게 반하실 줄은 몰랐습니다."

오히쓰는 소매로 분키치의 어깨를 칠싹 때렸다. "세상에, 그런 거 아니에요."

"그럴까요?" 분키치가 실실 웃는다.

"그래요. 분 씨랑 오미요 씨하고는 다르다고요. 나는 오라버니가 걱정되어서 그래요. 후루사와 님의 아드님을 맡게 되다니 오라버니는 괜찮을까 신경이 쓰여 여러 가지를 묻는 거지요."

"아가씨는 오라버니를 생각하는 마음이 지극하시니까요."

오하쓰는 그를 노려보았다. "맞아요. 나는 정말 오라버니를 지극하게 생각해요. 분 씨, 조심하세요. 내가 우쿄노스케 님에 대해 이런저런 걱정을 하고 있다는 둥 쓸데없는 소리를 오라버니에게 했다간 나도 전부 다 얘기해 버릴 테니까. 분 씨, 요전에 가나스기 신사에 장이 섰을 때 대체 누구를 데리고 다녔던 거지요? 오미요 씨는 여름 감기 때문에 앓아 누워 있었을 텐데. 내 손 안엔 여러 가지 일들이 들어 있다고요, 분 씨."

분키치는 새파랗게 질렸다. "좀 봐 주십시오, 아가씨."

이렇게 빙 둘러서 상황을 살펴야 하는 이유는 로쿠조 밑에 있게 된 후로 우쿄노스케가 오하쓰와는 거의 말하지 않게 되었기 때문이다.

물론 아침저녁으로 인사 정도는 한다. 밥을 먹을 때 얼굴을 마주

치면 날씨가 어떻다는 둥 잡담을 하기도 한다. 하지만 지금의 생활을 어떻게 생각하는지, 즐거운지 힘든지—아니, 그런 새삼스러운 것이 아니더라도 오늘은 어디에 가서 이런 일을 했습니다 정도라도 좋은데—전혀 이야기해 주지 않는다. 오하쓰의 눈을 정면에서 보는 일도 적어진 것 같다. 그러면서 가끔씩 멍한 눈빛으로 다다미방의 상인방 언저리를 바라보며 삼십 분이나 침묵에 잠겨 있을 때도 있다.

우쿄노스케 님은 나를 섬뜩하게 여기고 계시는 게 아닐까—.

칠월도 중순이 지나 우쿄노스케가 시마이야에 있게 된 지 열흘쯤 지났을 무렵, 오하쓰는 마침내 그렇게 생각하기 시작했다.

어르신의 이야기를 듣고 자세하게 아시는 분이니 설마 그런 일은 없을 거라고, 어떤 의미로는 방심하고 있었다. 하지만 이야기로 듣는 것과 눈으로 보는 것은 크게 다르다. 우쿄노스케는 오하쓰의 비범한 힘을 본데다 으스스한 시비토쓰키 소동에까지 휘말렸으니 진저리가 났는지도 모른다…….

머리로는 그렇게 생각하면서도 입 밖에 내어 물어볼 수는 없다. 물어보면 우쿄노스케는 마음속으로 어떻게 여기든 "아니, 그렇지 않습니다"라고 대답할 게 뻔하다. 물어봐도 소용없는 일이다. 말이란 얼마나 공허한 것인가. 오하쓰는 그렇게 생각했다.

오하쓰의 몸속에 잠들어 있는—그리고 가끔 멋대로 번득이듯 튀어나오는 기묘한 힘도 이럴 때는 전혀 도움이 되지 않는다. 오히려 답답할 정도다. 그렇다고 침울해 하고 있으면 오요시가 걱정하고, 분키치는 실실 웃는다. 로쿠조는 전혀 아랑곳하지 않으면서도 오하쓰가 볼멘 얼굴을 하고 있으면 '시집 못 가게 되니 그런 얼굴은 하지 마라' 하고 붙임성이라곤 하나 없는 말을 한다.

또 한 가지, 우쿄노스케에 관한 것 중에서 마음에 걸리는 일도 있었다. 분키치도 말해 주었고 로쿠조도 얼핏 흘리며 이상하게 여기던 일이다.

무엇인고 하니, 우쿄노스케는 길을 돌아다니다가 이나리_{곡식의 신. 이나리 신사에는 이나리 신의 사자인 여우상이 있음} 사당이나 신사가 눈에 띄면 무조건 들어간다는 것이다. 아무리 작고, 여우가 먼지를 뒤집어쓰고 있는 초라한 이나리 사당이라 해도, 도리이가 기울어진 신사라 해도 결코 그냥 지나치지 않는다고 한다. 한동안 경내를 걸어 다니며 뭔가 찾기라도 하는 기색을 보인 후에 돌아온다고 한다. 또 이상한 산책을 하고 돌아온 후 가끔 시선을 허공에 두고 입 속으로 뭔가 중얼거릴 때도 있다고 한다.

"소원이라도 빌고 있는지도 모르지." 로쿠조가 말하자 오요시가 웃으며 대꾸한다. "닥치는 대로 눈에 띄는 이나리 사당에 뛰어들어가 소원을 비는 사람이 어디 있어요."

분키치는 분키치대로, "허술해 보이지만 사실은 우쿄노스케 씨는 몰래 관리들을 감시하는 감찰이라 그런 방식으로 비밀리에 부하와 연락을 취하고 있는지도 모르지요"라는 말을 하는 형편이다. 정말이지 뭐가 뭔지 모르겠다.

말을 듣고 오하쓰도 둘이서 기치지를 찾아가기 위해 후카가와에 갔을 때도 똑같은 일이 있었다는 사실이 생각났다. 하치만구 경내에서 우쿄노스케가 "아아, 좋은 것을 보았어요"라며 묘하게 기쁜 얼굴

움직이는 돌 • 143

을 하고 있었던 그때―.

그것도 비슷한 일이었던 게 아닐까.

"그렇게 신경이 쓰인다면 물어보지요."

무엇에든 구애되는 일이 없는 오요시가 어느 날 저녁상을 앞에 두고 우쿄노스케에게 밥을 한 공기 더 건네면서 단도직입적으로 물어보았다.

"후루사와 님은 뭔가 특별히 신앙하시는 게 있으신가요?"

우쿄노스케는 눈에 띄게 당황하며 입 안에 든 것을 뿜을 뻔했다. 얼굴이 새빨개지는가 싶더니 횡설수설 뭐라고 대답했지만 당시 그가 무슨 말을 했는지는 그 자리에 있던 사람들 누구도 알아들을 수 없었다. 우쿄노스케는 이마에 땀이 가득 밴 채 가엾을 정도로 곤란해했다.

"신앙 하니까 생각나는데 바로 얼마 전에―." 눈치 빠른 로쿠조가 다른 이야기를 꺼내 분위기는 간신히 수습되었지만 바로 옆에 있던 오하쓰는 우쿄노스케가 한동안 눈을 내리깐 얼굴에서 가만히 무언가를 견디고 있다는 사실을 알 수 있었다.

그때를 경계로 오하쓰는 수상함을 느낀다기보다 오히려 걱정이 되기 시작했다. 후루사와 우쿄노스케에게는―그가 이렇게 어르신에게 신병을 맡기고 이례적이라고도 할 수 있는 서민 생활을 하고 있는 이면에는, 오하쓰나 로쿠조의 짐작보다 깊은 사정이 숨어 있는 것이 아닐까.

'어르신께 여쭤 볼까……?'

쉽게 이야기해 주시지는 않겠지만 마음이 쓰여 견딜 수 없다고 솔직하게 말씀드리면 어떻게든 될지도 모른다.

그때 마침 행정 부교소에서 심부름꾼이 왔다.

"제가? 이것을 입고 가라고요?" 오하쓰가 되물었다.

시마이야를 찾아온 심부름꾼은 늘 안내를 해 주는 하녀 오마쓰였다. 오마쓰를 모시고 온 남자가 한 명 있었는데 그가 밥집 딸에게는 아까울 정도로 우아한 유젠 염색손으로 그려 색칠한 다채로운 그림을 물들인 일본 고유의 염색 고소데와 거기에 잘 어울리는 띠를 가져왔다.

"그렇습니다." 오마쓰는 느긋하게 고개를 끄덕였다. "준비는 전부 제가 도와드릴 테니 아무 걱정 하지 않으셔도 됩니다."

오마쓰는 머리카락에 꽂는 대모갑 비녀도 가져왔다. 서민은 엄두도 내지 못할 값비싼 물건이다.

"무슨 일인가요?"

오마쓰의 말에 따르면 어르신이 오하쓰에게 내일 저녁때 이것들을 몸에 걸쳐 무가의 아가씨처럼 차리고 가마의 마중을 기다리고 있으라고 말씀하셨단다.

"후루사와 우쿄노스케 님도 함께 오라고 하셨습니다."

"예에······."

당사자인 우쿄노스케는 오하쓰 옆에 나란히 정좌를 하고 앉아 오하쓰 못지않게 놀란 얼굴을 하고 있다. 오마쓰만이 느긋했다. "후루사와 님은 아가씨를 모시는 주겐무가의 고용살이 일꾼 차림을 하라고 하셨습니다. 옷은 준비되어 있습니다."

과연 모모히키와 한텐길이가 짧은 작업복 상의도 준비되어 있다.

움직이는 돌 • 145

"주겐의 옷차림을 하고 부교께서는 제게 어디로 가라고 하신 겁니까?"

우쿄노스케가 더듬거리며 간신히 물었지만 오마쓰는 생글생글 웃기만 하며 대답한다.

"죄송하지만 저도 자세한 내용은 모릅니다. 다만 말씀하신 그대로를 전해 드렸을 뿐입니다."

"예에……."

"그럼 내일 괜찮으시지요?"

조금도 괜찮지 않았지만 어쨌든 말씀하신 대로 할 수밖에 없다. 오마쓰가 물러간 후 오하쓰와 우쿄노스케는 꽤 오랜만에 얼굴을 마주 보았다.

"어쩐지 오하쓰 씨의 힘을 이용해 해결해야 하는 무슨 일이 생긴 모양이군요."

우쿄노스케는 기분 탓인지 긴장한 얼굴로 그렇게 말했다.

"아무리 그래도 왜 이런 옷을 입어야 하는 걸까요?"

사실을 말하자면 우아한 고소데를 입고 머리에 대모갑 비녀를 꽂는 것은 기쁜 일이지만—.

"무가 아가씨 같은 옷차림을 해야 하다니 불편하잖아요. 어째서?"

우쿄노스케는 이를 살짝 드러내며 웃었다. "아마 우리가 가게 될 곳이 무가 저택이기 때문일 겁니다."

"제가 무사님의 저택에?"

"그렇습니다. 누구의 저택이고, 대체 무슨 일이 있는 걸까요. 각오를 단단히 해 두는 게 좋을지도 모르겠습니다, 오하쓰 씨."

"각오……."

하지만 다음 날, 약속대로 마중을 온 가마가 도착하고 노부교의 입에서 직접 사정을 듣게 된 오하쓰와 우쿄노스케는 그런 각오 따윈 어디론가 사라져 버릴 만큼 크게 놀라게 된다.

2

그들이 찾아갈 곳은 아타고시타에 있는 미치노쿠 이치노세키 번藩
에도 시대 다이묘의 지배 영역 및 지배 기구의 총칭의 번주 다무라 가의 별저라고 한다.

"다이묘의 저택예요?"

눈을 크게 뜨고 부교의 얼굴을 바라보면서 오하쓰는 되물었다.

"대체 무엇을 하러 가는 건가요?"

시마이야의 안채 다다미방에서 모양뿐인 도코노마다다미방 정면 상좌에 바닥
을 한 층 높게 만들어 족자나 꽃병 등을 장식하는 자리를 등지고 앉아 부교는 얼굴에 웃음을 지었다.

"밤에 우는 돌의 목소리를 들으러 가는 게다."

앞에 있는 부교가 항간에 떠도는 불가사의한 이야기, 신기한 전설 등에 흥미를 갖고 있다는 사실은 비교적 널리 알려져 있다. 따라서 재미있는 이야기를 들으면 '이러이러한 일이 있다고 합니다' 하며 전해주는 사람도 많다. 평정소評定所최고 재판 기관에서 평의를 할 때 차를 마시면서 그런 이야기가 나올 때도 있다고 한다.

만사에 고지식한 무가 사회에도 그런 일면이 있다는 사실을 오하쓰는 어르신 밑에서 일하게 된 후에 처음으로 알았다. 어디에서 어떻게 살든, 아무리 대단한 가문이나 직책을 갖고 있어도 사람은 사람. 작은 밥집의 딸이나 로주老中최고 집정관나 다를 것은 없다는 뜻이니 상당히 마음을 즐겁게 해 주는 이야기다.

다무라 가의 밤에 우는 돌 이야기도 그런 형태로 부교의 귀에 들어왔다고 한다.

"일부에서는 상당히 유명해진 일화라고 하더구나."

다무라 가 정원 한쪽에 놓여 있는, 한 아름이나 될 법한 돌이 밤이 되면 기묘한 신음 소리를 내며 덜컹덜컹 움직인다고 한다.

"정원에서 죽임을 당한 가신의 저주라거나……."

다다미방 끝에 조심스럽게 앉아 있던 오요시가 머뭇거리는 어투로 말했다. 부교는 활짝 웃었다.

"비슷한 일인 것 같네. 아다고시타의 다무라 저택 하면 곧장 떠오르는 게 없나?"

로쿠조 부부와 오하쓰는 제각기 얼굴을 마주 보았을 뿐 당장은 대답을 할 수 없었지만, 우쿄노스케가 "아" 하고 무릎을 내리칠 듯한 기세로 말했다. "아사노 나가노리가 할복한 곳이지요?"

"아사노 나가노리—아아, 주신구라의!"

손뼉을 딱 친 오요시를 향해 부교는 고개를 끄덕였다. "그렇지. 그게 어떤 사건이었는지 모르는 사람은 없을 것 같네만, 다무라 가 별저의 움직이는 돌은 본디 예전에 아사노 나가노리가 할복하여 죽은 자리를 나타내기 위한 표식으로 놓은 것이라고 하더군."

"꽤 옛날 일이잖아요?"

"그렇지. 올해는 겐로쿠의 의거^{義擧}라고 불리던 아코 무사들의 기라 저택 습격이 있은 지 딱 백 년째가 된다네."

부교는 오하쓰의 얼굴을 보며 입가에 희미하게 웃음을 띠었다.

"백 년이나 지난 지금에 와서 왜 나가노리가 할복한 곳에 놓인 돌이 움직인다는 소문이 났을까? 만일 돌이 정말 움직인다 해도 왜 백 년 후인 지금에 와서 그런 일이 일어날까?"

온화한 물음에 오하쓰는 자신의 입술에도 웃음이 떠오르는 것을 느꼈다.

"어르신은 정말로 이런 이야기를 좋아하시는군요?"

"왕왕 사람 마음의 진실이란 이런 일화 속에서 얼핏 엿보이는 법이거든. 나는 우는 돌을 꼭 직접 보고 싶어. 오하쓰, 너도 보아 주었으면 좋겠구나. 그래서 이렇게 일을 준비해 본 것이다."

그러자 우쿄노스케가 말했다. "만에 하나 오하쓰 씨가 아니면 보이지 않는 무언가가 거기에 있을지도 모른다고 생각하시는군요?"

"만에 하나는……." 부교는 말하며 천천히 고개를 저었다. "글쎄. 그보다 더 확률이 적을지도 모르겠군. 뭐니뭐니해도 너무나 유명한 사건과 관련되어 있으니 말일세. 소문만 무성할 뿐 실제로 찾아가 보면 돌은 꿈쩍도 하지 않고 소리 역시 내지 않을지도 모르지. 다만 다무라 저택의 사람들이 돌이 움직이거나 운다고 믿고 있다는 사실 뒤에는 내버려둘 수 없는 깊은 마음—백 년이나 되는 세월이 지났어도 사라지지 않는 무언가가 숨겨져 있는 것이 아닐까, 나는 그렇게 생각하네."

"주신구라의 이야기니까요." 로쿠조가 턱을 만지작거리며 중얼거렸다. 부교가 은밀하게 찾아올 때면 로쿠조는 자신의 영역인 집 안에서도 늘 단정하게 정좌를 하곤 한다. 그런 성실함이 오하쓰는 재미있었다.

"백 년 전의 일이었군요." 오요시가 감탄한 듯이 말했다. "주신구라는 고작해야 오십 년쯤 전에 일어난 일인 것 같은 기분이 들어서 착각하고 있었는데 겐로쿠라면 그러네요, 백 년이나 지났군요."

역사상 너무나도 유명한 이 사건이 일어난 것은 겐로쿠 14년(1701) 3월 14일. 칙사를 접대하는 일을 맡고 있던 아코 번주 아사노 나가노리가 에도 성 복도에서 고케의식과 전례를 관장하는 관직 필두인 기라 요시나카에게 칼을 휘둘러 상처를 입힌 사건이 모든 일의 발단이다. 기라의 상처는 얕았고 나가노리도 곧 제압되었으나 쇼군이 있는 곳에서 검을 빼어드는 것만으로도 죽어 마땅한 대죄였고, 나가노리는 그날 바로 할복, 아사노 가는 멸족되었다. 그에 비해 기라에게는 전혀 아무런 문책도 없었는데, 이 처분이 소위 말하는 '싸움을 한 자는 양쪽 모두 똑같이 벌한다'는 가마쿠라 막부 이후의 대원칙에 위배된다고 해서 두고두고 화근을 남기게 되었다.

주군의 원한을 풀고 충의를 다하기 위해—라며, 오이시 요시타카를 선두로 옛 아코 번의 무사 마흔일곱 명이 혼조 마쓰자카초에 있는 기라 저택을 습격해 요시나카의 목을 벤 것은 이듬해인 겐로쿠 15년 12월 14일 밤부터 보름에 걸쳐 일어난 일이었다. 당시의 에도 서민들은 이 처절한 '복수'를 겐로쿠의 의거라고 부르며 성대한 박수갈채를 보냈다고 한다.

그대로 놔두었다면 십 년쯤 지나면 잊혔을 사건을 〈가나데혼 주신구라〉가 하나의 커다란 일화로 후세에 남기고 널리 세상에 알린 것이다. 조루리인형 조루리. 이야기를 음곡에 맞춰 부르며 인형을 놀리는 전통 인형극로 간엔 원년(1748) 팔월 초연된 후 같은 해 십이월에는 가부키로 공연되어 순식간에 인기 작품이 되었다. 이래저래 까다로운 막부의 눈을 피하고자 시내를 남북조 때로 옮기고 등장인물의 이름도 바꾸었지만, 이 연극이 아사노 나가노리와 기라 요시나카, 그리고 아코 무사들의 역사적 사실을 밑바탕으로 했다는 정도는 코흘리개 아이들까지 알고 있다 해도 과언이 아니다. 성 안의 칼부림과 이듬해의 기라 저택 습격을 한 덩어리로 해서 '주신구라'라는 호칭으로 부르게 된 것도 이 연극에서 유래하였다.

당연한 일이지만 오하쓰나 오요시는 아코 번을 덮친 비극에 대한 지식을 오직 연극을 통해서 얻었다. 전부 연극 속의 이야기다. 따라서 아사노 나가노리가 실제로 할복하여 죽은 장소인 다무라 가의 별저가 현재도 존재하고 찾아갈 수도 있다는 말을 듣고도—게다가 나가노리가 할복하여 죽은 자리에 백 년이 지난 지금에도 표식을 위한 돌이 놓여 있다는 말을 듣고도 금방은 실감이 나지 않았다.

"다무라 님의 저택에서는 무엇 때문에 할복한 자리에 표식을 해 두신 걸까요?"

오하쓰의 중얼거림을 덮듯이 멀리서 시간을 알리는 종이 울리기 시작했다. 오후 여덟 시다.

"슬슬 나가 볼까." 부교가 일어섰다. "정원의 돌이 소리를 내고 움직이는 때는 대개 저택 안의 사람들이 잠들어 조용해진 한밤중이라고 하는군. 특별히 나가노리가 할복을 한 시간이나 무사들이 기라의 목을 벤 시간에—그러는 것은 아닌 모양이야. 소문이 원래 다 그렇지."

같이 일어서면서 우쿄노스케는 이렇게 말했다. "말대답 같습니다만, 소문이라면 그럴 듯하게 시간을 골라서 소리를 내고 움직인다는 이야기를 지어내 퍼뜨리지 않겠습니까?"

부교는 설핏 웃었다. "그렇군. 그럴지도 모르겠네."

어떤 연줄이 있어서 이런 형태로 다무라 가를 찾아올 수 있었는지 자세한 내막에 대해서 부교는 오하쓰에게도 우쿄노스케에게도 말하지 않았다. 다만 이런 언질은 있었다.

"오하쓰, 너는 내 친척의 딸로 되어 있다. 여자지만 아코의 의로운 무사들이 주군의 원한을 갚은 데에 감명했고, 기이한 돌의 일화에도 크게 감동하여 어떻게든 같이 데려가 달라고 부탁했기 때문에 동행했다고 미리 말해 두었지."

오하쓰는 고개를 끄덕였다. "예."

"우쿄노스케, 자네는 수고스럽겠지만 나와 오하쓰가 안채에 있는 동안 주겐들 방에서 대기하고 있어 주게. 다무라 저택의 주겐 방은 아주 조용한 곳으로 소문이 나 있다네. 내력이 수상한 뜨내기 주겐들의 소굴이 되어 도박장으로 변하는 일은 결코 없을 걸세. 편하게 있을 수 있을 게야."

주겐의 옷차림에 안경만이 고지식해 보이는 우쿄노스케는 약간 불안한 표정으로 고개를 끄덕였다.

"알겠습니다."

"그리고 방에 있는 주겐들에게 지금까지 어떤 사람들이 기이한 돌의 이야기를 듣고 구경을 하러 왔는지, 이것저것 물어봐 주지 않겠나?"

"기이한 돌의 소문에 이끌려 다무라 가를 찾는 사람이 저희만이 아니라는 말씀이십니까?"

"그렇지. 사람은 호기심이 강한 생물이니까. 우리도 그중 한 사람이야. 다무라 저택 쪽에서도 어지간히 꺼리는 상대가 아닌 한 연줄을 이용해 조용히 찾아오는 사람에게는 구경을 허가하고 있는 모양일세."

오하쓰는 내심 어이가 없다고 생각했다. 어르신의 말씀대로 무사님도 사람이다. 이런 이야기에는 마음이 움직여 사실인지 아닌지 자신의 눈으로 확인해 보고 싶다고 생각할지도 모른다. 하물며 주신구라는 무사의 충의와 정신에 관련된 이야기이다.

오하쓰는 우아한 고소데의 옷자락을 잡고 가마에 올라탔다. 몹시 허둥거렸고 가슴이 답답한 기분이 들었다.

아타고시타까지 가는 길에 오하쓰는 가마에 흔들리면서 지금까지 딱 한 번 구경한 적이 있는 가나데혼 주신구라의 이런저런 장면을 떠올리고 있었다.

작년 이월의 일이었다. 나카무라 극장에서 십일 막 전부를 상연한 〈가나데혼 주신구라〉를 보러 갔다. 주신구라는 대성공을 거두어 큰 호평을 받았다. 4대 이치카와 단조가 오이시 요시타카에 해당하는 주인공 오보시 요시카네를 비롯해 사다쿠로와 오카루의 어머니 등

일곱 가지 역할을 겸한 무대를 보면서 오하쓰는 몇 번이나 숨을 삼켰다. 같은 장면에 나오는 인물을 재빨리 바꿔 가며 연기하는 연출은 단조의 특기다. 연극이 너무나도 큰 성공을 거두었기 때문에 올해도 십일월부터 같은 나카무라 극장에서 바로 그 단조가 주연을 맡은 주신구라가 상연되고 있다. 이번에는 보러 갈 수는 없을 것 같아 오요시와 둘이서 유감스러워하고 있던 참이었다.

인형이 먼저 등장해 배역을 읽어 내리고는 천천히 물러가고 막이 열린다. 그 사이에 시작을 알리는 딱따기가 울리는데, 이 연극만은 마흔일곱 명의 무사를 기념해 마흔일곱 번을 친다고 오요시가 가르쳐 주었다. 정말인지 손가락을 꼽아 가며 세어 보기도 했다. 삼 막의 싸움 장면에서는 기라 요시나카에 해당하는 고노 모로나오가 너무 얄미워서 연극임을 잊고 화를 내기도 했다. 오하쓰에게 주신구라는 지금까지 살면서 특별히 즐겁고 재미있었던 추억 가운데 하나로 마음에 남아 있다.

당연한 일이겠지만 가마는 다무라 가 별저의 뒷문에 다다랐다. 현관으로 들어갈 수 있는 용무로 온 손님이 아니라는 사실은 당사자인 본인들이 가장 잘 알고 있다.

집안사람들만 드나드는 출입구를 통해 다무라 가의 요닌_{주군 가까이에 있으면서 실무를 담당하는 문관}으로 보이는 오십 대 노인이 마중을 나와 주었다. 말수는 적지만 친한 듯이 부교와 인사를 나누고 앞장서서 안내를 해 준다. 우쿄노스케와는 여기에서 헤어졌다.

복도를 하나 지나고 방을 한 개, 두 개 지나 최종적으로 안내된 곳은 정원에 면해 있는 넓은 다다미방이었다. 아무도 없다. 오늘 밤의 손님은 부교와 오하쓰 두 명뿐인 모양이다.

정원 주위에는 판장이 둘러져 있다. 다다미방 안에는 불빛이 있지만 정원에는 밤의 어둠이 내려 있어서 구석구석까지 돌아볼 수는 없다. 나무와 석등의 그림자가 흐릿하게 보일 뿐이다. 어디선가 바람이 운다. 꽤 넓은 정원이다.

'여기에서 할복을······.'

백 년 전의 일이라고 오하쓰는 마음을 달랬다.

여기까지 안내를 해 준 요닌으로 보이는 노인이 일단 다다미방을 나갔다. 오하쓰는 정원으로 얼굴을 돌리고 앉아 있는 노부교 바로 옆에 정좌를 하고 가슴의 고동소리를 세고 있었다.

"지금 안내를 해 준 이는 이 별저의 내정內政을 책임지고 있는 사람이다."

부교는 어딘지 모르게 목소리를 낮추며 말했다.

"나와는 젊었을 때부터 약간의 인연이 있었지. 오늘 밤에도 그의 도움으로 이렇게 올 수 있었던 것이다."

파릇파릇한 새 다다미 냄새가 나는 방을 둘러보며 오하쓰는 천천히 고개를 끄덕였다.

"오하쓰, 너는 그냥 잠자코 이야기를 들으면서 앉아 있으면 된다. 다이묘 저택이라고는 해도 여기는 별저다. 웬만한 일은 허용이 되지. 그렇게 딱딱하게 굳어 있지 않아도 된다."

노부교의 말을 듣고 저도 모르게 한숨이 나왔다. 그때 아까의 요닌이 돌아왔다.

두 사람 사이에서는 자기소개를 할 필요가 없을 것이다. 부교도,

상대방인 요닌도 곧장 이야기를 시작했다. 오하쓰에 대해서는 신경 쓰지 않는다는 듯이 특별히 말을 걸지도 않는다. '아하' 하고 오하쓰는 생각했다. 어르신이 내게 무가 아가씨의 옷차림을 시킨 연유는 만에 하나의 경우를 생각했기 때문이고, 앞에 있는 분께는 일부러 무가 아가씨인 척하지 않아도 되나 보다.

"저 부근입니다." 요닌이 손을 들어 정원 한쪽을 가리켰다. "평평한 돌이 보이지요?"

회색의 커다란 방석 같은 돌이 분명히 보인다.

"소리가 나고 움직이기 시작한 것은 딱 한 달쯤 전의 일입니다. 처음에는 무엇이 소리를 내는지 알 수 없었고 특별히 신경을 쓰지도 않았는데 어느 날 우연히 하녀 중 한 명이 정원에 내려가 있다가 움직이는 돌을 발견했답니다."

요닌은 주름이 많은 뺨을 누그러뜨리며 쓴웃음을 지었다. "아시다시피 이 집에서는 백 년 전, 아사노 나가노리가 정원에서 할복을 했습니다. 비록 오오메쓰케_{최고 집정관인 로주 밑에서 정무 행정을 감찰한 관직}의 지시였다고는 하지만 역시 문제가 있지 않느냐는 논의는 당시부터 있었습니다. 기록에도 남아 있지요. 저 돌을 저기에 놓은 까닭도 집 안에서 그러한 추태가 있었다는 사실을 엄한 교훈으로 남기려는 의도에서가 아니었겠느냐고, 저는 생각합니다."

다이묘 한 명을 다다미방이 아니라 정원에서 할복하게 했다—역시 무례한 일이었을까. 오하쓰는 생각했다. 극장에서 가부키 주신구라를 봤을 뿐인 오하쓰로서는 거기까지 떠올릴 수가 없다. 하물며 할복한 자리에 원통한 마음이 남아 백 년이 지난 지금도 정원석을 움직이게 하리라고는.

"저도 처음 돌이 움직이는 모습을 보았을 때는 아직 물도 데우지 않은 목욕통에 갑자기 내던져진 기분이 들었지요."

부교는 말없이 고개를 끄덕였다. 오하쓰가 저도 모르게 '그래서 저 돌은 어떻게 움직이는 건가요?'라고 물으려고 한 바로 그때ㅡ.

소리가 들려왔다.

작은 돌을 떨어뜨리는 소리처럼 들리기도 했다. 나막신을 신고 신사 경내를 걸어가면 이런 소리가 날 때도 있다. 삐걱삐걱 하고 삐거덕거리는 듯한 신경을 거스르는 소리.

"시작된 모양이군요." 요닌이 말했다. 딱히 긴장감도 없이 '이런, 비가 내리기 시작했군요'라고 말하는 어투였다.

오하쓰는 어둠 속을 자세히 쳐다보았다.

마치 전병 같은 모양을 하고 있는 돌. 그 돌이 희미하게, 희미하게 좌우로 움직이고 있다. 거기에서 소리가 난다. 삐걱삐걱, 잘그락잘그락. 돌이 놓여 있는 곳 밑에 작은 자갈이 깔려 있어서 그런 소리가 나는 것이다.

어둠 속에 하얗게 떠올라 보이는 평평한 돌이 분명히 움직이고 있다. 오른쪽으로, 왼쪽으로. 앞으로, 뒤로. 삐걱삐걱, 잘그락잘그락……

오하쓰의 눈앞이 갑자기 어두워지더니 갑자기 등롱을 들이댄 듯 눈이 아파올 정도로 밝아졌다. 어둠에 불이 붙어 타오르는 것 같았다.

'이것은……'

정원의 모습이 완전히 바뀌었다.

흙과 자갈 위에 깔려 있는 다다미 위에 상 같은 것이 놓여 있다. 주위는 병풍과 막으로 에워싸여 있고, 장대 끝에 높이 매단 등롱이 사방에 걸려 있어서 대낮처럼 밝다.

문득 정신을 차려 보니 바로 눈앞에는 이쪽에 등을 돌리고 있는 가미시모에도 시대의 예복 차림의 무사 다섯 명이 일렬로 나란히 앉아 있다. 이자들은 할복에 입회하러 온 막부의 관리다…… 그렇게 생각할 새도 없이 누군가에게 호되게 얻어맞은 듯 머리가 아프고 눈앞이 크게 흔들리더니 목 언저리가 싸늘하게 식었다. 마치 칼이 닿은 것처럼.

눈을 깜박이면서 얼굴을 들고 자세를 바로 하자 방금 전과 똑같이 장대에 높이 매단 등롱이 비추고 있는 광경 속에 아까와는 다른 것이 있었다. 정원에 깔린 다다미 위에 하얀 이불이 무언가를 감추듯이 덮여 있다. 이불 끝에, 다다미에 물든 피의 색깔.

할복이 끝났다. 머릿속에 지금까지 들리지 않았던 소리가 들려오는 것을 깨달았다. 그 소리는—바로—.

발소리다.

많은 사람들의 발소리다. 흐트러짐 없이 걸음걸이가 딱 맞는다. 딱딱한 땅바닥을 밟으며 멀리서 다가온다. 발소리에 뭔가 무거운 금속이 맞닿을 때 나는 것 같은, 철컹철컹 하는 소리가 가끔 섞인다. 오하쓰는 이번에는 몸 전체로 한기를 느끼고 저도 모르게 두 손으로 팔꿈치를 껴안았다.

이것은— 겨울의 공기다.

이윽고 오하쓰를 에워싸고 있는 싸늘한 공기 속에 고함소리나 무언가를 때려 부수는 소리, 칼이 마주치는 소리가 섞여 파도처럼 밀려왔다. 공기가 더욱 차가워졌다. 물보라가 일어나는 소리도 들린다. 신음소리도, 달리는 발소리도.

또 머리가 아프다. 평소 기묘한 힘이 나타날 때 느껴지는, 이마가 굵은 바늘에 꿰뚫리는 듯한 격통.

오하쓰는 저도 모르게 눈을 감고 몸을 구부렸다. 가능한 작게, 작게, 힘을 주어 무릎 위에서 주먹을 움켜쥐고 머리를 숙인다.

굵은 바늘이 이마로 들어와 뒤로 긴 실을 끌면서 빠져나간다. 빠져나가는 바늘이 눈에 보이는 것 같은 기분마저 든다. 고통에 이를 악물고 있어서 턱이 피곤해졌다. 숨도 쉴 수 없다.

겨우 고통이 지나갔을 때 오하쓰는 얼굴을 들며 호흡을 하고, 양손을 가슴에 놓으며 두려움에 떠는 자신을 달래려고 했다. 그리고 보았다.

정원은 원래의 모습으로 돌아와 있었다. 장대 끝에 높이 매단 등롱도, 병풍도, 다다미도 없다. 피가 밴 이불도 없다. 불빛이라곤 없는 어둠 속에 평평한 돌 하나만이 빛나는 것처럼 흐릿하게 떠올라 보인다. 돌 바로 옆에 젊은 무사가 한 명 서 있었다.

떠돌이 무사다. 사카야키는 길게 자랐고 틀어 올린 머리카락은 흐트러져 상투가 찌그러져 있다. 뺨은 야위었고, 꼬질꼬질한 기모노 소매가 닳아 가고 있다. 몸도 바싹 말라 어깨에 살이라곤 하나도 없다. 허리에 찬 두 개의 검이 무거워 보여 몹시 빈약한 인상을 주었다.

젊은 떠돌이 무사는 오하쓰를 보고 있었다. 똑바로 바라보고 있다. 눈만은 놀랄 정도로 청량하고, 지혜와 힘으로 넘치듯이 반짝거리고 있었다.

누구세요?

목구멍까지 그 말이 치밀어 올랐다. 하지만 말을 입에 담기 직전에 젊은 남자의 모습은 환상이고 지금 자신이 움직이거나 무슨 말을 한다면 그는 사라지고 말 것임을 똑똑히 알 수 있었다.

오하쓰는 눈을 크게 뜨고 숨을 죽인 채 그저 마음을 가다듬으며 정원에 서 있는 젊은 무사의 모습을 바라보았다.

머릿속에서 목소리가 들렸다.

'……리에 님.'

어디선가 들어본 말이다. 전에도 들은 적이 있는 말이다. 건성으로 지나치려는 마음의 움직임을 양손으로 가슴을 안아 열심히 억누르면서 오하쓰는 생각했다.

리에. 어디서 들었을까. 어디서?

그때 촛불을 불어 끄듯이 모든 환상이 사라졌다.

오하쓰는 원래의 자세 그대로 단정하게 무릎을 꿇은 채 부교의 야윈 등을 대각선으로 바라보며 정원 쪽으로 얼굴을 돌리고 앉아 있었다. 가슴 깊은 곳에서 심장이 달음박질을 한 후처럼 뛰어댔다. 등에 땀이 흠뻑 배어 있다. 문득 고소데에 맞추어 입고 온 비단 속옷이 신경 쓰였다.

떨리는 듯한 긴 한숨이 입술 사이에서 새어 나왔다. 소리를 들었는지 부교가 오하쓰를 돌아보았다.

"분명히 들었지, 지금 난 소리를."

그렇게 말하며 오하쓰의 얼굴을 보았다. 오하쓰는 당장은 목소리도 낼 수 없었지만, 그녀의 모습만 보고도 무슨 일이 일어났는지 알아차렸는지 부교는 온화한 얼굴에 퍼뜩 놀란 표정이 떠오르며 근심스러운 듯이 오하쓰를 가만히 바라보았다.

'저는 괜찮습니다.'

표정으로 대답하자 노부교의 표정이 거우 누그러졌다. 부교는 원래대로 앞을 보며 요닌과 이야기를 시작했다. 요닌은 아무것도 알아차리지 못한 듯하다.

오하쓰는 숨을 가다듬고 다시 한번 정원의 어둠 속으로 시선을 던졌다. 거기에는 이미 아무것도 없었고 평평한 돌 역시 꼼짝도 하지 않았다. 자갈이 삐걱거리는 소리도 들리지 않고 바람조차 울지 않는다.

우쿄노스케 님은 어쩌고 계실까. 문득 신경이 쓰였다. 칠월인데도 땀이 식어 갑자기 춥게 느껴졌다.

돌아가는 가마 안에서도 한기는 좀처럼 가시지 않았다. 지금까지 힘이 번득여 환상 같기도 하고 꿈같기도 한 불길한 것을 본 후에도 이렇게 심하게 꼬리를 끄는 괴로움을 맛본 적은 없다. 이번이 처음이다.

가마에서 내려 집의 불빛을 보았을 때는 안도한 나머지 다리가 떨렸다.

"오하쓰, 왜 그러니? 얼굴이 새파랗구나."

마중을 나와 준 오요시의 말을 듣고 눈물이 고였다. 울어야 할 절박한 이유도 없는데 눈시울이 멋대로 젖어든다.

다다미방에 자리를 잡고 앉아 오요시가 가져다 준 뜨거운 차를 홀짝이며 오하쓰와 노부교, 우쿄노스케는 각자의 생각에 빠진 채 한동안 말이 없었다. 로쿠조도 오요시도 굳이 이야기를 캐물으려 하지 않고 그저 세 사람의 얼굴을 번갈아 바라보고 있다.

이윽고 부교가 먼저 입을 열어 절제된 말투로 오늘 밤에 보고 들은—정말로 눈앞에서 소리를 내며 움직이던 정원석에 대해 로쿠조 부부에게 이야기해 주었다.

"주겐 방에서도 소리를 내며 움직이는 돌을 보았다는 이야기가 나왔습니다." 우쿄노스케가 말을 받았다. "다무라 저택 안에서도 우는 돌을 본 사람과 보지 못한 사람이 있는 것 같기는 하지만, 한 번이라도 본 사람은 역시 두려움에 떨고 있는 모양입니다. 다무라 가에 좋지 못한 일이 일어날 징조라며 일을 그만두고 나간 주겐이나 하녀들도 있다는 이야기를 들었습니다."

"확실히…… 그런 현상을 목격하면 견디기 힘들겠지요." 로쿠조가 신음했다.

"우리 외에 어떤 사람들이 소문을 듣고 찾아왔는가 하는 것 말인데요, 역시 다이묘 저택 안에서 일어난 일이라 구경꾼이 많이 오지는 않은 모양입니다. 다만 확실하게 신분을 밝히지는 않았던 모양이지만 와키사카 가에서 사람이 와서 정원석을 보고 갔다고 합니다."

"와키사카 가?"

고개를 갸웃거리는 오요시에게 부교가 말했다.

"와키사카 아와지노카미는 아사노 가가 멸족될 때 아코 성을 점령하는 역할을 맡았네."

"어머나, 그래서……."

백 년 전의 사건이구나. 오하쓰는 멍하니 생각했다. 백 년. 당시의 사람들은 이미 모두 죽었다. 이 세상에는 없다. 하지만 아들과 손자의 대가 된 지금도 사건의 기억은 남아 있다. 말로 전해져 내려온다.

"제가 본 것은 어르신이 보신 것과는 조금 달랐어요."

기분이 조금 차분해져시 오하쓰는 천천히 얼굴을 들고 이야기를 시작했다. 떠올리면 또 몸이 떨릴지 모른다고 생각했지만 바로 옆에 오요시가 마치 지켜 주듯 바싹 기대어 있었기 때문에 가까스로 마음을 다잡을 수 있었다.

"너는 주신구라를 처음부터 끝까지 본 게로구나."

이야기를 다 듣고 나더니 로쿠조가 말했다. 눈썹과 눈 사이에서 핏기가 조금 가셔 있었다.

"할복 장면도 보았고, 습격을 서두르는 무사들의 발소리도 들었어. 습격이 있던 날 밤에 기라 저택에서 일어난 소동도 들었고……."

"백 년 전의 일이 정원석 안에 봉해져 있다고 하면 될지도 모르겠군." 부교가 낮게 말했다. 몹시 복잡한 얼굴을 하고 계신다. "정원석이 놓여 있는 곳이 모든 일이 시작된 장소이니 말이다."

"젊은 무사님의 모습이 나타난 뜻만은 알 수가 없어요." 오하쓰는 일동을 둘러보았다. "아마 아코의 무사들 중 한 명이겠지만, 어째서 그 사람 한 명만 보였는지……. 그때 들린 '리에'라는 말. 여자의 이름 같은데요."

"아코 무사들 중에 리에라는 이름의 부인이나 약혼자가 있었던 사람이 있었을지도 모르겠네."

오요시의 말에 오하쓰가 동의하려고 했을 때, 분위기에 어울리지 않을 만큼 큰 소리로 우쿄노스케가 끼어들었다.

"아니, 그건 아니에요."

일동은 놀라서 그의 얼굴을 보았다. 우쿄노스케는 사람들의 시선을 받고 겁먹은 듯이 고개를 수그렸지만 곧 다시 오하쓰를 바라보며 물었다.

"오하쓰 씨는 환상 속의 젊은 무사가 '리에'라는 이름을 부르는 것을 들었을 때, 그 이름을 이전에도 어디선가 들은 적이 있다는 생각을 하셨다고 했지요?"

오하쓰는 눈을 크게 뜨고 고개를 끄덕였다. "예."

분명히 그가 하는 말이 맞지만, 그 사실을 우쿄노스케가 몹시 중요하게 생각하고 있다는 사실이 기묘하게 여겨졌다.

"맞아요. 들은 적이 있는 듯한 기분이 들었어요. 하지만 사람 이름이니까 어디선가 들었어도 이상하지는 않고……."

환상을 보았을 때의 충격이 컸기 때문에 그런 작은 의문에는 그다지 신경이 쓰이지 않았다. 그러나 우쿄노스케는 몹시 진지했다. 마치 이 사실에 흥분하는 듯했다.

"아니, 오하쓰 씨, 그렇게 간단한 일이 아닐 겁니다. 저는 오하쓰 씨가 어디에서 그 이름을 들었는지 분명히 말씀드릴 수 있습니다."

"어디라는 겐가?"

노부교가 몸을 내밀다시피 하며 물었다. 우쿄노스케는 노부교의 얼굴을 올려다보고 나서 오하쓰에게 시선을 옮기더니 한마디 한마디 곱씹듯이 이렇게 말했다.

"기치지가 죽었을 때입니다. 두 번째로, 정말로 죽었을 때 말이지요."

"기치지 씨?"

오하쓰도 놀랐고 로쿠조도 목소리를 높였다. "산겐초의 시비토쓰키에 씌인 기치지 말입니까?"

"그렇습니다. 그때도 무서운 것을 보았기 때문에 오히쓰 씨는 잊어버리셨을지도 모르지요. 하지만 저는 기억합니다. 분명히 들었습니다. 기치지의 몸에서 시비토쓰키가 빠져나가고, 그가 조금씩 썩어 가던 그때 말입니다. 그는 분명히 '리에'라고 말했습니다. '리에'라는 이름을 불렀어요."

3

다시 산겐초의 공동 주택을 찾아가는 오하쓰의 마음속은 얽힐 대로 얽혀서 어디서부터 풀어야 좋을지 알 수 없어진 실타래 같은 상태였다.

어르신이 일부러 준비까지 전부 해서 다무라 저택으로 데려가 주신 이유는 산겐초의 사건 때문에 완전히 울적해진 오하쓰에게 새로운 것을 보여 주어 기분 전환을 시켜 주시려고 했던 것임이 틀림없다. 오하쓰는 그렇게 생각한다. 어르신은 정원석이 정말로 소리를 내고 움직일 거라고는 생각하시지 않았을지도 모른다.

하지만 돌은 움직였다. 다무라 저택에서 보고 들은 사실들이 다시 산겐초 사건으로 되돌아가 이어졌다. 대체 무엇이 어떻게 된 것일까?

오하쓰의 심정을 알아차렸는지 동행한 우쿄노스케는 가는 길에 거의 입을 열지 않았다. 다만 그가 먼저 다시 한번 산겐초를 찾아가 오쿠마를 만나서 이야기를 해 보자는 말을 꺼냈다.

"기치지와 가장 친했던 사람이니까요. 게다가 그가 '리에'라고 불렀을 때도 바로 옆에 있었습니다. 오쿠마 씨도 그가 그렇게 말하는 소리를 들었을지도 모르지요. 우선 확인하러 가 보면 어떨까요?"

신키치에게 부탁해 오하쓰가 다무라 저택의 정원에서 본 젊은 떠돌이 무사의 얼굴을 인상착의서로 그려달라고도 했다.

"이렇게 해 두면 떠돌이 무사를 찾을 단서 정도는 될지도 모르니까요."

두 사람이 공동 주택의 출입문을 지났을 때는 아직 오전 시간이었다. 오쿠마는 우물가에 있었는데 대야 가득 산더미처럼 쌓인 빨래를 어딘지 모르게 나른해 보이는 손놀림으로 빨고 있는 참이었다. 두 사람의 얼굴을 보더니,

"아아, 그때 그……" 하며 엉거주춤 일어선다. "오하쓰 씨였던가요? 그쪽은―."

"우키치입니다." 상사람처럼 차려 입은 우쿄노스케가 말했다.

"아아, 그랬지요. 오늘은 무슨 일이세요? 뭐가 더 있나요?"

멋대가리도 없고 쌀쌀맞은 말투지만 생각해 보면 딱히 마땅한 인사말도 없다. 오하쓰는 전에 위험에서 구해준 데 대한 감사 인사를

늘어놓기 시작했지만 오쿠마가 도중에 가로막았다.

"내가 기치 씨에게 끓는 국을 끼얹은 것은 이제 떠올리게 하지 말아 줬으면 좋겠네요. 됐어요."

오쿠마는 말하자마자 쪼그리고 앉아 다시 빨래를 시작했다. 오하쓰는 바로 뒤에 있는 우쿄노스케를 힐끗 돌아보며 그와 눈을 맞추고 나서 오쿠마 옆에 똑같이 무릎을 굽히고 쪼그려 앉았다.

"그것은 기치지 씨가 아니었어요."

오하쓰가 말하자 오쿠마는 말없이 고개를 끄덕였다.

"저기, 오쿠마 씨, 싫은 일을 떠올리게 해서 죄송하지만……."

그때 기치지가 '리에'라고 부른 것을 기억하느냐고 물어보았다.

오쿠마는 하도 빨아서 건너편이 비쳐 보일 정도로 닳은 아이의 잠옷인 듯한 홑옷을 손에 들고 깜짝 놀란 눈으로 오하쓰를 보았다.

"리에?"

"네, 사람 이름인 것 같은데요."

"어째서 그런 질문을……."

오쿠마는 중얼거리며 허공을 응시했다. 몹시 놀란 모양이다.

"기치 씨가 그때도 그런 말을 했다니, 나는 전혀 기억나지 않아요. 정신이 하나도 없었거든요. 무섭기도 했고 으스스하기도 했고, 정신을 차려 보니 냄비를 들고 기치 씨의 얼굴을 향해 냅다 끼얹고 있었어요."

오쿠마가 입으로 하는 말보다 훨씬 더 그 일로 괴로워하고 있다는 것을 오하쓰는 깨달았다. 그와 동시에 다다미 위를 걸어가다가 어린아이가 떨어뜨리고 간 구슬을 밟았을 때처럼 또렷하고 이상한 감촉을 느꼈다.

오쿠마는 지금 '그때도 그런 말을'이라고 했다. '그때도'라고.

그때 우물을 사이에 둔 맞은편에 빨래를 에워싸고 쪼그리고 앉아 있던 두 여자를 멀찍이 보며 서 있던 우쿄노스케가 오하쓰보다 먼저 물었다.

"오쿠마 씨, 당신은 기치지 씨가 전에도 '리에'라는 이름을 부르는 소리를 들은 적이 있군요?"

오쿠마는 우쿄노스케를 올려다보고 눈을 잠시 깜박거렸다. 옆에서 들여다보는 오하쓰의 눈을 피하듯 시선을 떨어뜨리고 천천히 고개를 끄덕인다.

"들은 적이 있어요."

"언제요?"

몸을 내미는 오하쓰에게 한숨을 한 번 쉰 오쿠마가 대답했다.

"그 사람이 되살아났을 때."

"오쿠마 씨가, 기치 씨가 시비토쓰키에 씌었다고 소리를 질렀을 때로군요?"

오쿠마는 다시 한번 고개를 끄덕였다. "나 외에는 아무도 들은 사람이 없어요. 그때는 나 혼자만 기치 씨 옆에 있었거든. 나도 정말로 그 말을 들었는지 아닌지, 확실하지 않았을 정도예요."

"제대로 들은 거예요, 오쿠마 씨." 오하쓰는 그녀를 격려하고는 물었다. "저기, '리에'라는 이름을 듣고 뭔가 짐작 가는 건 없으세요? 기치지 씨의 돌아가신 안주인의 이름이라거나, 가족의 이름이라거나."

오쿠마는 고개를 저었다. "그런 건 없어요. 기치 씨의 마누라 이름은 오유예요. 나는 잘 알아요. 기치 씨에게도 오유 씨에게도, 리에라는 이름을 가진 지인이나 친척은 없었어요."

오쿠마는 굵은 몸을 떨었다. "나는 으스스해서 견딜 수가 없었어요. 기치 씨가 되살아났다며 모두들 기뻐했기 때문에 입 밖에 내서 말할 수는 없었지만. 사람들은 그 자리에 없어서 못 봤으니끼 내 말은 믿어 주지 않을 거라고 생각했고요. 하지만 나는 알고 있었어요. 기치 씨가 차가운 이불에서 일어나 얼굴 위에 있던 하얀 천을 툭 떨어뜨리며 '리에'라고 말했을 때, 나는 저건 기치 씨가 아니라는 사실을 알았어요. 그래서 곁에 다가갈 마음도 들지 않았지요. 얼굴도 모습도 기치 씨지만 속은 기치 씨가 아니었어요. 그걸 알았거든."

오쿠마는 젖은 손으로 얼굴을 덮었다. 오하쓰는 그녀 곁으로 바싹 다가가 뻣뻣한 감촉이 드는 빛바랜 줄무늬 기모노에 감싸여 있는 등에 손을 올려놓고 말했다.

"오쿠마 씨, 이제 무서워할 필요 없어요. 끝난 일이니까요. 기치지 씨는 죽었고 오유 씨와 저 세상에서 행복하게 지내고 있을 거예요. 이제 아무것도 걱정하실 필요 없어요."

바로 가까운 곳에서 장지문 열리는 소리가 나더니 공동 주택에 사는 아주머니로 보이는, 오쿠마와 비슷한 체격의 여자 한 명이 다급하게 우물가로 다가왔다. 뒷간에 가는 모양이다. 그녀는 쪼그리고 앉아 있는 오쿠마와 바싹 기대어 있는 오하쓰, 그리고 어쩔 줄 모르는 얼굴을 하고 있는 우쿄노스케를 번갈아 바라보며 눈을 크게 떴다.

오쿠마는 서둘러 얼굴을 닦고 크게 숨을 내쉰 후 코를 팽 풀었다. 대야를 끌어당겨 다시 찰박찰박 빨기 시작했다. 우쿄노스케가 두레박을 움직여 물을 퍼 올리는 것을 오하쓰도 거들었다. 그러는 사이에 아까 전 여자가 뒷간에서 나와 되돌아갔기 때문에 오하쓰는 다시 오쿠마 옆에 쪼그리고 앉았다.

"우리가 이번 일로 이것저것 묻고 다니는 데에는 이유가 있어요. 오쿠마 씨에게 이야기할 수는 없지만 이상한 짓을 하고 있는 건 아니에요."

오쿠마는 오하쓰를 바라보고, 우쿄노스케를 올려다보더니 지친 듯이 고개를 저었다.

"내게는 더 이상 이야기할 수 있는 게 없어요. 거짓말도 안 했고. 그런 일이 있고 나서 지금까지 꿈자리도 나쁘고, 일도 안 풀려요. 이제 나는 상관없는 일이에요."

"이런 사람을 보신 적은 없습니까?"

품에서 젊은 떠돌이 무사의 얼굴 그림을 꺼내 내밀면서 우쿄노스케가 물었다.

오쿠마는 신키치가 술술 그려낸 그림을 어려운 수수께끼라도 읽는 얼굴로 바라보았다.

"이게 누구지요?"

"오쿠마 씨가 아는 사람은 아닌가요? 기치지 씨의 지인도 아닐까요?"

"이 공동 주택에는 무사님은 없는데. 본 적도 없어요. 기치 씨가 출입하던 가게나 저택의 사람이었다면 나 같은 게 알 리도 없고."

가게나 저택이라…… 하고 오하쓰는 생각했다. 이 젊은이는 떠돌이 무사 차림을 하고 있다. 게다가 허름한 옷차림이다. 굳이 말하자면 이런 공동 주택 같은 곳에나 어울리지 않을까.

"기치 씨도 오유 씨도 위패는 절에 부탁해서 맡겼어요."

오하쓰와 우쿄노스케가 공동 주택을 나서려고 했을 때 오쿠마는 그렇게 말했다.

"집주인이 잘 처리해 주었지요. 그 사람도 그렇게 정 없는 사람은 아니었어요. 뭐, 대대손손 공양할 처지는 아니지만 그래도 연고 없이 쓸쓸히 묻히는 일은 면했으니까."

오하쓰는 진심으로 "다행이네요" 하고 말했다. "오쿠마 씨도 얼른 기운 차리세요."

오쿠마는 약간 웃음을 띠었다. 오하쓰도 안심했다.

다음으로 찾아간 곳은 아이오이초에 있는 오센의 집이었다. 로쿠조에게 위치는 물어 두었기 때문에 별 어려움 없이 찾을 수 있었다.

"괜찮으시겠어요?" 오하쓰가 작은 목소리로 속삭였다. "오센의 어머님—오토메 씨라고 하셨던가요. 오라버니의 이야기로는 유령처럼 야위고 말았대요."

우쿄노스케는 잠자코 있었다.

다행인지 불행인지 오센의 부모인 오토메와 야스케는 둘 다 만날 수 없었다. 야스케의 이름이 씌어 있는 바깥쪽 장지문은 꼭 닫혀 있고, 안에는 인기척도 없다. 지나가던 근처 주민에게 물어 보니,

"오토메 씨는 그 후로 완전히 몸이 상하고 말았지. 이제 병자나 다름이 없어요."

"그럼 지금은 어디에?"

"고이시카와에 있는 요양소에 갔어요. 간신히 들어갔지요. 야스케도 아는 사람 집에서 신세를 지고 있는데 한동안 돌아오지 않을 거예요."

오센에 대한 일이라면 관리인 우헤 씨를 만나면 된다—는 권유에 오하쓰와 우쿄노스케는 그의 집으로 향했다. 다행히 그는 집에 있었다.

이번에는 오하쓰도 우키치, 즉 우쿄노스케도 오쿠마 때 같은 말은 하지 않고 도리초에 있는 로쿠조의 수하인데 오센을 살해한 범인을 찾기 위해 묻고 싶은 것이 있어 왔다고 분명하게 말했다. 우헤는 오하쓰 같은 젊은 처녀가 그런 일을…… 이라는 얼굴을 했지만 우쿄노스케가 오하쓰는 로쿠조의 누이라는 사실을 이야기하자 마지못해 인정하기로 한 모양이었다.

다만 젊은 떠돌이 무사의 얼굴 그림에 대해서는 매몰찬 대답이 돌아왔다.

"나는 이런 떠돌이 무사는 본 적도 없고."

우헤는 '떠돌이 무사'라고 내뱉듯이 말했다. 관리인으로서 떠돌이 무사였던 입주자 때문에 애먹은 적이 있는지도 모른다.

"야스케도 마찬가지일 겁니다."

"리에라는 이름을 들어 보신 적은?"

"상사람의 이름은 아닐 테지요." 마찬가지로 무뚝뚝하게 말한다. "어떤 글자를 쓰는지 모르겠지만 글을 모르는 사람이 많은 동네에 그런 이름을 가진 여자가 있을 것 같지는 않군요. 있어 보이는 이름이니까."

일단 인상착의서의 사본을 맡기고 야스케 부부를 비롯해 짐작 가는 곳에 물어봐 달라고만 부탁한 후 오하쓰와 우쿄노스케는 우헤의 집을 나섰다.

"뜬구름을 잡는 것 같다는 말은 이런 때 하는 거겠지요."

우쿄노스케와 나란히 료고쿠비시 다리 쪽으로 되돌아가면서 오하쓰는 중얼거렸다.

"백 년이나 지난 사건과 최근에 일어난 여자 아이 살해를 연결지으려고 하는 거니까요. 잘될 리가 없지요."

"우리가 연결 지으려고 하는 게 아니에요." 우쿄노스케는 침착하게 말했다. "사건이 멋대로 연결된 것입니다. 백 년이라면 우리에게는 긴 시간이지만 시간의 흐름 자체에서 보자면 눈 한 번 깜박이는 동안에 불과한지도 모릅니다."

걸음을 멈춘 그는 오른쪽에 있는 혼조 마쓰자카초에 빼곡히 늘어서 있는 상가의 모습을 눈부신 듯이 바라보았다.

"우연이겠지만 이 근처는 옛날에 기라 저택이 있었던 곳입니다."

"네." 오하쓰는 고개를 끄덕였다. "로쿠조 오라버니가 이상하게 여기더군요. 기름통에서 발견된 아이가 오센일지도 모른다고 해서 이 아이오이초에 왔을 때, 오라버니도 '아아, 여기는 옛날에 습격 사건이 있었던 곳이지' 하고 생각했대요. 그런데 이번 일이 일어났죠—."

누구인지도 알 수 없는 '리에'라는 이름이 열쇠가 되어 산겐초의 시비토쓰키와 백 년 전에 벌어졌던 사건이 서로 연결될지도 모른다.

"아코 사건은 어떤 것이었을까요."

우쿄노스케가 말하며 가느다란 팔로 팔짱을 꼈다. 여자처럼 피부가 흰 예쁜 팔꿈치가 보인다.

"습격을 결행하기까지는 여러 가지 일이 있었을 겁니다. 그런 부분을 자세히 조사해 보지 않으시겠습니까, 오하쓰 씨."

오하쓰는 눈을 동그랗게 떴다. "제가 그렇게 어려운 일을……."

"할 수 있습니다. 백 년 전 겐로쿠 시대의 일이니까요. 당시의 사람들은 모두 죽었지만 아들이나 손자, 증손자는 살아 있어요. 의거라고 불릴 정도였던 일에 관한 일화라면 지금도 전해지고 있겠지요. 그들의 이야기를 들어 보면 조금은 단서가 될지도 모릅니다."

오하쓰는 웃었다. "그렇다면 나카무라 극장에 가나데혼 주신구라를 보러 가는 게 제일이에요."

우쿄노스케는 의외로 진지한 얼굴로 고개를 저었다. "저는 그렇게 생각하지 않아요. 가나데혼 주신구라는 참으로 멋진 연극이지만 어디까지나 지어낸 이야기입니다. 진실과는 동떨어져 있을지도 몰라요."

그야 그럴지도 모르지만…….

"아코 사건의 공식적인 기록은 아마 평정소 안에 보관되어 있을 겁니다. 부교님께 부탁하면 볼 수 있을지도 모르지요. 로쿠조 씨의 도움도 빌려서 습격 사건이 벌어졌을 때 친지가 마쓰자카초 근처에 살았던 사람들을 어떻게든 찾아내 봅시다. 그런 종류의 이야기는 의외로 오랫동안 전해지는 법이니까요."

"그런 일을 한다고 무슨 소용이 있을까요?"

"그러다 보면 오하쓰 씨가 환상으로 본 젊은 떠돌이 무사의 정체를 알 수 있을지도 모르지 않습니까. 리에라는 이름의 주인도 알 수 있을지 몰라요."

오하쓰는 미심쩍은 기분이었다. 오하쓰의 마음을 알아채고 우쿄노스케는 웃는 얼굴로 어깨를 슬쩍 으쓱했다.

"지금으로시는 달리 힐 수 있는 일이 없을 것 같기도 하고요."

4

다음 날부터 시마이야에서 일하는 바쁜 생활로 돌아간 오하쓰는 가게를 찾는 단골손님들에게 이것저것 물어보기 시작했다. 물론 아코 사건에 대해서다.

'우리 할아버지가 당시 그쪽에 사셨지'라거나 '근처 쌀가게 주인의 조상이 옛날에 기라 님 저택에 출입했었다고 하는 얘기를 들은 적이 있는데'라는 대답이 돌아오기를 기대한 것이다. 어시장 아저씨들은 그래 봬도 의외로 발이 넓고, 로쿠조도 놀랄 만큼 수많은 사람과 사람 사이의 연결망으로 장사를 하는 이들이라 끈기 있게 계속해 나가다 보면 뭔가 수확이 있지 않을까 생각했다.

한편 우쿄노스케 쪽은 정면에서 공략해 들어가기로 하고 행정 부교소로 돌아가 백 년 전 아코 사건에 관한 정식 기록을 훑어볼 수 없을지 안간힘을 쓰고 있다. 그러다 보니 시마이야에서는 일시적으로 모습을 감추게 되었다.

"왠지 쓸쓸하네." 무슨 일에나 솔직한 오요시가 말했다.

가게에서 잔심부름을 하는 한편으로 주신구라에 대해 이것저것 묻는 오하쓰를 손님 중 누구 하나 기묘하게 여기지는 않는다. 모두 나카무라 극장 덕분이다. 대성공을 거둔 이치카와 단조의 일곱 가지 역할 변신이 머리에 있어서 모두들 오하쓰가 연극 이야기를 한다고 생각할 것이다.

"역시 단조는 굉장해. 정말 재빨리 변신하지, 오하쓰." 이렇게 힘주어 말해 주는 아저씨도 있었다.

〈가나데혼 주신구라〉에서는 모든 일의 발단인 칼부림 사건의 이유, 모로나오가 걸핏하면 한간을 심하게 대하고 끝내는 그로 하여금 칼을 뽑게 만든 이유가 아사노 나가노리에 해당하는 극중 인물 엔야 한간의 아내 가오요 고젠을 기라 요시나카에 해당하는 고노 모로나오가 짝사랑하다가 차였기 때문—으로 되어 있다. 엔야 한간과 가오요 고젠은 사이좋은 부부로, 권력자의 횡포에 의해 한간이 죽음에 내몰리고 두 사람이 결과적으로는 헤어지게 된다는 이야기는 오하쓰 같은 젊은 처녀의 마음을 끈다 해도 이상하지 않다.

오하쓰는 연극을 본 많은 사람들처럼 실제로 백 년 전에 일어난 칼부림 사건의 이유도 연극 속에 그려진 대로라고 막연하게 생각하고 있었다. 그때,

"아니, 사실 아사노가 기라에게 뇌물을 충분히 주지 않았기 때문에 괴롭힘을 당한 거야, 오하쓰."

하고 우쭐대며 가르쳐 준 나이 많은 손님이 있었는데, 오하쓰는

그제야 처음으로 그런 설도 있다는 사실을 알았다.

'짝사랑일까, 돈일까.'

오하쓰는 점심 반찬인 단무지를 씹으면서 곰곰이 생각했다.

'어느 쪽이건 큰 소동의 이유로는 하찮은 듯한 기분이 드는데……'

오요시에게 그렇게 말해 보니 그녀는 웃으며 대답했다.

"하찮지는 않지."

"그럴까요?"

"그래. 색과 욕이잖아. 세상에 이보다 대단한 것은 없어."

"물론 오하쓰는 아직 잘 모르겠지만." 고개를 갸웃거리는 오하쓰를 향해 더 크게 웃는다.

"하지만 이상해. 아무리 생각해도 나는 이해가 안 돼."

"뭐가요?"

"기름통의―." 오센의 죽음을 생각했는지 오요시는 약간 우물거렸다. "그렇게 잔혹한 짓과 백 년 전의 사건이 어떻게 연결되는 걸까. 한쪽은 연극으로 만들어질 정도의 일이고, 다른 한쪽은 아무리 잔인한 사건이라지만 고작해야 가난한 서민의 어린아이 하나에 관한 일이잖아."

"그건 나도 잘 모르겠어요."

우쿄노스케의 지나친 생각이 아닐까 하는 기분이 들지 않는 것도 아니다. 어쨌거나 연결점은 '리에'라는 이름 하나뿐이니.

'우쿄노스케 님이 무엇을 얼마나 알아내서 돌아오시느냐에 달려 있지.'

무엇보다 아무리 어르신의 힘을 빌린다 해도 평정소에 보존되어 있는 기록은 그리 쉽게 볼 수 없을 것이다.

그렇게 생각하면서 언제나의 바쁜 생활에 쫓기고 있을 때, 우쿄노스케를 찾아 시마이야에 온 인물이 있었다.

"후루사와 우쿄노스케가 사정이 있어 잠시 이곳에 머물고 있다는 이야기를 듣고 찾아왔는데요."

손님은 불쑥 시마이야로 들어와 바쁜 시간의 폭풍 같은 소란이 가라앉기를 기다렸다가 슬쩍 말을 걸었다. 대머리는 아니지만 얼핏 보기에 의원 같은 옷차림을 하고 있다. 나이는 마흔 정도 되었을까. 너무 야위어서, 굳이 말하자면 볼품없는 외모다. 하지만,

'나이 많은 남자한테 이런 말을 하면 이상하지만……'

눈이 예쁜 사람이라고 오하쓰는 생각했다. 어디선가 이런 눈을 본 적이 있는 것 같다.

후루사와 님의 지인이란 말에 오요시가 허둥지둥 손님을 안채의 다다미방으로 모셨다. 손님이 신을 벗었을 때 얼핏 보인 발목과 발의 생김새에 오하쓰는 문득 시마이야에 드나드는 도야마의 약장수를 떠올렸다. 몸에 비해 튼튼해 보이는 발이라는 연상이 작용한 것이다. 이상하다는 생각이 들었다. 이분은 대체 무엇을 생업으로 삼고 있을까?

"저는 오노 주메이라고 합니다."

그는 정중한 어투로 오하쓰와 오요시의 얼굴을 번갈아 쳐다보면서 말을 꺼냈다.

"지난 이 년 동안 에도를 떠나 있었습니다. 오랜만에 돌아와 조카

의 얼굴을 보려고 후루사와 가를 찾아갔다가 이 댁에 있다는 이야기를 들었지요."

"조카?"

"그렇습니다, 저는 후루사와 부자에몬의 막냇동생입니다. 우쿄노스케에게는 숙부가 됩니다. 다른 집안에 양자로 들어간 신분이라 성은 다르지만요."

그렇구나, 하고 오하쓰는 고개를 끄덕였다.

"이 년이라니 꽤 오랫동안 다른 지방에 가 계셨군요."

여행에서 돌아왔다면 이해가 간다. 분명히 여행자의 발을 하고 있다. 하지만 어디서 녹봉을 받으며 일했던 무사처럼 보이지는 않는다. 의원이거나, 아니면―'서당 선생님처럼 보이기도 하는데'라고 생각할 새도 없이 오요시가 아무렇지도 않게 묻고 말았다.

"오노 님도 행정 부교소에서 일하시나요?"

암행을 다니는 도신은 어떤 옷차림을 하고 도시에 섞여 있을지 알 수 없고, 상대는 도깨비 후루사와 님의 가족이니 꼭 엉뚱한 질문이라고 할 수도 없지만, 이 말을 듣고 오노 주메이는 싱긋 웃었다.

"아니, 저는 관청의 일을 하는 사람이 아닙니다."

"하지만 후루사와 님의―."

"조금 사정이 있지요."

그는 온화하게, 그러나 가로막듯이 말하더니 조심스러운 표정으로 덧붙였다.

"숨길 정도의 사정은 아닙니다. 저는…… 이런 말을 들으신 적이 있으신지요……. 유랑 산가※라고 불러 주시는 것이 제일 좋은데."

오하쓰와 오요시는 얼굴을 마주 보았다.

"유령."

상대방은 활짝 웃었다. "아니요, 유령이 아니라 유랑입니다. 여기 저기 떠돌아다니며 산학을 가르치거나 연구하지요. 학자 같은 것입니다. 제가 양자로 들어간 오노 가의 가주도 저와 마찬가지로 산학자였는데 제게는 양부이기도 하고 스승이기도 한 사람이었습니다."

오요시가 "예에" 하고 애매하게 대답했다. "여기저기 꽤 많이 다니시겠군요?"

"그렇지요. 이번 여행에서는—도야마에 이시구로라는 유랑 산가들이 모이는 유명한 집이 있어서 거기서 석 달쯤 머물긴 했지만 그 외에는 한 달도 같은 곳에 머무르지 않았습니다. 비젠이나 스오, 히고와 사쓰마까지 다녀왔습니다."

아까부터 물끄러미 상대방을 바라보고 있던 오하쓰는 오노 주메이의 말투, 발성, 이야기할 때의 목소리, 무엇보다 이야기 상대를 바라볼 때의 맑은 눈빛이 대체 누구를 닮았는지 겨우 생각이 났다.

우쿄노스케다.

얼굴 생김새나 체격이 닮지 않아서 금방 생각나지는 않았지만 이렇게 보니 거울에 비춘 것처럼 꼭 닮았다.

우쿄노스케에게는 이렇게 특이한—유랑 산가라는 사람이 그리 흔할 것 같지는 않다—숙부님이 계셨구나. 그때 문득 떠올랐다. 그가 처음에 시마이야에 와서 안채의 이 다다미방에 내팽개쳐져 있었을 때 뭔가 열심히 쓰고 있었다. 그것은······.

"오노 님, 우쿄노스케 님도 산학이라는 것을 즐겨 공부하시지는 않았나요?"

오노 주메이는 싱긋 웃었다. "우쿄노스케에게 들으셨습니까?"

오요시가 깜짝 놀랐다. "그런 얘기를 들은 적이 있니, 오하쓰?"

"조금요." 오하쓰는 이어서 물었다. "우쿄노스케 님은 그것 때문에 행정 부교소 안에서 '주판알'이라는 별명을 얻으셨나요?"

이번에는 오노 주메이도 눈을 크게 떴다. "우쿄노스케에 대해서 꽤 잘 아시는군요, 당신은."

내심 뜨끔했다. "우연히 들었을 뿐이에요."

"그래요?"라고 중얼거리고는 기모노 가슴께에 시선을 떨어뜨린 채 잠시 생각하더니 오노는 얼굴을 들었다.

"우쿄노스케는 이곳에서 보통은 얻기 힘든 공부를 하고 있다고 그의 아버지에게 들었습니다."

"그럼 오노 님은 여기 오시기 전에 후루사와 님을 만나셨나요?"

오노는 고개를 끄덕였다. 묘하게 복잡한 얼굴을 하고 있다. 그런 얼굴도 우쿄노스케와 매우 닮았다. 표정의 변화가 꼭 닮은 것이다.

"우쿄노스케의 장래를 어떻게 할지에 대해서는 지난 몇 년 동안 후루사와 가 내에서 몇 번이나 격렬한 논쟁이 있었습니다. 아시다시피 그는 후루사와 가의 적자입니다. 아버지의 뒤를 물려받아야 할 몸이지요."

지당한 말씀이라는 얼굴로 오요시가 고개를 끄덕인다.

"하지만 본인의 의향—우쿄노스케의 희망은 다른 데 있다는 것을 저는 알고 있습니다. 그도 저와 마찬가지로 산학 연구를 하며 살고 싶은 게지요. 학자가 되고 싶은 것입니다. 요리키가 아니라."

성인이 되어 요리키 견습이 된 지 벌써 삼 년은 지났을 텐데 우쿄노스케의 행동이나 일하는 태도가 아직도 어설픈 까닭은 역시 그런 이유가 뒤에 숨어 있었기 때문이다. 심문을 도우면서도 머리 어디에선가 늘 산학을 생각하는 그를 평하여 행정 부교소의 선배들이나 동료들은 '주판알'이라고 부르는 것이리라. 산학을 세 끼 밥보다 더 좋아하고, 그러면서도 무서운 아버지의 명령에는 거역하지 못해 아버지의 손끝 하나로 행정 부교소 안에 던져 넣어지고 만, 비슬비슬한 젊은이.

"다행히 우쿄노스케가 모시는 남쪽 행정 부교님은 그 아이가 마음에 드신 모양입니다. 무조건 뒤를 물려주려고 기를 쓰는 아버지를 제지하고, 우쿄노스케에게 생각해 볼 여유를 주려고 하셨지요."

오하쓰는 크게 고개를 끄덕였다. "아아, 그래서 저희에게."

"거기까지는 모르셨습니까?"

"네. 뭔가 사정이 있다고 짐작했지만 자세히는 몰랐어요. 어르신도 말씀해 주시지 않았고, 물론 우쿄노스케 님도 아무 말씀 없으셔서."

오노 주메이는 아담하고 깔끔하게 정리되어 있는 다다미방 안을 둘러보았다. 상인방에 꽂혀 있는 벼락을 피하는 부적이나 오요시가 좋아해서 모으고 있는 종이 개와 담배가 들어 있는 작은 서랍장. 로쿠조가 재를 떨어뜨려 그을린 다다미.

"부교님은 우쿄노스케에게 바깥 세계의 삶을 한번 겪어 보라고 말씀하셨다고 합니다. 이곳에 머물다 보면 이 집안은 물론이고 시정의 여러 가지 생활을 가까이서 보게 되지 않겠습니까. 사람이 살아가는 길은 여러 가지 형태로 뻗어 있음을 실감하게 되겠지요. 그러면서 잘 생각해 보라고 하셨다는군요. 만일 자신의 재능을 살리는 길이 따로 있다면 고작해야 요리키 직위 한두 개쯤 버리지 못할 이유도 없습니다. 후루사와 가가 아무리 오래 직위를 맡아 왔다 해도 세월의 흐름으로 보자면 작은 돌멩이 정도에 지나지 않아요."

오하쓰는 숨이 막히는 기분이었다. 이분은 빨간 도깨비 후루사와 님의 동생이나. 그런 사람의 입에서 이런 말이 나오다니.

오노는 미소를 지으며 말했다. "장광설을 늘어놓아 죄송합니다. 우쿄노스케와 꼭 이야기를 해 보려고 오는 길에 이것저것 생각하다 보니 그만 말이 길어졌군요."

"당치도 않으십니다." 오하쓰도 마주 웃었다. "모쪼록 이대로 우쿄노스케 님이 돌아오시기를 기다려 주세요."

"참으로 고마운 말씀이지만 제게도 사정이 좀 있어서요. 그렇게 오래 있을 수도 없는데……." 오노는 미간을 찌푸렸다. "우쿄노스케는 대체 무엇을 하려고 외출한 겁니까? 후루사와 가에서는 아무것도 모른다고 불쾌하다는 듯이 말하더군요. 실제로 아무 말도 듣지 못한 것 같았습니다. 우쿄노스케는 집에 들어오지도 않았다던가."

난처해졌다. 어디서부터 이야기해야 할까—오하쓰가 이것저것 고민을 하기도 전에 오요시가 대답했다.

"우쿄노스케 님은 주신구라에 대해 조사하고 계세요."

이때의 오노 주메이의 놀란 얼굴은 참으로 볼 만했다. 오하쓰는 하마터면 웃음을 터뜨릴 뻔했다.

"주신구라? 연극에 심취하기라도 한 겁니까?"

"아니요, 아니에요. 그게…… 지금 제 오라버니가 조사하는 일들

움직이는 돌 • 183

과 관련이 있을 것 같아 우쿄노스케 님이 도와주시고 있어요."

호오…… 하고 오노는 탄성을 질렀다. "백 년은 지난 일이지요, 아코 사건은."

"예, 딱 백 년이 되었어요."

"그런 옛날 일에 대해서 무엇을 조사하는 겁니까?"

그걸 저도 잘 모르겠어요, 라고 말할 수는 없다. 오하쓰는 횡설수설 말했다.

"사실을 알고 싶어서."

"사실?"

"네에. 대체 어떤 사건이었는지…… 연극으로 만들어진 이야기는 지어낸 부분이 많으니까요."

오노는 음, 하며 고개를 끄덕였다. "확실히 그렇지요. 하지만 어떻게 조사한다는 건지." 그리고 입속으로 작게 중얼거렸다.

"저도 다소 짐작 가는 바가 없는 것은 아닌데."

"오노 님은 학자들과도 알고 지내시나요?"

"예, 저는 나라 전체를 돌아다니니까요. 정말 여러 사람들과 만날 기회가 많이 있지요. 만일 진심으로 아코 사건에 대해 알고 싶으시다면 자세히 가르쳐 줄 만한 사람을 알아봐 드릴 수는 있을 겁니다."

오하쓰는 기꺼이 부탁하기로 했다. 우쿄노스케가 돌아오면 바로 알려 주겠다고 하자 오노 주메이는 숙소 위치를 가르쳐 준 후 나라 전체를 돌아다닌다는 튼튼한 발로 물러갔다.

그날 밤늦게 우쿄노스케는 희색이 만면한 얼굴로 시마이야로 돌아왔다.

"잘될 것 같습니다, 오하쓰 씨."

이야기를 듣고 싶었지만 우선은 배가 고프지 않느냐고 묻자 우쿄노스케는 깜짝 놀란 것 같은 목소리로 대답했다.

"그러고 보니 식사하는 것을 잊고 있었군요."

밥통에 있던 밥에, 두부 된장국을 데우고 묵은 채소 절임을 다져 새로 절인 남은 반찬들로 야식 밥상을 차려 주자 그는 기쁜 듯이 젓가락을 들었다. 로쿠조와 분키치는 회합에 나가느라 자리를 비웠고 오요시는—오하쓰로서는 부끄러운 기분이지만—신경을 써 준 것인지 모습이 보이지 않는다. 오하쓰는 밥을 먹는 우쿄노스케를 지켜보고 시중을 들면서 조금은 행복한 기분이 들었다.

밥상을 물릴 때쯤 되어 우쿄노스케가 이야기를 시작하기 전에 오하쓰는 낮에 있었던 일을 들려주었다. 숙부가 찾아왔었다는 말을 듣자 우쿄노스케는 오하쓰의 예상보다 훨씬 더 깜짝 놀란 얼굴을 했다.

"숙부님이"라고 한 후 한동안 할 말을 잃었을 정도다.

"우쿄노스케 님이 이곳에 와 계신다는 소식은 후루사와 가에서 들었다고 하시던데요……."

오하쓰는 조금 걱정이 되었다.

"무슨 곤란한 일이라도 있으신지요?"

"아니요, 곤란하지는 않습니다." 우쿄노스케는 건성으로 부정했다. 오하쓰는 오노 주메이가 아코 사건에 대해서 조사하는 작업을 도와줄 것 같다는 이야기도 하고, 그의 숙소 위치나 또 찾아올 거라는 말도 틀림없이 전했다. 우쿄노스케는 가면 같은 얼굴로 이야기를 듣고 있었다.

오하쓰는 말을 끊고 그의 얼굴을 똑바로 바라보았다. 우쿄노스케는 여전히 표정에 변화가 없다. 오하쓰는 팔을 걷어붙이고는 그의 얼굴 바로 앞에서 박수를 딱 하고 쳤다.

우쿄노스케는 들통으로 물벼락을 맞은 강아지처럼 눈을 깜박거리며 제정신으로 돌아왔다. 순간 그가 활짝 웃었다.

"숙부님은 건강하시던가요. 이번 유람 때는 어디에 가셨다고 하던가요?"

일단 오하쓰의 이야기를 듣고는 있었던 모양이다. "우쿄노스케 님도 사실은 숙부님처럼 여기저기 여행 다니는 생활을 하고 싶으셔요? 숙부님은 그렇게 말씀하시던데요."

오하쓰가 물어보았다. 우쿄노스케는 얼굴에서 웃음을 지우지는 않았지만 조금 기가 죽은 듯이 턱을 당겼다.

"좀처럼 대답하기 어려운 질문이군요."

우쿄노스케는 뜸을 들이듯이 일어서더니 창가로 다가가 모깃불 연기를 손으로 쫓으면서 바깥을 내다보았다. 그가 밖으로 몸을 내밀었기 때문에 옆얼굴 바로 옆에는 창 너머에 심어져 있는 나팔꽃 덩굴과 잎, 밤에는 고개를 숙이고 잠들어 있는 하얀 꽃봉오리가 나란히 있었다.

"저는 요리키 집안의 자식입니다."

그가 등을 돌린 채 말했다.

"아버지의 뒤를 잇는 것이 제 역할이지요."

"하지만—."

후루사와 님 외에도 요리키는 있잖아요, 라고 말하려다가 오하쓰는 가까스로 말을 삼켰다.

우쿄노스케는 무사다. 서민 생활을 담당하는 관리라는 생각에 깜박 잊기 쉽지만 후루사와 가를 짊어지고 있는 무가 사람이다. 오하쓰와는 다르다.

"숙부님의 생활을 동경할 때도 있긴 하지만 동경은 그저 동경일 뿐입니다."

"산학은 재미있나요?"

우쿄노스케가 이끌린다는 학문에 오하쓰는 흥미가 생겼다.

"재미있다는 말만으로는 부족하지요."

원래의 자리에 다시 앉으면서 우쿄노스케는 웃는 얼굴로 대답했다. 성가신 질문이 다 지나가자 겨우 자리를 잡은 것처럼 보이기도 한다.

"저는 주산 정도밖에 할 줄 모르거든요." 오하쓰는 웃으며 그렇게 말했다. "산학의 재미있는 점을 이야기해 주셔도 전혀 이해하지 못할지도 모르지만."

"아니, 그렇게 복잡하지는 않습니다."

우쿄노스케는 싱긋 웃더니 안경 끈을 만져 안경이 얼굴 정면에 오도록 손을 보면서 말했다.

"오하쓰 씨는 서당에 다니셨지요?"

"예. 제 스승님은 옛날에 어느 무가 저택에서 다이묘를 모시던 여자분이라 여자 아이들만 그 서당에 다녔어요."

도리초 3번지의 큰길에서 안쪽으로 한 골목 들어간 곳에 집을 빌려 혼자 살던 스승이었다.

"엄한 분이었는데 습자나 주산뿐만 아니라 바느질에서부터 청소하는 법까지 다 가르쳐 주셨어요. 오요시 언니가 이건 하녀로 간 것이나 마찬가지라며 어이없어한 적도 있었지요."

"서당에서 주산을 배울 때, 스승님이 꺼내놓고 들여다보는 어려운 책을 본 적은 없었습니까? 아니, 원래 안채 시녀였던 사람이라면 오히려 그런 것을 사용할 정도까지는 되지 않았을지도 모르지만……."

"그런 것이라니요?"

"『진겁기塵劫記』라는 책입니다. 대개의 서당에서 주산을 가르칠 때 사용하지요. 맨 처음 책으로 만들어진 때는 벌써 백오십 년도 더 지난 옛날일 겁니다. 요시다 미쓰요시라는 학자가 썼는데 읽으면 누구나 알 수 있는 쉬운 문제부터 상당히 어려운 문제까지 자세하게 기술하고 있지요. 숙부님이 제게 보여 주신 『진겁기』는 마지막 권에 열두 문제의 해답 없는 유제遺題_{수학서 안에 해답을 적지 않고 문제만 제출하여 후세 사람들에게 그 해답을 요구하던 문제}가 덧붙여진 책인데 아마…… 간에이 18년(1641)에 간행되었을 겁니다."

할 수만 있다면 감탄하고 싶었지만 오하쓰는 우선 "예에" 하고 말했다. 우쿄노스케는 소리를 내어 웃었다.

"산학자도 처음에는 주산부터 배우기 시작합니다. 저는 물론이거니와 숙부님도 그랬습니다. 차츰차츰 산가지를 쓰는 어려운 문제를 풀게 됩니다."

"산학—은 여기 에도에서도 인기가 있나요?"

"그야 엄청나게 인기가 있지요. 오사카나 교토에서 뛰어난 산학자가 배출되어 시작한 학문이지만, 지금은 에도도 만만치 않습니다."

오하쓰는 미소를 지었다. "우쿄노스케 님도 그중 한 분이 되실 수 있을 거예요, 틀림없이."

우쿄노스케의 밝은 웃음이 기름이 다 떨어진 사방등의 불처럼 스 으 꺼졌다. 하지만 곧 그것을 되찾듯이 밝은 목소리로, "옛날에 세키 다카카즈라는 뛰어난 산학자가 있었습니다. 산학으로 고후 영주를 모시던 사람인데—이 사람을 개조開祖로 세키 파라는 유파가 생겼습니다."

"꼭 검도 같네요."

"그렇습니다. 맞아요. 뛰어난 스승 밑에 제자가 모이고, 그중에서 우수한 제자가 생겨나 스승이 쌓아 올린 것을 물려받으니까요. 세키 파의 영향을 받은 산학자 중에 하세가와 젠자에몬이라는 사람이 있습니다. 스무 살의 젊은 나이에 간다 나카바시에 도장을 세우려고 노력하고 있답니다. 물론 산학자를 위한 도장이지요. 도장이 생기면 에도의 산학 연구는 더욱더 활발해질 겁니다."

우쿄노스케의 눈이 빛나고 있다. 원래 같으면 우쿄노스케야말로 산학 도장에서 연구에 힘써야 할 텐데, 하고 오하쓰는 생각했다.

그런데—.

'요리키의 아들이니 요리키가 되겠다는 건가?'

문득 생각나서 물어보았다. "분키치 씨가 그러던데, 우쿄노스케 님은 외출하시면 눈에 띄는 신사나 이나리 사당에 반드시 들어가신다면서요. 그것도 산학과 관련이 있나요?"

우쿄노스케는 활짝 웃었다. "저는 뭘 감추는 재능이 도통 없다 보니 금방 탄로나고 마는군요. 참지를 못한다니까요."

머리 옆을 손으로 두드리기도 한다. 의외로 어린애 같은 몸짓이다.

"산액을 보러 갔습니다."

"신사나 이나리 사당 안에요? 산학 도장이라도 있나요?"

오하쓰가 깜짝 놀라자 우쿄노스케는 당황해서 손을 저으며,

"말이 복잡한데, '산학'이 아니라 '산액'입니다. 어딘가에 거는 편액 말입니다."

이 시대에 산학자들 사이에서 유행하던 산액算額은 산학의 문제와 답, 그것을 푸는 방법을 판자에 적어 신사에 봉납한 것을 말한다. 개인의 능력이 향상되게 해 달라고 기원하기 위함이기도 하고, 향상된 것을 감사하기 위함이기도 하며 세상에 존재하는 다른 산학자들에게 자신이 만든 문제나 해법을 보여 주기 위함이기도 했다. 당연히 연구나 수업에도 보탬이 된다. 우쿄노스케는 새로운 문제나 아름다운 해법을 구하며 신사와 불각에 가서 산액을 찾아내어 바라보곤 했던 것이다.

"그럼 일전에 도미오카 하치만구에 갔을 때 '좋은 것을 보았다'는 말도 산액을 말씀하신 것이었나요?"

"그렇습니다." 우쿄노스케는 싱글벙글 웃었다. "오하쓰 씨는 무엇인 줄 아셨습니까?"

이것만은 말하지 않는 게 상책이다.

"그보다 가르쳐 주세요. 산액이라는 것에는 무엇이 적혀 있지요? 저 같은 사람이 본들 이해하지 못할지도 모르지만."

그려 볼까요? 우쿄노스케가 말했다. 오하쓰는 다다미방 여기저기를 뒤져 낮에 누군가가 사 왔다가 그대로 놓아 두고 간 신문을 뒤

집어 놓고 오요시가 가게 매상을 계산할 때 쓰는 붓과 벼루를 가져왔다.

우쿄노스케는 종이를 둘로 접고는 오른쪽에 하나, 왼쪽에 하나, 그림을 그렸다. 오른쪽 그림에는 커다란 원 안에 크기가 다른 작은 원이 여섯 개 들어 있었다. 왼쪽 그림에는 삼각형 안에 역시 원이 세 개 들어 있었나.

"크기가 한정되어 있는 판자 위에 문제를 써야 해서 이런 그림을 그려 가능한 글자를 적게 하고 한눈에 알 수 있도록 한 산액이 많습니다. 하지만 산학에서 다루는 것은 이런 그림만이 아니지요."

오하쓰는 눈을 깜박거렸다. "이 그림의 무엇을 풀지요?"

"오른쪽 그림에서는 바깥쪽에 있는 큰 원의 둘레의 길이를, 왼쪽 그림에서는 안쪽에 있는 세 원의 각각의 크기를 구하는 것입니다."

오하쓰는 그림을 찬찬히 바라보고 나서 우쿄노스케의 얼굴을 보았다. "끈이라도 가져다 재면 어떨까요?"

그는 폭소했다. "그래도 되지만 산술로 구하는 것이 학문입니다, 오하쓰 씨."

방금 전까지 느끼던 동정심은 어디로 갔는지, 후계자에게 이런 짓을 시키고 싶지 않다는 빨간 도깨비 후루사와 님의 마음에도 나름대로 일리가 있다는 생각이 들기 시작했다. 끈 한 개만 있으면 끝날 일을 어째서 이렇게 수고를 들여 일부러 어렵게 풀어야 할까. 이런 것 때문에 집안을 버리고 전국을 돌아다니다니 어지간히 특이한 사람이 아니면 할 수 없는 일이다.

"그렇군, 오하쓰 씨에게는 재미가 없는 모양이군요."

섭섭한 표정으로 우쿄노스케가 중얼거렸다. 입은 웃고 있었지만 눈언저리에 조금 쓸쓸한 듯 그늘이 졌다. 오하쓰는 가슴이 덜컹했다.

다음 말이 나오지 않았다. 얼굴을 들기도 어려워서 우쿄노스케가 그린 그림에 가만히 시선을 떨어뜨리고 있다가 붓을 쥐고 있는 그의 오른손 손톱에 먹이 묻어 지저분한 것을 알아차렸다. 지금 더러워졌다기보다 물이 든 것처럼 보였다.

"우쿄노스케 님, 오늘 낮에도 이런 것을 쓰고 계셨나요?"

오른손을 가리키며 물어보자 그는 새삼 자신의 손을 내려다보며 말했다.

"그렇지, 중요한 이야기를 잊고 있었군요. 요즘 저는 낮에는 산학에 관한 일 따윈 잊고 있습니다. 사본을 하고 있거든요."

"사본?"

우쿄노스케는 조금 가슴을 펴는 듯한 몸짓을 했다.

"기록을 옮겨쓰고 있습니다. 아코 사건의. 평정소에서 가지고 나올 수는 없지만 베껴도 된다는 허락을 겨우 받았지요. 물론 공식적으로 허가가 내려진 것은 아닙니다. 부교님의 힘을 빌리고, 그 김에 이런 것도—."

뇌물을 주는 시늉을 하면서 말을 이었다.

"주었지요. 다 베껴 쓰고 나면 당당히 밖으로 가지고 나올 수 있습니다. 저 혼자 읽고 머리에 넣는다 해도 잊어버리면 끝이니까요. 역시 적어 두는 편이 좋지요."

오하쓰는 감탄하기도 하고 어이가 없기도 해서 손뼉을 쳤다. "어떻게 그런 일까지."

"며칠만 더 기다려 주시면 우선 중요한 기록은 거의 갖출 수 있을 것 같습니다. 막부로서도 이 사건에 대해서는 몹시 심각하게 여기고 있었더군요. 여러 종류의 다양한 기록이 아주 상세히 남아 있습니다. 오하쓰 씨는 연극에 나오는 가고가와 혼조를 아시지요?"

오하쓰는 잠깐 생각한 뒤 대답했다. "성 안에서 엔야 한간을—그러니까 아사노 나가노리를 뒤에서 붙들어 말린 사람 말이지요?"

"그렇습니다. 그 인물은 사실 성을 지키던 가시가와 요소베라고 합니다. 그가 쓴 비망록도 남아 있고, 당시의 어용 문서 등도 그대로 보관되어 있습니다."

우쿄노스케는 묘한 웃음을 지었다. 누군가가 친 장난을 발견하고 '자, 이걸 어떻게 이용할까' 하고 생각하고 있는 영리한 아이 같은 웃음이다.

"그렇게까지 해 둔 것을 보면 당시의 막부 각료들에게 아코 사건은 매우 무서운 일이었던 게지요. 왠지 흥미가 생기더군요."

'그렇게 어려운 기록의 사본을 보여 주신다 해도 내가 읽을 수 있을까?' 오하쓰는 고개를 끄덕이면서도 한편으로는 이렇게 생각했다.

"여기에 숙부님이 아코 사건에 대해서 잘 아는 사람을 찾아내 주신다면 호랑이에 날개를 다는 격이지요."

우쿄노스케가 기운차게 그런 말을 했을 때 이미 문을 닫은 시마이야의 바깥문 쪽에서 사람 목소리가 들렸다. 곧 주먹으로 다급하게 문을 두드리는 소리도 들려왔다.

"누굴까요?"

오하쓰는 일어서서 다다미방을 나섰다. 한 발 먼저, 그리 길지도 않은 복도를 뛰다시피 나아가는 오요시의 모습이 보였다.

"네, 네, 지금 엽니다. 누구십니까?"

오요시가 묻자 문 너머에서 젊은 남자가 큰 소리로 말했다. "후카가와의 다쓰조 대장이 보내서 왔습니다. 로쿠조 대장님 계십니까? 급한 일입니다."

남자는 몹시 허둥거리고 있었다. 목소리가 귀에 익다. 오하쓰가 '누구였더라?' 하고 생각하고 있는데 쪽문에 질러 둔 버팀목을 벗기면서 오요시가 말했다.

"마쓰키치 씨지요? 무슨 일이세요? 그렇게 다급하게. 어째서 뒷문으로 들어오시지 않고."

오하쓰는 새언니의 기억력에 감탄했다. 오하쓰가 다시 태어난다 해도 따라갈 수 없는 기억력이다. 오요시는 오캇피키의 마누라로서 몹시 훌륭한 장점을 갖고 있었다.

구르다시피 들어온 사람은 마쓰키치라고 하는데 다쓰조가 눈여겨보며 부리고 있는 시탓피키 중 한 명이다. 눈치가 빠른 남자지만 조금 덜렁대는 구석도 있다.

"죄송합니다, 아주머니." 머리를 숙여 오요시에게 사과하고 마쓰키치는 얼굴을 들었다. 입가가 흠칫흠칫 떨리고 있다. 마쓰키치가 지나칠 정도로 마음씨 착한 사람이라는 것은 오하쓰도 알고 있다. 그는 무언가에 몹시 마음이 아파서 허둥거리고 있다.

"마쓰키치 씨, 무슨 일이에요?"

마쓰키치의 눈에는 눈물이 고여 있었다.

"아주머니, 또 어린아이가 당했습니다." 마쓰키치는 단숨에 말하더니 헐떡이듯이 숨을 들이쉬었다.

"지난번 마루야의 오센 살해와 같은 수법입니다. 아이가 대낮에 갑자기 모습을 감추어서 모두들 찾고 있었는데, 밤낚시를 하고 돌아오던 근처 목욕탕 주인이 햣폰구이 부근에 떠 있는 시체를 발견했습니다. 이번에는 기름통은 아니지만, 또 어린아이인데다 입을 막아 숙인 터라……. 우리 내장님이 로쿠조 대장님께 알리라며 지를 보냈어요……. 너무합니다……. 저도 아는 아이였어요. 기쿠가와에 있는 조림 가게 아이인데 나가 도령, 나가 도령 하고 불렀지요—."

엉엉 울기 시작한 마쓰키치를 사이에 두고, 오하쓰와 오요시는 서로를 멍하니 바라보았다.

5

흔히 햣폰구이라고 불리는 이곳은 고마도메바시 다리 건너편의 오카와 강가로, 수많은 말뚝이 박혀 있어 물을 막는 역할을 하고 있다. 잉어 같은 물고기가 잘 잡히기 때문에 기후가 좋은 이맘때면 더 위도 피할 겸 낚싯대를 짊어지고 찾아오는 사람들이 꽤 있다.

새까만 밤의 물이 밀려오는 햣폰구이 옆에 등을 보인 채 떠 있는 어린아이의 시체를 발견한 사람은 마쓰키치가 알려 준 대로 근처에 사는 목욕탕 주인이었다. 목욕탕 남탕의 이층은 고향을 떠나 에도에서 일하는 가난한 무사부터 방탕이 지나쳐 집에서 홀대를 받게 된

움직이는 돌 • 195

상가의 아들까지 모여드는 일종의 유흥지라, 지역을 관리하고 있는 오캇피키에게는 항상 살펴보아야 할 곳이다. 후카가와의 다쓰조도 전부터 이 목욕탕 주인과는 친분이 있었기 때문에 만사가 막힘없이 엄청나게 **빠른** 속도로 진행되었다.

오하쓰와 로쿠조, 그리고 지금은 다시 로쿠조의 시탓피키로 가장한 우쿄노스케가 달려갔을 때는 어린아이의 시체가 이미 물에서 끌어올려져 파수막으로 실려간 후였다. 그것을 안 로쿠조가 입속으로 작게 혀를 차는 소리를 오하쓰는 들었다. 저도 모르게 오라비의 얼굴을 보자 그는 말했다.

"괴롭더라도 네가 이번 어린아이의 시체에 손을 대어 보아야 하는데. 아직 이 자리에 시체가 있었다면 그렇게 어려운 일은 아니었겠지만, 파수막으로 실려 간 후라면 어떤 구실을 갖다 붙여야 할지."

"아무 말이나 하면 되지요." 오하쓰는 입술을 깨물었다. 여름밤인데도 등이나 목덜미, 팔 위로 소름이 돋고 피부에 한기가 스치는 것을 꾹 참고 있었다.

다쓰조는 자신의 부하들과 달려온 자경대들을 세 패로 나누어 강 위에서 강 아래까지 어쩐지 낯선 것, 떨어뜨린 물건, 발자국 같은 것이 보이지 않는지 샅샅이 조사하게 했다. 마을 사람들도 가담하여 한 군데로 잘 모이지 못하는 반디 떼처럼 등롱이 여기저기에서 반짝거리고 있었다.

"단서 찾는 일을 거들고 오겠습니다." 말을 남긴 우쿄노스케는 오하쓰 일행 곁에서 떠났다.

머리 위에는 별이 가득한 하늘이 펼쳐져 있고 강 수면을 건너오는 바람 속에 희미하게 바다 냄새가 섞여 있다. 강가에 서 있는 오하쓰의 귀에는 오카와 강을 찰싹찰싹 두드리는 물소리가 억누른 울음소리처럼 들렸다. 머리를 꺼안고, 몸을 웅크리고, 땅바닥에 엎드려 목소리를 억누르지만 그래도 새어 나오고 마는 흐느낌처럼.

"대체 내 구역에서 무슨 일이 일어나고 있는 걸까."

굵은 목소리에 돌아보니 전에 만났을 때보다 열 살, 열다섯 살은 한꺼번에 늙어 버린 것처럼 보이는 다쓰조가 한 손에는 등롱을 들고 다른 한 손은 허리띠 앞에 걸친 채 강바람에 흐트러진 상투를 나부끼며 얼굴을 일그러뜨리고 서 있었다.

"오센은 내 구역에 버려져 있었네."

로쿠조가 즉시 낮은 목소리로 대꾸했다.

"다쓰조, 자네만 얼굴에 먹칠을 한 게 아니야."

다쓰조는 마치 원수라도 되는 양 등롱을 노려보고 있다.

"재미로 어린아이를 납치해서 죽인다. 시체를 기름통이나 강에 던져 넣는다. 그런 놈들을 로쿠조, 지금까지 본 적이 있나?"

로쿠조는 말없이 고개를 저었다.

"다쓰조 대장님." 오하쓰가 불렀다. 다쓰조가 등롱을 노려보고 있던 얼굴 그대로 오하쓰를 돌아보았다.

"저는…… 저도 모르게 오라버니와 함께 달려오고 말았어요. 왠지…… 너무 잔인한 일이라. 내버려둘 수 없어서."

다쓰조는 오하쓰의 힘을 모른다. 모르기 때문에 그녀가 이곳에 있는 이유나 목적을 알릴 수는 없다.

"오센이라는 아이는 저희 집 코앞에서 죽어 있었고……."

"네 마음은 안다, 오하쓰." 다쓰조가 말했다.

"제가 뭔가 도울 수 있는 일은 없을까요? 끌어올려진 아이— 나가지라고 했지요? 옷을 갈아입혀 준다거나, 여러 가지."

"그럴 필요 없다. 지금은 관리께서 다시 검시를 하고 계시는 중이고, 뒤처리는 나가지의 부모가 하겠지. 가엾게 됐어."

마지막 말을 쥐어짜 내듯이 하더니 다쓰조는 오하쓰에게 고개를 끄덕였다.

"고맙다, 오하쓰."

오하쓰는 눈을 내리깔았다. 좀처럼 잘 풀리지 않는다. 로쿠조의 기색을 살피니 그는 품에 손을 넣고 다쓰조에게 등을 돌린 채 오카와 강을 바라보고 있다. 오하쓰가 곁으로 다가가자 소곤거리는 목소리로 물었다.

"여기에 있으면 아무것도 보이지 않느냐?"

"아무것도 안 보여요."

어두운 하늘과 물, 미지근한 밤바람이 있을 뿐이다. 강 수면에 여우불이라도 흐릿하게 떠오르면 그대로 괴담의 무대가 될 것 같다.

"좋은 방법을 생각해 볼 테니까 잠깐 기다려 봐라."

로쿠조의 말대로 오하쓰는 기다렸다. 로쿠조와 다쓰조는 주위를 걸어 다니면서 뭔가 열심히 이야기를 하고 있었는데, 이윽고 자경대로 보이는 남자가 부르는 소리에 둘이서 파수막으로 달려갔다.

뒤를 쫓아가고 싶은 마음이 간절했지만 오하쓰는 참았다. 발을 내딛으려고 한 순간 지금까지 느끼지 못한 심한 오한이 등을 스쳐 지나갔기 때문이다.

이것은 무슨 일일까? 오하쓰는 두 팔로 몸을 껴안고 떨었다. 이곳에 있으면 무슨 일인가가 일어난다는 뜻일까.

'좋아, 그렇다면…….'

각오를 하기는 했지만 오카와 강을 등지고 서니 등 뒤에 누군가가 있는 것 같은 기척이 가시지 않아서 마음이 진정되질 않는다. 나가지를 강에 넌서 넣은 누군가가 바로 옆에, 손을 뻗으면 오히쓰의 목덜미에 손가락이 닿을 정도로 가까운 곳에 있는 것 같은 기분이 든다. 그런 일은 있을 리 없다고 생각하면서도 오하쓰는 몇 번이나 고개를 돌려 돌아보았고 결국 견딜 수 없게 되어 이번에는 상가 쪽에 등을 돌리고 오카와 강을 향해 섰다―.

"오하쓰 씨."

심장이 펄쩍 뛰어올라 캄캄한 하늘을 향해 날아가는 게 아닐까 했을 정도다. 들이마신 숨을 내쉬지도 못한 채 튕긴 듯이 돌아보자 바로 뒤에 있던 우쿄노스케도 누가 떠밀기라도 한 것처럼 뒤로 펄쩍 뛰었다.

"꺄, 꺄, 꺄―."

"저 때문에 놀라셨습니까?"

"깜짝 놀랐어요!"라고 딱 잘라 말하고 나서야 겨우 숨을 쉴 수 있었다. 사레가 들리고 말았다.

"우쿄노스케 님은 고양이 같아요."

"그렇지는 않은데요." 신을 신은 발을 들어 올려 보며 우쿄노스케는 중얼거렸다.

"오하쓰 씨가 다른 데 정신이 팔려 있었던 게지요."

그는 걱정스러운 얼굴을 하며 밤바람에 휩쓸려 사라질 만큼 목소리를 낮추었다.

"뭔가를 느낄 수 있을 것 같습니까?"

오하쓰는 아까 덮쳐온 이상한 한기에 대해 이야기했다.

"회오리바람처럼 한기가 찾아왔어요. 이런 일은 처음이에요."

오하쓰의 불안이 전염된 듯이 우쿄노스케는 안경 속에서 가느다란 눈을 깜박거렸다. 문득 쳐다보니 그의 손목 언저리에도 소름이 돋아 있다.

"지나친 생각일지도 모르지요."

오하쓰는 고개를 돌려 멀리에서 깜박거리며 강 위로 다가오는 등롱의 수를 세어 보았다. 다섯 개, 여섯 개, 일곱 개다.

"다들 돌아오는 모양이네요."

"눈에 띄는 것은 찾을 수 없었습니다." 우쿄노스케는 말하며 빈약한 어깨를 축 늘어뜨렸다.

"어떻게든 제가 나가지를 만질 수 있다면 좋겠는데……."

좋은 구실이 없을까요, 라고 말할 생각이었다. 오하쓰의 목구멍 바로 안쪽까지 올라왔던 말은 영원히 입 밖으로 나오지 않았다.

놀랐다는 말로는 표현할 수 없다. 정수리를 얻어맞은 것 같기도 하고, 누군가가 자신의 눈을 가린 채 몸을 데굴데굴 굴리다가 갑자기 손을 떼었을 때와 같은 느낌도 들었다. 정말로 어질어질 현기증이 났다.

믿을 수가 없다.

강 위에서 다가오는 일곱 개의 등롱 뒤에는 대략 열다섯 명 정도의 남자들이 모여 있었다. 조림 가게의 나가지를 덮친 불행에 분노하고 슬퍼하며 조금이라도 도움이 되려고 나선 근처 상가에 사는 남자들이다.

그 가운데 기치지가 있었다.

분명히 있었다. 오른쪽에서 두 번째 등롱 뒤에 몸을 앞으로 구부정하게 구부리고 머리를 내밀다시피 하며 걸어온다. 길어온다. 길어온다.

이쪽으로 다가온다.

"오하쓰 씨, 왜 그러십니까?"

우쿄노스케의 목소리가 오카와 강 반대쪽에서 들려오는 것처럼 멀고 작게 들렸다. 오하쓰는 다가오는 기치지에게서 시선을 떼지 못한 채 발은 조금도 움직이지 못하고, 불빛이 없는 곳에서 물건을 찾을 때처럼 손으로 더듬어 우쿄노스케의 소매를 잡았다.

"대체 왜 그러십니까?"

우쿄노스케의 목소리가 이번에는 크게 귀를 때려 오하쓰를 제정신으로 돌려놓았다. 그녀는 몸을 부르르 떨며 우쿄노스케의 귓가에 얼굴을 가까이 대고 눈에 띄지 않게 조심하면서 큰길 건너편을 각각 어두운 표정으로 지나가려는 사람들 쪽을 손가락으로 가리켰다.

"저기에 기치지 씨가 있어요."

닫혀 있는 파수막의 징두리널을 댄 장지 너머에서 조급한 목소리가 로쿠조를 불렀다. 로쿠조가 서둘러 다가가서 문을 열어 보니 우쿄노스케가 금붕어처럼 입을 뻐끔거리고 있었다.

로쿠조는 재빨리 밖으로 나가 손을 뒤로 돌려 장지문을 꼭 닫았다.

"무슨 일입니까?"

우쿄노스케는 그가 온 방향을 돌아보며,

"지금 저쪽에서 남자들 몇 명이 옵니다."

로쿠조는 그쪽을 쳐다보았다. 등롱 불빛 일곱 개가 위아래로 흔들리면서 다가온다.

"그들의 이름과 주소를 어떻게든 파악해 둘 수 없을까요? 오늘 밤에는 일을 거들어 주어서 고마웠다. 나중에 또 물어볼 것이 있으니 주소와 이름만이라도 가르쳐 달라는 식이든 다른 구실을 대든 상관없습니다."

"못할 것은 없지만……."

일곱 개의 등롱은 천천히 다가온다.

"별로 어려운 일도 아니지요. 왜 그러십니까?"

"지금은 그렇게밖에 말씀드릴 수 없습니다. 부탁드립니다, 로쿠조 씨."

우쿄노스케는 진지했다. 로쿠조는 망설이기는 했지만 그의 말대로 했다. 일곱 개의 등롱 뒤에 있던 열다섯 명의 남자들은 아무도 떨떠름해하지 않고 이름과 주소를 가르쳐 주었다. 모두들 지치고 슬픈 얼굴을 하고 있다. 한 사람은 눈물까지 글썽이고 있었다. 나가지를 잘 알고 있다고 했다. 로쿠조는 가슴이 아팠다.

이 사람들이 대체 어쨌다는 것일까?

오하쓰는 계속 같은 곳에 서서 아까 덮쳐온 한기에는 역시 의미가 있었다고 곱씹듯이 생각하고 있었다.

"그들의 이름을 확인하고 나면 이쪽으로 와 달라고 로쿠조 씨에게 부탁해 두었습니다."

옆에서 강바람에 소매를 펄럭이며 우쿄노스케가 말했다.

오하쓰가 기치지를 가리키며 당장이라도 그에게 덤벼들려고 했을 때 우쿄노스케가 그녀를 말렸다. 그는 오하쓰 앞에 버티고 서서 무조건 한 발짝도 움직이지 말라고 명령했다.

"제게 생각이 있습니다." 그렇게만 말하고 자신은 로쿠조가 있는 곳으로 달려갔던 것이다.

"우쿄노스케 님, 어쩌시려고요?" 오하쓰는 그에게 따지고 싶은 심정이었다. "기치지 씨가 있었잖아요? 저 안에 있었잖아요? 믿을 수 없지만 기치지 씨는 죽지 않았어요. 아직 살아 있고, 또 아이를 죽였지요……. 기치지 씨에게 씌어 있는 무언가가 그런 사악한 짓을 하고 있는 거예요. 빨리 막아야 해요. 또 같은 일이 일어나기 전에."

우쿄노스케가 맞는 말이라고 하자 그럼 어째서 막는 거냐며 오하쓰가 성난 표정을 지었다. 그때 로쿠조가 오는 모습이 보였다. 잔걸음으로 다가온다.

"말씀하신 대로 그들의 이름은 알아 두었습니다."

로쿠조는 의아하다는 듯이 고개를 갸웃거리며 우쿄노스케에게 말했다. "무슨 생각을 하시는 겁니까, 우쿄노스케 님은?"

오라버니, 제가 봤어요, 라고 말하려는 오하쓰를 제지하면서 우쿄노스케는 목을 꿀꺽 울렸다. 너무 긴장한 나머지 당장은 말이 나오지 않는지 가볍게 말을 더듬었다. "저, 저, 저는 생각했습니다."

"무슨 생각을요?"

로쿠조의 물음에는 대답하지 않은 채 우쿄고스케는 "로쿠조 씨,

움직이는 돌 • 203

아까 남자들 가운데 기치지의 얼굴을 보셨습니까?" 하고 물었다. 흥분으로 어미가 튀어 올랐다.

로쿠조는 할 말을 잃었다. 오하쓰는 오라비에게 바싹 다가서면서 다그쳐 물었다.

"있었지요? 오라버니도 보았지요? 기치지 씨가 그중에 있었지요?"

로쿠조는 여전히 말을 잃고 있었다. 이번에는 오하쓰가 할 말을 잃을 차례였다.

"못 봤어요……?"

로쿠조가 겨우 입을 열어 대답했다. "보았을 리가 없지 않느냐, 오하쓰. 기치지는 이미 죽은 사람이야."

"그래요. 못 봤습니다, 오하쓰 씨."

우쿄노스케가 자세를 가다듬으며 말했다. 말꼬리가 떨렸지만 목소리는 차분하게 가라앉아 있었다.

"못 보았다기보다 보이지 않았습니다. 그 얼굴은 오하쓰 씨에게만 보였어요."

"하지만 이상해요. 오라버니도 우쿄노스케 님도 기치지 씨의 얼굴은 잘 알잖아요? 보면 알 수 있을 텐데."

로쿠조가 초조한 얼굴을 했다. "그러니까 못 봤단 말이다."

우쿄노스케는 헛기침을 하며 말했다. "이곳에 오기 전에 했던 신사에 봉납된 산액 이야기를 기억하십니까, 오하쓰 씨?"

"그런 말을 하고 있을 때가—."

"중요한 이야기입니다, 오하쓰 씨."

우쿄노스케의 기세가 너무나도 강해서 오하쓰도 로쿠조도 조금

압도되었다.

"기억…… 나요."

"저는 어느 날, 어느 신사에 봉납되어 있는 산액의 유제를 저처럼 산학을 공부하고자 하는 벗과 함께 풀어 본 적이 있습니다."

오하쓰의 얼굴을 바라보며 이야기가 통하는지 그렇지 않은지 확인하면서 우쿄노스케는 말을 이었다.

"그런데 어떤 유제에 관해서는 두 사람의 의견이 해답도 푸는 방법도 평소와 아주 달랐어요. 둘 다 자신의 주장을 굽히지 않았지요. 둘 다 고집을 부렸고요. 마침내 이상하다는 생각이 들어 같이 신사에 가서 다시 한번 산액을 확인해 보았습니다. 그러자 어땠는지 아십니까."

산액 이야기를 듣지 못한 로쿠조가 눈을 크게 뜨고 있었지만 우쿄노스케는 거기에는 신경을 쓰지 않았다.

"잘못되어 있었습니다. 우리는 같은 산액의 유제를 풀고 있다고 생각했지만 틀렸어요. 벗이 푼 유제와 제가 푼 유제는 매우 비슷하기는 했지만 서로 다른 산액에 적혀 있는 다른 유제였던 것입니다."

가끔 그런 일이 있지요, 하고 우쿄노스케는 말에 힘을 주었다.

"제일 처음, 근본적인 부분이 다르다는 사실을 알아차리지 못한 채 앞으로 나아가다가 의견이 맞지 않아 이상하게 여기게 되는 일이 있는 법입니다. 기치지의 일도 그렇습니다, 오하쓰 씨."

우쿄노스케는 여기에서 로쿠조 쪽을 돌아보며,

"로쿠조 씨, 아까 남자들 중에는 기치지가 없었어요. 로쿠조 씨는 남자들 사이에서 기치지의 얼굴을 발견하지 못했어요. 그렇지요?"

"그렇습니다."

"오라버니?" 오하쓰는 눈을 크게 떴다. "그럴 리가 없어요, 나는 보았―."

말하다가 그제야 오하쓰도 알았다. 우쿄노스케가 말하고자 하는 바를 깨달은 것이다.

그렇다……. 왜 좀 더 일찍 알아차리지 못했을까?

처음부터 알 수도 있는 문제였다. 오하쓰가, 오하쓰만이 되살아난 후의 기치지가 나이보다 젊게 보인다고 느꼈던 그때. 대답은 이미 나와 있었다.

"오라버니나 우쿄노스케 님이 본 기치지 씨의 얼굴과 제가 기치지 씨라고 생각하고 보았던 남자의 얼굴은 전혀 달랐군요."

로쿠조가 앗 하고 소리를 질렀다.

"그렇습니다, 바로 그것입니다, 오하쓰 씨." 우쿄노스케가 이마의 땀을 닦으며 고개를 끄덕였다.

"오하쓰 씨만은 기치지의 얼굴이 아니라, 초를 팔러 다니며 생계를 유지하던 홀아비 기치 씨의 얼굴이 아니라, 기치지가 죽은 후 그의 몸에 씌어 있던 사령死靈의 얼굴을 보고 있었습니다. 그래서 젊어진 것처럼 보였지요. 오하쓰 씨가 본 사람은 다른 얼굴이었어요. 이번에 오하쓰 씨가 기치지 씨라고 생각한 얼굴 역시―."

로쿠조가 멍하니 입을 벌렸다. "우리에게는 보이지 않았군요. 어째서인가 하면―."

스스로에게 들려주어 각오를 다질 생각으로 오하쓰는 말했다. "제가 본 것은 사령의 얼굴이기 때문이에요. 나가지를 죽인 사령의 얼굴. 마을 사람들 중 누군가에게 씌어서 겉으로는 다른 얼굴과 모습을 하고 있지요. 오라버니와 우쿄노스케 님에게는 씌인 사람의 얼굴밖에 보이지 않고요. 저 혼자만 사령이 누구에게 씌었는지 알아볼 수 있어요."

제4장 의거의 이면

1

 이거 일이 귀찮게 되었다고 로쿠조는 생각했다.
 후카가와 산겐초의 기치지에게 씌어 어린 오센을 죽이게 하고, 이번에는 또 다른 남자의 몸을 빌려 핫폰구이에 나가지를 가라앉혀 죽인 사령―정체는 알 수 없지만 겉모습만은 알 수 있다. 로쿠조의 누이 오하쓰의 눈에는 사령의 진짜 얼굴이 보이기 때문이다.
 나가지의 시체가 떠오른 날 밤부터 새벽에 걸쳐 수색에 가담했던 남자들 사이에서 오하쓰는 그를 발견했다. 아침이 되어 남자들의 이름이나 사는 곳을 돌아본 후에 다시 한번, 이번에는 은밀하게 오하쓰에게 얼굴을 확인하게 해 보았더니 그녀는 금세 한 남자를 가리켰다.
 남자의 이름은 스케고로. 나이는 스물다섯이지만 키가 훌쩍하니 큰, 굳이 말하자면 아직 어려 보이는 얼굴을 한 젊은이다. 게다가 그는 나가지의 시체를 발견한 목욕탕 주인 밑에서 가마에 불을 때는 일을 하고 있었다.

"하필이면 이런 인연이라니……."

로쿠조가 저도 모르게 신음하자 오하쓰는 천천히 고개를 저으며 이렇게 말했다.

"인연 같은 게 아니에요, 오라버니. 스케고로 씨의 몸을 빌리고 있는 사령은 나가지의 시체를 사람들이 빨리 발견하기를 원했어요. 발견하게 하고 싶었겠지요. 그래서 일부러 목욕탕 주인이 밤낚시를 가는 시간과 장소를 골라 나가지를 버린 거예요……."

이 말에는 로쿠조도 다시 한번 소리 내어 신음할 수밖에 없었다.

골치 아픈 일은, 아무리 오하쓰의 눈에 보였다 해도 그것만을 근거로 스케고로를 끌어낼 수는 없다는 것이다. 혼조 후카가와 일대를 담당하고 있는 오캇피키 다쓰조가 로쿠조와 아무리 오랫동안 알고 지내는 사이라 해도, 로쿠조와 얼굴을 맞대고 이런 사실을 고백하며 스케고로를 붙잡아 달라고 말한다면 그냥 웃어넘기거나 의원인 겐안을 부르러 달려갈 것이다. 우선 믿어 줄 리가 없다.

스케고로가 일하고 있는 목욕탕도 사정은 마찬가지다. 목욕탕이 있는 곳은 혼조 모토초인데 스케고로는 거기에 살면서 일하고 있다. 다시 말해서 독신이었던 산겐초의 기치지와는 달리 스케고로 주위에는 사람들의 이목이 있다는 뜻이지만, 주위 사람들에게 스케고로는 그냥 스케고로일 뿐이다. 아무런 증거도 없이 '스케고로가 나가지를 죽였다, 저 녀석에게는 위험한 원령이 씌어 있다'고 말했다간 제정신인지 의심받을 사람은 로쿠조다.

"역시 가까운 곳에서 감시할 수밖에 없겠지요"라고 말한 사람은 우쿄노스케다.

"목욕탕에는 아무 구실이나 붙여서 누군가를 집 안에 들여놓으면 어떨까요? 하루 종일 스케고로에게서 눈을 떼지 않고 그가 가는 곳에는 어디든 따라다니며 그가 하는 일은 무엇이든 해 보는 것이지요. 당분간은 그 방법밖에 없을 듯합니다."

확실히 그 방법밖에 없다. 그리고 이런 역할을 해낼 수 있는 사람은 시탓피키 중에서도 분키치뿐이다. 그를 불러 사정을 이야기하자 "알겠습니다" 하며 호기롭게 승낙했다. "질투 많은 마나님이 남편을 감시하듯이 찰싹 달라붙어서 감시하겠습니다, 대장님."

"겐안 선생님이 타박상에 발라 주시는 엄청난 고약처럼 꽉 달라붙어서 떨어지지 마세요, 분 씨."

오하쓰의 격려에 분키치는 콧구멍을 벌름거리며 나갔다.

구실은 악질적인 목욕탕 전문 들치기를 잡기 위해 부하를 들여놓아 달라는 것이었다. 목욕탕 전문 들치기에 대해서라면 웬만한 오캇피키보다 목욕탕 사람들이 더 잘 알고 있는 터라 처음에는 이상하다는 얼굴을 했지만, 들치기 놈이 그냥 손버릇만 나쁜 놈이 아니라 사람을 한 명 해친 흉악범이라는 냄새를 풍기자 그러냐는 얼굴로 받아들여 주었다.

다음은 다쓰조다. 이쪽에도 같은 변명을 했다. 하지만 역시 다쓰조는 날카로워서 사실이냐고 되물었다. 로쿠조가 끝까지 우기자 우선은 굽혀 주었지만 속으로는 딴 생각을 했음이 틀림없다. 모험이기는 하다. 다쓰조가 다쓰조 나름으로 목욕탕에 들어가 있는 분키치에게 신경을 써 준다면 분키치가 감시하고 있는 스케고로의 움직임을 파악하는 데에도 도움이 된다. 어쨌거나 더 이상 잔인한 살인이 일어나는 것을 막고 싶은 로쿠조로서는 나쁜 일이 아니다.

스케고로의 움직임을 감시하는 한편으로 사령의 정체도 알아내야 한다. 우선 그림을 잘 그리는 신키치에게 한 번 더 부탁해 오하쓰가 본 사령의 얼굴로 인상착의서를 만들었다. 특징인 왼쪽 뺨 밑에 있는 칼에 베인 듯한 흉터는 특히 정성을 들여서 그리게 했다. 대장의 기합이 옳은 것인지 자세한 사정을 모르는 신키치도 한층 더 실력을 발휘해 완성된 인상착의서를 로쿠조가 오하쓰에게 보여 주자 그녀는 몸을 부르르 떨었다.

"꼭 닮았어요."

로쿠조는 새삼 이상하게 생각했다. 그의 눈에 비치는 목욕탕의 스케고로는 마음씨 착해 보이는 얌전한 젊은이다. 용을 쓰고 들여다본다 해도 인상착의서 같은 얼굴이 되지는 않는다. 그런데 오하쓰에겐 이렇게 보인다고 한다…….

'뭐, 아무리 생각해 본들 소용이 없지.'

하고 한숨을 쉴 뿐이다.

어쨌든 사령의 인상착의서와 오하쓰가 다무라 저택을 찾아갔을 때 움직이는 돌 옆에서 보았다는 환상 속 젊은 떠돌이 무사의 인상착의서 두 개를 손에 들고 로쿠조와 그의 부하들은 정처 없는 탐색을 시작했다. 백 년이나 지난 사건과 얽혀 있는 갈피를 잡기도 힘든 사람 찾기다.

게다가 두 가지 환상의 얼굴을 이어 주는 것은 그저 '리에'라는 여자의 이름뿐. '리에'는 대체 누구일까.

2

오노 주메이가 다시 시마이야를 찾아온 것은 나가지가 살해된 지 닷새쯤 지난 오후의 일이다.

이번에는 우쿄노스케도 시마이야의 안채에 있었다. 숙부님이 방문했다는 말을 듣고 핏기가 확 오르는 그의 뺨을 옆에 있던 오하쓰는 보았다. 수줍어하거나 기뻐서 빨개진 것이 아니라 일종의 말할 수 없는 긴장—마치 오하쓰가 어르신의 저택을 처음으로 찾아뵈었을 때 느낀 것과 같이 손끝까지 팽팽하게 당겨지는 듯한 긴장감에서 온 것처럼 보였다.

두 사람이 얼굴을 나란히 하고 앉자 닮았다는 인상은 더욱 강해졌다. 핏줄의 힘은 신기한 것이어서 부모 자식보다 숙부와 조카나 이모와 조카딸이 얼굴 생김새나 성격이 더 비슷한 경우도 종종 있지만, 그렇다 해도…… 하고 오하쓰는 생각했다. 게다가 두 사람은 모두 산학이라는 특이한 길에 대한 열정을 갖고 있다.

오노 주메이는 우쿄노스케의 건강한 모습을 보고 우선은 진심으로 안도한 모양이었다. 눈가에 웃음을 지으며 이렇게 말했다.

"상사람 같은 옷차림이 잘 어울린다."

우쿄노스케는 말없이 눈을 내리깔고 있었지만 기분이 상한 것 같지는 않다고 오하쓰는 느꼈다.

"사실을 말씀드리자면 제가 오늘 찾아온 이유는 일전에 말씀하신 일에 조금은 힘을 보탤 수 있을지 모른다고 생각했기 때문입니다."

아코 사건에 대해서 잘 아는 인물 중에 짚이는 사람이 없지 않다는 이야기다.

오노 주메이가 진지한 얼굴로 오하쓰 일행의 얼굴을 둘러보며 물었다. "아코 사건에 대해서 알고 싶다는 것은 호기심으로 하신 말씀은 아니지요?"

오하쓰는 서둘러 말했다. "예, 그렇지는 않아요. 아주 중요한 목적이 있어서 하는 일이랍니다."

아직은 강하게 말할 만한 사실을 확실하게 파악하지 못했지만 어물어물 그런 이야기를 하고 있을 시간은 없다.

"다행입니다. 그럼 도움이 될 만한 인물일 것 같군요."

"그게 사실입니까?" 우쿄노스케가 자세를 가다듬으며 물었다. "숙부님의 지인 중에 그런 분이 계십니까?"

오노 주메이는 웃는 얼굴로 고개를 끄덕이고는 로쿠조와 오하쓰의 얼굴을 바라보며 말을 꺼냈다.

"그는 학자가 아닙니다. 야담가도 아니지요. 의원입니다. 히라타 겐파쿠라는 분인데요."

"의원님." 오하쓰는 깜짝 놀랐다. "의원님이 어째서?"

로쿠조도 당혹스러운 얼굴이다. "높으신 전의典醫 선생님도 아닐 텐데……."

"전의는 아니지만 막부의 의원임은 틀림이 없습니다. 고부신 의원으로, 고지마치 5번지에 살고 있습니다. 저와 같은 나이로 온화하고 신뢰할 수 있는 인물이지요. 저와는 산학 동료를 통해서 알게 된 사이인데 이번 일을 털어놓았더니 자신이 들어서 알고 있는 사실만이라도 괜찮다면 기꺼이 이야기하겠다고 말해 주었습니다."

고부신 의원이란 교와 바로 전의 연호인 유명한 간세이의 개혁(1781~1793) 무렵에 생긴 제도다. 막부의 녹봉을 받는 엄연한 막부 직속 의원이기는 하지만 무사와 상사람 구별 없이 진료한다.

"흠……." 로쿠조가 품에 손을 집어넣고 고개를 갸웃거린다. "그런 분이 어째서 주신구라에 대해서 자세히 알고 계시는 겁니까?"

오노 주메이는 가볍게 손을 들어 부정하는 몸짓을 했다. "정확하게 말하면 자세히 아는 것은 아닙니다. 사건 전반에 대해서 샅샅이 알고 있지는 않아요. 하지만 항간에 전해지는 것과 실제로 일어난 일 사이의 몇 가지 중대한 차이에 대해서는 겐파쿠 씨가 들어서 알고 있다고 할까요."

"중대한 차이……."

이구동성으로 말한 오하쓰와 우쿄노스케의 얼굴을 번갈아 바라보며 희미하게 미소를 짓고 오노 주메이는 고개를 끄덕였다.

"그중 가장 큰 것은 칼부림의 원인에 대한 이야기입니다."

칼부림의 원인—오하쓰의 머리에 뇌물과 짝사랑 같은 말이 떠올랐다.

"겐파쿠 님은 아사노나 기라 가문과 관련이 있는 분인가요?"

신중한 말투로 물은 우쿄노스케에게 오노 주메이는 고개를 저으며 대답했다. "그렇지는 않다. 칼부림이 났을 때 기라를 치료한 구리사키 도우라는 막부 의원과 관련이 있는 사람이지."

고지마치 5번지에 있는 히라타 겐파쿠의 저택 안에는 기분 탓인지 약 냄새가 떠돌고 있었다.

오노 주메이의 말은 틀린 데가 없어서 겐파쿠는 오하쓰 일행의 청에 기꺼이 응해 주었다. 다만 진료 때문에 바쁜 몸이라 시간에는 제한이 있다고 한다. 다음 날 밤이 깊었을 무렵 오노 주메이의 안내로 오하쓰, 로쿠조, 우쿄노스케 세 사람이 겐파쿠의 저택을 찾아갔다.

오늘의 우쿄노스케는 무사 차림이었지만 손에는 커다란 보자기를 들고 있었다. 안에는 베껴 온 평정소의 기록이 들어 있다. 겐파쿠의 이야기를 들을 때 매우 유용하게 쓰일 거라고 그는 말했다.

"갖고 나올 수 없을지도 모르겠다는 생각이 든 적도 많았지만 일이 잘 풀려서 다행입니다."

여러 가지로 궁리를 하여 몰래 돈까지 써 가며 만든 사본이지만 원래는 막부의 공식 기록 문서다. 자칫 잘못하면 어르신께도 큰 폐를 끼치게 된다. 그 정도는 오하쓰도 잘 알고 있다. 오하쓰는 우쿄노스케와 함께 일이 잘된 것을 기뻐하고 싶은 심정이었다.

네 사람이 안내된 다다미방은 깨끗하게 청소가 되어 있었지만 도코노마에 걸려 있는 족자가 조금 기울어져 있었다. 겐파쿠가 나타나기를 기다리는 동안 오하쓰는 몇 번인가 족자를 똑바로 걸어 놓고 싶은 기분이 들었지만 자세히 보니 족자가 아니라 도코노마 자체가 기울어진 것 같기도 했다. 놀란 표정을 눈썰미 좋게 알아차렸는지 오노 주메이가 미소를 지으며 말했다.

"늘 저렇습니다."

"어머나."

"이 저택은 이제 오래되어서 여기저기에 손질이 필요하다고 합니다. 하지만 고부신 의원은 소임도 없고 신분도 낮으니까요. 좀처럼 손을 쓸 수가 없지요. 겐파쿠 씨는 전혀 개의치 않으시고요. 그래서 의원으로서의 실력은 일류 이상인데도 전의로 발탁되지 못하고 계시지요."

이윽고 나타난 히라타 겐파쿠는 몸집이 작고 야위었으며 오노 주메이와 같은 나이라고 했지만 머리가 희었고 숱도 적어서 어쩌면 그보다 열 살은 늙어 보이는 사람이었다. 그가 다다미방에 들어오자 약냄새가 짙어진 기분이다.

"이 사람이 그렇게 자랑하시던 조카님인가요?"

겐파쿠는 재미있어하는 눈으로 우쿄노스케를 보며 입을 열었다. 그가 기죽은 얼굴을 하자 오노 주메이 쪽으로 시선을 돌리며 말했다.

"많이 닮으셨군요. 소질도 닮았고 겉모습도 꼭 닮으셨어요."

역시 그렇게 느끼는 사람은 나만이 아니구나. 오하쓰는 남몰래 생각했다. 오노 주메이는 웃는 얼굴로 대답했다. "소질은 저보다 더 위일지도 모릅니다. 열두 살 때 『진겁기』의 유제를 풀었으니까요."

산학 이야기다. 이야기가 거북한지 우쿄노스케가 몸을 움찔하며 견제하듯이 "숙부님" 하고 작은 목소리로 말했다. 오노 주메이와 겐파쿠는 하나같이 싱글벙글 웃었다. "뭐, 그 이야기는 또 나중에 천천히 하기로 하지요."

겐파쿠가 말하며 공손하게 정좌를 하고 있는 오하쓰와 로쿠조를 향해 얼굴을 돌렸다.

"이야기는 오노 씨에게 대충 들었습니다. 참으로 신기한 청이라는 생각에 실은 조금 놀랐습니다."

"신기한?"

"그렇습니다. 물론 주신구라는 인기 있는 연극 주제이기는 하지만 기원이 된 아코 사건에 대해 알고 싶어 하는 사람은 그리 많지 않으니까요."

겐파쿠는 기모노 자락을 털며 앉은 자세를 바로하고 다시 로쿠조와 마주 보았다. "다만 호기심으로 알고 싶은 것은 아니다, 어떤 사건의 조사와 관련된 일이라 알고 싶어 한다는 이야기를 오노 씨에게 얼핏 들었습니다만……."

석연치 않다는 듯한 말투다.

로쿠조는 오하쓰의 얼굴을 힐끗 곁눈질했다. 머리를 깊이 숙이고는 정중한 어투로 말했다.

"고맙습니다. 겐파쿠 님은 요즘 후카가와와 혼조에서 연속으로 일어난 어린아이 살해 사건을 알고 계십니까?"

겐파쿠는 눈을 크게 떴다. "아뇨, 듣지 못했습니다."

"그러십니까. 대여섯 살의 남자 아이와 여자 아이 두 명이 잇따라 살해되었습니다. 저희는 어떻게든 범인을 찾아내려고 기를 쓰고 있습니다. 이 살인 사건이 겐파쿠 님의 이야기와 관련이 있습니다."

겐파쿠는 잠시 당황한 얼굴을 했지만 이윽고 크게 고개를 끄덕였다. "그렇군요, 그렇다면 꼭 말씀드려야지요. 제 이야기가 도움이 되면 좋겠는데……. 과연 그렇게 잔인한 사건과 백 년이나 지난 옛날 사건이 대체 무슨 관련이 있을지."

확실히 엉뚱한 이야기임은 틀림이 없다. 우쿄노스케 옆에서 오노 주메이도 새삼 놀란 표정을 짓고 있다.

"정말로 서로 관련이 있습니까?" 로쿠조에게 물었다.

로쿠조는 장담했다. "분명히 있습니다. 아니, 있을 거라고 믿는다고 해야 할까요. 본심을 말씀드리자면 저희는 어린아이를 죽인 범인을 잡기 위해 지푸라기에라도 매달리고 싶은 심정이라서요."

로쿠조의 눈을 물끄러미 바라보며 겐파쿠는 고개를 끄덕였다. "알겠소."

마침 이때 문밖에서 작은 소리가 나더니 나이나 말씨로 보아 겐파쿠의 딸로 보이는 젊은 여성이 다과를 가져왔다. 옷차림은 소박하지만 행동거지가 우아하고 아름다운 처녀였다. 일동은 신중하게 침묵을 지키며 처녀가 목례를 하고 나갈 때까지 기다렸다. 처녀가 나갈 때 겐파쿠가 그녀에게 시선을 던지며 아주 가볍게 턱을 끄덕이는 모습을 오하쓰는 보았다. 딸을 몹시 아끼는 아버지의 일면을 얼핏 엿본 기분이 들었다.

처녀가 사라지자 겐파쿠는 가볍게 헛기침을 하고 입을 열었다.

"자, 애초에 일이 어떻게 시작되었는지에 대해서는 아실 것 같지만……."

일동에게 다과를 권하고는, 몸에 밴 말버릇인지 마치 환자에게 병을 관리하는 방법을 들려주는 것처럼 천천히 곱씹는 말투로 이야기를 시작했다.

"아사노 나가노리가 에도 성 안에서 기라 요시나카에게 칼을 휘두른 사건이 발단이지요. 이때 기라 님의 상처 치료를 맡은 구리사키 도우라는 의원이 제 외가 쪽 작은할아버지에 해당하는 인물입니다."

작은할아버지라……. 오하쓰는 새삼 백 년이라는 세월을 떠올렸다.

"구리사키 가는 대대로 내려온 의학 명문가인데 제 작은할아버지도 당시 막부 직속 의원 중에서는 첫째, 둘째를 다투는 실력을 갖고 있다는 말을 듣던 사람이었다고 합니다. 이때도 그날의 당번 의원이 제일 먼저 기라 님의 치료를 맡았지만 상처에서 좀처럼 출혈이 멈추지 않아 기라 님의 상태가 안 좋아졌기 때문에 오오메쓰케의 명령으로 시중에 왕진을 나가 있던 작은할아버지를 급히 불러들였다고 들었습니다."

겐파쿠는 김이 피어오르는 질 좋은 도자기 찻잔을 손에 들고 말을 이었다.

"지금부터 제가 드리려는 이야기는 주로 어머니에게 들어서 알고 있는 것입니다. 어머니는 작은할아버지, 즉 어머니의 숙부에 해당하는 구리사키 도우라는 사람에게 꽤나 귀여움을 받았던 모양입니다. 제가 말하자니 이상하지만 어머니는 어릴 때부터 매우 영리했는지, 만일 네가 사내아이라면 내 손으로 훌륭한 의원으로 키울 수 있을 텐데…… 라며, 작은할아버지가 아쉬워하셨다고 했습니다. 아, 이건 지나가는 소립니다."

겐파쿠의 표정이 약간 느슨해졌다.

"작은할아버지와 어머니는 그런 사이였기 때문에 작은할아버지가 어머니에게 한 이야기에는 거짓이나 속임수, 지어낸 것이 섞여 있지는 않으리라고 저는 믿습니다."

게다가—하고 목소리에 힘을 주었다.

"지금부터 말씀드릴 아코 사건에 대해서 작은할아버지 당신이 나는 이렇게 생각했다, 저렇게 생각했다는 의견은 없었답니다. 왜냐하면 작은할아버지는 의원으로서 실제로 자신이 진찰하지 않은 인물에 대해 가볍게 이야기하는 사람이 아니었기 때문이라고 어머니는 말씀하셨습니다. 작은할아버지는 사건이 일어났던 당시에 실제로는 어떤 일이 이어졌고 주위의 반응이 어땠는지, 항간에 전해지는 이야기는 어디까지가 사실인지—그런 이야기만 하셨다고 합니다."

겐파쿠의 이야기를 들으면서 오하쓰는 마음에 걸리는 부분이 있었다.

'의원으로서 자신이 진찰하지 않은 인물에 대해 가벼운 말은 하지 않는다.'

무슨 뜻일까?

"구리사키 님은 상처를 치료하면서 기라 님과 직접 이야기를 하셨을까요?" 우쿄노스케가 물었다.

겐파쿠는 고개를 끄덕였다. "그렇습니다. 그런 점에서도 작은할아버지의 말에는 큰 의미가 있다고 저는 생각합니다."

"저도 그렇게 생각합니다." 우쿄노스케가 고개를 끄덕이고 말을 이었다. "이야기를 듣기 전에 우선 이것을 보아 주십시오."

보따리를 풀더니 철한 사본을 몇 개 꺼냈다. "당시 구리사키 님의 치료 기록입니다." 우쿄노스케는 그중 하나를 가리키며 말하면서 방바닥 위에 펼쳤다.

우쿄노스케의 꼼꼼한 글씨로「창상에 대한 기록」이라는 제목이 적혀 있다. 일동은 머리를 맞대고 들여다보았다.

"작은할아버지가 남긴 것이군요." 겐파쿠가 말했다.

글을 읽을 줄은 알지만 겐파쿠나 오노 주메이와는 다른 오하쓰와 로쿠조를 생각해서인지, 우쿄노스케가 소리 내어 문장을 읽어나갔다.

"겐로쿠 14년 3월 14일

올해 초에 조정에서 온 칙사를 접대하는 자리에 임명된 아사노 나가노리는 마쓰다이라 아키노카미 님의 분가이며 오만 석의 영주로, 평소 기라와 사이가 좋지 않았다. 특히 덴소조정의 칙사들의 숙소에서도 나가노리는 나이가 젊어 조정 신료에게 인사를 하는 법도 아직 서툴러 고케 필두인 기라에게 의지해야 했는데, 그런 기라가 어딘지 모르게 엄격하여 나가노리는 이전부터 불만이 있었던 모양이다. 그러던 차에 3월 14일 조정 신료들이 등성하던 날, 화답 의식에 참가하려고 합당한 옷차림을 갖추고 아직성 밖으로 나가기 전에 일이 생겼다. 기라는 지도리노마 복도로 가고 있었고 나가노리는 지도리노마 복도에서 오다가 그 자리에서 도저히 참을 수 없는 일이라도 있었는지 나가노리는 성질이 급한 사람이라더니 기라를 발견하자 작은 검을 빼어 미간을 베었으나 에보시의례용 모자에 닿아 에보시 가장자리밖에 베지 못하였고 그때 기라가 옆으로 몸을 수그리자 다시 검을 들고 등을 베었다―."

여기서 오하쓰는 저도 모르게 말했다. "우쿄노스케 님, 이것이 사실인가요?"

우쿄노스케는 침착하게 고개를 끄덕였다. "그렇습니다, 사실입니다."

"성질이 급한 사람이라고 하는데 뭔가 참을 수 없는 일이 있었는지 기라를 발견하자마자 검을 뽑아 들고 달려들었다—그렇게 적혀 있는 거지요?"

"그렇습니다."

"연극에 나오는 것처럼 눈앞에서 깐족깐족 괴롭히거나 바보 취급을 하는 바람에 인내심이 다해서 덤벼든 것은 아닌가요?"

"아닌가 봅니다, 사실은."

"그럼 어째서 그렇게 전해졌을까요?"

우쿄노스케는 싱긋 웃었다. "연극에서 그렇게 그려지기 때문이겠지요."

"왜 덤벼들었는지에 대해서는 전혀 적혀 있지 않군." 철한 종이를 다시 읽으면서 오노 주메이가 말했다.

우쿄노스케는 고개를 끄덕이며, "그렇습니다. 적어도 구리사키 님은 이유를 써도 된다고 생각할 만큼 알고 있지는 않았다는 뜻이 되지요. 기라 님을 치료했으며 가장 가까운 곳에 있었던 의원 구리사키 님이 말입니다."

우쿄노스케는 또 다른 철한 종이를 내밀었다.

"이것은 그날의 당번이었던 스즈키 히코하치로라는 사람이 쓴 당시의 일기입니다."

또 천천히 소리 내어 읽는다.

"하나, 오늘 칙사에 대한 화답이 있기 전 백서원白書院 다이묘가 쇼군을 알현하는 방으로 가는 복도에서 칙사를 접대하는 아사노 나가노리가 고케인 기라 요시나카에게 원한이 있어 갑자기 베었다—."

로쿠조가 신음했다. "여기에도 원한이 있었다며 앞뒤 가리지 않고 베었다고 적혀 있군요."

"그렇습니다. 원한의 내용까지는 언급하지 않았지요. 적어도 연극에서와 같은 확실한 경위가 있었다면 나름대로 뭔가 적혀 있을 법도 한데 아무래도 그렇지 않았던 모양이에요."

우쿄노스케는 철한 종이를 내려다보았다.

"사건 직후 연극에서도 잘 알려져 있는 아사노 나가노리를 등 뒤에서 붙들어 말린 가시가와 요소베가 로주 네 명, 와카도시요리_{로주를 보좌하고 하타모토를 감독하는 중직} 네 명, 그리고 오오메쓰키가 있는 곳에서 일의 전말에 대한 질문을 받은 기록도 남아 있는데요."

그러고는 사본 중 하나를 두드렸다.

"기록에 따르면 칼부림이 일어나기 직전에 가시가와 님과 기라 님은 복도의 모퉁이 기둥에서 예닐곱 간 정도 떨어진 곳에서 만나, 그 자리에 선 채로 사절이 오는 시간이 당겨진 일에 대해서 이야기를 하고 있었답니다. 그때 갑자기 '지난번의 원한을 기억하느냐'라고 말하며 별안간 기라 님의 등 뒤에서 베어 들어온 자가 있었어요. 놀라서 누구인지 보니 아사노 님이었다―는 식으로 이야기하고 있습니다."

"원한의 내용에 대해서는―." 오노 주메이가 물었다. "거기에 대해서 어딘가에 적혀 있겠지? 에도 성 안에서 검을 뽑은 중요한 사건에 관한 일이니 무엇 때문에 그런 사태가 일어났는지에 대한 기록은 남아 있을 게 아니냐?"

오하쓰도 당연히 그리 생각했다. 우쿄노스케는 고개를 저었다.

"이유는 남아 있지 않습니다."

"하나도 없습니까?" 로쿠조가 눈을 부릅떴다. "전혀?"

"예, 없습니다. 가시가와 님 다음에는 당연히 당사자인 아사노 님과 기라 님에게도 메쓰케_{와카도시요리 밑에서 지키산을 감찰하는 관직}들이 사정을 묻습니다. 거기에 따르면 아사노 님은 '나의 원한과 바람 때문에 앞뒤를 잊고 한 짓이다, 어떤 처벌을 내리시든 대꾸할 말은 없다'고 대답했을 뿐이고, 기라 님도 '내게는 어떤 원한을 살 만한 기억도 없고 아사노가 난심하여 한 짓으로 보인다. 다 늙은 내가 원한을 가질 것도 없으니 마음에 두지도 않을 것이며 밖에 나가 떠들어 대지도 않을 것이다'라고만 대답했습니다."

오하쓰는 어이가 없었다. 너무나 재밌었던 연극과는 전혀 다르지 않은가.

"칼부림의 이유에 대해서는 어디에도 적혀 있지 않나요?"

"그렇지요."

"하나도?"

우쿄노스케는 미소를 지었다. "기묘하다면 기묘한 일입니다만."

새 사본 철을 집어 들었다.

"아사노 님을 맡았던 이치노세키 번의 기록인데요……."

한자가 줄줄이 적혀 있는 사본에 오하쓰는 살짝 얼굴을 찌푸렸다.

"이치노세키 번의 나가오카 시치로베라는 인물이 기록했습니다. 여기에「아사노 나가노리 님에 관한 전말, 나가오카 시치로베가 듣고 기록한 장부」라고 되어 있지요. 긴 기록이니 중요한 부분만 읽어 보겠습니다—."

우쿄노스케는 왠지 즐거워 보인다.

"아사노 님이 할복하기 직전에 가신들에게 전해 달라며 남긴 말이 기록되어 있습니다. '이에 이르기 전에 언급하려 했으나 알리지 못한 채 금일 부득이하게 일을 치렀으니 이상히 여길 것이다. 위와 같은 말을 하며 전해 달라 하였기에 메쓰케의 허락을 받아 잊지 않도록 적는다'."

미리 알려 두었으면 좋았겠으나 그럴 시간이 없어 오늘 어쩔 수 없이 하고 말았다. 아마 석연치 않게 여길 테지—라는 뜻이다. 다시 말해 여기에서도 칼부림에 이른 이유는 적혀 있지 않다. 이렇게 영문을 알 수 없는 유언을 당시의 메쓰케들도 분명히 보아 알고 있었을 텐데 추궁하지 않고 '미리 알려 두었으면 좋았을' 것이 무엇이었는지는 기록하지 않은 것이다.

"뭐가 뭔지 모르겠어요."

오하쓰가 중얼거리자 로쿠조도 반쯤 웃으면서 "나도 모르겠구나" 하고 말했다.

"이렇게 큰 사건에 대해서 무엇이 원인이었는지 기록에 남아 있지 않고—사람들은 연극용으로 각색된 뇌물이나 짝사랑이 진짜 이유라고 믿게 된다니—겐로쿠의 의거라 불리는 아코 사건은 대체 무엇이었을까요? 습격을 감행한 마흔일곱 명의 무사들은 주군이 이유를 말하지 않았는데도 어떤 근거를 갖고 기라 님을 원수로 인식했을까요?"

"제게는 너무 어려운 이야기입니다." 로쿠조가 말했다. "제가 아는 한, 사람을 죽이거나 물건을 훔치는 놈들은 배가 고프거나 원한을 갖고 있는 등, 모두 이유가 있으니까요. 제멋대로인 이유라 해도 어쨌든 이유가 있긴 합니다. 이유가 없어도 무언가를 한다는 무가분들의 생각을 저 같은 사람은 알 수가 없습니다."

오노 주메이가 로쿠조의 얼굴을 찬찬히 바라보면서 조용히 말했다. "하시는 말씀이 분명히 옳습니다. 하지만 저는 압니다. 마흔일곱 명의 무사는 충의를 위해 기라 저택을 습격했습니다. 주군의 유지를 잇기 위해서. 주군이 치려다가 치지 못한 상대이기 때문에 기라 님은 적이 되었지요. 다른 이유는 필요 없습니다. 충의란 그런 것입니다."

바닥에 씁쓸함이 가라앉아 있는 말투였다. 오하쓰는 문득 이 사람이 집안을 버리고 떠난 유랑 산가라는 사실이 무엇을 의미하는지를 생각했다.

우쿄노스케에게도 자신이 가진 힘을 살리며 살아라, 그러기 위해서라면 요리키나 후루사와 가문 따윈 대가 끊겨도 상관없다고 말하고 있다는 것도.

"신경은 쓰이는군요." 우쿄노스케가 말했다. 그는 화제를 돌리듯이 젠파쿠의 얼굴을 바라보았다. "칼부림의 이유가 무엇이었는지 저는 알고 싶습니다. 최소한 단서 정도라도."

"그래서 제 이야기를 들으러 오셨군요." 젠파쿠는 부드럽게 미소를 지었다. "아까도 말씀드렸다시피 작은할아버지인 구리사키 도우는 '이러이러하게 생각한다'는 말은 하지 않았습니다. 다만 자신이 보고 들은 것을 이야기했을 뿐이지요."

그는 잠시 뜸을 들이며 일동의 얼굴을 둘러보았다.

"작은할아버지에게 들은 이야기에 따르면 칼부림이 일어난 당시에도, 아사노 님이 할복을 한 후에도 한동안 뿌리 깊게 소문이 남아 있었다고 합니다."

"소문이?"

"그렇습니다. 사건이 일어났을 때 바로 가까운 곳에 있었던 사람들 사이에 말이지요. 막부가 어떤 판결을 내리든 공적으로 어떻게 처리하든 소문은 남았습니다. 아사노 님이 정신을 놓으셨다, 원한이 있어서 한 일이 아니다, 미친 사람이 저지른 짓에 기라 님은 애꿎게 피해를 입었다는 소문입니다."

3

너무 단순한 이유라서 잠시 다음 말을 이을 수가 없었다.

"정신을 놓으셨다……." 확인하듯이 중얼거린 후 우쿄노스케는 얼굴을 들며 말했다. "하지만 정신 이상이 아니라는 판결이 내려졌지 않습니까?"

"그렇습니다."

"그래서 할복을 하게 되신 것이지요." 로쿠조가 말했다. 우쿄노스케는 그 말에 고개를 저었다.

"아니, 로쿠조 씨, 그렇지 않습니다. 정신 이상이 아니었기 때문에 할복을 명받은 것은 아닙니다. 쇼군이 계시는 성 안에서 검을 뽑았다는 사실만으로 사형을 받아도 할 말이 없는 대죄입니다. 개인적인 결투든 싸움이든 원한이 있든 없든 정신 이상이든 성 안에서 검을 뽑는 자체로 죽을죄로 이어집니다."

우쿄노스케는 자신의 머리를 가볍게 두드렸다. "그렇군요…… 그래요. 본디 성 안에서 검을 뽑는 행동이 죽을죄이니 결과만 놓고 보자면 정신 이상인지 아닌지 모른다 해도 이상하지 않군요."

"그렇습니다, 우쿄노스케 님." 겐파쿠는 말했다. "하지만 그래서 더욱 당시 사람들 사이에 뿌리 깊게 소문이 남았던 것입니다. 정신을 놓으셨을 뿐 원한 같은 건 없었다고."

"그럼 어째서 기라 님을 베었을까요?" 오하쓰는 그것이 이상했다. "정신 이상이었다면 상대는 누구든 상관없었을 텐데요. 왜 일부러 눈엣가시인데다 틈만 나면 자신을 괴롭히는 기라 님을 노려 베었을까요? 정신 이상이었다면."

우쿄노스케가 미소를 지었다. "오하쓰 씨, 기라 님이 아사노 님을 괴롭혔다는 것은 연극 속의 이야기입니다. 적어도 공식 기록에는 그런 이야기는 남아 있지 않아요."

오하쓰는 앗 하고 말했다. "그렇군요……. 맞아요."

그러니 기라 님은 애꿎은 피해를 입었다는 말이다.

로쿠조가 생각한 끝에 입을 열었다.

"무엇보다 아사노 님이 정신 이상이었다고 해도 말입니다. 상대가 기라 님인 데엔 정신을 놓은 사람 나름의 이유가 있지 않을까요? 저는 그런 생각이 드는데요. 다른 사람이 보기에는 앞뒤가 안 맞지만 본인에게는 앞뒤가 맞는 이유 말입니다. 그래서 심문하는 분들이 '난심이냐'고 물으셨을 때 본인은 '난심이 아니다, 원한이 있었다'고

분명히 대답했던 게 아니겠습니까?"

우쿄노스케가 크게 고개를 끄덕였다. "로쿠조 씨의 말씀이 옳습니다. 생각해 보아야 할 문제예요."

"제가 옛날에 맡았던 일 중에서…… 정신 이상이라고 할 만큼 대단하진 않았지만 도리초의 어느 도매상 대행수가 마음에 약간 병을 앓고 있었는데, 어느 날 주인에게 덤벼들어 때린 사건이 있었습니다. 본인은 주인이 자신을 가게에서 내쫓으려 했다고 주장했지요. 이러이러한 증거가 있다며 일일이 설명까지 해 주었습니다. 그 말만 들으면 앞뒤가 맞았지요. 하지만 같은 사건을 얻어맞은 주인 쪽에서 들어 보니 그쪽도 모두 일리가 있었습니다. 요컨대 오해가 쌓이고 겹쳐서 그렇게 된 것이지요. 그래도 그 주인과 그 대행수 사이가 아니었다면 덤벼들어서 때리기까지는 하지 않았을 것입니다. 분명히 대행수는 마음의 병을 앓고 있었어요. 그러나 어째서 주인을 향해 표출되었으며, 아랫사람이나 자신의 어머니를 향해 표출되지는 않았는가 따져 보면 궁합이 나빴던 것이 아닐까 생각했지요."

고개를 끄덕이며 침묵하고 있는 일동에게 겐파쿠가 말했다.

"작은할아버지가 이야기한 바에 따르면 당시 메쓰케들 중에는 아사노가 한 짓은 틀림없이 정신 이상 때문이라고 공언하는 사람도 있었다고 합니다. 작은할아버지가 직접 기라 님에게 이야기를 듣고 분위기를 본 바로는 항간에 전해지는 듯한 원한이 있었던 것으로는 느껴지지 않았다고 이야기했습니다. 다만 아사노 님을 직접 진찰한 것은 아니라서……."

오하쓰는 생각에 잠기고 말았다. 의원은 정신 이상이 아닐까 의심하고 있었다―주위에서도 그렇게 보고 있었다―그런 사실이 밖으로 드러나지 않은 채 아사노 님은 할복하고 가문은 대가 끊겼다.

"제가 놀라게 해 드린 모양이군요."

겐파쿠는 오노 주메이와 얼굴을 마주 보며 미소를 짓더니 즐거운 듯이 말했다. "처음에 꽤나 몸을 사리는 말을 했지만 저는 주신구라 연극을 좋아한다는 사람을 만나면 자주 이 이야기를 합니다. 다들 놀라지요. 매우 놀라요. 저는 놀라는 모습을 보는 게 의외로 재미있답니다."

"정말 놀랐어요." 오하쓰도 웃었다.

연극 주신구라를 즐겨 온 사람으로서는 벌어진 입이 다물어지지 않을 만한 이야기이기는 하다.

"하지만……."

단 한 사람, 어쩐지 진지한 얼굴을 한 채 품에 손을 집어넣고 있던 우쿄노스케가 중얼거렸다. 일동이 그를 쳐다보자 당황하며 팔짱을 풀고 자세를 바로 했다.

"그런 소문이 성 안에 뿌리 깊게 남아 있었다면 또 한 가지 생각해야 할 일이 있지 않습니까?"

"무엇을 말이냐?" 오노 주메이가 물었다.

우쿄노스케는 신중하게 말을 고르는 것 같았다. 주의 깊게, 천천히 얼음 위로 발을 내딛듯이 말했다. "아사노 가 사람들은 어땠을까요."

"무슨 말씀이셔요?" 오하쓰는 물었다. 무슨 말을 하는지 모르겠다. "아사노 가 사람들이 왜요?"

우쿄노스케는 겐파쿠의 얼굴을 보고 있었다. "아사노의 가신들—특히 습격을 한 사람들 말입니다. 그분들은 나가노리가 정신 이상이었다…… 또는 정신 이상이었을지도 모른다는 추측 정도는 하고 있거나 눈치 채고 있지 않았을까요? 칼부림이 일어나기 전부터 주군이 앓고 있는 마음의 병을 걱정하던 사람은 없었을까요? 오이시 요시타카는 한낮에 켠 촛불이나 마찬가지란 소릴 듣던 사람인 모양이지만, 칼부림 사건이 일어나고 나서 일 년 후에 마흔여섯 명이나 되는 남자들을 지휘해 습격을 벌였다는 사실을 보면 역시 걸물이라고 할 수밖에 없겠죠. 그런 인물이 하필이면 주군이 에도 성 안에서 검을 뽑는 엄청난 실수를 저지를 때까지 아무것도 몰랐다고는 생각할 수 없는데요……."

우쿄노스케의 말을 다 듣고 나자 히라타 겐파쿠는 자신이 하고 싶은 말이 바로 그것이었다는 듯이 몸을 내밀었다.

"그렇습니다, 그 말이 맞습니다, 우쿄노스케 님."

오하쓰와 로쿠조는 놀라서 겐파쿠의 얼굴을 보았다.

"작은할아버지의 이야기에 따르면 당시에 그런 소문도 돌았다고 합니다. 아코 무사들 중 적어도 지도자 입장에 있었던 오이시 요시타카를 비롯한 몇 명의 사람들은 애초에 주군이 정신 이상이었기 때문에 이런 일이 벌어졌다는 사실을 잘 알고 있었던 게 아닐까 하고요. 결국 기라 님에게는 아무런 잘못도 없으며 원한을 가질 이유도 없다는 사실을. 그래도 그들은 습격하지 않을 수 없는, 아니, 습격을 해야만 하는 처지에 놓이고 말았다고요."

겐파쿠의 말투에 아주 희미하긴 하지만 분노 같은 것이 섞이기 시작했다.

"아사노 님이 정신 이상이었다는 사실이 공식적으로 인정받더라도 본인은 할복, 가문은 멸족된다는 결과는 변하지 않았겠지요. 에도 성 안에서 검을 뽑는 것은 큰 죄이니까요. 하지만 당시의 막부가 정신 이상 때문에 한 짓이고 기라 님과의 사이에는 아무런 원한도 없었다는 사실 하나만 확실하게 공표해 주었다면 아사노의 가신들은 애초에 존재하지도 않는 원한을 풀기 위해 목숨을 내던질 필요는 없었습니다. 주군의 유지를 잇는다는 의무를 지지 않아도 되었지요. 방금 전에 본 기록에도 나와 있듯이 아사노 님 본인은 할복을 할 때에도 가신들을 향해 자신의 원한을 풀어 달라는 말은 한마디도 남기지 않았으니까요."

겐파쿠의 말은 오하쓰도 이해할 수 있다.

"저는 그렇게 생각합니다. 주군의 정신 이상을 알고 있었거나, 알게 되었거나, 어렴풋이 눈치 채고 있던 아사노의 가신들만큼 불행한 입장에 놓인 사람들은 없었다고요."

우쿄노스케가 어두운 표정으로 고개를 끄덕였다. "기라 님이 원수가 아니라는 사실을 알면서도 마음을 독하게 먹고 목을 베어야 했으니까요. 습격에 가담하지 않아 후세에 충의를 모르는 무사라고 욕을 먹게 된 옛 가신 중에는 진실을 알았던 사람들이 섞여 있었을지도 모르지요."

"그렇습니다. 아무것도 모르고 그저 기라에게 원한이 있다고 믿을 수 있었던 가신들은 그나마 행복했을 겁니다."

겐파쿠는 열띤 목소리로 말을 이었다.

"기라 님의 불행도 뿌리는 같았습니다. 아사노 님이 정신 이상 때문에 기라 님에게 상처를 입혔을 뿐이었다면 그 후 기라 님에게는 아무 일도 일어나지 않았겠지요. 뭐, 아사노의 무사 중 한두 명쯤은 주군이 정신 이상으로 칼부림을 벌였다는 사실을 믿고 싶지 않아서 분명 뭔가 원한이 있으리라 제멋대로 억측하여 기라 님의 목숨을 노리고 나타났을지도 모르겠지만, 그 정도는 어떻게든 막을 수는 있었을 테고 기라 님은 당당하게, 아무런 거리낌도 없이 그런 놈들과 상대할 수 있었을 겁니다."

"기라 님에게는 켕기는 데라고는 전혀 없고, 막부도 세상 사람들도 사실을 알고 있으니까요." 우쿄노스케가 말했다.

"그렇습니다. 하지만 실제로는 어땠을까요." 젠파쿠는 유감스럽다는 듯이 고개를 저었다.

"막부는 아사노 님이 제정신이었다고 인정했어요. 그렇다면 이유가 있어야 합니다. 원한이 있어야 합니다. 남은 가신들에게는 원한을 갚아야 할 의무가 생겨났지요."

"충의를 다하기 위해서는 원한을 갚지 않을 수 없으니까요."

"이래서야 마치 무덤도 없는 곳에 유령이 나오는 것 같군요. 한번 유령이 나타나 버린 이상 유령을 위로하고 달래는 것이 가신이 할 일. 기라 님은 이때부터 원수 취급을 당하게 됩니다. 또한 이때부터 아사노의 가신뿐만 아니라 주위 사람들도 기라 님의 적이 되지요."

오하쓰는 크게 고개를 끄덕였다. "오만 석의 녹봉을 받는 다이묘가 성 안에서 검을 뽑아 들고 달려들다니 어지간히 맺힌 것이 많았나 보다, 그만큼 심한 짓을 했겠지. 그렇고 말고, 기라는 나쁜 놈이 틀림없어. 사람들은 그렇게 생각하는걸요."

"그렇게 생각하는 게 재미도 있고요."

겐파쿠는 거침없이 말했다.

"재미있는 이야기는 설령 거짓이라 해도 유포되기 쉬운 법입니다. 거짓은 때로 진신보다 알기 쉽고 아름다운 형태를 갖고 있는 법이지요. 잔혹하기는 하지만 세상의 진리 중 하나입니다."

오노 주메이가 어딘가 진지한 표정으로 우쿄노스케를, 이어서 오하쓰를 바라보면서 말했다.

"우리는 전쟁이 있었던 시대를 전혀 모릅니다. 무사가 무사로서 칼을 들고 세상에 서 있던 시대를 모릅니다. 아는 것은 태평성대뿐이지요."

그는 온화한 얼굴로,

"덕분에 저는 산학의 길을 갈 수 있었지만요. 또 그것을 진심으로 기쁘게 생각합니다."

우쿄노스케가 눈을 내리깔았다. 오노 주메이는 말을 이었다. "지금 같은 시대에 아코 사건 같은 것이 일어났다고 칩시다. 우리는 어떤 식으로 일의 행방을 지켜볼까요. 생각해 보면 재미있겠군요."

잠시 생각하고 나서 로쿠조가 말했다. "역시 원한이 있나 보다, 그냥 내버려둔다면 무사님의 체면이 서지 않겠구나, 그런 생각을 할 테지요."

오노 주메이는 만족스러운 듯이 고개를 끄덕였다. "백 년 전 겐로쿠 시대에도 마찬가지였을 겁니다. 아니, 사람들은 지금보다 더 흥미를 갖고 일의 전말을 지켜보았을지도 모르지요."

"지금보다 더 흥미를 갖고?"

"그렇습니다. 도쿠가와 가가 일본을 다스리게 된 후 5대째 쇼군에 이르러 세상은 평화로웠고, 에도는 막부가 열린 이후 가장 번영했다고들 하던—겐로쿠는 그런 시대입니다. 이전에 산학가들이 모이는 이시구로라는 집의 이야기를 했지요. 몇 년 전에 그 집에 갔다가 우연히 창고 물건을 꺼내 햇볕에 말리는 것을 구경한 적이 있었는데, 그때 마침 겐로쿠 시대의 물건이라는 오래된 후리소데를 볼 기회가 있었습니다. 참으로 호화로운 옷이어서 깜짝 놀랐지요. 바느질도 그렇고, 화장도 길고 품도 넉넉하며 옷자락도 길더군요. 부지런히 일해야만 먹고살 수 있는 여자가 입을 옷이 아니었습니다."

"옛날에 크게 틀어 올린 머리가 유행한 적이 있다는 이야기를 들은 적이 있는데요……." 오하쓰는 말했다. "머릿기름 때문에 더러워지지 않도록 기모노 목깃을 크게 빼어 입게 되었다고요."

"역시 번영의 증거겠지요." 겐파쿠가 고개를 끄덕인다.

"다시 말하지만 겐로쿠는 그런 시대였습니다. 긴 전국 시대를 지나 평화와 부가 세상에 찾아 온 첫 번째 시대였던 셈입니다. 그러던 때에 반쯤 잊었던 무사의 충의의 길에 대해 사람들이 수군거리게 되었지요—전쟁이라는 형태가 아니라 주군의 원한을 갚는다는 형태로. 지켜보는 주위 사람들에게는 전혀 불똥이 튀지 않는 형태로요. 재미있었을 겁니다. 구경할 만했겠지요. 물론 일반 민중들 사이에서만 그랬던 것은 아닙니다. 정치를 하는 무가에서도 아사노의 가신들이 훌륭하게 충의를 실행하기를 은근히 기대하고 강요하는 움직임이 있지 않았을까요?"

"아사노의 가신들은 어떻게 해서라도 원수를 갚아야 할 입장에 놓여 있었다……." 우쿄노스케가 중얼거리며 무릎 주위에 놓여 있는 사본들을 내려다보았다.

"그렇습니다. 몇 번이나 말하지만 습격을 한 아사노도 불행하고 습격을 당한 기라도 불행합니다." 겐파쿠가 강한 말투로 말을 받았다.

"양 가문이 이런 불행한 연극을 해야 하는 지경까지 내몰린 것은 첫째로 당시의 막부가 아사노 님을 제정신이라고 인정했기 때문이었습니다. 아니, 막부라기보다도―."

겐파쿠가 말을 흐리며 희미하게 미간을 찌푸렸다.

"쇼군입니까?" 로쿠조가 작은 목소리로 물었다.

겐파쿠는 천천히 고개를 끄덕였다. "5대 쇼군 쓰나요시 공이겠지요. 조사를 맡았던 메쓰케들의 '아사노는 정신 이상인 듯하다'라는 보고를 딱 잘라 버리고 제정신인 사람으로 판결한 것은 쓰나요시 공이었으니까요."

"어째서요?" 오하쓰는 고개를 갸웃거렸다. "어째서 그런 일을?"

"화가 났기 때문이겠지요. 화가 치밀었을 겁니다. 천황의 칙사 앞에서 체면이 구겨졌을 테니까요."

로쿠조가 으음 하고 신음하며 팔짱을 꼈다. 겐파쿠는 별로 목소리를 낮추는 기색도 없이 담담한 어투로 말했다.

"송구스러운 말이지만 저는 쓰나요시 공이야말로 정신이 이상했다는 생각밖에 들지 않습니다. 성 안에서 칼부림이 나고 세간에서 아코 무사들의 보복 운운하는 이야기가 나오게 된 후, 기라 님에 대한 처우가 또 너무했어요. 일을 벌이려면 벌이라는 듯이 오카와 강 너머로 쫓아내고는 모르는 척했지요."

오하쓰는 쇼군의 행동 때문에 세상에 평지풍파가 일어난다고 생각해 보았다. 하지만 아무리 생각을 해 봐도 딱 와 닿지 않았다. 있을 수 없는 일처럼 느껴지기도 했다. 쇼군이 화가 나거나 정신 이상인 것보다는 쌀 시장의 쌀 도매상이 다 함께 쌀값을 올리거나, 교토에서 물건을 운반해 오는 배가 에도 항에 들어오지 못하게 되는 쪽이 훨씬 더 큰일일 듯한 기분도 든다…….

백 년 전, 하고 다시 한번 생각했다.

무사의 생각은 역시 내게는 이해가 가지 않는다고.

겐파쿠의 저택을 나와서 시마이야로 돌아갔을 때, 우쿄노스케가 또 다른 사본을 꺼내 오하쓰 앞에 펼쳐 보였다.

"이것만은 겐파쿠 님 앞에서 물어볼 수가 없었습니다. 오하쓰 씨, 이 다다미방의 그림을 봐 주십시오."

「이치노세키 번 가신 기타고 모쿠스케의 기록」이라는 제목의 사본에 빼곡한 문장과 함께 그림이 그려져 있었다. 그것을 보고 오하쓰는 눈을 크게 떴다.

"이것은……."

바로 얼마 전 아타고시타에 있는 다무라 저택에서 본 환상에 나타났던 장소다.

"다이묘를 정원에서 할복하게 했다고 지금도 이런저런 말을 듣고 있지만, 당시의 다무라 가에서도 몹시 신경을 썼겠지요. 정원이라고는 해도 얼핏 보기에는 다다미방으로 보이도록 다다미를 깔거나 막을 치는 등 이런저런 손을 썼습니다."

〈하나, 중간과 상간에 맹장지를 고정시켜 그 위로 사방에 판자를 박아 하얀 종이를 발랐다. 한쪽에는 교창을 박고 바깥쪽에서 중간에 인방을 박았는데, 햇빛이 들어오도록 교창에는 가느다란 인방을 박고, 측간과 같은 간격을 두고 옆에는 울타리를 둘렀다. 아래에는 이중으로 울타리를 둘러서재 툇마루 아래로 드나들지 못하도록 잠가 두고 측간에 가기 위한 틈새를 만들어 두었는데 주위가 보이지 않을 만큼 높았기 때문에 바깥 둘레에는 아무것도 치지 않았다. 죄인의 가마는 가까운 곳에 두었다.〉

오하쓰의 눈앞에 다시 환상이 되살아났다. 장대에 높이 매단 밝게 타오르는 등롱. 빈틈없이 깔린 새 다다미. 피가 튄 병풍.

분명히 나는 그 광경을 눈으로 직접 보았다.

4

목욕탕에 들어가 살면서 스케고로를 감시하고 있는 분키치와 연락을 취하려면 목욕을 하러 가는 것이 가장 간단하다. 그 김에 직접 스케고로의 상황을 살필 수도 있다. 히라타 겐파쿠를 만난 다음 날, 로쿠조와 오하쓰는 료고쿠바시 다리를 건너 함께 목욕을 하러 갔다.

오후 두 시가 되기 조금 전, 목욕탕이 하루 중에서 가장 한산한 시간이다. 이 시간에 목욕을 하다니 우아하다면 우아한 일이다. 땀을 비처럼 흘리며 일하는 어른은 한 명도 눈에 띄지 않는다. 목욕탕 계산대 위에서 나이 많은 대행수 한 명이 꾸벅꾸벅 졸고 있다. 몸을 씻는 곳이나 욕조 쪽도 조심하지 않으면 다른 사람에게 머리를 밟히기도 하는 저녁때의 혼잡함은 찾아볼 수 없고 거의 대절한 것이나 마찬가지 상태였다.

오하쓰가 재빨리 목욕을 마치고 소매로 얼굴을 부치며 더위를 식히고 있을 때, 서당을 갔다가 돌아온 아이들이 와르르 떼 지어 들어왔다. 갑자기 주위가 소란스러워진다. 오하쓰는 고개를 내저으며 밖으로 나가 로쿠조와 미리 약속한 대로 불 때는 곳으로 걸어갔다. 쌓아 올린 나뭇가지와 톱밥 더미 옆에 쪼그려 앉아 이마의 땀을 닦으면서 로쿠조와 분키치가 이야기에 열중해 있었다.

"오래 걸렸구나." 로쿠조는 번들거리는 얼굴을 들며 말했다. "물에 빠져 죽은 줄 알았다."

"오라버니는 고양이 세수잖아요."

오하쓰도 로쿠조 옆에 쪼그려 앉았다. 가마 바로 옆이라서 후끈할 정도로 덥다. 방금 땀을 씻어 낸 것이 헛수고가 될 듯하다.

"분 씨, 스케고로 씨는 지금 어디 있어요?"

분키치 대신 로쿠조가 대답했다. "남탕의 더운 물 나오는 쪽에 있다."

오하쓰는 깜짝 놀랐다. "몸 씻는 곳에 아이들이 많이 있어요. 살피지 않아도 되나요?"

분키치가 고개를 끄덕였다. "괜찮습니다, 아가씨. 그저께 고용살이로 들어온 사환 하나가 견습으로 옆에 붙어 있거든요. 그놈도 웬

만한 짓은 못할 겁니다."

불타는 가마 쪽에서 뜨거운 바람과 함께 톱밥이 날아와 로쿠조가 재채기를 했다.

"스케고로 씨는 어떤 사람이에요?"

오하쓰의 물음에 분키치는 얼굴을 찌푸리며 대답했다. "이상한 사람이더군요."

"어떻게 이상한데요?"

"성실한 사람이긴 한데요. 머리가 좀—지나치게 좋다고 할까. 저보다 훨씬 아는 것도 많고, 그래 봬도 제법 학식이 있어요. 스케고로라는 놈은 그럭저럭 좋은 집안의 아들이었던 모양이니까요."

아버지가 장사에 실패하는 바람에 일가가 뿔뿔이 흩어져 지금 같은 신분으로 전락한 모양이라고 한다.

"목욕탕의 고용살이 일꾼은, 대장님은 잘 아시겠지만 마음만 먹으면 꽤 짭짤하게 벌 수 있습니다. 반년쯤 전에도 이곳 대행수가 악착같이 돈을 모아 결국 목욕탕 자리를 사서 독립했다고 하니까요. 개업 인허를 받는 데 육백 냥을 냈다더군요."

"굉장하군." 로쿠조는 감탄한 모양이다. "아까 계산대에서 졸고 있던 대행수는 선수를 빼앗긴 겐가?"

"그렇지요. 그래서 완전히 의욕을 잃은 상태라……. 아, 쓸데없는 수다를 떨고 있을 때가 아니로군요."

나뭇조각을 가마의 불꽃 속에 던져 넣으면서 분키치는 말을 이었다. "어쨌거나 돈을 벌려면 벌 수 있는 곳에 있으면서도 스케고로라는 놈에게는 근성이 없다고 할까요. 시키는 일밖에 하지 않습니다.

그뿐만이 아니에요. 제가 말을 걸어도 늘 대답이 건성건성이에요."

오하쓰는 물었다. "분 씨, 옛날부터 그랬다고 하던가요? 요즘에 사람이 변한 것이 아니라?"

지금의 스케고로는 사령에 씌어 있다. 사람도 변했을지 모른다고 생각한 것이다.

분키치는 고개를 저었다. "옛날부터 그랬다고 합니다. 어째 혼이 빠진 것 같은, 구약나물 줄기 같은 놈이라고요. 집이 망해서 가난해진 것이 어지간히도 힘들었던 게 아닐까요."

"가엾긴 가엾지만, 칠칠치 못하다면 칠칠치 못하군."

"안됐네요." 오하쓰는 고개를 끄덕이며 이마의 땀을 손등으로 닦았다.

"그런 놈이다 보니 가끔 마음이 울적해지는 병 따위에 걸리는 모양이라 이곳에서 살기 시작한 지 이 년이 된다는데 그동안 세 번쯤 목을 매거나 강에 뛰어들었지만 죽지는 못했다고 합니다."

분키치가 하는 말에 로쿠조도 오하쓰도 깜짝 놀랐다.

"그게 사실이에요?"

"사실입니다. 목을 매었다가 죽지 못한 것은 나가 도령이 살해되기 이삼 일 전의 일이지요. 바로 저 대들보에—."

분키치는 머리 위의 허름한 지붕을 받치고 있는 울퉁불퉁한 기둥을 가리켰다.

"낡은 밧줄을 걸어서요. 밧줄이 끊어지는 바람에 쿵 하고 떨어져서 여기 주인이 금세 발견했지요. 목에 멍만 들었을 뿐 목숨은 건졌다고 하는데 주인 아저씨도 그건 병이라고 투덜거리더군요. 죽고 싶어 하는 병."

"가끔, 갑자기 그렇게 되는 겐가?"

"그런 모양입니다. 그렇지 않을 때는 멍한 얼굴로 일을 한다는군요. 이곳은 고용살이 일꾼의 수가 적어서 스케고로나 저도 견습 사환과 함께 나무를 주우러 나가곤 하는데 왠지 유령과 나란히 걷는 기분이 들 때가 있습니다."

목욕탕의 고용살이, 특히 견습이나 솥에 불을 땔 때는 등의 허드렛일을 하는 사람들에게는 시중에 나가 불을 땔 수 있을 만한 나뭇가지나 나뭇조각을 주워오는 일이 상당히 중요하다.

"어쨌거나 저는 항상 스케고로에게 찰싹 달라붙어 있으니 우선은 안심하십시오."

분키치가 웃는 얼굴로 장담하여 오하쓰와 로쿠조는 나란히 일어섰다. 그때 갑자기 생각났다는 듯이 분키치가 말했다. "오하쓰 아가씨, 아직도 주신구라에 대해 이것저것 묻고 다니십니까?"

아코 사건에 대해 분키치에게는 자세히 이야기하지 않았다. 고작해야 이번에 나카무라 극장에서 하는 주신구라를 보러 가고 싶다는 정도밖에 설명하지 않았다. 그래서 분키치의 말투는 가벼웠다.

"네, 그래요. 그게 왜요?" 오하쓰도 가볍게 되물었다.

"별로 대단한 일은 아니지만 주인 아저씨에게 재미있는 이야기를 들어서요. 옛날에 습격 사건이 있은 후에 말인데요, 왜, 기라 저택은 오랫동안 버려져 있다가 마지막에는 부수어 없애지 않습니까?"

"네, 그런 이야기는 들은 적이 있어요."

그 후에 상가가 생겼다. 현재의 혼조 마쓰자카초다.

"저택을 부순 후에 나온 기둥이나 벽, 장지 등 불에 타는 것은 모두 이 목욕탕이 사들여 가마에 때었다고 합니다. 이미 그 무렵에는 모두 아코 무사 편이었기 때문에, '원한을 갚은 목욕물이다, 이거 신나는군' 하며 손님들이 몰려들었다고 합니다."

"그게 사실이에요?"

"예, 확실합니다. 주인 아저씨의 할아버지가 견습 사환으로 막 고용살이를 왔을 무렵이었다고 하더군요. 기라 저택에는 이제 사는 사람도 없고 결국 목욕탕의 연기가 되고 말았다며 당시에는 이야깃거리가 되었다고 합니다."

로쿠조와 오하쓰는 말없이 얼굴을 마주 보았다. 분키치가 두 사람의 얼굴을 번갈아 쳐다보며 잇따라 덧붙였다.

"그뿐만이 아닙니다."

"더 있어요?"

"저도 놀랐습니다."

"뭔데요?"

"살해된 나가 도령 말입니다. 그 애의 집은 기쿠가와에서 조림 가게를 하고 있잖아요."

"네, 그랬지요."

분키치는 머리를 벅벅 긁었다. "고작해야 조림 가게라고 우습게 봐선 안 되겠더군요. 꽤 옛날부터 장사를 해 온 집이래요. 겐로쿠 시대에는 기라 님 저택 바로 옆에서 가게를 하고 있었답니다."

로쿠조가 눈을 부릅떴다. "그래서?"

"사실인지 거짓인지는 모릅니다. 제가 나가 도령의 할아버지에게 들었는데, 이 조림 가게는 기라 님이 혼조로 옮겨온 후 쭉 기라 님이 단골로 삼으셨던 가게였대요. 기라 님은 세상 사람들의 말처럼 나쁜 분은 아니었다면서요."

"……그랬을지도 모르지요."

오하쓰는 히라타 겐파쿠의 이야기를 떠올리면서 고개를 끄덕였다.

"할아버지의 이야기로는 습격이 있던 날 밤, 야미가 피 ~군사학의 일파~의 큰북이 둥둥 울리던 날 말입니다. 할아버지의 조상은 기라 님께 큰일이 생겼다며 우에스기 가의 저택으로 소식을 전하기 위해 달려갔다고 합니다. 우에스기에는 기라 님의 아들이 있었지 않습니까? 그러니 도움을 청하려고 했지요. 우에스기 가에 제일 먼저 소식을 전하러 간 사람은 우리 조상이라고, 할아버지는 기쁜 듯이 말하더군요."

하지만 우에스기 가는 가로家老~번주를 도와 번의 정치를 행하는 중신~ 이로베 마타시로의 판단으로 사람을 보내지 않고 사태를 지켜보았다. 유명한 일화다. 그 이야기라면 오하쓰도 알고 있다.

"조림 가게 할아버지도 귀여운 손자가 그렇게 죽어서 완전히 풀이 꺾였습니다. 하지만 이런 옛날이야기는 기꺼이 해 주더군요. 시름을 잊을 수 있으니까요. 아가씨가 주신구라가 어쩌고 하는 얘기를 해서 저도―."

분키치는 눈을 깜박거렸다.

"이게 그렇게 찌푸린 얼굴로 들을 만큼 중요한 이야기입니까?"

오하쓰도 로쿠조도 입을 다물고 있었다. 놀라서 말이 나오질 않았다. '리에'라는 여자 이름 외에 이번 사건과 백 년 전 사건의 관계를 또 하나 찾아냈다—.

"마루야는 어떨까." 로쿠조가 중얼거렸다.

"예?"

"오센의 시체가 버려진 마루야 말일세. 마루야도 기라와 관련이 있던 가게일까?"

조사는 어렵지 않았다. 집으로 돌아가는 길에 잠깐 들여다봤다는 듯이 마루야에 들른 로쿠조는 곧 대답을 얻어 시마이야로 돌아왔다.

"어땠어요?"

오하쓰의 물음에 로쿠조는 커다란 눈에 당혹스러운 빛을 띠며 대답했다.

"마루야는 겐로쿠 시대부터 그곳에서 가게를 하고 있었고 거래처 중에는 무가 저택도 많이 있었다는구나."

"그럼—."

로쿠조는 고개를 저었다. "분명히 마루야는 무가 저택과도 거래를 하고 있었다. 하지만 기라가 아니야. 아사노다. 뎃포즈에 있던 아사노 가의 별저는 마루야의 단골손님 중 하나였다는군. 그런 가게는 오래된 장부를 잘 보관해 두니까 금방 조사할 수 있었지. 틀림없어. 한 가지는 확실해졌군."

로쿠조는 한숨을 쉬며 그렇게 말했다.

"누구인지 모르겠지만 어린아이를 죽이고 다니는 천벌받을 원령은 '리에'라는 여자와 관계가 있고, 기라와 아사노 양쪽과도 관련이 있으며, 양쪽에 원한을 갖고 있는 듯하다는 것. 하지만 오하쓰, 그런 일이 있을 수 있을까? 기라와 아사노는 서로 적이야. 양쪽 모두에게

'원한이 있다'는 것은 대체 무슨 일일까?"

그날 밤.

시마이야의 안채 다다미방에서 사본들을 구석구석까지 다시 읽고 있던 우쿄노스케에게 오하쓰는 분키치에게서 들은 이야기를 해 보았다.

우쿄노스케는 의외로 이 이야기에 강한 흥미를 보였다.

"나가지네 집은 기라 저택에 출입하던 조림 가게였다. 스케고로가 있는 목욕탕은 기라 저택을 부수었을 때 나온 목재를 태워 목욕물을 데워서 큰 인기를 얻었다. 마루야는 아사노 가에 드나들고 있었다."

입속으로 중얼중얼 되풀이하더니 중얼거렸다.

"흥미롭군요."

"그렇다고 해도 별 수 없잖아요."

오히려 뭐가 뭔지 모르겠다.

"뭐, 그건 그렇습니다만."

"그보다 제가 생각해 보았는데요." 오하쓰가 말했다. "우쿄노스케 님, 사령에 씐 사람은 대체 어떤 사람일까요."

우쿄노스케는 얼굴을 들고 안경 끈을 바싹 당겼다. "무슨 말씀이신지?"

"아니, 어려운 이야기는 아니에요." 오하쓰는 웃음을 띠었다. "사령이 산 사람에게 씌다니 물론 무서운 이야기지요. 하지만 저나 우쿄노스케 님이나 오라버니처럼, 아무렇지도 않게 건강하게 살아가는 사람의 몸에는 그렇게 쉽게 일어나는 일이 아닌 것 같아서요."

우쿄노스케는 쓴웃음을 지었다. "그렇지요, 그런 일이 마구 일어나면 곤란하지 않습니까."

"그렇지요? 이런 생각을 한 이유는 스케고로 씨가 몹시 기력이 없는 사람이라는 말을 들었기 때문이에요."

분키치에게서 스케고로가 몇 번이나 죽으려 했으나 죽지 못했다는 이야기를 들었다고 하자 우쿄노스케는 생각에 잠겼다.

"스케고로 씨가 기력이 약하고 죽고 싶다는 생각만 했기 때문에 사령이 파고든 게 아닐까 싶어서요. 지나친 생각일지도 모르겠지만."

우쿄노스케는 한동안 안경 끈을 비틀면서 침묵에 잠겨 있다가 이윽고 시선을 들고 말했다. "아니, 맞는 말씀일지도 모릅니다, 오하쓰 씨."

깊은 생각에 잠긴 듯한 그의 눈 속에 어두운 빛이 떠올랐다.

"저도 그렇게 생각합니다. 기치지도 스케고로와 비슷한 남자였기 때문이지요."

"기치지 씨도? 기치지 씨는 부지런하고 야무진 사람이었잖아요."

죽으려고 했는데 죽지 못한 것도 아니다.

우쿄노스케는 말했다. "그럴까요? 기치지는 십 년이나 전에 먼저 세상을 떠난 오유라는 아내만 생각하며 재혼도 계속 거절해 왔지 않습니까?"

"어머나." 오하쓰는 눈을 크게 떴다. 우쿄노스케가 말을 이었다. "죽은 사람을 애도하고 슬퍼하며 그리워함은 자연스러운 감정이지만 도를 지나치면 살아갈 기력을 깎아먹지요. 기치지는 그런 남자였어요. 그래서 사령에 씐 거예요—오하쓰 씨가 말씀하신 대로입니다."

이따금 풍경風磬의 시원한 음색이 들려오는 여름 방 안에 있으면서도 오하쓰는 피부에 소름이 돋는 것을 느꼈다. 마음의 빈틈. 사령의 손이 뻗어 와 마음의 틈을 비틀어 열고 슬쩍 들어온다…….

"어떤 형태든 죽음에 매료되어 죽음이 항상 마음 한구석에 있다는 것은 역시 살아갈 힘을 깎아 내는지도 모릅니다. 무서운 일이지요."

우쿄노스케가 생각지도 못한 진지한 얼굴을 하고 있다.

"또 한 가지. 방금 하신 이야기를 듣고 지금까지 생각해 보지도 않았던 부분을 생각해 보게 되었습니다."

우쿄노스케의 말에 오하쓰는 자세를 단정하게 했다. "어떤 생각인데요?"

"기치지가 어디에서 사령에 씌었는가 하는 것입니다."

잠시 후 오하쓰는 웃음을 터뜨렸다. "그런 걸 어떻게 알겠어요, 우쿄노스케 님. 영혼은 어디에나 갈 수 있는걸요. 사령의 영혼도 어디에 있었는지는 알 수 없어요."

우쿄노스케는 진지했다. "그럴까요? 저는 그렇지만은 않다고 생각합니다. 기치지의 마음에는 분명히 빈틈이 있었어요. 하지만 그가 사령의 첫 번째 발판으로 선택된 데에는 역시 나름의 이유가 있었을 것입니다."

오하쓰는 당혹스러워졌다. "그러면…… 어디에서 씌었다는 말씀이셔요?"

"저는 기치지의 생업을 생각하고 있었습니다."

초를 팔러 다니는 일이다.

"어디에든 가지요. 장사를 위해서라면. 부지런히 발길을 옮기는 사람이 이기는 장사니까요."

"그렇습니다. 하지만 초를 사용하지 않는 곳에는 가지 않겠지요. 큰 가게, 다이묘나 무가 저택, 요정—."

"돈이 많은 곳뿐이네요. 보통 집에서는 초를 그리 많이 쓰지 않으니까요."

"그것밖에는 없을까요? 중요한 곳을 빠뜨리지는 않았나요, 오하쓰 씨?"

우쿄노스케는 대답을 알면서 오하쓰에게 묻고 있다. 계속 모른다고 말하기도 부아가 치밀어 오하쓰는 열심히 머리를 굴렸다. 초를 사용하는 곳. 보통 집도 아니고 장사하는 가게도 아니고…… 초가 많이 필요한 곳…….

"아!"

답이 생각남과 동시에 목소리가 튀어나왔다. "맞아요."

"예, 그렇습니다." 우쿄노스케는 미소를 지었다. "절입니다, 오하쓰 씨. 절에는 무엇이 있지요?"

절에 있는 것? 그것은—.

무덤이다.

5

 같은 장사를 하던 사람 중 기치지와 친했던 이를 찾아내기는 그리 힘들지 않았다. 로쿠조의 시탓피키가 나서면 이 정도 일은 식은 죽 먹기다.

 장사 동료들에게서 들은 이야기를 근거로 기치지의 구역을 조사하고, 그가 다니던 길을 더듬어 가며 그중에 절이 얼마나 있는지를 조사했다. 그다음 한 곳씩 돌면서 기치지의 몸에 이변이 일어나기 전에 뭔가 이상한 일이 없었는지 확인해 나갔다.

 손이 가는 일이고 보기에 따라서는 수상쩍은 일이라 로쿠조는 반신반의하는 얼굴이었지만, 오하쓰와 우쿄노스케는 열심히 일을 진행했다.

 공무와 관련된 일을 하다 보면 때로는 이 세상에 신도 부처님도 없다는 생각이 드는 사건과 부딪히게 되는데 이번만은 신이나 부처님이 오하쓰와 우쿄노스케의 편을 들어 주신 모양이다. 조사를 시작한 지 사흘 후, 마침내 한 절에 이르렀다. 후카가와 미요시초의 마쓰다이라 스루가노카미 저택 뒤쪽에 있는 도코지라는 절이었다.

 기치지는 심장이 멈추어 급사하기 전날 저녁, 바로 이 절을 찾아왔다가 운 나쁘게 내리기 시작한 소나기 속에서 비석 하나를 쓰러뜨렸다.

 "물론 악의가 있어서 한 일은 아닙니다. 오히려 도와주느라 그런 것인데."

도코지 절의 스님은 예순이 넘은 덩치 좋은 노인으로 훌륭한 독경을 하리라 짐작되는 깊이 있는 목소리를 갖고 있었다. 스님은 본당 뒤의 작은 거실로 오하쓰와 우쿄노스케를 안내하고는 그들의 이야기를 주의 깊게 들은 후, 여름날 소나기 속에서 일어난 사건에 대해서 이야기해 주었다.

"이 근처는 보시다시피 땅이 이래서 물 빠짐이 나쁘기는 말할 필요도 없어요. 그날도 장대 같은 소나기 때문에 절의 마당도 묘지도 작은 강처럼 되어 버렸지요."

"그래서 비석이 쓰러지려 했던 건가요?"

오하쓰가 묻자 스님은 스르륵 가사 소리를 내며 일어섰다. "보여 드리는 편이 이해하기 쉽겠습니다. 이쪽으로 오시지요."

도코지 절은 오른쪽에 해자를, 정면에 미요시초의 상가와 목재 저장소를, 본당 뒤쪽에 우미베다이쿠초를 두고 서 있다. 절 자체도 아담하지만 묘지는 그야말로 손바닥, 굶주린 어린아이의 손바닥만 한 넓이밖에 안 된다. 나란히 서 있는 비석도 그다지 질이 좋은 것이 아니고, 그러고 보니 스님의 가사도 옷자락 언저리가 닳아서 반들거렸다.

"보십시오. 여기입니다."

스님이 손으로 가리킨 곳은 좁은 묘지 안에서도 구석 중의 구석, 붉은 흙 위에 둥근 돌이 드문드문 겹쳐 놓여 있고 그 뒤에 아무렇게나 소토바_{죽은 자의 공양을 위해 묘석 뒤에 세우는 가늘고 긴 판자}가 세워져 있다. 돌도 소토바도 비에 젖고 바람에 쓸려, 완전히 윤기를 잃고 글자도 닳아 제대로 보이지 않는다.

우쿄노스케가 조용히 말했다. "연고 없는 사람들이로군요."

스님이 고개를 끄덕인다. "그렇습니다. 공양할 사람도 없어서 그냥 우리 절에서 명복을 빌고 있는 죽은 자들의 무덤입니다."

이끼 낀 돌의 상태로 보아 십 년이나 이십 년 사이에 만들어진 무덤은 아니다. 오하쓰가 물어보니 스님은 침착하게 대답했다. "올해로 구십구 년이 지났지요."

"구십구 년."

오하쓰는 한 말을 그대로 따라하며 우쿄노스케와 얼굴을 마주 보았다. 칼부림으로부터 백 년. 습격 사건으로부터 구십구 년이란 사실이 오하쓰의 머리를 얼핏 스쳤다.

"이게 그날 기치지가 쓰러뜨린 무덤입니다."

스님은 제일 앞쪽에 놓여 있는, 작고 둥근 돌을 두 개 겹쳐 놓은 무덤을 가리켰다.

"그날은 소나기가 몹시 심했거든요. 무덤 주위로 물이 몇 줄기나 흘러 흙을 파내었고, 소토바가 쓰러진데다 작은 돌은 이리저리 흔들리고 있었습니다. 전에도 비가 오래 올 때는 자주 그런 일이 있었기 때문에 흙막이를 만드는 등 손은 써 왔지만 좀처럼 잘되지 않았습니다. 그때도 동자승들이 다 나와서 악전고투하고 있는데 마침 기치지가 왔다가 거들어 주었습니다. 그러다가 실수로 이 돌을……."

두 개 겹쳐 놓았던 돌이 미끄러져 위쪽의 작은 돌이 기치지의 발치에 떨어졌다고 한다.

"직접 맞지는 않았지만 엄지발가락 발톱에 피가 맺힌 물집이 작게 생겨서 고리㶨寒에서 치료를 하고 마른 옷을 입혀 돌려보냈지요."

"이상한 기색은 보이지 않았습니까?"

스님은 백발이 섞인 긴 눈썹을 찌푸렸다. "글쎄요…… 확실히는 모르겠습니다. 계속 추위하기는 했습니다. 뼛속까지 비에 젖어 있었으니 무리는 아니라고 생각했는데요."

우쿄노스케와 스님의 대화를 오하쓰는 반쯤 넋을 놓고 듣고 있었다. 두 눈은 겹쳐 있는 둥근 돌 두 개, 기치지가 쓰러뜨렸다는 무연고 무덤에 못 박혀 있었다.

'리에…….'

처음에는 환청인가 했다. 그러나—.

'리에.'

들린다. 똑똑히 들린다. 바람이 강한 겨울날, 나무 꼭대기에서 가지가 우는 소리가 들리듯이 멀게, 희미하게.

리에라는 이름을 부르는 망념의 목소리.

오하쓰는 손을 뻗어 무연고 무덤을 만져 보려고 했다. 스님이 오하쓰의 행동을 보고 말리려는 듯이 앞으로 나섰지만 우쿄노스케가 스님을 제지했다.

손끝이 떨린다. 무릎이 후들거린다. 오하쓰의 손은 이끌리듯이 무연고 무덤에 닿았다.

순간 찬물에 뛰어들었을 때와 같은 차가움이 등을 스치고 주위가 깜깜해졌다.

'리에.'

어둠 속에서 오하쓰는 망령의 얼굴과 마주 보고 있었다. 오른쪽 뺨 아래쪽의 칼자국. 틀림없이 그 남자였다.

그는 지금 사카야키를 깎고 머리를 단정하게 틀어 올려 묶은 채 마로 된 가미시모를 입고 크고 작은 두 자루의 검을 차고 있었다. 양손을 몸 옆에 느슨하게 늘어뜨리고 다리를 어깨 넓이로 벌린 채 느긋하게 서 있다. 그럼에도 빈틈이 느껴지지 않는다. 시선은 똑바로 오하쓰의 눈을 응시하고 있다. 입가가 경련하고 있어 말은 나오지 않지만 당장이라도 무언가를 물을 것만 같다.

'당신은······.'

오하쓰는 마음으로 그렇게 물었다. 당신은 누구신가요?

대답은 돌아오지 않는다. 다만 멀리서 희미하게, 아주 희미하게 불이 튀는 타닥타닥 하는 소리가 가까워져 온다.

'리에.'

다시 한번 목소리가 불렀다. 목소리를 들었을 때 오하쓰의 마음 깊은 곳에 뭐라 말할 수 없는 숨 막히는 느낌이 덮쳐 왔다.

'리에, 리에, 리에, 리에.'

어둠. 지금은 더 이상 아무것도 보이지 않는다. 전부 사라졌다. 타닥타닥 불이 튀는 소리. 무언가가 타는 냄새.

'화재다.'

뜨겁다. 타닥타닥. 타닥타닥.

당장이라도 불의 혀끝이 뺨을 스치는 게 아닐까 싶어 오하쓰는 몸을 바싹 굳혔다. 저도 모르게 눈을 감았다. 누군가가 팔을 세게 잡는 것을 느끼고 눈을 뜬 순간, 제정신으로 돌아왔다.

묘지에 있었다. 옆에는 스님. 팔을 잡아 준 사람은 우쿄노스케다.

오하쓰는 그의 따뜻한 손을 느끼고 현기증이 날 정도로 안도했다. 해자에서 작은 배가 삐걱거리며 노를 젓는 소리가 조용한 묘지 너머로 들려온다.

"오하쓰 씨, 울고 계십니다."

우쿄노스케의 말에 당황해서 뺨을 닦았다. 저도 모르는 사이에 눈물을 흘리고 있었다. 이것은 무슨 눈물일까?

무사의—그 남자의 눈물이다. 오하쓰는 멍하니 깨달았다. 그때 느낀 숨 막히는 느낌은 아마 슬픔—그 남자의 슬픔. 가슴을 찢고 영혼을 태울 정도의 슬픔.

"스님."

오하쓰는 스님을 돌아보며 얼굴을 들고 물었다.

"이 무연고 무덤의 유래를 가르쳐 주세요. 왜 구십구 년이나 되는 긴 시간 동안 이 절에서 공양을 하게 되었나요? 또 한 가지, 이 무연고 무덤에 잠들어 있는 사람들은 혹시 화재로 죽지 않았나요?"

스님은 자비로운 눈을 크게 뜨며 놀랐다. "어떻게 그것을?"

오하쓰는 입을 다물고 대답하지 않았다. 몸속을 채운 슬픔이 썰물처럼 소리를 내며 빠져나가기를 그저 가만히 기다리고 있었다.

이윽고 스님의 조용한 목소리가 들렸다. "말씀하신 대로 이 무연고 무덤에 잠들어 있는 사람들은 겐로쿠 15년 십일월 말에 미요시초와 모토카가초, 우미베다이쿠초 일대를 완전히 태운 화재 때문에 목숨을 잃은 사람들인데……."

스님은 잠시 머뭇거렸다.

"왜 이 사람들의 공양을 우리 절에서 하고 있는지 자세한 사정에 대해서는 모릅니다.”

"스님도 모르신다고요…….”

오하쓰는 낙담한 나머지 눈앞이 캄캄해지는 기분이 들었다. 스님은 곧 말을 이었다.

"선대 주지 스님이라면 알고 계실 겁니다. 타당한 이유가 있다면 가르쳐 주실 수도 있을 듯합니다만.”

우쿄노스케가 덤벼들기라도 할 것처럼 말했다. "꼭 좀 부탁드립니다. 사람의 목숨이 달려 있는 중요한 일입니다, 스님.”

"목숨이 달려 있다니.”

스님은 중얼거리듯이 되풀이하고는 다시 잠시 생각에 잠겼다가 이윽고 말했다. "당신의 말에 거짓이 없다고 믿고 싶군요. 잠시 기다려 보십시오. 선대 주지 스님께 제가 편지를 써 드리겠습니다. 사시는 곳은 오시마무라이니 멀지는 않아요. 다만 선대 주지 스님은 나이가 벌써 아흔다섯이나 되셨습니다. 너무 무리하시지는 않도록 신경을 써 주십시오.”

"예, 명심하겠습니다.”

6

도코지 절의 선대 주지는 오시마무라의 여염집에 혼자 살고 있다. 오하쓰와 우쿄노스케가 찾아갔을 때는 여자로 착각할 만큼 예쁘장

한 얼굴을 한 동자승 한 명이 깔끔한 앞뜰에서 포석 위에 물을 뿌리고 있었다. 안내를 청하자 도코지의 스님에게 이야기를 들었는지 곧 두 사람을 맞아들였다.

스님의 이야기에 따르면 선대 주지는 거의 자리에 누워 생활하고 있다고 한다. 절에서 동자승들이 드나들며 때로는 교대로 이 집에 묵으면서 시중을 들고 있는데, 선대 주지는 이미 시력도 잃고 하루의 대부분은 꾸벅꾸벅 졸면서 지낸다는 이야기였다.

"정신은 아직 또렷하십니다." 스님이 말했다.

"조금 시간이 걸릴지도 모르지만 끈기 있게 물어보시면 대개의 이야기는 조리 있게 해 주실 겁니다. 특히 무연고 무덤의 내력에 대해서는 선대 주지 스님이 의외로 마음을 쓰고 계셨으니까요."

스님의 말은 틀리지 않아서 동자승의 안내로 들어간 남향의 다다미방에는 깔려 있는 자리 위에 몸집이 자그마한 노인 한 명이 조용히 누워 있었다. 얇은 요 위에 이불을 덮고 있지만 이불은 거의 부풀어 있지 않다. 부드러운 베개를 머리 밑에 괴고 있지만 베개조차 움푹 꺼지지 않아 보인다.

'왠지 신선 같아.'

오하쓰는 마음속으로 생각했다.

"여러분은 주지 스님의 이야기를 알아듣기 힘들지도 모릅니다."

아까의 동자승이 밝은 이마를 이쪽으로 향하며 넋이 나갈 만큼 아름다운 목소리로 말을 꺼냈다.

"제가 한마디 한마디 듣고 이야기해 드리게 될 텐데, 괜찮으시겠습니까."

오하쓰와 우쿄노스케는 기꺼이 승낙했다.

"잘 부탁합니다."

두 사람이 머리맡 가까이에 무릎을 나란히 하고 앉은 후에도 주지는 천장을 향해 누운 채 이쪽을 돌아보려고도 하지 않았다. 숨소리조차 들리지 않는다. 여름 햇살이 들지 않도록 창에는 발이 내려져 있어서 한번 적셨다기 말린 종이 같은 주지의 피부 위에 빛과 그림자의 줄무늬가 드리워져 있었다.

일의 경위는 우쿄노스케가 이야기했다. 천천히, 순서대로 설명해 간다. 주지는 장식물처럼 말없이 위를 향해 누워 있다. 정말 듣고 있는 것인지 걱정이 되어서 오하쓰도 우쿄노스케도 몇 번인가 동자승의 얼굴을 살폈다. 그때마다 동자승은 다 안다는 얼굴로 고개를 끄덕였다.

이야기가 일단락되고 우쿄노스케가 살짝 한숨을 쉬며 동자승이 내어 준 보리차로 목을 축이고 있을 때 처음으로 주지의 입술이 움직인 것처럼 보였다. 오하쓰는 저도 모르게 몸을 내밀었다.

동자승은 역시 익숙한 태도로 주지의 입가에 귀를 대더니 눈을 크게 뜨고 주지의 입술에서 새어 나오는 말을 듣고 있었다. 다 들은 후에 오하쓰와 우쿄노스케를 향해 얼굴을 돌렸다.

"주지 스님은 살해된 아이의 이름이 여자 아이는 오센, 남자 아이는 나가이치로가 아니냐고 물으십니다."

오하쓰는 숨을 삼키며 우쿄노스케를 바라보았다. 그도 놀라서 입을 반쯤 벌리고 있다. 지금까지 이야기를 하면서 아이의 이름까지는 말하지 않았다.

"예. 여자 아이의 이름은 분명히 오센입니다. 하지만 남자 아이의 이름은 나가이치로가 아닙니다. 나가지입니다."

동자승이 주지의 귀에 뭐라고 속삭이고 작게 고개를 끄덕이더니 말했다.

"나가 도령이라고 불리지는 않았습니까?"

우쿄노스케가 열심히 고개를 끄덕이며 앞으로 나섰다.

"그렇습니다. 어떻게 아셨습니까?"

동자승은 다시 한번 주지의 머리 쪽으로 몸을 굽혔다. 작게 고개를 끄덕이면서 뭔가 듣는다. 그러고는 말했다. "구십구 년 전에도 같은 일이 일어나 같은 장소에서 오센, 나가이치로―나가 도령이라고 불리던―라는 이름의 아이가 살해되었습니다. 이번 일은 시간을 두고 같은 사건을 되풀이하는 것이라고 말씀하십니다."

"대체…… 어떻게 된 일입니까?"

동자승은 주지의 말을 듣다가 이번에는 금세 머리를 들고 말했다.

"두 분이 찾고 계시는 '리에'라는 이름의 여성은 구십구 년 전에 살해된 오센과 나가 도령의 어머니라고 하십니다."

도코지 절 선대 주지가 해 준 이야기는 다음과 같다.

구십구 년 전, 스루가다이에 있는 어느 하타모토의 가신 중에 나이토 야스노스케라는 남자가 있었다. 나이는 서른네 살, 성실하고 근엄한 성격으로 주군의 신뢰도 두터웠으며 머리도 좋은 사람이었기 때문에 장래는 보장된 거나 마찬가지라는 말을 듣고 있었다.

나이토 야스노스케의 아내 이름이 리에라고 했다. 두 사람 사이에는 다섯 살짜리 장녀 오센과 이제 막 네 살이 된 장남 나가이치로가 있었고, 부부의 금슬도 좋아서 평화로운 나날을 보내고 있었다.

행복한 나날은 생각지도 못한 곳에서 재앙이 닥쳐와 부서졌다. 여름이 끝나 가는 어느 날 저녁, 야스노스케는 벗의 권유를 받아 번화가에 놀러갔다가 돌아오는 길에 개를 베어 죽였다.

"개를 베었다고요?" 여기에서 오하쓰는 어이없다는 듯이 말했다. "왜 그게 잘못된 건가요? 어째서 재앙이 되지요?"

동자승이 뭐라고 말하기 전에 우쿄노스케가 대답했다. "'살아 있는 것을 가엾게 여기라는 법령' 때문입니다, 오하쓰 씨."

눈을 동그랗게 뜨는 오하쓰에게,

"'살아 있는 것을 가엾게 여기라는 법령'은 5대 쇼군 쓰나요시가 발포했습니다. 지금은 천하의 악법이었다며 멸시를 당하고 있지요. 동물, 특히 개에게 상처를 입히거나 학대하는 것을 아주 엄하게 제한하는 금지령이었습니다. 쓰나요시 공은 대를 이을 아들을 얻지 못했는데 살아 있는 모든 생명에 자애의 마음으로 대하면—특히 쇼군이 태어난 해의 간지인 개를 소중히 대하고 덕을 쌓는다면 그 공덕으로 대를 이을 아들을 볼 수 있으리라 믿으셨지요."

설명하면서 희미하게 미소를 지었다.

"바보 같군요." 오하쓰가 분연히 내뱉자 우쿄노스케의 웃음이 좀 더 퍼졌다. 아름다운 동자승까지 설핏 웃었다.

그러나 당시 쇼군의 권위 아래에서 이 법령이 발포되자 웃을 수 없는 사태가 벌어졌다. 사냥꾼은 물론 생계를 유지할 수 없게 되었고, 밭을 어지럽히는 새나 짐승을 쏘아 죽일 수 없어서 농민들도 고통을 겪어야 했다. 에도나 오사카, 나고야 등 큰 도시의 서민들도 일상생활 속에서, 극단적으로 말하자면 파리 한 마리 죽이는 일도 용서받지 못할 일이 되었다. 법령을 철저하게 실시하기 위해서 금지령을 어긴 사람을 밀고하면 상을 준다는 비열한 수단을 썼기 때문에 눈앞의 욕심이나 원한에 사로잡힌 사람들로 인해 여기저기에서 잔인한 일이 일어났다.

나이토 야스노스케도 밀고 때문에 처벌을 받았던 것이다. 지나가는 길에 들개의 습격을 받은 사람를 발견하고 구하려고 검을 뽑았지만, 어쨌든 이 악법 밑에서는 아무리 위험한 들개로부터 몸을 지키기 위해서였다고 해도 개를 벤 사실이 관가에 알려지면 변명은 할 수 없었다.

나이토 야스노스케는 결국 관직에서 물러나 떠도는 신세가 되었다. 그의 주군인 하타모토는 모든 수단을 동원해 그를 감싸 주려 한 탓에 고부신관직이 없는 하타모토나 고케닌으로 편입되는 재난을 당했다. 실로 부조리하기 짝이 없는 일이 횡행하던 시대였다.

"너무하네요." 오하쓰는 저도 모르게 말했다. "이것도 아코 사건과 마찬가지로 쇼군께서 한 짓이군요."

"짓이라는 말은 좀 험악한데요." 우쿄노스케가 작은 목소리로 말했다. "하지만 옳은 말씀입니다."

파직된 야스노스케는 처자식을 데리고 일단 후카가와 오기바시 다리 기슭의 후카가와 니시초 뒷골목에 자리를 잡았다. 당시 하타모토의 가신이라는 신분으로는 모아 둔 재산도 그리 많지 않아 생활은 금세 어려워졌다. 원래 같으면 축하할 일이겠지만 이 경우에는 불운하게도 아내 리에가 셋째 아기를 가져 곧 출산을 맞으려고 할 때였다.

나갈 돈은 늘고 저축은 다 떨어진데다 모실 영주를 찾을 수도 없어서 야스노스케는 날이 갈수록 궁지에 몰렸다. 원래 성실한 성격이다 보니 그는 심하게 자책하며 초췌해져 갔다. 애초에 사람을 돕기 위해 개를 베었다는 이유만으로 그때까지 딴 흘려 쌓아 온 생활을 뿌리째 빼앗기고 만 것이다. 굶주림을 견디는 아이들이나 야위어 가는 아내의 얼굴을 볼 때마다 그의 마음속에는 울분이 쌓여 갔다. 울분은 무서울 정도의 기세로 그의 야윈 몸 안을 채워 나갔다.

어느 날, 야스노스케는 마침내 길을 벗어나고 말았다.

"강도 행각을 벌이게 되었다고 합니다." 동자승의 입을 통해 주지가 말했다.

"처음에는 밤길에서 손님을 끌던 창부나 심야에 유곽에서 돌아오는 유복한 상인과 난봉꾼들을 노려 돈은 빼앗아도 죽이지는 않고 그냥 위협만 했다고 했습니다."

몸속에서 소용돌이치는 분노의 마음이 한번 이런 형태로 도망칠 곳을 찾고 나니 멈출 수가 없게 되었나 보다. 이윽고 야스노스케는 얌전히 돈을 내놓으며 목숨만 살려달라고 청하는 사람을 닥치는 대로 베어 죽이는 데에서 희열을 느끼게 되었다.

"살인을 저지른 후의 야스노스케는 이제 일개 광인에 지나지 않았습니다. 그의 마음은 피로 그늘지고 정신은 그늘 뒤로 사라져 흐려지고 말았다고 합니다."

사태가 이 지경이 되고 나니 오히려 야스노스케의 낮의 얼굴, 강

도짓을 하지 않을 때의 얼굴은 예전에 하타모토를 모시던 때와 똑같이 극히 온화하고 성실한 얼굴로 돌아가게 되었다. 그가 살던 뒷골목의 주민들도 함께 살던 아내 리에도 그의 뿌리 깊은 광기, 뼛속 깊은 곳까지 스며든 분노의 감정을 알아차리지 못했다.

그러나—.

"어느 날, 마침내 한 인물이 그것을 꿰뚫어보고 말았다고 합니다."

그 또한 정처 없이 떠도는 무사였다. 나이도 야스노스케와 비슷한 정도였고 역시 부조리한 이유로 파직된 몸이었다.

"야스노스케도 솜씨가 좋았지만 떠돌이 무사도 실력이 좋은 검사였다고 합니다. 그래서였는지 떠돌이 무사는 금세 야스노스케의 광기와 그가 저지르고 있는 악행을 꿰뚫어보고 그를 막으려고 움직이기 시작했습니다."

"막을 수 있었나요?"

오하쓰의 물음에 도코지의 주지는 짧은 속삭임으로 대답했다.

동자승이 말을 전해 주었다. "예. 마지막에는."

"꽤 격렬한 싸움이 있었겠지요?"

"참으로 대단했던 모양입니다."

"하지만 마지막에는 떠돌이 무사가 이겼군요?" 이번에는 우쿄노스케가 희망을 담아 물었다.

주지의 대답은 혹독했다. "궁지에 몰린 야스노스케는 집으로 돌아가 두 아이와 리에를 베어 죽이고 시체를 등진 채 떠돌이 무사와 목숨을 걸고 싸우게 되었습니다."

오하쓰는 저도 모르게 눈을 감았다. 너무나 잔혹하다…….

"야스노스케는 아내 리에를 사랑하고 있었습니다. 그야말로 깊이 사랑하고 있었지요. 리에와의 사이에서 태어난 두 아이도 그에게는 무엇과도 바꿀 수 없는 보물이었을 것입니다. 그런 사람들을 스스로 베어 죽인 순간, 그는 정말로 귀신이 되고 말았겠지요. 보통 같으면 사람이 귀신에게 승산이 있을 리가 없습니다."

"그럼……."

"야스노스케의 악행을 꿰뚫어본 떠돌이 무사는 아슬아슬하게 그를 벨 수 있었습니다. 떠돌이 무사도 역시 마음을 귀신처럼 독하게 먹어야 하는 입장에 있었기 때문이라고 합니다."

오하쓰는 그때 우쿄노스케가 흠칫하며 숨을 삼키는 것을 느꼈다.

동자승은 말을 이었다. "야스노스케는 광란 상태에서 죽을 때 자신의 집에 불을 질렀습니다."

불은 미요시초 일대를 태운 대화재가 되었다. 무연고 무덤에 잠들어 있는 자는 그때 타 죽은 사람들이다.

"선대 주지께서는 당시의 주지 스님께 들어 알고 있는 이야기라고 합니다."

동자승은 말하고 나서 확인하듯이 다시 한번 주지의 얼굴에 귀를 가까이 했다.

"연고 없이 죽은 사람들을 공양하는 것에 대해서도 이 이야기와 함께 배우셨다고 합니다."

"공양 비용은 어디에서 나옵니까?" 우쿄노스케가 물었다. "당시에는 물론이고, 현재도 비용이 어디에선가 나오고 있지 않습니까?"

동자승은 주지 쪽으로 몸을 굽혔다가 곧 다시 몸을 일으키고 이렇게 말했다. "나이토 야스노스케의 아내 리에는 죽기 직전에 달을 채워 여자 아이를 낳았다고 합니다. 셋째 아이지요. 아기는 사건이 일어났을 때 가까스로 구출되어 그대로 다른 사람의 손에 자랐습니다."

오하쓰는 양손으로 입가를 눌렀다. 손가락이 떨렸다.

"그럼 그분의 자손이 지금도?"

동자승은 고개를 끄덕였다. "선대 주지께서 알고 있는 것은 그분의 증손자 대까지라고 합니다. 미사키에 있는 이나리 신사 옆에 주머니 도매상이 있는데, 그곳 안주인이 리에 님의 아기의 증손자에 해당하는 사람이라고 합니다."

오하쓰와 우쿄노스케는 자리에서 일어나려고 했다. 그때 정원 쪽에서 분위기에 어울리지 않는 고함소리가 들려왔다.

"아가씨, 오하쓰 아가씨!"

집을 나설 때 행선지는 말하고 왔다. 대체 누구일까 하며 서둘러 내다보니 신키치가 창백한 얼굴로 양손을 휘두르고 있다.

"왜 그러셔요, 신키치 씨?"

"부, 부, 분키치 형님이." 신키치는 혀를 깨물 뻔할 정도로 허둥거리고 있었다. "목욕탕의 스케고로를 감시하다가."

"네, 알아요. 그게 왜요?"

"스케고로가, 가마에 던져 넣으려고 했답니다. 분키치 형님을요, 아가씨. 스케고로라는 놈은 괴물이에요!"

7

소동은 갑자기 일어났다.

목숨을 건진 분키치에게 나중에 들은 바에 따르면 소동이 일어나기 직전까지 스케고로에게는 아무런 이상한 점도 보이지 않았다고 한다.

"갑자기 일어난 일이었습니다, 아가씨. 어떻게 그런 일이 있을 수 있는지."

겐안 선생님이 처방해 준 화상 특효약을 온몸에 바르고 무명천으로 둘둘 감은 채, 불에 타서 뭉개질 뻔한 목구멍에서 가까스로 목소리를 쥐어짜 내며 분키치는 요란하게 투덜거렸다.

"저는 놈의 바로 뒤에 있었거든요. 나무를 양손에 안고 가마의 나무 넣는 곳으로 가져가려고요. 그런데 갑자기 제 목덜미 뒤를 꽉 움켜쥐더니…… 새끼고양이를 들어 올리듯이 말이지요. 그러고는 가마 쪽으로 휙 던지더군요. 정말이지 죽을 각오로 미친 듯이 팔다리에 힘을 주고 버텼습니다. 저는 그렇게 죽고 싶지는 않거든요."

분키치의 비명을 들은 목욕탕 사람들이 몰려와 대여섯 명이 달려들어서 스케고로를 붙들어 묶었다. 분키치는 도리초의 로쿠조 대장에게 알려 달라고만 외치고는 덜컥 정신을 잃었다고 한다.

"정말 고생하셨어요, 분 씨."

평소에 싸움만 하는 오미요가 울면서 머리맡에 붙어 있다. 오하쓰는 일의 전말을 듣고 나자 뒷일은 그녀에게 맡기고 분키치 곁을 떠났다. 잠시 단둘이 있게 해 주자. 가끔은 달콤한 시간도 갖는 편이 분키치와 오미요에게는 좋을지도 모른다.

오하쓰는 시마이야를 나서서 파수막 쪽으로 걸음을 옮겼다. 우쿄노스케도 한 발 먼저 가 있다. 로쿠조는 목욕탕으로 달려가자마자 자신의 부하인 분키치가 죽을 뻔했다는 이유로 곧장 스케고로를 도리초로 끌고 와 버렸다. 후카가와의 다쓰조 대장은 영 석연치 않은 얼굴을 하고 있겠지만 지금은 다소 억지를 부리는 수밖에 없다.

큰길에 면해 있는 파수막의 장지문을 열기도 전부터 안에서 고함소리가 들려왔다. 오하쓰는 저도 모르게 움츠러들어 잠시 문을 열기를 망설였다.

마치 광견병에 걸린 개 같다고 생각했다. 말을 알아들을 수가 없다. 그저 쉰 목소리를 내지르고 있을 뿐.

오하쓰가 큰맘 먹고 장지문을 드르륵 열자 안쪽 기둥에 묶여 있는 스케고로를 에워싸고 있던 남자들이 일제히 돌아보았다. 옆 책상에 앉아 있던 서기가 새파란 얼굴로 돌아보았다.

로쿠조는 품에 손을 집어넣고 미간에 험악하게 주름을 짓고 있다. 옆에서 우쿄노스케가 창백한 얼굴을 하고 있고, 그 옆에는 이헤가 당장이라도 토할 것 같은 표정으로 목을 움츠리고 있다.

스케고로는 얼핏만 봐도 세 개나 되는 밧줄로 기둥에 묶여 있는 것 같았다. 몸통은 아예 칭칭 감아 놓았다. 다리를 마루에 축 늘어뜨리고 무릎을 덜덜 떨고 있다. 기모노 앞자락이 칠칠치 못하게 벌어져, 턱에서 실을 끌며 뚝뚝 떨어지는 침이 맨가슴을 적시고 있었다.

"이런 꼴이다." 로쿠조가 스케고로에게서 시선을 떼지 않은 채 낮게 말했다.

"대장, 시집도 가지 않은 누이에게 이런 꼴을 보여 주면 안 되지."

그렇게 말한 사람은 이혜다. 목소리가 떨리고 있다.

"괜찮아요, 아저씨. 저는 이번 일로 오라버니를 돕고 있거든요."

이혜는 그야말로 찬물을 뒤집어쓴 개처럼 몸을 떨었다. "네가 돕고 있다니, 오하쓰."

"사실이야, 그러니 상관없네. 걱정해 줘서 고맙네." 로쿠조는 그렇게 말하며 그제야 이혜 쪽으로 얼굴을 돌렸다. "미안하지만 잠깐 은밀하게 처리하고 싶은 일이 있는데, 삼십 분이면 되니 서기와 둘이서 잠시 자리 좀 피해 주지 않겠나? 부탁하네."

이혜와 서기가 몇 번이나 뒤를 돌아보며 파수막에서 나가는 모습을 지켜보고 나서 로쿠조는 크게 심호흡을 했다. 그러고는 오하쓰에게 물었다.

"뭔가 보이느냐?"

오하쓰는 천천히 고개를 끄덕였다. "네. 내게는 나이토 야스노스케라는 사람의 얼굴이 보여요. 가엾은 사람."

기둥에 묶인 채 스케고로가—나이토 야스노스케가 울부짖는 듯한 목소리를 냈다.

"어……떻게."

우쿄노스케가 흠칫했다. "말을 합니다."

"네, 그래요."

야스노스케는 이리저리 머리를 흔들거리면서도 두 눈만은 마치 못으로 박혀 있기라도 한 것처럼 오하쓰를 응시했다. 오하쓰도 기죽지 않고 그의 눈을 마주 보았다.

"어떻게…… 나를 알고 있지?"

목소리는 쉰데다 혀도 꼬인다. 우쿄노스케가 얼굴을 찌푸렸다.

"꼭 취한 것 같군요."

그렇다, 취했다. 오하쓰는 생각했다. 광기에 취한 것이다.

"당신에 대해서는 도코지 절의 선대 주지 스님께 들었어요." 오하쓰가 말했다. "당신이 잠들어 있는 무덤—무연고 무덤을 공양해 주는 절 말이에요."

야스노스케는 고개를 수그리고 눈을 위로 홉뜨며 오하쓰를 노려보았다. 입가가 일그러지고 침이 실을 끌며 흘러내린다.

"왜 이제 와서 돌아온 건가요, 나이토 야스노스케 님."

강한 말투로 상대방의 시선에 지지 않도록 턱을 바싹 당기며 오하쓰는 물었다.

"당신은 여기에 있어야 할 사람이 아니에요. 이 사람 저 사람 몸을 옮겨 다니면서 대체 무엇을 하려는 거지요? 어떻게 하면 만족하고 원래 있던 곳으로 돌아갈 건가요?"

야스노스케는 흰자를 드러냈다. 목구멍 속에서 그르렁거리는 신음소리가 난다.

"구십구 년 전, 당신은 당신의 귀여운 두 아이를 자신의 손으로 죽였어요. 그렇지요?"

로쿠조가 연약한 피부를 바늘로 찔린 것 같은 얼굴을 했다.

"오센과 나가이치로. 당신의 아이들 말이에요. 지금 이 세상에 돌아와서 같은 이름을 가진 아이들을 해쳤어요. 왜 그런 짓을 하지요?

당신은 불행했어요. 무서운 고통을 맛보며 죽었고요. 정말 안됐다고 생각해요. 하지만 왜 이제 와서 다시 불행을 되풀이하는 거지요? 목적이 무엇인가요?"

야스노스케는 한동안 신음하고 있었다. 대답은 없었다. 흰자가 드러나고 눈알이 이리저리 움직인다. 우쿄노스케가 견딜 수 없다는 듯이 등을 돌렸다.

"가혹하군요."

"네. 이보다 더 가혹한 구경거리는 없지요."

그때 야스노스케가 낮게 신음했다. "리에……."

오하쓰는 연민을 느꼈다. 목소리를 낮추고 지금 할 수 있는 가장 상냥한 말을 고르려고 했다. "나이토 님―야스노스케 씨, 리에 씨는 이제 없어요. 이미 죽은 지 구십구 년이나 지났어요. 당신이 사랑한 리에 씨는 당신 손에 죽고 말았어요. 당신이 죽이고 말았다고요. 기억나지 않으세요?"

"리에……."

낮게 중얼거리는 소리를 듣고 로쿠조가 속삭이듯이 말했다.

"망집妄執인가."

그 순간 로쿠조의 목소리를 듣고 그러는지 갑자기 야스노스케가 날뛰기 시작했다. 몇 겹이나 되는 밧줄로 묶여 있어서 거의 꼼짝달싹도 못 할 텐데 다리를 버둥거리고 등을 기둥에 부딪치며 흔들어 댄다. 비좁은 파수막 전체가 흔들흔들 흔들릴 기세다.

"이봐, 그만해, 그만두지 못해!"

참다못한 로쿠조가 야스노스케를 짓눌렀다. 야스노스케가 즉시 그 얼굴을 향해 침을 뱉었다. 독사가 머리를 쳐들고 덮쳐들 때처럼 재빨랐다.

"무슨 이런 놈이 다 있나."

로쿠조가 얼굴을 닦으며 신음했다. 오하쓰는 이제 다시 얌전해져서 머리를 축 늘어뜨리고 있는 야스노스케를 바라보며 가슴속에서 미친 듯이 뛰는 고동을 느꼈다. 숨 막힐 정도로 가슴이 두근거린다. 이렇게 무섭다고 생각한 적은 처음이다.

"우선은 붙들어 두는 방법 외에는 다른 수가 없을 것 같군요."

애써 침착함을 유지하려는지 우쿄노스케가 억양 없는 말투로 말했다. 오하쓰는 그의 옆으로 다가가 작게 고개를 끄덕였다.

"도코지 절의 선대 주지 스님이 가르쳐 준 미사키 이나리 신사 옆에 있다는 주머니 도매상을 찾아가 보지요. 리에 씨가 죽기 직전에 낳은 아이의 자손이라는 사람을 만나보고 싶어요."

"만나서 무슨 길이 열린다면 좋겠는데……."

로쿠조가 그답지 않게 심약한 말투로 중얼거렸다.

"아니, 열릴 겁니다." 우쿄노스케가 작은 칼로 나뭇가지를 잘라내듯이 단호하게 말했다. 오하쓰와 로쿠조는 그의 온화한 얼굴을 올려다보았다.

"이번 사건의 대략적인 얼거리와 관계가 제게는 보이기 시작했습니다."

8

주머니 도매상은 오노야라고 하며 미사키 이나리 신사 바로 옆에 있고, 소매도 잘 팔려서 상당히 번성하고 있는 가게였다. 고용살이 일꾼의 교육도 잘되어 있는지 늦은 오후 시간인데도 가게 주위는 먼지 하나 없이 깨끗하게 청소되어 있었다.

붙임성 좋은 목소리로 오하쓰 일행을 맞이하러 나온 성실해 보이는 젊은 행수에게 여기에 리에라는 이름을 가진 분이 계시느냐고 묻자 상대는 갑자기 눈을 크게 뜨더니 이어서 계산대 격자 너머로 등을 웅크리고 앉아 있는 자그마한 몸집의 대행수 쪽을 쳐다보았다.

"있기는 있습니다만, 무슨 일이십니까?"

"리에 님이라는 분은 이 댁 아가씨 되십니까?"

행수는 또 대행수를 보았다. 이번에는 대행수도 시선을 알아채고 이쪽으로 얼굴을 돌렸다.

"아니요……." 여전히 대행수의 얼굴을 보면서 행수는 입속으로 우물우물 대답했다. "아가씨는 아닌데요……."

"사정이 있어 찾아뵈었습니다." 우쿄노스케가 딱딱한 어투로 말했다. 이편이 나을 거라며 오늘은 무사 차림을 하고 있었다. 옷차림을 바꾸면 말투도 되돌아가나 보다. "주인이나 안주인을 꼭 좀 만나뵙고 싶습니다. 당장이라도―."

우쿄노스케의 말을 가로막듯이 대행수가 다가왔다. 얼굴에는 온화한 웃음을 띠고 있다. 오하쓰보다도 작은 몸을 약간 앞으로 구부린 채 이쪽으로 걸어오는 동안에도 바로 옆에서 물건을 살펴보고 있는 단골손님인 듯한 화려한 고소데 차림의 모녀에게 부드러운 목소리로 인사를 던진다.

"제가 말씀드리지요. 쓰네키치, 자네는 들어가 있게."

대행수는 부드럽게 행수를 물려 놓고 오하쓰 일행을 마주 보았다. 오하쓰가 다시 한번 이야기를 되풀이하자 순간 대행수의 작은 눈에 상인답지 않은 험악한 빛이 떠올랐다. 따스하게 타고 있던 촛불이 갑자기 횃불로 바뀌어 타오르기 시작한 것 같았다.

"마님은 공교롭게도 유행하는 고뿔에 걸려 누워 계십니다. 죄송하지만 이만 돌아가 주셔야 할 것 같습니다."

정중하지만 강경한 말투에 오하쓰와 우쿄노스케는 얼굴을 마주 보았다. 우쿄노스케는 끈질기게 물고 늘어졌다.

"오래 걸리지는 않습니다. 급한 일입니다. 목숨이 왔다갔다하는 큰 병이라면 어쩔 수 없지만 고뿔 정도라면 이야기는 할 수 있겠지요. 꼭 좀 뵙게 해 주십시오. 아니면 저희가 찾아왔다고 주인이나 안주인께 전해 주십시오. 꼭, 꼭 좀."

무사라고는 하지만 아직 젊은 우쿄노스케를 노련한 대행수는 정중하게 머리를 숙임으로써 얼른 쫓아내려는 것 같았다.

"무사님, 정말 죄송하지만 그럴 수는 없습니다. 아무쪼록 이만 돌아가—."

그때 머리를 숙인 대행수의 작은 상투 너머에서 반짝거리는 무언가가 오하쓰의 눈을 쏘았다. 누구의 눈에도 보이지 않는, 오하쓰의 마음의 눈에만 보이는 것이었다.

빛은 순식간에 흐릿하게 흐려져서 마치 촛불의 작은 불빛처럼 퍼지더니 그 속에 혼자 고개를 숙이고 앉아 있는 삼십 대 중반의 날씬한 여자의 옆모습이 떠올랐다. 목덜미에서 턱에 이르는 선이 깜짝 놀랄 만큼 아름답고, 머리카락도 윤기가 흐르는 요염한 사람이었다.

그녀는 울고 있었다. 뺨을 타고 흐르며 반짝이는 눈물이 오하쓰의 눈에 똑똑히 보였다.

"여기 계시는 리에 님은 무언가 몹시 마음 아팠던 일이 있군요."

마음속으로 생각이 정리되기도 전에 오하쓰는 중얼거리고 있었다. 대행수가 흠칫 놀란 듯이 고개를 들었다.

"울고 계시는걸요. 아주 슬픈 듯이. 마치 영혼이 부서져 버린 것 같아요."

"오하쓰 씨……."

우쿄노스케가 중얼거리며 오하쓰의 얼굴을 들여다보았다.

환상은 아직 사라지지 않았다. 엷어져 가고 있지만 아직 보인다. 목소리도 들린다. 먼 옛날, 구십구 년의 세월을 사이에 두고 이 세상에 살다가 슬픈 최후를 맞은 리에라는 사람의 피를 물려받은 사람이 지금 여기에서, 아마 리에도 그랬던 것처럼 슬픔에 젖어 눈물을 흘리고 있다. 흐느껴 울고 있다. 그녀가 날씬하고 하얀 손을 들어 얼굴을 덮는 모습을 오하쓰는 보았다.

다른 무엇보다도 환상을 바라보는 오하쓰의 눈빛, 넋을 놓은 듯한 분위기에 겁을 먹었는지 대행수는 비틀거리며 한 걸음 물러섰다.

"잠시—잠시 여기서 기다려 주십시오."

그는 더듬거리며 그렇게만 말하고 구르듯이 가게 안채 쪽으로 달려갔다. 뒤에 남은 오하쓰는 현기증을 느끼고 비틀거리며 우쿄노스케에게 기대었다.

환상은 사라졌다. 사라질 때 한층 더 애처로운 울림으로 오하쓰의 귀에 들려온 말이 있었다.

'여보……'

"여보?"

저도 모르게 똑같은 말이 입을 뚫고 나왔다.

"여보? 무슨 말씀이십니까, 오하쓰 씨?" 우쿄노스케가 똑같이 되풀이하며 물었다.

"누군가를 그렇게 부르면서 울고 계셔요."

그때 방금 전 대행수가 되돌아왔다. 두 사람의 대화를 듣더니 다시 얼굴이 새파래졌다.

"그런 것까지…… 아가씨, 아가씨는 어떻게 그 일을 알고 계십니까?"

목소리를 낮추어 빠른 말투로 다그쳐 묻는 행수에게 오하쓰는 조용히 말했다.

"주인이나 안주인을 뵙게 해 주실 수 있으셔요?"

대행수는 대답하지 않았다. 등을 돌리고 도망치듯이 잔걸음으로 두세 걸음 가더니 비스듬히 돌아보며 말했다. "따라오십시오. 나리께서 뵙기를 청하십니다."

안채가 있는 건물의 긴 복도를 걸어가는 동안 오하쓰는 가슴이 점점 두근거렸다. 안채와 붙어 있는 창고에서 장사할 물건을 꺼내어 가게로 옮기는 고용살이 일꾼들과 스쳐 지날 때, 상대방이 목례를 하면서도 무슨 일일까 하는 얼굴로 슬쩍 쳐다보는 것을 느껴져, 아마 자신뿐만 아니라 대행수와 우쿄노스케도 마음속의 강한 긴장이 얼굴이나 걸음걸이에 나타나 있다고 생각했다. 우쿄노스케를 보니 오른손과 오른발이 같이 나간다.

오하쓰는 우쿄노스케가 허둥대는 모습을 보고 문득 입기기 누그러지는 것을 느꼈다.

'무서워할 것 없어. 맞아.'

요즘 마음속에 자리 잡고 있던 수수께끼가 지금 풀리려 하고 있다.

안내받은 다다미방은 오른쪽으로 벽오동 잎이 흔들리는 정원이 보이고 바람도 잘 통하여 시원했다. 피부에 맺혀 있던 땀이 기분 좋게 가셨다.

도코노마를 등지고 이쪽을 바라보고 있는 온화한 생김새의 쉰 살 정도 되어 보이는 남자의 모습이 먼저 눈에 들어왔다. 차분한 빛깔의 줄무늬 기모노를 단정하게 입고 있고, 정좌한 무릎 언저리에도 주름 하나 없다. 대행수가 불쑥 앞으로 나서서 남자 옆으로 다가가 뭔가 빠른 말투로 속삭이자 남자는 작게 고개를 끄덕이고 딱 한 번 눈을 조금 크게 떴다.

이 사람이 오노야의 주인 도쿠베였다.

도쿠베는 대행수를 물리고는 아주 잠깐 동안 턱을 당기며 뭔가 생각하는 것 같았다. 그동안 오하쓰는 도코노마에 장식되어 있는 꽃을 보고 있었다. 꽃창포 같았다. 보라색과 흰색의, 아름답기는 아름답지만 조금 서늘하고 고요한 느낌이 드는 꽃이었다.

꽃의 분위기에는 오하쓰가 아까 환상으로 보았던 사람의 모습과 통하는 데가 있었다. 이 집에 살고 있는 리에 씨가 꽂아 놓은 꽃이 분명하다.

"그래, 당신들은 무엇 때문에 제 아내 리에를 만나고 싶어 하시는 겁니까?"

오노야의 도쿠베가 입을 열고 천천히 말했다. 어딘지 모르게 어르신과 매우 비슷한 울림을 띤 목소리였다. 남들 위에 서는 사람이 자연스럽게 갖추는 목소리인지도 모른다. 들은 사람이 그냥 흘려듣는 것을 허락하지 않는 목소리다.

하지만 이때만은 오하쓰와 우쿄노스케는 잠시 동안 입을 반쯤 벌린 채 아무 말도 하지 못했다.

'리에······.'

놀라서 목구멍이 바싹 말라 버린 느낌이다. 호흡이 떡처럼 형태가 있는 것으로 바뀌어 목구멍에 걸린 느낌이기도 했다.

"리, 리, 리."

우쿄노스케가 계절에도 맞지 않는 방울벌레 같은 목소리를 냈다. 음색은 별로 좋지 않았지만.

"리, 리에라고 합니까, 이 댁 안주인의 이름이?"

"그렇습니다만."

도쿠베는 느긋하게 고개를 끄덕였다. 오하쓰가 환상 속에서 본 사람이 안주인 리에라면 상당히 나이 차이가 많이 나는 부부인 셈이다. 만사에 느긋하고 침착한 남편과 아름답고 덧없는 아내―.

오하쓰는 우쿄노스케와 다시 한번 눈을 마주 보았다. 힘껏 뛰어야 가까스로 뛰어넘을 수 있을까 말까 한 깊은 강을 나란히 건널 때, 서로를 격려하기 위해 '하나, 둘' 하고 구령을 맞추는 몸짓과도 비슷했다.

"우선은 제가 이야기를 하겠습니다."

작은 목소리로 오하쓰에게 말하고 나서 우쿄노스케는 다시 도쿠베를 바라보았다.

"주인어른, 당장은 믿기 어려운 이야기이겠지만 모쪼록 끝까지 들어 주셨으면 합니다."

우쿄노스케는 오하쓰의 신비한 힘과 이 일에 남쪽 행정 부교 네기시 야스모리가 관여하고 있다는 사실만 뺀 나머지는 솔직하게 있는 그대로 털어놓았다. 그의 이야기에는 막힘이 없고 일의 순서에도 틀린 데가 없다. 오하쓰는 가끔 고개를 끄덕이면서 도쿠베의 품위 있는 얼굴을, 특히 눈을 응시하고 있었다.

그러던 사이에 기묘한 일이기는 하지만 느긋한 안도감을 느끼기 시작했다.

'이것은······.'

이런 일은 처음이 아니다. 모르는 사람을 만나 이야기를 하던 중에, 또는 얼굴만 보고도 그 사람이 갖고 있는 인품의 빛깔—냄새 따위가 오하쓰의 머릿속에 잠들어 있는 세 번째 눈에 보이기 시작하는 것이다.

오노야의 도쿠베는 소중한 것을 오랜 세월 동안 담아둘 수 있는 튼튼한 곳간 같은 사람으로 느껴졌다. 무거운 문을 힘껏 밀어 닫고 빗장을 지르고 자물쇠를 잠근—그때의 안도감. 오하쓰는 도쿠베라는 사람의 내면이 그렇게 보였다.

우쿄노스케가 혼자서 긴 이야기를 늘어놓는 동안 도쿠베는 꽃이 필 계절이 지나 푸르른 잎이 무성하게 우거져 있는 정원의 벽오동을 가끔 바라보며 잎이 반사하는 여름 햇빛이 눈부시기라도 하다는 듯이 눈을 가늘게 뜰 뿐, 그저 말없이 듣고만 있었다. 이런 태도도 어르신과 몹시 닮았다.

이야기를 마친 우쿄노스케는 살짝 숨을 헐떡이고 있었다. 뺨이 홍조를 띠고 있다. 미비한 데는 없었느냐는 듯이 오하쓰를 보았기 때문에 오하쓰는 작게 고개를 끄덕이고는 말했다.

"주인어른, 방금 대행수님께 안주인이 어떤 일로 마음을 다쳐 괴로워하고 계시지 않느냐고 말씀드린 것도 사실이에요. 어떻게 알았는지는 말씀드릴 수 없지만……."

도쿠베는 처음으로 엷게 미소를 지었다. "어떻게든 조사를 하셨겠지요."

듣기에 따라서는 부쿄소의 관리인 우쿄노스케와 오캇피키의 가족인 오하쓰에 대한 가벼운 모멸의 빛이 담겨 있는 말이었지만, 오하쓰는 그 말에 가슴을 폈다.

"예, 그렇습니다."

도쿠베는 눈 한 번 깜박일 정도의 짧은 시간 동안 오하쓰를 빤히 응시했다. 건방진 계집애라고 생각했을지도 모르지만 어차피 건방지다면 건방진 것, 한번 뽑은 칼을 그냥 얌전히 도로 넣을 수는 없다. 오하쓰는 머리를 바짝 쳐들고 도쿠베의 시선을 받아냈다.

그러자 도쿠베는 웃음을 띠었다. 이번에는 아까의 미소보다, 뒷박으로 재어서 두 배 정도나 되는 웃음이었다.

"재미있군요." 그는 말했다. 그러고는 참고 있던 숨을 내쉰 것처럼 긴 한숨을 쉬었다.

"아내 리에는 지금 기묘한 병에 걸려 있습니다."

목소리가 조금 낮아졌다. 도쿠베가 이 일로 고민하고 있다는 증거일 것이다.

"병은 몸을 해치지는 않는 모양이지만 마음을 다치게 하는 종류인 듯하여 저도 가게 사람들도 모두 계속 걱정하고 있지요……. 사실 한시도 마음을 놓을 수가 없습니다, 아가씨."

"오하쓰라고 불러 주셔요."

"그럼 오하쓰 씨." 오노야의 주인 도쿠베는 미소를 지으며 말을 이었다. "당신이 제 아내를 아신다면 짐작하시겠지만, 그 사람은 후처로 오노야에 들어왔습니다. 아이는 셋이지만 모두 리에가 낳은 아이는 아닙니다. 하지만 리에는 친자식과 똑같이, 아니, 그 이상의 애정을 쏟으며 키워 주었습니다. 지금도 막내딸이 공부를 하러 갔다가 돌아올 시간이니 막내를 돌봐 주고 있겠지요. 그렇지 않을 때는 가게에 나와서 여러분을 안내해 온 대행수와 둘이서 부지런히 장사를 합니다. 부지런하고, 참으로 흠잡을 데 없는 오노야의 안주인이며 제 아내이기도 한 여자입니다."

"그런 만큼 마음이 많이 아프시겠지요." 우쿄노스케가 말했다. "안주인께서는 어디가 어떻게 편찮으십니까?"

도쿠베는 고개를 들어 천장을 올려다보았다. "글쎄요……. 제 입으로 말씀드리기보다 눈으로 직접 보시는 게 좋을 것 같습니다. 아내가 아픈 것은—그것을 병이라고 부른다면 말입니다만—상태가 이상해지는 것은 반드시 밤이니까요."

"언제부터 시작된 일입니까?"

"생각해 보면," 도쿠베의 얼굴이 흐려졌다. "지금 이야기해 주신 기치지라는 남자가 죽었다가 되살아난 사건이 일어난 무렵부터인 것 같습니다."

오하쓰의 팔 위로 소름이 돋았다. 기치지의 몸을 빌려 처음으로 나이토 야스노스케의 영혼이 되살아났다. 마침 그와 비슷한 무렵부터 구십구 년 전 비극 속에서 죽어 간 사람의 피를 물려받은 리에라는 사람이 밤의 어둠 속에서 흐느껴 울게 되었다…….

"먼저 한 가지 드릴 말씀이 있습니다. 이것도 숙명 같은 이야기이긴 하지만 뭔가 도움이 될지도 모르지요."

도쿠베는 그렇게 말하며 나이에 비해서는 매끄러운 이마에 주름을 지었다.

"제 아내 리에는 서른다섯 살인데 열두 살 때까지는 이름이 리에가 아니었습니다. 마쓰—오마쓰라는 이름이었지요."

"예?" 오하쓰는 저도 모르게 소리를 지르고 말았다. "이름을 바꾼 건가요?"

"바꾼 것은 아니지만 본인이 그렇게 말했습니다. 내 이름은 오마쓰가 아니라 리에라고."

리에의 생가는 근방에서 오랫동안 장사를 해 온 상당히 유복한 비단 가게였다고 한다.

"그 사람은 외동딸이었습니다. 이 이야기도 리에가 시집올 때 함께 따라온 하녀 우두머리에게서 들은 것입니다. 본인은 그런 일이 있었다는 것조차 전혀 기억하지 못하는 모양이에요. 태어났을 때부터 자신의 이름은 리에였다고 생각하는 것 같으니까요."

열두 살 되던 해 봄, 리에―당시의 오마쓰는 갑자기 높은 열이 나 열흘 동안이나 생사를 헤맨 적이 있었다고 한다.

"의원도 원인을 전혀 알 수 없었고, 양친도 한때는 포기했을 정도였다고 합니다. 그런데 열하루째부터 거짓말처럼 열이 내리고 어린 딸이 반짝 눈을 뜨더라는군요. 눈은 맑았고 어디 하나 이상한 데가 없었어요. 주위 사람들이 기쁨의 눈물을 짓고 있는데……."

오마쓰는 손을 잡으며 이름을 부르는 아버지와 어머니에게 작은 입을 열어 이렇게 말했다.

"아버지, 어머니, 제 이름은 오마쓰가 아니라 리에예요. 아버지도 어머니도, 왜 그러세요?"

그 후로 아무리 타이르려고 해도 자신은 오마쓰가 아니라 리에라고 주장한다. 그밖에는 이렇다 할 이상한 점이 없었고 어릴 때의 일도 똑똑히 기억하고 있는데다 읽고 쓰기나 주산도, 그 무렵부터 솜씨가 있었던 바느질도, 어머니가 좋아해서 배우기 시작했던 샤미센도 전부 기억하고 있었다. 가게 고용살이 일꾼들의 이름도 다 알고 있었고 병으로 쓰러지기 전과 똑같이 누구에게나 차별 없이 밝게 행동했다…….

"곤란해진 양친은 한때 신사에 기도까지 하러 다닐 정도로 고민했답니다. 하지만 몇 번이나 말씀드렸다시피 이름에 집착하는 것 외에는 그때까지와 다른 점이 없었어요. 마침내 포기하고 리에라는 이름으로 바꿔 주었다고 합니다. 본인은 '리에'라고 부르면 '네에' 하고 대답하니 주위 사람들만 익숙해지면 되는 일이지요. 친척이나 다른 사람들에게는 큰 병에 걸렸기 때문에 액막이로 이름을 바꾼 거라고 설명했다는군요."

"비단 가게는 지금—."

도쿠베가 고개를 저었다. "리에가 제 후처로 들어온 지 얼마 안 되어 가게에서 죄인이 나오는 불상사가 있어서 말이지요. 막부에 몰수되고 말았습니다. 그 일이 원인이 되어 양친도 잇따라 돌아가시는 바람에 리에에게는 가족이 없습니다."

불행한 집안이다. 나이토 가의 하나뿐인 생존자인 갓난아기의 피를 물려받은 사람은 안주인 리에의 아버지일까, 어머니일까. 어느 쪽이건 죄인이 나오는 바람에 열심히 모아 온 재산을 빼앗기고 일가가 뿔뿔이 흩어지다니—참으로 불운한 집안이 아닌가.

"안주인 리에 씨는 분명히 열병에 대해서는 기억하지 못하시지요?"

다짐하듯이 물은 우쿄노스케에게 도쿠베는 고개를 끄덕였다.

"아무것도 기억하지 못합니다. 지금 그 사람이 밤이 되면 앓는 이상한 병에 대해서도 본인은 전혀 모르고 있습니다. 그러니 잠들어 있는 동안에만 걸리는 병—이라고나 해야 할까요."

"잠들어 있는 동안에……?"

"그렇습니다. 그래서 이 일은 가게 안에서도 극히 한정된 사람들밖에 모릅니다. 아이들에게도 알리지 않았을 정도입니다. 낮에는 아무런 이상도 없이 건강하니까요."

그때 처음으로 오노야의 도쿠베가 고개를 숙였다. 눈 밑에 드리워진 그늘에 그의 깊은 마음고생이 드러나 있어서 오하쓰는 마음이 아팠다.

밤이 되면 적절한 시간에 마중을 보내도록 하겠다는 약속을 받고 오하쓰와 우쿄노스케는 가게를 나섰다. 돌아올 때 대행수의 의심스러운 시선을 느끼면서 가게 앞을 둘러보다가 오하쓰는 환상에서 본 사람의 얼굴을 발견했다.

"우쿄노스케 님."

"음."

리에였다. 안주인 리에였다. 오하쓰가 본 환상은 틀림이 없었다.

하얀 뺨을 비스듬히 이쪽으로 향하고 손님을 상대하고 있다. 그녀가 웃으면 눈초리와 입가에 착하고 따뜻한 성격이 엿보이는 부드러운 주름이 새겨진다. 목소리도 밝고 듣기 좋다. 가게 앞의 소란 속에서 결코 크게 내지르는 것도 아닌데 금방 알아들을 수 있는 목소리.

"저 사람이……."

모든 일의 열쇠를 쥐고 있다.

9

오노야의 뒷문에 불빛이 하나 켜져 있다. 가까이 가 보니 낮에 만난 대행수가 들고 있는 촛대의 불빛이었다.

"이쪽으로 오십시오. 나리께서 기다리고 계십니다."

대행수가 들고 있는 불빛에만 의지해 어두운 복도를 나아간다. 막다른 곳에 있는 장지문을 열자 한 평 반 정도 되는 넓이의 곁방이었다. 어슴푸레한 방 안 맞은편에 또 다른 장지문이 있어 안쪽으로 다다미방이 있다는 사실을 알 수 있었다.

곁방에는 오노야의 주인 도쿠베가 혼자서 이쪽에 등을 돌리고 단정하게 앉아 있었다. 오하쓰와 우쿄노스케의 얼굴을 보자 눈짓으로 고개를 끄덕이고 대행수에게 신호해 물러가게 하더니 두 사람에게 손짓을 했다. "옆방이 집사람이 요즘 침소로 사용하는 방입니다."

그는 목소리를 낮추어 말했다.

"병이 시작된 후로 저와는 침소를 따로 쓰고 있고, 낮에 말씀드렸던 시집을 때 따라온 하녀 우두머리가 늘 옆에서 함께 자게 되었습니다. 특별히 아내에게 위험이 있지는 않으나 역시 신경이 쓰여서요."

한밤중을 넘긴 시간이어서 오노야의 넓은 저택 안에는 사람들의 조용한 잠을 깨울 만한 것은 무엇 하나 없었다. 오하쓰와 우쿄노스케는 숨을 죽이고 손바닥에 땀이 배는 것을 느끼면서 어깨를 나란히 하고 조용히 앉아 있었다.

'다무라 님의 저택에 밤이면 우는 돌의 소리를 들으러 갔을 때도 딱 이랬지……'

오하쓰는 멍하니 그런 생각을 하고 있었다. 그때—.

닫힌 장지문 너머에서 희미하게 옷 스치는 소리가 들려왔다.

도쿠베가 갑자기 등을 곧게 폈다. "시작된 모양입니다."

그는 조심스럽게 무릎으로 서서 조용히 장지문을 열었다. 맞은편의 다다미방은 여기보다 훨씬 넓었다. 방 한가운데에 자리가 두 개 나란히 깔려 있고, 연한 녹색의 모기장이 주위를 감싸고 있었다. 방의 네 모퉁이를 어둡게 물들이고 있는 여름밤의 숨 막히는 어둠 속에서 모기장 바로 밖에 켜져 있는 사방등 불빛 하나로 두 개의 이부자리가 보였다.

인에 여자 두 명이 이불 위에 앉아 있었다. 앞쪽에 있는 사람이 도쿠베의 아내 리에다. 그녀는 오른쪽 옆얼굴을 드러낸 상태로 눈을 감고 양손을 무릎에 얹은 채 살짝 고개를 숙이고 있었다.

또 한 명의 여자는 도쿠베가 말한 하녀 우두머리인 것 같았다. 탄탄한 몸집의 사십 대 여자로 리에를 지키듯이 그녀 바로 옆에 바싹 붙어 있다. 하녀 우두머리는 도쿠베 쪽을 힐끗 보고는 눈짓으로 고개를 끄덕였다. 오하쓰와 우쿄노스케의 모습을 보고도 놀라는 기색이 없다. 물론 그녀도 오늘 밤의 일을 사전에 들었기 때문이리라.

오하쓰는 스스로도 깨닫지 못하는 사이에 숨을 죽이고 있었던 모양이다. 숨이 차서 가만히 한숨을 쉬는 순간 심장이 격렬하게 두근거리기 시작했다.

"오하쓰 씨……."

괜찮으냐는 듯이 우쿄노스케가 작은 목소리로 말을 걸었다. 오하쓰는 입을 다문 채 고개를 끄덕이고 양손을 가슴 앞에서 마주잡았다.

이윽고 네 사람이 지켜보는 앞에서 리에가 조용히 흐느껴 울기 시작했다.

이상한 일이었다. 겉으로 보기에는 자고 있는 것 같은데 그녀는 눈물을 흘리며 울고 있다. 듣는 사람의 마음속에서 가장 여린 부분을 바늘로 찌르는 듯한 애처로운 흐느낌.

바라보고 있자니 리에는 오른손을 들어 눈물을 닦는 몸짓을 했다.

"여보……."

리에의 입에서 슬픈 속삭임이 새어나왔다. "여보, 제발 진정하세요. 제발 이제 그런 잔인한 짓은……."

도쿠베가 속삭였다. "매일 밤, 삼십 분 정도 이렇게 웁니다."

"늘 이런 말씀을 하십니까?" 우쿄노스케가 물었다.

"예, 늘 똑같습니다. '이제 잔인한 짓은 하지 말아 달라'는 말을. 그 후에는 그냥 저렇게 영혼이 닳아 없어질 것 같은 울음소리를 내다가 갑자기 실이 끊어진 인형처럼 다시 누워서 잠이 듭니다."

우쿄노스케가 천천히 고개를 저었다. 애도하는 것 같기도 하고 믿기 어렵다고 의아해하는 것처럼 보이기도 했다.

오하쓰는 계속 울고 있는 리에를 바라보며 이런 때에 이상한 마음을 품은 스스로를 어이없어하면서도 참 아름다운 사람이라고 생각하고 있었다. 이 사람의 먼 조상이며 구십구 년 전 역경 속에서 마음을 다쳐 광기에 빠져 죽어 간 나이토 야스노스케의 아내였던 리에도 이렇게 아름다운 사람이었을까. 그렇다면 야스노스케의 망념이 살아남아 이 세상에 머무르며 그녀를 계속 찾는 것도 무리는 아니라는 생각이 드는 것이었다.

가엾은 일이 틀림없다―그렇게 생각하며 눈가에 맺힌 눈물을 손가락 끝으로 닦았을 때 머릿속이 지끈 아파 왔다.

'왔다…….'

몸이 떨리기 시작했다. 식은땀이 송골송골 맺혔다가 식어 간다.

분명히 바로 옆에 있을 우쿄노스케나 오노야 도쿠베의 기척, 숨소리가 멀어지고 대신 열린 장지문 너머에 앉아 있는 리에의 모습이 갑자기 가까워진 것처럼 보인다.

지금 오하쓰의 눈에 비치는 리에는 리에가 아니다. 오노야의 안주인 리에가 아니다.

방금 전까지 보았던 리에는 얇은 여름용 잠옷을 입고 왼쪽 뺨 언저리에 귀밑머리를 몇 가닥 늘어뜨리고 있었다. 틀어 올린 머리가 누워 있을 때 느슨해졌기 때문일 것이다.

지금 오하쓰의 눈에 비치는 리에는 잠옷을 입고 있지 않았다. 동정이 다 해지고 소매 여기저기를 기운 빛 바랜 줄무늬 고소데를 입고 있다. 단정하게 틀어 올린 머리는 안주인 리에보다 자그마하고, 귀밑머리는 한 올도 보이지 않는다. 머리카락에 장신구는 없고 뺨에는 가루분을, 입술에는 연지를 바른 흔적도 없지만 눈이 번쩍 뜨일 만큼 아름답다.

오하쓰의 눈에 비치는 리에는 지금 조용히 눈을 떴다. 그리고 천천히 고개를 돌려 오하쓰를 보았다.

두 사람의 시선이 마주치자 오하쓰는 목소리를 빼앗긴 듯한 기분이 들었다. 놀라서가 아니다. 무서워서도 아니다. 아아, 이제야 만났구나, 이 사람이 내가 찾던 사람이다. 오히려 기쁨에 가까운 감정이다.

'나이토 야스노스케 님의 아내 되시는 리에 님이신가요?'

오하쓰는 마음속으로 물었다. 이 순간 다다미방에는 리에와 오하쓰 두 사람밖에 없었다. 다른 사람들의 모습은 사라지고 없었다.

주위 어둠 또한 여름밤의 어둠이 아니다. 모깃불 냄새도 사라졌다.

'그렇습니다.'

귀를 기울이지 않으면 알아들을 수 없을 정도로 작은 목소리가 오하쓰의 마음속에서 울렸다.

'저를 아시나요?'

오하쓰는 천천히 고개를 끄덕였다. '찾고 있었어요.'

오하쓰의 눈앞에 있는 리에의 모습이 살짝 흔들렸다. 순간 오노야의 침소 잠자리 위에 앉아 있는 안주인 리에의 모습이 아지랑이처럼 겹쳐 보이더니 다시 구십구 년 전 리에의 모습이 돌아왔다.

마치 촛불의 불꽃같다. 그러고 보니 구십구 년 전 리에의 모습은 후광을 받은 것처럼 흐릿하게 빛나고 있었다.

'저는 나이토 님과 당신에게 일어난 불행에 대해서 알고 있어요. 정말이지 가슴 아픈 일이라고 생각한답니다.'

오하쓰가 마음속으로 말하자 리에의 눈에서 또 눈물이 넘쳤다.

'당신과 두 아이—.'

리에는 흐느껴 울었다.

'슬픔이 가시지 않아서 당신의 혼이 아직 이 세상을 떠나지 못하고 머물러 있는 건가요?'

리에는 조용히 고개를 끄덕였다. '나이토의 혼이 이 세상에 돌아왔기 때문에 저도 돌아왔어요.'

'나이토 님은 구십구 년 전과 똑같은 비극을 되풀이하면서 당신을 찾고 계시는 거군요?'

리에는 한동안 말없이 눈물만 흘렸다. 세월도 치유하지 못하는 고통—떠도는 영혼의 고독을 생각하니 오하쓰도 할 말이 없었다.

'리에 님.'

오하쓰는 기력을 쥐어짜 내어 리에를 불렀다.

'당신의 아이와 같은 이름을 가진 두 아이가 되살아난 나이토 님 사령의 손에 목숨을 잃었어요.'

리에는 양손으로 얼굴을 덮었다. 오하쓰는 울음을 터뜨릴 뻔한 것을 참고 말을 이었다.

'리에 님, 당신과 나이토 님의 영혼을 저희가 구할 수 있을지 없을지도 솔직히 말씀드려서 확실하지 않아요. 그래도 최선을 다해 볼 수는 있겠지요.'

리에는 작게 고개를 끄덕였다. 또 눈물이 떨어졌다.

'그러니 가르쳐 주세요. 당신 일가를 덮친 슬픈 사건의 경위를. 당신이라면 저희에게 사정 이야기를 해 주실 수 있겠지요.'

리에는 당장 대답하지 않았다. 침묵하는 동안 그녀의 모습이 흔들렸다. 빛이 엷어졌다가 다시 강해지고, 다시 그늘지고, 그때마다 오노야의 안주인 리에의 모습이 보였다 사라졌다 한다.

이윽고 리에가 속삭이는 목소리로 대답했다.

'나이토가 개를 베는 바람에 떠돌이 무사의 신분이 된 후 저희 생활은 언덕길에서 굴러 떨어지듯이 나쁜 쪽으로만 계속 굴러갔어요.'

개라. 원래는 그것이 비극의 발단이었다. 오하쓰는 새삼 분노를 느꼈지만 조용히 고개를 끄덕이며 이야기를 재촉했다.

'나이토의—긍지 높고 의를 중시하는 사람이었던 나이토의 마음이 그런 생활 때문에 부서질 대로 부서져 갔음을 어리석은 저는 시

간이 아주 많이 지날 때까지 생각도 하지 못했지요.'

리에는 나이토 야스노스케가 범죄에 손을 댄 사실을 알아차리지 못했다.

'가끔 제게 갑자기 큰돈을 건넬 때도 있었지만 그럴 때는 늘 돈을 어떻게 마련했는지 그럴싸한 이유를 이야기해 주곤 했어요. 그러다가 나이토는 일을 하기 위해서 이편이 낫다면서 무사 복장을 버리고 상사람 옷차림으로 돌아다니게 되었지요. 저는 나이토가 부조리하게 쫓겨난 무사 생활을 전부 잊고 새롭게 살아가기로 결심했나 보다는 생각까지 하고 있었어요.'

오하쓰는 얄궂은 기분을 곱씹었다. 야스노스케가 상사람 같은 옷차림을 한 이유는 겉으로 보기에 위험한 분위기를 풍기는 떠돌이 무사 차림보다 서민 차림을 하는 편이 범죄의 희생자에게 접근하기 쉬웠기 때문일 것이다.

'그 무렵 시중에 몹시 잔혹한 수법으로 사람의 목숨과 금품을 빼앗는 강도가 나타났다는 소문은 저도 들어 알고 있었어요.'

리에는 고개를 숙인 채 말을 이었다.

'소문과 제 남편을 연결지어 보는 일은 제게는 생각도 할 수 없는 일이었지요.'

오하쓰의 눈에는 리에의 환상이 그 사실을 부끄러워하고 스스로를 탓하며 몸을 움츠리고 있는 것처럼 보였다.

'저의 그런 어리석은 마음의 평안이 깨진 것은 나이토가 떠돌이 무사가 된 지 벌써 일 년 정도 지났을 무렵의 일이었습니다.'

리에의 모습이 또 살짝 흐려진 것 같았다. 모기장이 바람에 흔들려서 그런 것 같기도 했지만 오하쓰의 뺨에는 여름밤의 미풍이 느껴지지 않았다.

'나이토가 제게 어느 주군을 모실 수 있는 길이 열렸다고 했어요.'

'주군을 모실 수 있는 길……'

'예. 그때의 나이토는 눈을 빛내고 있었습니다. 내 검술 실력으로 다시 인생을 개척히고야 말겠다. 아니, 일게 히터모토의 기신 정도가 아니라 그 이상의 출세도 바랄 수 있을 것 같다면서.'

나이토 야스노스케는 오랜만에 두 자루의 검을 차고 그가 말하는 '주군을 모실 수 있는 길'인지 뭔지를 위해 의기양양하게 나갔다고 한다. 그대로 며칠 동안 돌아오지 않았다. 돌아왔을 때에는…….

'나이토의 얼굴만 보고도 저는 주군을 모실 수 있다는 희망이 사라졌음을 알았어요. 그때 처음으로 남편의 마음이 부서져 있는 게 아닐까 하는 느낌이 들었습니다. 그 눈. 세상의 사악한 것을 전부 모아 썩혀서 만든 시커먼 기름이 남편의 눈 속에 고여 있는 것 같았어요. 시커먼 기름이 불꽃을 피우며 타올라 남편의 눈을 번들거리게 하는 것 같기도 했고요.'

무서웠어요—하고 리에가 중얼거렸다.

'그제야 저는 지금까지 시중에서 자주 일어나곤 했던 무참한 살인 사건과 남편의 행동을 연결지어 생각하게 되었어요.'

리에의 환상은 양팔로 자신의 몸을 껴안았다. 아마 구십구 년 전 처음으로 무서운 사실을 깨달았을 때도 그랬을 것이다.

'무서웠습니다. 남편이 그런 길로 내달리고 있다는 사실을 알고도 저는 아무것도 할 수 없었으니까요.'

'잘 알겠습니다.'

오하쓰는 마음을 가라앉히고 아지랑이처럼 흔들리는 리에의 모습을 응시하며 무릎걸음으로 앞으로 나섰다.

'리에 님. 나이토 님은 대체 어디에서 주군을 모실 길을 찾고 계셨던 걸까요.'

리에는 천천히 고개를 저었다.

'저는 모릅니다. 영주를 모시는 일이라 해도 적당한 사람이 중간에서 소개를 해 주는 것은 아닌 모양이었고……. 다만 나이토는 제법 자신이 있던 검술을 내세워서 모실 주군을 찾으려 했을 거라고 생각했어요.'

리에의 모습이 흐릿해졌다. 대신 이승에 사는 오노야 안주인인 리에의 잠옷을 걸친 모습이 연못 밑바닥에서 갑자기 떠오르는 잉어처럼 짙어졌다가 다시 엷어졌다.

'나이토가 어느 무사의 손에 죽은 것은 그로부터 보름쯤 후의 일입니다.'

리에의 뺨에 또 눈물이 흘렀다.

'밤중이었습니다. 얼굴에 튄 피를 뒤집어쓰고 기모노의 한쪽 소매가 찢어진 채 맨발에 상투를 흐트러뜨린 나이토가 도망치듯이 집으로 돌아왔어요. 그리고…… 미친 사람처럼…… 마치 사악한 귀신 형상으로…….'

리에의 목소리가 괴로운 듯 흐려졌다. 그녀의 고뇌가 전해져 옴에 따라, 오하쓰의 머리 깊은 곳에서 무언가로 얻어맞는 것 같은 둔하고 무거운 아픔이 퍼진다.

'두 아이와 당신을 베고 집에 불을 질렀나요……?'

리에는 고개를 푹 수그린 채 끄덕였다.

'그 뒤에서 나이토의 악귀 같은 짓을 멈추게 해 주신 분이 나이토를 쫓아오셨어요.'

리에는 다시 손으로 얼굴을 덮었다.

'목숨이 끊어지기 직전이었던 제 눈에는 나이토가 목숨을 잃는 모습도 나이토를 벌하신 것이 어떤 분이었는지도 확실하게는 보이지 않았어요. 게다가 저는 아이들이 마음에 걸려서―특히 이제 갓 태어난 아기가요. 제 마음을 알아차려 주셨는지 나이토를 벤 그분은 저와 두 아이를 불꽃에서 데리고 나가 이제 목숨이 다해 가는 제게 아기는 무사하다고 말해 주셨어요.'

오하쓰는 양손을 움켜쥐고 정신없이 리에의 목소리를 들었다.

'그분은 저와 두 아이에게 정말 미안하게 되었다며 마음 아파해 주셨어요. 생명의 불꽃이 꺼지기 직전이었던 제 귀에는 그분의 목소리도 잘 들리지 않았지만…….'

'그분은 나이토 님을 잘 아시는 분이었을까요?'

리에는 고개를 저었다.

'그런 것 같지는 않아요.' 대답하는 목소리가 힘을 잃고 모습이 다시 흐릿해졌다. 점점 흐려져 간다. 오하쓰는 다급하게 리에를 부른 탓에 오히려 마음이 흐트러져 리에의 모습이 갑자기 잘 보이지 않게 되었다. 목소리도 점점 멀어져 간다.

'부디…….'

'리에 님!'

'부디 나이토의 영혼을 구해주세요. 저희의 가엾은 영혼에 평안을…….'

눈물 어린 호소를 남기고 구십구 년 전 비극 속에서 죽어 간 환상 속 리에의 모습은 사라졌다.

오하쓰는 어둠 속에 혼자 남았다.

"기분은 좀 어떠십니까, 오하쓰 씨."

일동은 안주인 리에의 침소를 떠나 낮에 찾아왔을 때 안내되었던 다다미방으로 옮긴 후였다. 사방등의 불빛 아래에서 보는 오노야 주인 도쿠베의 얼굴은 양초의 밀랍 같은 색깔로 보였다.

오하쓰는 자신이 보고 들은 것을 알기 쉽고 자세하게 되풀이해서 이야기했다. 도쿠베도 우쿄노스케도 오하쓰가 말하는 동안에는 한마디도 끼어들지 않았다.

오하쓰가 이야기를 마치자 도쿠베가 한숨을 한 번 쉬고는 얼굴을 들었다.

"저는 못 믿겠습니다."

당연한 일이라고 오하쓰도 생각한다.

"앞으로 어떻게 하면 된다는 말이지요?"

도쿠베의 중얼거림에 오하쓰는 고개를 떨어뜨렸다.

"지금은 아무것도……. 저도 대체 어떻게 해야 할지 짐작도 가지 않아요."

우쿄노스케도 입을 다물고 있었다. 다만 그의 침묵은 도쿠베의 당혹스러운 침묵과는 다른 느낌이었다. 마치 산학의 유제를 풀려고 할 때처럼 깊이 자신의 내면으로 들어가 머리만 움직이고 있는 것처럼 보였다.

"아내의 조상—오하쓰 씨가 보았다는 리에라는 여성은 제 아내의 증조모의 어머니에 해당하는 사람인 셈이지요?"

도쿠베가 확인하듯이 물었다.

"예, 그렇게 되지요."

도쿠베는 잠시 동안 망설이는 것처럼 방바닥에 시선을 떨어뜨린 채 생각에 잠겨 있다가 이윽고 불쑥 일어나더니 방을 나갔다. 돌아왔을 때는 손에 무언가를 소중하게 들고 있었다.

"실례했습니다. 이 물건을 좀 보아 주시겠습니까?"

자리로 돌아오자 도쿠베는 그렇게 말하면서 손에 든 것을 오하쓰와 우쿄노스케 앞으로 내밀었다. 보라색 비단보에 싸인 뭔가 묵직한 물건이었다.

"아내가 어릴 때부터 부적처럼 지니고 있던 물건입니다."

도쿠베는 비단보를 들어 올리더니 꾸러미를 풀었다. 사방 다섯 치 정도 되는 크기의 새까만 천 같은 것이 나타났다.

자세히 살펴보던 우쿄노스케가 앗 하며 말했다. "미늘 갑옷이 아닙니까?"

"미늘 갑옷?"

"전쟁 때 입는 갑옷 종류입니다."

오하쓰는 그것을 집어 들었다. 묵직하니 무겁다. 게다가 꽤 오래된 물건이다. 쇠사슬의 일부가 일그러져 끊어지려고 하는 것은 실제로 과거 전쟁터에서 사용되었기 때문일까.

"하녀 우두머리의 이야기로는 아내는 시집올 때도 이것을 소중하게 들고 왔다고 합니다."

여기서 도쿠베는 다다미방 입구의 장지문 쪽으로 시선을 돌렸다. 오하쓰는 놀랐다. 어느새 소리도 없이 하녀 우두머리가 거기에 와서 단정하게 정좌하고 있었기 때문이다.

"그 일에 대해선 제가 잘 압니다."

하녀 우두머리가 처음으로 입을 열었다. 쉬기는 했지만 다른 사람의 의지가 되어 주는 데 익숙한 사람 특유의 강하고 부드러운 목소리였다.

"마님의 외가 쪽에는 이 미늘 갑옷을 소중히 간직하라는 말이 전해져 내려옵니다. 마님의 증조할머님은 갓난아기 때 부모님을 여의시고—."

그렇다, 그 아이가 나이토 야스노스케와 리에의 딸, 살아남은 단 한 명의 아기니까.

"그 지방 촌장의 집에서 자라셨다고 합니다. 미늘 갑옷도 당시의 것인데……."

하녀 우두머리는 똑바로 오하쓰를 바라보며 말했다.

"갓난아기였던 증조할머님이 촌장의 집에 맡겨진 지 얼마 안 되어 눈이 흩날리는 어느 날 아침의 일이었다고 합니다. 얼마간의 돈이 이 미늘 갑옷에 싸여 촌장 댁 앞에 놓여 있었다는군요."

"하하!" 우쿄노스케가 엉뚱한 소리를 질렀다. 오하쓰는 깜짝 놀라서 펄쩍 뛰어오를 뻔했지만 우쿄노스케는 얼굴에 홍조를 띠고 미늘 갑옷을 바라볼 뿐 오하쓰에게 눈길도 주려고 하지 않는다. 그러다가 "미늘 갑옷이라—" 하고 신음하듯이 말하고는 다시 하녀 우두머리를 쳐다보더니 매달리듯이 물었다.

"촌장 댁은 지금도 남아 있소? 당시의 일을 기억하고 있고 이야기해 줄 만한 분은 없을까요?"

어지간한 하녀 우두머리에게도 곤란한 질문이었던 모양이다. "글쎄요……. 어쨌거나 마님의 증조할머님 때의 일이니까요. 촌장 댁 자체는 남아 있더라도 당시의 일을 누가 기억하고 있을지."

도쿠베도 고개를 끄덕였다. "만일 미늘 갑옷에 얽힌 일화가 좀 더 자세히 남아 있다면 다름 아닌 리에가 들었겠지요. 들었다면 제게 이야기해 주었을 겁니다."

"음." 우쿄노스케는 어깨를 축 늘어뜨렸다.

"지금 해 주신 이야기를 듣고 생각하자면 돈도 미늘 갑옷도 나이토 야스노스케를 베었다는 인물이 가져다주었을 것 같은데요."

도쿠베의 말에 오하쓰는 고개를 끄덕였다. "네, 아마 그럴 거예요."

"우쿄노스케 님."

오하쓰가 부르자 그는 어딘가 초점이 맞지 않는 눈을 들어 오하쓰의 얼굴을 마주 보았고 진심으로 유감스럽다는 듯이 중얼거렸다.

"저는 나이토 야스노스케를 벤 떠돌이 무사가 누구인지 알 듯한 기분이 듭니다. 하지만 이름은 모르겠어요. 아니, 이게 맞는지 틀린지도 모르겠습니다."

당장이라도 머리를 끌어안고 웅크리며 신음소리라도 낼 듯한 모습이다.

"우쿄노스케 님……."

오노야의 도쿠베도 불안한 얼굴로 우쿄노스케를 지켜보고 있다.

"왠지 아내뿐만 아니라 저도 앓아눕게 될 듯한 기분이 드는군요."

도쿠베는 심약한 말투로 중얼거리고 무거워 보이는 미늘 갑옷 자투리를 들어 올려 손으로 감쌌다.

"이런 물건이 말을 해 준다면 얼마나 좋을까요. 그러면 아무리 옛날의 일이라도 당장 자세히 알 수 있을 텐데."

그 말이 오하쓰의 눈을 뜨이게 해 주었다.

"주인어른, 부탁이 있습니다. 미늘 갑옷을 잠시 동안 제게 좀 맡겨 주시면 안 될까요?"

도쿠베는 놀란 얼굴을 하더니 순간 미늘 갑옷을 꽉 움켜쥔다.

"이것을?"

"예. 잠시 동안이면 돼요. 어쩌면 미늘 갑옷이 제게 무언가 보여 줄지도 모른다는 생각이 들어요. 물론 아주 소중하게 다루겠습니다. 허락해 주실 수 없을까요?"

하녀 우두머리는 노골적으로 나무라는 얼굴을 했다. 도쿠베는 망설이며 미간을 찌푸렸다. 하지만 잠시 후 "그러시지요" 하며 오하쓰의 손에 미늘 갑옷을 건네주었다.

"단, 모쪼록 소중히 다뤄 주십시오."

오하쓰는 미늘 갑옷을 받아 들고 다른 어느 곳보다 소중히 다룰 수 있는 곳—자신의 심장 바로 앞가슴에 밀어 넣었다.

"여기에 넣어 둘게요. 미늘 갑옷 자투리가 뭔가 보여 주기를 열심히 기원해 보겠어요."

우쿄노스케가 오하쓰를 바라보고 있었다. 오하쓰는 가슴에 손을 대고 미늘 갑옷 자투리의 무게를 직접 느꼈다.

도코지 절의 선대 주지가 했던 말을 떠올리고 있었다. 나이토 야스노스케를 벤 사람은 역시 야스노스케와 마찬가지로 불운하게 파직된 떠돌이 무사였다고.

"우쿄노스케 님, 이것을 남긴 분이 제가 다무라 저택에서 본 그분이겠지요?"

숨을 죽인 오하쓰의 물음에 우쿄노스케는 크게 고개를 끄덕였다.

"아마 틀림없을 겁니다."

오하쓰의 눈에 젊은 무사의 모습이 되살아났다. 소리를 내며 움직이는 바위와 그때 본 환상. 마음에 걸려 견딜 수 없다는 듯이 '리에 님' 하고 부르던 목소리.

그것은 누구였을까.

10

행정 부교소의 하녀 오마쓰는 밤이 깊은 시간에 갑자기 찾아온 오하쓰와 우쿄노스케의 얼굴을 보고도 그다지 당황한 기색을 보이지 않았다. 두 사람을 늘 가는 다다미방으로 안내하고는 가볍게 일어서서 모습을 감추었다.

시간이 시간이다 보니 다소 기다려야 했지만 이윽고 모습을 나타낸 야스모리는 방금 전까지 집무실에서 정무를 보고 있었던 것 같은 분위기로, 당연히 졸린 표정은 조금도 떠올라 있지 않았다.

"뭔가 움직임이 있었던 모양이군."

평소와 같은 온화한 목소리로 말하면서 옷자락을 털며 앉은 부교에게 오하쓰는 우선 갑작스럽게 방문한 무례를 정중하게 사과하고 나서 이야기를 시작했다. 도중에 미늘 갑옷 자투리도 꺼내어 보여 주고 크고 작은 일 모두 자세히 이야기했다.

"오노야의 주인 도쿠베는 네 이야기를 듣고 많이 놀랐겠구나."

미소를 띠며 듣고 있던 부교는 이야기가 일단락되자 우선 그렇게 말했다.

"못 믿겠다고 하더군요."

"그 후에는 어쩌겠다고 하더냐?"

"리에 님에게 위험한 일이 일어나지 않도록 충분히 신경을 쓰겠다고 약속해 주셨어요. 하지만 리에 님 본인은 낮 동안에는 예전과 전혀 달라진 점이 없는 안주인 모습 그대로라 힘든 부분도 있다고요. 감옥 방에 가두어 둘 수도 없으니까요."

"가엾게 되었구나."

안됐다는 듯이 가볍게 고개를 젓고 부교는 손을 뻗어 미늘 갑옷 자투리를 들더니 물끄러미 바라보았다. 부교는 우쿄노스케 쪽을 돌아보았다.

"자, 다음은 자네 차례일세. 이야기를 해 보게, 우쿄노스케."

오하쓰도 고개를 끄덕이며 우쿄노스케를 보았다. 그는 얼굴을 붉히며 작게 헛기침을 한 번 했다. "저도 처음에는 두 아이가 그렇게 잔인하게 살해된 일과 아사노 가와 기라 가를 둘러싼 백 년 전의 사건이 대체 어떻게 연결되어 있는지 짐작도 할 수 없었습니다."

"저는 지금도 짐작이 가지 않아요. 전혀."

행정 부교소를 찾아오는 길에 오하쓰가 아무리 물어도 우쿄노스케는 부교님께 말씀드리고 의견을 들을 때까지는 이야기할 수 없다며 거절했다. 오하쓰는 조금 화가 났다.

우쿄노스케는 미안한 듯 목을 움츠리며 인경 밑에서 실피듯이 오하쓰의 얼굴을 쳐다보았다. "그렇게 토라지지 마십시오, 오하쓰 씨."

노부교는 웃음을 참고 있다. "지금은 그것을 알게 되었다는 뜻이겠지?"

"예." 우쿄노스케는 자세를 단정하게 했다.

"손으로 더듬으며 나아가다가 겨우 단서를 발견한 것은 오하쓰 씨에게서 오센의 시체가 버려진 마루야도 스케고로가 일하고 있는 목욕탕도 나가지네 집인 조림 가게도 모두 예전에 기라 가나 아사노 가에 드나들었거나 관련이 있었던 집이라는 사실을 들었을 때입니다. 로쿠조 씨도 말씀하셨던 모양이더군요. 어린아이를 계속해서 잔인하게 살해하며 '리에'라는 이름에 집착을 안고 이 세상으로 돌아온 사령은 아사노와 기라 모두에게 원한을 품고 있는 것 같다고요."

"그런 사람이 있을 리 없어요." 하고 오하쓰는 말했다. "아사노와 기라는 서로 적인걸요."

"그렇지요." 우쿄노스케는 고개를 끄덕이고 부교의 얼굴을 올려다보았다. "그 후 도코지 절의 선대 주지 스님의 이야기를 듣고 사령이 나이토 야스노스케라는 무사의 영혼이라는 사실과 그의 일가를 덮친 비극에 대해서도 알게 되었습니다."

"왜 백 년이 지난 지금에 와서 사령이 되살아났는가 하는 이유도 알았겠군." 부교가 말했다.

"예. 그렇게 되면 오하쓰 씨가 다무라 저택에서 본 것—살인 사건이 일어남과 때를 같이 하여, 마치 우리에게 경고하며 나이토 야스노스케의 소행을 막아 달라고 호소하듯이 시작된 다무라 저택의 움직이는 정원석과 그 옆에 서 있던 젊은 떠돌이 무사의 환상—의 의미는 이제 분명하겠지요. 환상 속의 젊은 무사가 바로 백 년 전, 광기에 사로잡혀 닥치는 대로 사람을 죽이던 나이토 야스노스케의 정체를 꿰뚫어 보고 그를 단죄하였으며 그의 아내와 아이들을 걱정해 주었다는 인물. 야스노스케가 지른 불에서 다 죽어 가던 리에 님을 구해 내고 미안하게 되었다며 사과했다는 인물입니다."

"네, 네, 그건 알겠어요." 오하쓰는 초조해졌다. "하지만 그게 누구인지—."

"그렇지요. 떠돌이 무사는 누구인가, 그의 정체는."

"음." 부교는 깊이 고개를 끄덕였다. "우쿄노스케, 자네는 어찌 생각했나?"

우쿄노스케는 뺨을 붉혔다. "오하쓰 씨의 힘으로 리에 님의 이야기를 듣게 되었을 때 저는 생각했습니다."

"그 이야기를 듣고요?"

"그렇습니다, 오하쓰 씨." 우쿄노스케는 미소를 지었다. "이야기에 이런 대목이 있었지요. 한때 나이토 야스노스케가 몹시 들떠서 주군을 모실 길이 열렸다, 일개 하타모토의 가신에 그치지 않고 더 큰 출세를 할 수 있을지도 모른다, 자신의 검술 실력으로—라는 이야기를 했다는."

"네, 그랬지요."

"오하쓰 씨, 생각해 보십시오. 그 무렵―한껏 영화를 누리던 겐로쿠 시대의 일입니다. 이미 무사가 검술 실력만으로는 관직에 오를 수 없게 되었던 무렵이지요. 주신구라에서는 완전히 악역으로 묘사되고 있지만, 아코 번에는 오노 구로베라는 가로家老가 있었습니다. 이 사람은 번의 안채와 살림살이를 맡고 있었는데, 그쪽 방면에서 상당한 힘을 발휘했던 사람이었습니다. 여러 다이묘들의 가신 사이에서도 그런 무사가 중용되는 흐름이 생겨나고 있었지요. 하물며 에도의 어디에 나이토 야스노스케가 검술 실력 하나로 출세를 바랄 수 있는 일터가 있었을까요. 결과적으로는 허무한 바람으로 끝났다지만 한때라도 야스노스케가 그런 꿈을 품을 수 있었던 곳이."

오하쓰는 당혹스러워져 도움을 청하듯 어르신의 얼굴을 보았다.

부교는 웃음을 띠며 부드럽게 말했다. "주신구라의 줄거리를 떠올려 보도록 해라. 서둘러 실력 있는 무사를 구하던 곳이 있지 않았더냐."

눈앞이 확 밝아졌다. 오하쓰는 저도 모르게 큰 소리로 말했다.

"기라 님의 저택이군요!"

우쿄노스케는 눈을 빛내며 말을 이었다. "그렇습니다. 항간에 전해지는 정도는 아니지만 분명히 기라 님은 혼조로 저택을 옮기라는 명을 받고 만에 하나의 사태에 대비해 가신의 수를 늘리려고 했어요. 분명히 기록에도 남아 있습니다. 물론 떠돌이 무사를 그냥 모으던 것이 아니라 정식으로 고용하려고 했겠지요. 그 상황에서 중요했던 능력은 역시 검술 실력이었을 겁니다."

"나이토 야스노스케는 며칠 만에 돌아와 버렸잖아요. 그럼 고용되지 못했다는 뜻이겠지요."

"세력을 늘려서 저택의 방비를 단단히 하기 위해 아무리 서두르고 있었다 해도, 기라 님 역시 미친개는 필요 없었고 미친개를 파수견으로 삼을 만큼 어리석은 집안은 아니었다는 뜻일 테지, 오하쓰."

부교의 말에 오하쓰는 새삼 눈을 크게 떴다.

"저도 그렇게 생각합니다, 오하쓰 씨." 우쿄노스케가 고개를 끄덕였다. "나이토 야스노스케는 기라 저택에서 쫓겨났습니다. 그때 팽팽하게 당겨져 있던 광기의 실이 마침내 끊어지고 말았지요."

"기라 님은 아셨던 걸까요."

"아셨겠지요, 야스노스케의 광기를. 물론 기라 님이 직접 나이토 야스노스케를 만나지는 않았을 겁니다. 전해지는 바에 따르면 아사노의 동향을 살피면서 별저의 방비를 단단히 하고자 정성을 기울였던 자는 고바야시 헤이하치로라는 가로였다고 합니다. 이 인물은 상당한 검의 명수이기도 했던 모양이니 같은 검을 쥔 사람으로서 그 정도의 보는 눈은 갖추고 있었을 겁니다."

생각도 하지 못했던 진행에 오하쓰는 양손으로 뺨을 눌렀다. 차갑다.

"그런 것이었다니……."

"물론 추측입니다. 이야기와 이야기를 짜 맞추어 제 머릿속에서 만들어낸 수수께끼 풀이에 지나지 않아요."

"앞뒤는 맞잖아요? 그러면 나이토 야스노스케의 광기를 꿰뚫어

보고 그를 벤 자는 기라 님 저택의 누군가라는 뜻이 되는군요."

말을 하다 말고 오하쓰는 입을 다물었다. 아니, 맞지 않는다. 그러면 앞뒤가 맞지 않는다.

"우쿄노스케 님, 지금 하신 이야기가 맞다면 나이토 야스노스케는 기라 님에 대한 원한은 품고 있었을지 몰라도 아사노 님과는 상관이 없었을 텐데요. 오히려 기라 님을 몰락시켜 준 이코 무시들에게 감사해야 했을 정도예요."

우쿄노스케가 다시 부교의 얼굴을 올려다보는 것을 알아채고 부교도 기다리고 있었다는 듯이 부드러운 어투로 말했다.

"우쿄노스케 자네는 그 부분을 어떻게 생각하나?"

"저도 오하쓰 씨와 똑같은 생각이 들어 알 수 없게 되었습니다."

지극히 정직한 말투였다. 그는 곤란한 듯 눈썹을 축 늘어뜨렸다.

"하지만 머릿속에서 짜 맞춘 이 생각에는 틀림이 없을 것 같습니다. 그럼 아사노는 상관이 없는 것인가 하는 생각도 들었습니다."

"하지만." 노부교는 즐거운 기색으로 다음 말을 재촉했다. "그 후에 그렇지 않다는 사실을 말해 주는 물건이 나왔지?"

"예, 미늘 갑옷이."

"이것은 아코 번의 떠돌이 무사들이 습격을 벌였을 때 몸에 걸친 갑옷이니 말일세. 그렇지?"

"이 미늘 갑옷이?"

오하쓰는 새삼 미늘 갑옷을 바라보았다. 우쿄노스케가 미늘 갑옷을 집어 들었다.

"그렇습니다, 오하쓰 씨. 소방복을 입고 있었다는 것은 어디까지나 연극에서의 얘기예요. 백 년 전의 습격이 있던 날 밤, 아코 무사들은 미늘 갑옷, 미늘 모모히키, 검은 솜옷을 입고 있었다고 알고 있습니다. 오노야의 리에 님이 대대로 부적처럼 소중히 여겨 왔다는, 격렬한 싸움의 흔적이 분명히 남아 있는 미늘 갑옷 자투리는 틀림없이 아코 무사의 것입니다."

오하쓰는 머리를 끌어안았다. "그럼 혼자 살아남은 아기를 걱정해서 나중에 미늘 갑옷 자투리에 돈을 싸 보낸 자는 아사노의 가신?"

"그렇습니다. 바로 그거예요. 일부러 미늘 갑옷에 돈을 쌌다는 것이 무엇보다 확실한 증거입니다. 그는 야스노스케를 베었을 때는 신분을 밝힐 수 없었어요. 그래서 주군의 원수를 갚은 후에 이런 형태로 이름을 댄 것입니다. 아마 다른 사람에게 부탁해서 가져다주게 했겠지만요. 오하쓰 씨가 다무라 저택에서 본 환상의 남자는 아코 무사 중 한 명이었습니다. 그렇게 생각할 수밖에 없어요."

"그렇다면 나이토 야스노스케를 벤 사람도 그분이라는 뜻이 되는 거지요? 대체 그분은 어디에서 어떻게 나이토 야스노스케를 알고 그가 광기에 미쳐 닥치는 대로 사람을 죽이고 있다는 것을 알았을까요."

우쿄노스케는 입을 다물었다.

"거기서 막힌 게로군." 부교가 거들어 주었다.

"여기서부터는 더욱 억측에 억측을 거듭하게 될 것 같습니다."

"음." 부교는 고개를 끄덕였다. "어차피 추측하는 것밖에 방법이 없겠지. 시간을 되돌려 확인할 수는 없는 일이니 말일세."

우쿄노스케는 크게 숨을 내쉬고는 얼굴을 들었다. "당시 오이시

님을 필두로 습격 대책을 착착 세워 가며 때를 기다리던 아코 무사들은 여러 가지 방법으로 기라의 동향을 알아내려고 했음이 틀림없습니다. 연극에 나오는 일화는 없었을지 몰라도 모든 방법을 동원했을 겁니다. 그러던 차에 저택을 옮기게 된 기라 가에서 가신을 늘리려고 사람을 모집한다는 말을 들었다면—저라면—제가 만일 오이시 님의 입장이었다면—그것도 이용하려고 했을 것 같습니다."

어머나, 하고 오하쓰는 말했다. "아코 무사 중 누군가가 나이토 야스노스케와 마찬가지로 떠돌이 무사인 척하면서 기라 님을 정탐하기 위해 숨어들어 갔다는 건가요?"

"그렇습니다. 그때 야스노스케를 보았지요. 그와 그의 광기를—일상적으로 사람을 베어 죽이는 자의 살기를. 에도 시내에 깊이 숨어들어가 때를 노리고 있던 그들 아코 무사라면 에도를 떠들썩하게 하고 사람들을 두려움에 떨게 했던 살인자의 존재와 야스노스케를 연결 짓기는 쉬운 일이 아니었을까 합니다."

억측, 완전한 억측입니다. 우쿄노스케는 강하게 고개를 저었다.

"증거는 없습니다. 다만 미늘 갑옷만 보자면 나이토 야스노스케의 악행을 막고 그의 아내 리에에게 사과했으며 남겨진 아기를 걱정해 준 사람은 기라 저택을 습격한 아코 무사 중 누군가라고 생각할 수밖에 없습니다."

저울에 올려놓고 달 수 있을 만큼 묵직한 침묵이 한동안 흘렀다. 적어도 오하쓰의 어깨에는 침묵이 느껴졌다.

이래서—이러니까 우쿄노스케 님도 가슴을 펴고 내게 수수께끼 풀이를 들려줄 수 없었던 거구나, 하고 생각했다. 어르신께 들려 드리고 싶었던 이유는 이 때문이었다.

당사자인 노부교는 우쿄노스케의 심경을 알아차렸는지 알아차리지 못했는지 태연한 얼굴을 하고 하얗게 샌 턱수염이 드문드문 눈에 띄는 턱을 긁적이고 있다. 그러고 보니 이미 한밤중이었다. 아침에 깎은 어르신의 수염이 길어진 모습을 보니—.

"만일 내가 중요한 일을 앞둔 아코 무사 중 한 명이었다면······."

천천히, 눈은 여전히 다른 곳을 향한 채 느긋하게 턱을 긁으며 부교가 천천히 입을 열었다. 우쿄노스케는 얼굴을 번쩍 들었다.

"정탐을 위해 떠돌이 무사로 가장해서 기라 저택에 숨어들어갔다가 시중을 떠들썩하게 하는 잔인한 무차별 살인을 저지르고 있는 것으로 여겨지는 남자를 만났다면······."

"만났다면?"

"내버려둘 걸세." 부교는 그렇게 말하며 싱긋 웃었다.

"그런 위험한 남자의 일에 끼어들었다가 거사를 치르기도 전에 목숨을 잃게 된다면 큰일이니 말일세. 무엇보다 무차별 살인 소동 같은 데 끼어들었다가 부교소의 주목을 받게 되는 바람에 습격 계획 자체에 지장을 초래하게 된다면 그것이야말로 동료들을 볼 낯이 없지 않겠는가. 때가 때이니만큼 아무리 사과해도 모자랄 지경이지. 일이 일어난 것은 도코지 절에 계신 스님의 이야기에 따르면 겐로쿠 15년 십일월 말이라고 했지? 거사가 목전이었네. 아무리 조심해도 지나치지 않지."

우쿄노스케는 힘없이 고개를 떨어뜨렸다.

"하지만." 부교는 말을 이었다. 더 이상 느긋한 표정이 아니었다.

"심정적으로는 차마 못 보겠다고 생각했겠지."

"무차별 살인을 내버려둘 수는 없다는 뜻이지요?"

오하쓰의 물음에 부교는 고개를 갸웃거렸다.

"그렇기도 하지만 그 이상의 마음이 있음직한 기분도 드는구나."

부교는 천천히 앉은 자세를 고쳤다.

"나는 『미미부쿠로』를 쓰면서 두세 명의 떠돌이 무사들을 알게 되어 그들의 이야기를 자주 듣곤 하는데―조만간 오하쓰 네게도 소개해 주마, 재미있는 이야기를 해 줄 게다―그들에게 물어보니 연줄을 이용해 관직의 길을 찾아다니다 보면 비슷한 처지에 있는 많은 떠돌이 무사들을 만나게 되고, 서로 신상 이야기를 하거나 울분을 털어놓거나 때로는 서로 경쟁하기도 하고 또 때로는 상대방을 속이기도 하는 등 여러 가지 일이 있다고 한다."

있을 법한 일이다. 무사님도 사람은 사람이니까.

"그것을 바탕으로 생각하면 만일 내가 아코의 옛 가신이고 기라 저택에 고용되려는 나이토 야스노스케를 만났다면 그의 신상에 대해 알 기회도 있었을 것 같구나. 기라의 가신들이 싫어할 정도로 수상쩍고 위험한 냄새를 풍기는 떠돌이 무사이니 말이다. 신경도 쓰이고 흥미도 생겼을지 모르지."

분명히 그렇다. 오하쓰는 고개를 끄덕였다.

"개를 베어 죽인 일 때문에 파직되어 떠돌이 신세가 되었다는 그의 처지를 알고, 그가 마음에 병을 앓고 있다는 것까지 꿰뚫어보았다면 나―아사노의 옛 가신이자 거사를 앞두고 있는 몸인 나는 내버려둘 수 없다고 결심할 것 같구나."

"어째서입니까?" 우쿄노스케가 날카롭게 물었다. "나이토 야스노스케의 처지를 알면 왜 내버려둘 수 없다고 생각한단 말입니까?"
"같은 입장에 있는 사람이기 때문일세."
"같은 입장?"
"그렇지 않은가. 나이토 야스노스케가 빈궁한 처지가 된 까닭은 개를 베었기 때문이 아닌가. 왜 그게 죄가 되었지? '살아 있는 것을 가엾게 여기라는 법' 같은 천하의 악법이 있었기 때문 아닌가."
"아사노의 옛 가신도," 우쿄노스케가 눈이 번쩍 뜨였다는 듯한 얼굴로 말했다. "원래는 정신 이상인 주군을 막부가 정신 이상으로 인정해 주지 않았기 때문에 기라를 습격하여 원래 같으면 충의라고도 할 수 없는 충의를 지켜야 하는 처지로 내몰린 사람들이었지요―."
오하쓰는 다시 떠올렸다. 도코지 절의 선대 주지는 말했다―나이토 야스노스케를 벤 자는 그 자신도 마음을 독하게 먹어야 하는 처지에 있던 사람이었다고.
"같은 입장에 있으니 더더욱 내버려둘 수 없지. 더 비참하게 생각되고 더 화도 났을 걸세. 그렇지 않은가? 나는 그렇게 생각하네. 나라면 그렇게 생각했을 거야."
오하쓰는 충의나 주군의 원한이라는 말은 잘 모른다. 하지만 어르신이 지금 하시는 말씀의 의미는 알 듯한 기분이 들었다.
다만―.
"어르신은 아까 큰일을 앞두고 있으니 내버려두었을 거라고 말씀하셨는데요."
"그렇지, 큰일이 목전에 있다. 그러니 나는 엄청나게 번민할 게야."

부교는 뒤틀리고 괴로운 마음을 나타내듯이 뼈가 불거진 두 손을 세게 움켜쥐었다.

"나이토 야스노스케가 기라 저택에서 쫓겨나 리에에게 돌아간 후 정체를 알 수 없는 떠돌이 무사의 칼에 베여 목숨을 잃기까지 보름이라는 시간이 있지 않았더냐. 그 보름이 떠돌이 무사가 번민한 기간이었다고 생각할 수는 없을까?"

우쿄노스케가 "아아" 하고 한숨 같은 목소리를 냈다.

"번민하면서 그는 나이토의 아내 리에나 아이들의 상황도 살피고 있었을지 모르지. 오하쓰 네가 본 환상의 남자가 마음에 걸려 견딜 수 없다는 듯이 리에의 이름을 불렀던 것을 생각하면 그의 심중이 짐작되지 않느냐? 어쩌면 그 떠돌이 무사, 아코의 무사 중 한 명이었던 그도 대의를 이루기 위해 아내나 자식과 인연을 끊은 처지였을지도 모르지. 홀몸이었을지도 모르고. 어쨌거나 그는 깊은 동정을 느꼈을 게다. 리에에게도, 아이들에게도, 어떤 의미로는 나이토 야스노스케에게도."

동정심을 느꼈기 때문에 더욱 내버려둘 수는 없었다. 그런 것일까. 그래서 검을 들어 자신의 위험을 돌아보지 않고 야스노스케와 대치했다―.

"뭐, 이것도 억측이다."

파도에 떠내려갈 뻔한 배의 키를 다잡아 원래의 진로로 돌려놓으려는 듯이 노부교는 밝은 말투로 말했다.

"자네들도 히라타 겐파쿠 님과 아코 무사들 중에는 주군의 신경증을 알고 있었던 자도 있고 그렇지 않은 자도 있고, 각기 다 달랐을 거라는 이야기를 했지? 모든 것은 과거의 일. 알 길이 없지."

부교는 오하쓰와 우쿄노스케의 얼굴을 번갈아 쳐다보며 말했다. "두 사람 다 배가 고프지는 않은가? 뜨거운 물에 밥이라도 말아오게 하지. 벌써 밤도 깊었는데."

부교의 말에 오하쓰의 어깨에서 힘이 빠졌다. 우쿄노스케도 길게 숨을 내쉬었다.

오마쓰는 재빨리 뜨거운 물에 밥을 말아 가져다주었다. 밥이 뱃속에 들어가고 나서야 오하쓰는 비로소 몹시 지쳐 있었다는 사실을 깨달았다.

"어르신."

우쿄노스케가 젓가락을 내려놓으며 말했다.

"앞으로 저희가 무엇을 할 수 있을까요. 나이토 야스노스케의 영혼―스케고로에게 씌어 있는 사령을 어떻게 하면 진정시킬 수 있을 거라고 보십니까?"

노부교는 한동안 대답하지 않았다. 이윽고 희미하게 입가에 미소를 띠고, "오하쓰 너는 어떻게 생각하느냐?" 하고 물었다.

"모르겠어요."

정말로 모르겠다.

"그럴 테지. 이것만은 그저 신불의 가호를 기원할 수밖에……." 말하다 말고 부교의 얼굴에서 웃음이 사라졌다. "하지만 우쿄노스케."

"예."

"우리 억측이 만일 옳다면 크게 조심해야 할 일이 한 가지 있다."

우쿄노스케는 당혹스러운 얼굴을 했다.

"모르겠느냐? 기라는 멸망했다. 하지만 아사노는 어떻지? 가나데혼 주신구라—세상 사람들의 마음을 치유하며 즐겁고 기쁘게 해 주는 훌륭한 연극이지만 주신구라 때문에 아코 무사들의 이름은 후세에 오랫동안 전해지고 빛나고 있지."

"그렇군요." 우쿄노스케는 눈을 크게 떴다. 오하쓰도 무릎을 치고 싶은 기분이었다.

"나카무라 극장에 신경을 써야겠군요."

"스케고로 씨가—사령이 다음에 노릴 곳은 오노야의 리에 씨이거나 백 년 후인 지금도 살아남아 있는 아코 무사의 전설이거나."

"만일 우리의 악몽 같은 억측이 옳다면 말이다."

쥐죽은 듯 조용한 여름밤, 부교소의 안채 다다미방에 노부교의 목소리가 무겁게 울렸다.

제5장 백 년 만의 원한 갚기

1

 도리초의 파수막에 갇혀 있는 스케고로, 즉 나이토 야스노스케는 한때 그랬듯이 기둥을 흔들며 날뛰는 일은 없어졌지만 항상 눈에 핏발이 선 채 깨어 있는 동안에는 주위를 노려보고, 잠들어 있을 때도 소심한 서기가 흠칫거릴 정도로 크게 으르렁거리는 모습에는 변함이 없었다.
 이번 달 근무조인 관리인 이헤가 허물없이 지내는 사이라 그나마 다행이지만 사실 스케고로를 어떻게 다루어야 좋을지는 로쿠조 역시 아무리 생각해도 알 수 없었다.
 되는 대로 오센이나 나가지 살해에 대한 죄를 씌워 부교소로 끌고 가면 되느냐 하면, 그럴 수도 없다. 부교소의 조사는 그렇게 설렁설렁하지 않다. 무엇보다 아무리 맹한 요리키라 해도 스케고로를 한 번만 보면 정상적인 상태가 아님은 금방 알 수 있을 것이다. 제대로 죄를 물어야 할지 망설일 것이 틀림없다. 게다가 분명히 범인이 틀림없느냐고 물었을 때 지금의 로쿠조는 '예, 이러이러한 증거가 있습니다'라고 말할 수가 없다.

"여우에 홀린 거라고 생각하면……."

마찬가지로 어떻게 해야 할지 몰라 조금 지친 얼굴을 한 채 이혜가 말을 꺼냈다.

"유시마에 평판 좋은 무당이 있다는 이야기를 들은 적이 있으니 알아보면 어떨까."

로쿠조는 쓴웃음을 지었다. "굿이라도 한판 벌여 달라고 해서 여우를 떼어낸다는 방법인가?"

"그렇게는 안 되려나?"

"공교롭게도 스케고로의 몸속에 자리 잡고 있는 것은 유부 한두 장에 끌려나올 만큼_{일본에는 여우가 유부를 좋아한다는 속설이 있다} 어수룩한 사람이 아닌 것 같네."

스케고로는 거의 밥도 먹지 않고 물도 마시지 않은 채 지내고 있었다. 로쿠조도 어떻게든 어르고 달래어 밥을 먹이려고 애를 써 보았지만 주먹밥도 국그릇도 거들떠보지 않는다.

'이대로 놔두었다간 스케고로의 몸이 버티지 못할 텐데.'

뼈가 불거져 나온 다리를 아무렇게나 늘어뜨리고 있는 스케고로를 곁눈질하며 로쿠조는 생각했다.

'혹시 스케고로가 죽으면 깃들어 있던 나이토 야스노스케의 영혼도 함께 처치할 수 있을까? 아니, 그렇게 되지는 않을 테지. 또 다른 사람에게 씌어서…….'

아미타불, 아미타불. 생각하고 싶지도 않은 일이다.

그러던 차에 오하쓰와 우쿄노스케가 우선 수수께끼는 풀렸다며 일련의 이야기를 해 주었다. 로쿠조에게는 쉽게 믿기 힘든 말뿐이었지만 일단 앞뒤는 맞는 것처럼 들린다. 어차피 어린 누이가 이상한 힘을 보이기 시작한 후로는 이런 일만 계속되어 왔으니 새삼 화를 낼 끼닭도 없다.

"오하쓰, 이러면 어떠냐. 오노야의 안주인과 스케고로를 만나게 해 보는 거야."

오하쓰는 단호하게 고개를 저었다. "그런 짓을 했다간 안주인의 목숨이 위험해질 거예요."

스케고로가 밧줄을 풀고 리에에게 덤벼들기라도 하면 큰일이라는 것이다.

"나이토 님의 영혼은 리에 씨를 찾아다니고 있으니까요. 백 년 전과 똑같은 비극을 되풀이하기 위해서 말이에요. 만나게 하다니 말도 안 되는 일이에요."

"그래……? 난 안주인을 통해서 스케고로 속에 들어가 있는 나이토 야스노스케를 달랠 수는 없을까 했다만."

"무리일 거예요."

무엇보다 오노야의 리에는 자신의 몸에 그런 이상한 일이 일어나고 있다는 사실을 전혀 모르고 있다는 말에 로쿠조도 고개를 끄덕일 수밖에 없었다.

"어쨌든 지금은 스케고로 씨의 상태를 가만히 지켜봐야 해요. 그럴 수밖에 없을 것 같아요. 어떤 일이 있어도 스케고로 씨를 놓치지 않도록 해야 하고요."

그러면 나이토 야스노스케의 사령도 리에에게나 나카무라 극장에 있는 아코 무사들에게 아무 짓도 할 수 없으리라.

"그렇군." 로쿠조는 마지못해 인정했다.

하지만—그로부터 며칠 후, 스케고로를 어떻게 하느냐는 난제에 생각지도 못한 방향에서 또 다른 어려운 문제가 더해졌다.

"다쓰조가?"

"예, 죄송합니다, 대장님."

오후 다섯 시가 되어 갈 무렵이었다. 나가지가 살해되었을 때도 달려왔던 마쓰키치가 시마이야를 찾아왔다. 그의 대장인 후카가와의 다쓰조가 다름 아닌 스케고로의 처우에 대해 로쿠조와 이야기를 하고 싶다는 것이다.

"대체 무슨 일인가?"

원래는 로쿠조도 분키치가 재난을 당했을 때 억지를 써 가며 스케고로를 도리초로 끌고 와 버린 일에 대해서 미안함을 느끼고 있었다. 하지만 다쓰조와는 막역한 사이다. 이렇게 정면에서 불평을 해 올 거라고는 솔직히 말해서 생각도 못했다.

마쓰키치는 한여름의 땀과 함께 식은땀도 흘리고 있었다. 팔로 끊임없이 얼굴을 닦으면서 그저 송구스러워할 뿐이다. 오요시가 보다 못해 큼직한 찻잔에 물을 한 잔 가져다주고 마쓰키치가 다 마실 때까지 걱정스러운 얼굴로 옆에 붙어 있었다.

"진정하세요, 마쓰키치 씨." 오요시는 달래듯이 말했다. "우리 남편과 다쓰조 대장님은 어릴 때부터 알고 지내던 사이고, 좋은 일도 나쁜 일도 함께해 온 사이잖아요. 그러니 널빤지가 입에 처넣어진 것처럼 우물거리지 않아도 돼요. 제대로 말해 보세요."

"너무하십니다. 아무리 저라도 널빤지를 입에 물 수는 없어요."

마쓰키치는 입이 큰 것으로 유명하다. 두꺼비 입 마쓰라는 별명도 얻었을 정도다. 의외로 신경을 쓰나 보다.

오요시의 농담에 조금은 마음이 편해졌는지 마쓰키치는 겨우 땀이 가신 얼굴로 다시 로쿠조를 돌아보았다.

"저는 배운 게 없지만 바보는 아니니 우리 대장님의 생각 정도는 짐작이 갑니다."

"음, 음, 그래서?"

"대장님도 이렇게 저를 보내신 것을 보면 우선은 네가 가서 로쿠조 대장과 말을 맞추고 오라는 속셈이 있는 게지요. 우리 대장님은 움직일 수 없으니까요."

"어째서 움직일 수 없다는 겐가?"

"우리 대장님, 징계를 먹은 게 분명해요, 가타세 나리한테."

가타세 나리는 다쓰조가 모시고 있는 남쪽 행정 부교소의 도신이다. 로쿠조도 면식은 있지만 솔직히 말해서 그리 마음이 맞는 나리는 아니다. 거리의 치안을 담당하는 관직에 있기에는 지나치게 마음이 약한 면이 있다. 범인을 잡는 일 자체에 대해 마음이 약한 거라면 그나마 어떻게 할 수 있겠는데, 가타세 나리는 상부에 대해 저자세인 것이다. 덕분에 밑에서 일하는 사람들이 왕왕 피해를 입게 된다.

'아하, 또?' 로쿠조는 생각했다. 가타세 나리는 위에서 뭐라고 찔

러대자 뒷수습을 다쓰조에게 떠넘겼음이 틀림없다.

물어보니 마쓰키치는 목을 움츠리며 고개를 끄덕였다. "바로 그렇습니다, 대장님."

다쓰조는 가타세의 그런 성격을 잘 알고 있으니 대개의 일이라면 받아넘길 수 있을 것이다. 이번에는 스케고로가 두 아이를 연달아 죽인 사람일지도 몰라서 가타세 나리가 평소보다 더 허둥거리는 것일까.

"요컨대 가타세 나리는 후카가와에서 일어난 살인의 범인을 내가 붙잡아 두고 있다는 게 마음에 안 든다는 소리로군. 아니, 위에서 감찰하는 분께 그런 말을 들었겠지. 똑바로 좀 하라거나."

마쓰키치는 더욱더 이마에 땀을 흘렸다. "그렇습니다, 대장님. 게다가 또, 이번에는 좀 만만치 않은 사람이 가타세 나리를 야단친 모양이에요."

"누가 나섰다던가?"

스스럼없이 물은 로쿠조도 마쓰키치가 들먹인 이름을 듣고는 얼굴이 조금 굳어졌다.

"그게, 빨간 도깨비 후루사와 님입니다…… 다쓰조 대장님도 그래서 곤란해하고 있습니다, 예."

2

 오하쓰와 우쿄노스케는 아사쿠사 사루와카마치의 나카무라 극장에 있었다.

 이른 아침부디 오후 여섯 시까지 쉬지 않고 공연되는 가나데혼 주신구라는 이치카와 단조의 명연기를 한 번이라도 보려고 몰려든 사람들의 열기가 넓은 객석과 높은 천장 구석구석까지 피어오르고 있다. 연극은 마침 대단원 직전, 십 막째인 아마가와야 이야기에 접어든 참이었다.

 하루 종일 걸리는 연극 구경에 오하쓰도 우쿄노스케도 유람하는 기분으로 온 것은 아니었다. 다름 아닌 오노야의 도쿠베와 아내 리에가 오늘 이 연극을 보러 와 있었던 것이다.

 미리 약속해 두었던 대로 오늘은 아내를 나카무라 극장에 데려가기로 되어 있다고 도쿠베가 가르쳐 주었을 때 오하쓰는 미루는 게 좋겠다고 강하게 말렸다. 리에와 가나데혼 주신구라. 짜여진 듯 배우가 모두 한 자리에 모인다니 왠지 불길하게 여겨졌기 때문이다.

 도쿠베는 두 사람에게 역설했다.

 "식사도 주문해 두었고 아내는 이 연극을 볼 생각에 정말 많이 기대하고 있습니다. 게다가 우리 부부만이 아니고 조슈야의 젊은 부부도 함께 외출하기로 되어 있어요. 대체 무슨 구실을 붙여서 이제 와서 그만두자고 말할 수 있겠습니까. 아내는 자신에게 그런 일이 일어나고 있는 줄 모르는데요. 저도 설득할 방법이 없습니다."

분명히 지당한 주장이기도 하고, 이쪽에서 스케고로의 신병을 확실히 붙들어 두고 있는 이상 무턱대고 말릴 필요도 없겠지요—하고 달랜 사람은 우쿄노스케였다.

"대신 연극을 보는 동안 누군가 사람을 붙여 감시하면 어떨까요. 분키치도 좋고, 오하쓰 씨가 가셔도 되지 않을까요?"

"그럼 우쿄노스케 님은요?"

그렇게 해서 결국은 셋이서, 말하자면 오노야 주인 부부의 경호원이 된 기분으로 온 것이다.

오노야 주인 부부와 함께 온 조슈야의 젊은 부부는 무대 일층 정면의 자리에 사이좋게 나란히 앉아 있다. 다급하게 끼어든 오하쓰와 우쿄노스케는 무대가 한눈에 내려다보인다고 하면 듣기에는 좋지만 배우의 대사가 제대로 들리지 않는 무대 정면의 제일 뒷자리에 비좁게 앉아 있었다. 분키치는 "저는 꼼짝 않고 앉아 있는 건 질색이거든요"라며 객석에는 들어오지 않았다. 극장 쪽과 잘 얘기를 해서 입구 근처에 진을 치고 드나드는 사람들을 감시하고 있을 것이다.

원래 같으면 한껏 기대하고 보았을 연극이다. 하지만 지금은 오하쓰의 눈도 마음도 걸핏하면 무대에서 벗어나 오노야의 주인 부부—밝게 빛나는 리에의 옆얼굴로 빨려 들어가고 만다.

환상 속에서 본 리에의 모습과 정말 많이 닮았다. 환생이 아닌가 싶을 정도다. 하지만 오노야의 리에는 더없이 행복해 보였고 눈가에도 뺨 언저리에도 근심의 그늘 하나 드리워져 있지 않았다.

점심때가 되자 오노야 주인 부부들이 앉아 있는 곳에는 극장에 딸린 식당에서 도시락이 배달되었다. 도쿠베에게 바싹 기대어 젊은 부부에게도 신경을 써 주면서 리에가 식사를 즐기는 모습을 오하쓰는 멀리서 물끄러미 바라보았다. 문득 입술에서 힘이 빠지는 것을 느꼈다.

다행이다. 어쨌든 일을 막을 수는 있었다. 이제 더 이상 죽는 사람은 나오지 않을 것이다. 아니, 나오게 하지 않을 것이다.

때로는 귀찮기도 하고 차라리 없었으면 좋겠다는 생각이 들 때도 있는 자신의 힘에 오하쓰는 약간이나마 긍지 같은 것을 느끼고 있었다. 연극을 즐기는 오노야의 주인 부부―적어도 저 평화는 내가 있는 힘을 다해서 지켜내었다.

"오하쓰 씨는 작년에도 주신구라를 보셨지요?"

역시 무대보다는 오노야 주인 부부 쪽에 정신을 팔면서 우쿄노스케가 말을 걸었다.

"네. 작년의 연극이 큰 성공을 거두었기 때문에 올해도 하게 되었대요."

무대 위에서는 간페이가 의롭지 못한 자의 돈은 필요 없다며 쉰 냥을 돌려주러 온 두 명의 무사 앞에서 당장이라도 할복을 하려는 참이다. 주신구라에서도 가장 유명한 비운의 인물이 가장 멋지게 활약하는 장면에 객석 관객들은 숨을 죽이고 있다.

"올해는 작년과 달리 연극을 제대로 못 보신 게 아닙니까?"

조금 걱정스러운 듯이 우쿄노스케가 물었다. 오하쓰는 미소를 지으며 고개를 저었다.

"그렇지는 않아요. 연극은 연극. 즐거운걸요."

그래도―역시 속으로 생각하는 것은 있다.

나카무라 극장을 가득 메운 관객들의 열기를 어떻게 봐야 할까. 객석의 격자에서 몸을 내밀다시피 하고 있는 저 사람. 높은 관람석에서 아래층으로 이어지는 곳에는 위세 좋은 단체 손님이 있는데 맨 앞에서 끊임없이 분위기에 어울리지 않는 소리를 질러 대어 맨 뒷자리 부근에 있는 단골손님들은 싫은 얼굴을 하고 있다. 무대 뒤에 있는 가장 싼 자리까지 사람들이 가득 들어차 있다. 사람들의 훈김과 열기, 기름과 음식, 아교와 염료, 모든 것이 뒤섞인 냄새 때문에 머리가 조금 어질어질하다.

백 년 전, 성 안에서 칼부림 사태가 일어난 일련의 사건을 실제로 겪었던 사람들은 자신들을 끌어들이고 희롱한 운명의 흐름이 후세에 이처럼 빛나는 이야기로 남게 될 줄 조금이라도 생각해 보았을까. 사람들이 그들이 살아간 길, 죽어간 길에 갈채를 보내고 감동하며 몇 번이나 재현하고 지켜보겠다고, 아주 조금이라도 머리에 떠올려 보았을까.

만일 오이시 요시타카가 백 년 후인 지금 되살아나 주신구라를 본다면 어떻게 생각할까. 기라를 악으로, 그들을 선과 영웅으로 모시는 사람들의 편들기에 어떻게 답했을까.

생각을 하면 서글픈 기분도 든다.

"역시 피곤하기는 하네요."

우쿄노스케가 말하며 이마의 땀을 닦았다. 오하쓰는 웃으며 그에게 수건을 내밀려던 그때 사람이 빼곡히 들어찬 객석을 누비며 이쪽으로 다가오는 분키치의 얼굴을 보았다.

"왜 그러세요, 분 씨?"

재빨리 살펴보았지만 오노야 부부의 모습에는 이상한 점이 보이지 않는다.

분키치는 빠른 어투로 말했다. "신키치가 심부름을 왔습니다. 후루사와 님께 알리는 것이 좋지 않을까 한다면서."

"제게?" 우쿄노스케가 몸을 내밀었다.

"예. 스케고로의 신병 때문에 일이 좀 귀찮아진 모양입니다. 후루사와 님의 아버님이 우리 파수막까지 나오셨다는군요."

"스케고로의 신병?"

"예. 조사도 하지 않은 채 왜 스케고로를 거기에 가두어 두느냐면서요. 아주 집요하게 묻고 계신답니다."

사정을 듣자 우쿄노스케는 아주 잠시도 망설이지 않았다.

"가 보죠. 아버님이라면 그러시고도 남습니다. 비겁해요."

늘 온화한 그의 얼굴에 엄격하고 험악한 기운이 나타났다. 그것이 오하쓰를 두렵게 만들었다. 망설이기는 했지만 즐거워 보이는 오노야 부부의 옆모습을 눈으로 확인하고는 결심을 굳혀 분키치에게 뒤를 부탁하고 서둘러 우쿄노스케를 따라갔다.

3

"무슨 근거로 이자를 이곳에 붙들어 두고 있는지 얘기해 보라는 말일세."

후루사와 부자에몬은 얼굴 생김새와는 정반대로 굳이 말하자면 부드러운 목소리로 말했다.

이자란 물론 기둥에 묶여 있는 스케고로를 가리킨다. 턱짓으로 스케고로를 가리키며 부자에몬은 다시 로쿠조를 돌아보았다.

"인정할 만한 이야기를 해 주지 못한다면 이자는 다쓰조가 데려갈 걸세. 햣폰구이의 어린아이 살인과 관련이 있다면 다쓰조의 구역에서 일어난 일이지. 조사는 원래 후카가와에서 해야 할 일이 아닌가."

로쿠조는 기둥에 묶여 머리를 축 늘어뜨리고 입가에 침을 흘리며 이쪽을 노려보고 있는 스케고로의 모습을 힐끗 보았다.

인정할 수 있는 이야기를 해 봐라, 그러니까 그것은, 하고 벌써 몇 번이나 같은 대화를 되풀이했는지 모른다. 여기서 부자에몬과 얼굴을 맞댄 후로 삼십 분은 지났다. 이러니저러니 이야기를 나누는 사이에 좁은 파수막 안에 피어오르는 험악한 분위기는 허공에 손을 뻗어 건져낼 수 있을 만큼 짙고 무거워져 갔다.

로쿠조는 배에 힘을 주었다. "외람된 말씀이오나 후루사와 님, 몇 번이나 말씀드렸다시피 스케고로라는 남자에게는 마루야의 오센 살해 혐의도 걸려 있습니다. 마루야는 제 구역에 있는 가게고요. 제게도 제—."

부자에몬은 험악하게 손을 내저으며 로쿠조를 가로막았다. "그렇다 해도 그저 막연히 스케고로를 이곳에 붙들어두는 것은 이해할 수 없는 일일세. 오카노나 이시베에게도 물어보았는데 로쿠조, 자네는 스케고로에 대해서 제대로 된 조사를 하고 있지 않다면서."

오카노는 마루야 사건 때 조사를 나왔던 도신이고, 이시베 마사시로는 로쿠조와 친한 나리다. 어느 쪽에서도 지금 부자에몬이 말한 불평을 들은 적은 없다. 무엇보다 오카노 나리는 이 일에 대해서는 자신 밑에 있는 오캇피키를 부려 조사하고 있을 테고 로쿠조에게는 기대도 하고 있지 않을 것이다.

'그렇군, 생트집을 잡으려는 것이로군.' 로쿠조는 생각했다. 생트집이 근거는 역시—.

다쓰조가 조심스럽게 끼어들었다. "후루사와 님, 전에도 말씀드렸지만 스케고로라는 남자에 대해서는 저도, 로쿠조도 서로 잘 이야기해서 일을 진행하고 있는 중입니다. 아마 스케고로가 두 건의 어린아이 살해의 범인이 틀림이 없을 것 같습니다만……."

다쓰조, 고맙네, 하고 로쿠조는 내심 두 손 모아 인사했다. 스케고로가 오센이나 나가지 살해와 관련되어 있다는 이야기는 지금까지 다쓰조에게는 한마디도 하지 않았다. 그도 자못 놀랐을 텐데 우선 지금은 말을 맞춰 주고 있는 것이다.

"틀림없다고 생각하지만." 다쓰조가 말을 이었다. "다만 지금 스케고로는 보시다시피 이런 꼴입니다. 미친 사람 같은 상태로는 조사는 물론이고 여기에서 움직이기도 여의치 않다는 것이 저희의 본심입니다. 우선 스케고로가 조금이라도 정신을 차릴 때까지 여기에 붙들어 두자는 것은 제 생각이기도 하고요. 모쪼록 지금은 그만 화를 가라앉혀 주시면 안 되겠습니까."

서기를 밖으로 내쫓고 대신 책상에 앉아 있던 이헤가 무뚝뚝하게 고개를 끄덕였다. 입 밖에 내지는 않지만 이야기가 시작된 처음부터 지금까지 계속 속으로 '애초에 심문관 요리키가 이런 일에 나서는 게 아니지'라고 이혜가 생각하고 있으리라는 것을 로쿠조는 알 수 있었다.

"그럼 한 가지 더 묻지." 부자에몬은 조금도 웃지 않는다. "로쿠조, 자네 미사키초 부근에서 무엇을 하고 있는 겐가? 부하들을 움직이고 있다는 이야기가 얼핏얼핏 들리던데. 미사키초도 자네 구역 밖이 아닌가?"

솔직히 말하면 의외의 추궁이었다. 분명히 미사키초에는 오노야가 있고 리에가 있다. 오하쓰에게 이야기를 들은 후 기억을 해 두려고 그도 직접 찾아가 안주인의 얼굴을 보고 왔고 분키치를 보내 이웃의 평판을 조사하게 하기도 했다. 그러나 부자에몬이 거기까지 알고 있을 줄은 몰랐다.

"자네들이 조사하고 다니는 것은 주머니 가게 오노야의 주인 도쿠베와 안주인 리에라는 얘기도 들었네. 목적이 뭔가? 스케고로와 관련이 있는 일인가?"

그때 파수막 문이 드르륵 열리고 부르는 소리가 들려왔다.

"아버님."

로쿠조는 놀라서 문을 돌아보았다. 우쿄노스케가 서 있다. 이마에 땀이 가득 배어 있고 숨도 거칠다. 바로 뒤에는 오하쓰가 바싹 붙어 있었는데 커다란 눈을 더욱 크게 뜨고 굳은 얼굴을 하고 있었다.

후루사와 부자에몬은 천천히 장남을 향해 돌아섰다. 말없이 아들을 응시했다.

우쿄노스케는 순간 분명히 기죽은 기색을 보였다. 하지만 입술을 악물고 두 다리에 힘을 주어 버티고 서서 아버지를 노려보았다.

부자에몬은 지금까지와 똑같이 상냥하다고도 할 수 있는 목소리로 물었다.

"너는 여기서 뭘 하고 있는 게냐?"

"제게는 제게 주어진 임무가 있습니다. 그것을 하는 중입니다."

"임무." 말을 입속에서 굴려 보고 부자에몬은 비웃듯이 되풀이했다. "그렇군, 임무라."

"그렇습니다." 우쿄노스케의 말꼬리는 떨리고 있었지만 말투는 단호했다.

"아버님, 아버님이야말로 여기서 무엇을 하고 계시는 겁니까? 아버님은 원래 로쿠조 씨나 다쓰조 씨처럼 현장을 뛰어다니는 사람들과는 다른 위치에 계시지 않습니까. 이런 곳에 오셔서 이렇게 해라, 저렇게 해라, 지시를 내리시는 일 자체가 잘못이라고 생각합니다."

이렇게 나오다니—하며 로쿠조는 내심 혀를 찼다. 다쓰조도 부자에몬이 볼 수 없는 곳에서 얼굴을 찌푸리고 있다.

"내게도 내 임무가 있다."

부자에몬은 빨간 도깨비의 입을 누그러뜨리며 험악해 보이는 웃음을 띠었다.

"어떤 임무입니까?"

일그러진 입가에 웃음을 걸친 채 부자에몬은 지금까지 로쿠조 일행을 향해 했던 말을 아들에게 되풀이해서 들려주었다.

우쿄노스케는 일언지하에 말했다. "그것은 트집입니다, 아버님."

후루사와 부자에몬의 눈썹이 움찔 움직였다. 우쿄노스케 뒤에서 흠칫하며 몸을 움츠리는 오하쓰가 로쿠조에게는 보였다.

"트집이라고?"

"그렇습니다." 우쿄노스케는 강직하게 말을 이었다.

"아버님도 이런 트집을 잡으시는 것이 부당하다는 것을 잘 아시지 않습니까. 정말로 하시고 싶은 말씀은 따로 있을 텐데요."

부자에몬의 목소리가 땅 밑에서 솟아오르는 것처럼 낮아졌다. "그게 무슨 뜻이냐."

"아시잖습니까. 아버님은 제가 로쿠조 씨 밑에서 함께 일하는 것을 불만스럽게 생각하시지요. 그래서 이렇게 에두른 방식으로―."

로쿠조가 말리려고 끼어들기 전에 부자에몬이 걸터앉아 있던 귀틀에서 일어섰다. 매우 재빨랐다.

눈 한 번 깜박일 새도 없었다. 지키신카게 파의 고수에게 어울리는 한 치의 틈도 없는 움직임이었다. 바람조차 일으키지 않고 겨우 두 걸음 만에 우쿄노스케에게 다가가더니 오른손을 들었다. 그는 다음 순간에 우쿄노스케가 파수막 벽에 내동댕이쳐졌을 정도의 기세로 그의 뺨을 호되게 내리쳤다.

"무슨 짓을 하시는 겁니까!"

이헤가 우쿄노스케에게 달려갔다. 오하쓰도 그를 감싸듯이 팔을 벌렸지만 안경이 먼지투성이가 되어 날아가고 입술에서 피를 흘리면서도 우쿄노스케는 오하쓰와 이헤를 밀어내며 상반신을 일으켰다.

"이제 기분이 풀리셨습니까, 아버님."

그의 목소리도 떨리고 있었다. 이상하게도 로쿠조는 떨림 속에서 격정과 동시에 일종의 놀리는 듯한 울림을 느꼈다.

"아버님은 늘 그러시지요. 저나 어머님께 늘 그런 식으로 대해 오셨어요. 말 따윈 통하지 않아요. 당신에게는 마음이라는 것이 없으니까요, 아버님."

"그만하십시오, 후루사와 님."

로쿠조는 날카롭게 말하며 우쿄노스케와 부친 사이에 끼어들었다. 후루사와 부자에몬이 당장이라도 검에 손을 댈 것처럼 보였기 때문이다.

하지만 그것은 로쿠조가 잘못 본 것이었다. 부자에몬은 두 손을 몸 옆에 늘어뜨리고 도깨비처럼 투박한 얼굴을 더욱 험악하게 일그러뜨리며 물끄러미 장남을 내려다보고 있었다. 숨을 헐떡이는 것은 우쿄노스케뿐이고 부친은 머리카락 한 가닥도 떨지 않았다.

갖다 대면 소리라도 날 듯 아슬아슬할 정도로 팽팽하게 채워진 침묵이 좁은 파수막 안에 흘렀다. 평소 같으면 귀에 거슬리고 불온하게 들리기까지 하는 잠든 스케고로의 숨소리가 오히려 평화롭게 느껴진다. 그렇다, 스케고로는 아까부터 자세도 바꾸지 않고 계속 잠들어 있었다.

길게 느껴졌지만 실제로는 두세 번 숨을 쉴 정도의 시간에 지나지 않았는지도 모른다. 후루사와 부자에몬이 신을 끌며 큰 걸음으로 걸어나가 장지문에 손을 댔다. 드르륵, 탁, 하고 기분 좋은 소리를 내며 나갔다. 빨간 도깨비 커다란의 모습이 사라졌다.

갑자기 파수막 안이 넓어진 것처럼 느껴졌다. 우쿄노스케가 손을 들어, 깨져서 빠진 안경을 고쳤다.

"이가 부러지지 않아 다행이에요."

우쿄노스케의 부어오른 입술을 젖은 수건으로 누르면서 오하쓰는 말했다.

"후루사와 님께는 놀랐습니다." 로쿠조도 말했다. "두 분의 후루사와 님 모두에게 놀랐다는 뜻입니다. 후루사와 님이 아버님을 향해 그런 말을 하실 줄은 생각도 못했거든요."

다쓰조는 자세한 이야기는 나중에—라고 약속하고 서둘러 돌아갔다. 파수막 안에는 오하쓰와 우쿄노스케, 로쿠조, 이헤, 여전히 코를 골며 자고 있는 스케고로가 있을 뿐이다.

우쿄노스케는 안경을 벗으니 묘하게 분별 있는 어른스러운 얼굴이 되었다. 그런 얼굴로 눈가를 살짝 붉힌 채 오하쓰의 보살핌을 받으며 로쿠조의 말을 듣고 있다가 이윽고 조용히 입을 열었다.

"저는 옛날에 한 번 아버지 손에 죽을 뻔한 적이 있었습니다."

오하쓰는 수건을 떨어뜨릴 뻔했다. 턱을 문지르고 있던 로쿠조의 손이 멈추었다. 어린아이처럼 뺨을 괴고 있던 이헤가 앞으로 털썩 고꾸라졌다.

우쿄노스케는 일그러진 웃음을 띠며, "놀라게 해서 죄송합니다. 하지만 사실입니다."

"대체…… 무슨 말씀이셔요?" 저도 모르게 묻고 나서 오하쓰는 허둥지둥 덧붙였다. "아니, 저희가 들어도 되는 이야기라면 말이에요."

"상관없습니다. 지금까지는 다른 사람에게 이야기한 적이 없었던 일이지만 그런 모습을 보였으니 이제 와서 숨길 이유도 없겠지요."

물을 청하더니 오하쓰가 길어다 준 물을 맛있게 마시고 나서 우쿄노스케는 이야기를 시작했다.

"십 년이나 전, 제가 일곱 살 때의 일입니다. 밤에 방에서 자고 있던 저는 누군가 격렬하게 말다툼을 벌이는 소리에 잠에서 깨었습니다. 잠시 동안 귀를 기울여 보니 아버지와 어머니의 목소리라는 것을 알 수 있었지요. 어머니는 울고 있었습니다. 정말 괴로운 듯한 울음소리였습니다."

우쿄노스케는 침상에서 일어나 부모님의 침소로 달려갔다.

"숨이 막힐 정도로 무서워서 견딜 수가 없었습니다. 부모님을 부르고 나서 장지문을 열려고 했지만 그러지도 못하고 머뭇거리고 있는데 아버지의 고함 소리가 뚝 그치고 잠시 후 안쪽에서 장지문이 드르륵 열렸습니다. 그 앞에 아버지가 버티고 서 있었지요."

그때의 얼굴을 지금도 잊을 수가 없다고 그는 말했다.

"제가 아는 아버지의 얼굴은 거기 없었습니다. 뭐라고 할까―아버지의 얼굴을 몹시 추하게 쭈그러뜨린 후 따뜻한 사람의 피나 피부의 온기를 제거해 버리고 남은 찌꺼기가 있는 것처럼 보였습니다."

부자에몬은 우쿄노스케의 모습을 발견하고는 그의 멱살을 잡아 어머니 쪽으로 떠밀었다. 어머니는 아직 잘 준비를 하고 있지는 않았지만 핏기가 가신 얼굴에 머리카락은 흐트러져 있었으며 띠는 다 풀어져 가고 있었다.

"어머니는 저를 껴안고 온몸으로 감싸 주었습니다. 저는 영문도 모른 채 그저 무서워서 어머니에게 매달리면서도 저를 내려다보는 아버지의 얼굴에서 눈을 뗄 수가 없었어요. 아버지는―."

방구석에 걸려 있던 검으로 날듯이 걸어가 검집에서 검을 뽑아 들고 모자 쪽으로 돌아왔다.

"처음에는 술에 취한 건가 했지만 그렇지 않았습니다. 하지만 그때의 아버지는 제정신이 아니었던 것 같습니다. 제정신으로 할 수 있는 일이 아니었어요."

아내와 아들에게 검을 들이대며 후루사와 부자에몬은 이렇게 말했다.

"부정한 자식과 함께 죽여 주겠다고."

"부정한 자식?"

믿을 수 없는 기분으로 되풀이한 오하쓰에게 부드럽게 고개를 끄덕이면서 우쿄노스케는 말했다.

"그렇습니다. 아버지는 저를 어머니가 다른 남자와 정을 통해 낳은 부정한 자식이라고 생각하고 있었습니다. 그 생각은 지금도 마찬가지인 것 같습니다. 아버지의 마음속에는 의심이 뿌리 깊게 남아 있겠지요. 매우 깊은 상처가 되어 아버지를 괴롭히고 있는 듯합니다."

"어머님을 부정한 사람이라고 하다니…… 어떻게 그런 의심을."

이야기 도중에 할 말을 잃은 로쿠조에게 우쿄노스케는 미소를 지었다.

"게다가 부정의 상대가 아버지의 동생이라니요."

"동생?"

그럼—.

"그렇습니다. 로쿠조 씨와 오하쓰 씨도 잘 아시는 제 숙부, 오노 주메이입니다."

우쿄노스케의 어머니는 열다섯 살의 나이에 부자에몬에게 시집을 왔다. 원래는 상인의 딸로 태어났지만, 당시 부자에몬의 윗사람 집에서 하녀로 고용살이를 하다 그녀를 마음에 들어 한 윗사람이 형식적인 양녀로 맞아들여 요리키인 후루사와 가에 시집을 오게 된 것이다.

"당시 숙부님은 이미 산학의 길에 발을 들여놓은 터였지만 유람은 떠나지 잃고 형과 같은 지붕 아래에서 실고 있었습니다. 어머니는 서민 출신이고 아버지는 아시다시피 우락부락한 사람이니 굳이 말하자면 아버지보다 숙부님이 어머니에게는 마음 편한 상대였을지도 모릅니다. 사실 어머니가 시집을 왔을 무렵에 그런 분별없는 소문이 나돈 적은 있었던 모양입니다."

우쿄노스케는 부은 입술 끝을 살짝 어루만지며 얼굴을 찌푸렸다.

"하지만 저는 아버지가 의심하는 일이 어머니와 숙부님 사이에 있었으리라고는 생각하지 않습니다. 하물며 제가 숙부님의 아들이라는 일은 있을 수 없습니다."

로쿠조가 조심스럽게 물었다. "그 일에 대해서 누군가와 이야기해 보셨습니까?"

"어머니와는 이야기하지 않았습니다. 숙부님과도 분명하게 이야기를 나누어 본 적은 없습니다. 하지만 숙부님의 분위기나, 무엇보다도 어머니와 숙부님의 사람 됨됨이를 보아 저는 그렇게 생각합니다. 아버지도 마음 깊은 곳에서는 부정의 의혹은 말도 안 된다고 생각하는 것 같은데······."

우쿄노스케는 고개를 저었다. "아니, 모르겠습니다. 모르겠어요. 아버지는 아직도 의심을 풀지 않았는지도 모르지요. 그래서 아까도 그렇게 화를 낸 거겠지요."

"그것은 우쿄노스케 님이 아버님을 마음이 없는 사람이라고 말씀하셨기 때문이잖아요."

오하쓰가 중얼거리자 우쿄노스케는 미안하다는 듯이 어깨를 움츠렸다.

"오하쓰 씨, 아버지는 정말로 그때부터 마음을 버린 것 같습니다. 그러지 않고서는 어머니와 살아갈 수가 없었겠지요. 아버지는 누구보다도 강하게 어머니를 연모하지 않았나 싶습니다. 한편으로는 아무래도 부정에 대한 의심을 버릴 수 없어서 괴로움에서 도망치기 위해서는 마음을 잘라내고 돌처럼 되어 버리는 방법밖에 없었는지도 모릅니다."

우쿄노스케의 옆모습을 바라보면서 오하쓰는 문득 마음에 떠오른 것을 말해 보았다. "우쿄노스케 님, 아버님의 의심이 아직도 풀리지 않은 채―아니, 오히려 늘어났을지도 몰라서 우쿄노스케 님은 산학의 길로 나아가지 못하시는 건가요?"

"그렇습니다. 제가 있으면 아버지를 괴롭게 할 뿐이에요. 말할 필요도 없는 일이지만, 숙부님을 많이 닮은 제 외모도 아버지가 의심을 품는 한 가지 원인입니다. 세상에는 얼굴 생김새가 많이 닮은 숙부와 조카가 얼마든지 있는데 의심의 늪에 빠져 있는 아버지의 눈에는 보이지 않아요. 모든 것이 흐려지고 일그러져 보이는 것이지요. 여기에 숙부님과 같은 재능까지 발휘했다간 아버지는 더욱더 궁지에 몰리고 말 겁니다."

"그래서 산학을 버리고 아버님의 뒤를 이으시려는 건가요? 부정에 대한 의혹을 풀겠다는 이유만으로?"

오하쓰는 목소리에 힘을 주었다. "참 이상하군요. 우쿄노스케 님은 우쿄노스케 님이고 누구를 위해서 살아가는 것도 아닌데. 왜 그렇게 생각하시나요?"

"오하쓰."

"오히쓰야."

미리 짜기라도 한 것처럼 로쿠조와 이헤가 한 목소리로 타일러서 오하쓰는 입을 다물었다. 하지만 하고 싶은 말은 아직 더 있었다.

"괜찮습니다." 우쿄노스케는 미소를 지으며 로쿠조를 올려다보고 이어서 오하쓰에게 시선을 옮겼다.

"저는 잘못 생각하고 있는지도 모르지요. 오하쓰 씨처럼 자신이 가진 힘을 살리며 살아갈 수 있는 분의 눈에는 큰 잘못을 저지르는 것처럼 보일지도 모르고요. 그러나 제게는 다른 길이 없습니다."

우쿄노스케는 몹시 어두운 눈을 하고 있었다.

"제 길은 그때—아버지의 손에 베여 죽을 뻔했던 그때 정해지고 말았는지도 모릅니다. 그때의 공포는 지금도 마음에 똑똑히 남아 있어요. 두 번 다시 아버지가 저를 죽이게 해서는 안 됩니다. 두 번 다시 그렇게 되어서는 안 돼요."

"집으로 돌아가셔서 좀 쉬시지요." 로쿠조가 말했다. "얼굴색이 파랗습니다. 오요시에게 말해서 상처도 꼭 치료하시고요."

상처는 괜찮다고 말했지만 로쿠조가 더욱 강하게 권하자 우쿄노스케는 일어섰다.

"우선 옷을 갈아입고 얼굴을 닦는 게 좋을지도 모르겠네요."

오하쓰는 따라가려고 했는데 로쿠조가 소매를 잡아당기는 바람에 포기했다. 우쿄노스케는 혼자서 어깨를 축 늘어뜨린 채 파수막을 나갔다.

그의 모습이 보이지 않게 되자 로쿠조와 오하쓰는 단숨에 기력이 빠진 것처럼 나란히 귀틀에 걸터 앉았다.

등 뒤에서 이헤가 마른 한숨을 쉬었다.

"관리님 댁에도 여러 가지 일이 있군. 후루사와 님이라면 대단한 가문인데."

"대단한 가문이라서 더 복잡한지도 모르지."

오하쓰는 양손으로 뺨을 누른 채 말없이 앉아 있었다. 우쿄노스케를 생각하면 가슴 깊은 곳이 따끔따끔 아파 온다. 아픔이 가라앉기 전에는 도저히 제대로 생각을 할 수 없을 것 같았다.

그렇게 멍하니 있을 때 주위가 묘하게 조용하다는 것을 깨달았다. 아니, 조용한 것은 당연하지만 방금 전까지 들리던 소리가 지금은 들리지 않았다. 그것이 마음에 걸렸다.

뭘까? 무슨 소리가―.

흠칫해서 고개를 들었다. 로쿠조가, "뭐야? 왜 그러느냐?" 하고 묻는다.

숨소리다. 스케고로의, 코를 고는 것 같은 숨소리가 들리지 않는다. 오하쓰는 펄쩍 뛰다시피 돌아보았다.

스케고로는 바닥에 앉아 다리를 아무렇게나 뻗은 채 방금 전과 무엇 하나 달라지지 않은 자세로 주저앉아 있었다. 머리도 축 늘어뜨리고 있다. 단 하나 방금 전까지와는 다른 점이 있었다.

눈이다. 눈을 뜨고 있다. 계속 뜨고 있다. 스케고로는 숨이 끊어져 있었다.

"오라버니, 스케고로 씨가 죽었어요!"

로쿠조가 신을 신은 채 다다미방으로 뛰어올라가 스케고로 옆에 몸을 굽혔다. 손바닥을 그의 코 밑에 대어 보더니 굳은 얼굴로 고개를 끄덕였다. "숨이 멎었어."

"이거, 큰일이군." 이헤가 말하며 밖으로 달려 나갔다. "당장 의원을. 겐안 선생님을."

뒤에 남은 오하쓰와 로쿠조는 무시무시한 사실을 머리에 떠올리면서도 서로 말을 입 밖에 내는 것을 미루듯이, 창백해진 얼굴을 마주 보고 있었다.

오하쓰의 눈에는 지금 스케고로 원래의 모습이 보이고 있었다. 듣던 대로 마음 약해 보이는 키만 훌쩍 큰 젊은이다.

"오라버니." 오하쓰는 간신히 목소리를 낼 수 있었다. "나이토 야스노스케의 영혼은 어디로 갔을까요?"

"모르겠다. 나는 모르겠고 생각하고 싶지도—."

로쿠조는 비명 같은 목소리로 말했지만 오하쓰는 생각하고 있었다. 떠올리고 있었다.

방금 전까지 우쿄노스케가 이곳에서 한 이야기를. 그의 표정을. 아득한 눈을. 친아버지의 손에 죽을 뻔했을 때의—.

'공포는 지금도 마음에 똑똑히 남아 있어요.'

죽음. 죽음에 대한 생각. 사령은 마음속의 그런 빈틈을 파고들어 오는 것이 아니었던가.

"아아, 어떡하지요. 우쿄노스케 님이에요, 오라버니!"

4

 사람으로 가득한 나카무라 극장. 무대는 때마침 십일 막, 고노 가※ 정문 습격 장면이다.
 나카무라 극장은 정면 출입구가 십삼 간 이 척이고, 이층으로 되어 있는 객석에 손님이 가득 들어차면 천 명도 넘는다. 사람들의 눈은 지금 무대 가운데로 난 길을 따라 입장해 무대 중앙에서 큰북을 울리는 오보시 요시카네에게 못 박혀 있지만 오하쓰는 연극을 볼 경황이 없었다.
 다쓰조에게도 도움을 청했고, 분키치 등이 패를 나누어 무대 정면 일층이나 정면 아래로 덮쳐 들어가 우쿄노스케의 모습을 찾고 있다. 연극에 몰입해 있는 관객들 사이를, 빈틈으로 다리를 집어넣듯이 누비며 걸어가는 그들의 머리 움직임이 오하쓰에게는 잘 보였다.
 하지만 가장 중요한 우쿄노스케는 없다.
 일층 자리에 있는 오노야 주인 부부 옆으로는 로쿠조가 달려갔다. 그들을 설득해―지금 막 일어섰다. 로쿠조가 앞장서서 우선 그들을 극장 밖으로 도망치게 하려는 것이다. 그들이 자리에서 일어서는 모습을 지켜보고 나서 오하쓰는 시선을 떼었다. 저쪽은 오라버니에게 맡겨두면 된다.

크게 숨을 들이쉬었다가 내쉬며 오하쓰는 마음을 가라앉히려고 노력했다. 지금이야말로, 이런 때에야말로 마음의 눈을 써야 하지 않겠는가.

보였으면 좋겠다. 많은 사람들의 머리 사이로 나이토 야스노스케의 망집에 찬 얼굴이.

정문을 부수며 복수를 결의한 무사들이 고노 가로 쏟아져 들이긴다. 박수가 일었다. 제일 뒷자리에서 사람들이 함성을 지른다. 그런 가운데 오하쓰는 오로지 마음의 눈에만 집중한다. 어딜까, 어딜까, 어딜까.

오하쓰의 필사적인 마음 밑바닥에서 억누를 수 없는 슬픔이 치밀어 올라 어떻게 할 수도 없을 만큼 마음을 어지럽혔다.

나이토 야스노스케의 사령은 다른 사람의 몸으로 옮겨갈 때 볼일이 끝난 몸의 주인을 죽인다. 기치지도 그랬고 스케고로도 그랬다.

같은 일이 우쿄노스케의 몸에도 일어난다면, 오하쓰는 이제 두 번 다시 그의 느긋하게 웃는 얼굴을 볼 수 없어진다. 오하쓰의 눈에 비치는 것은 우쿄노스케의 몸에 씌어 있는 나이토 야스노스케의 얼굴뿐. 야스노스케를 쫓아내면 우쿄노스케의 얼굴은 돌아오겠지만, 그 얼굴은 더 이상 숨을 쉬지 않을 것이다. 이제는 웃거나 안경을 밀어 올리거나 '오하쓰 씨' 하고 불러 주는 일도 없을 것이다. 두 번 다시 없을 것이다.

'아니요, 이번에야말로, 이번에야말로 그렇게 되도록 놔두지는 않겠어요.'

눈을 깜박여 눈가에 배어 나오는 눈물을 뿌리치고 오하쓰는 나카무라 극장의 열기 속에서 얼굴을 들었다.

그때 애타게 찾던 사람의 목소리가 등 뒤에서 들려왔다.

"오하쓰 씨."

로쿠조는 무대 정면 자리에서 내려가려고 오노야 주인 부부를 이끌고 통로로 나갔다. 관객들은 대단원을 맞은 무대에 정신이 팔려 거의 이쪽을 쳐다보려고도 하지 않았지만 사람이 가득한 극장 안이라서 생각보다 시간이 걸렸다.

"여보, 대체 무슨 일이에요?"

오노야의 리에가 길 잃은 어린아이처럼 불안한 얼굴로 남편의 소매에 매달리면서 물었다.

"얘기는 나중에 하지. 어쨌든 이 사람 말대로 따라가도록 해요."

오노야의 도쿠베가 속삭이며 안주인 리에를 꼭 껴안는 것을 지켜보고 로쿠조는 걸음을 서둘렀다.

등 뒤의 객석에서 큰 환성이 일었다. 땔나무 창고에 숨어 있던 고노 모로나오—기라 요시나카를 아코 무사들이 마침내 찾아낸 것이다. 연극은 이제 가장 마지막에 결정적인 장면을 보여 주는 대목으로 접어들었다.

그때 어디에선가 커다란 그림자가 나타나 앞에 버티고 섰다.

로쿠조는 시선을 들어 그 사람의 얼굴을 보았다.

"당신은—."

오하쓰 바로 뒤에 우쿄노스케가 있었다. 우쿄노스케의 얼굴이 있었다. 오하쓰에게 보였다.

그는 변하지 않았다.

"왜 이런 곳에 계시는 겁니까?"

안경을 벗은 얼굴을 가까이 들이대며 그는 빠른 말투로 그렇게 물었다. 오하쓰는 안도한 나머지 당장은 아무 말도 할 수 없었다.

"우쿄노스케 님이야말로 여기서 무엇을 하시나요?"

그러자 그는 굳은 얼굴로 침착하지 못하게 주위를 재빨리 둘러보며 대답했다. "저는 아버지를 쫓아왔습니다."

"후루사와 님을?"

"그렇습니다. 파수막을 나온 후 여기저기 돌아다니며 머리를 식히고 있었습니다. 아버지에게 그런 말을 내뱉은 이상 저는 후루사와 가를 나와야 한다고 생각했지요. 그래도 이대로 모습을 감출 수는 없으니 일단은 집으로 돌아가서 적절한 모양새를 갖추고 나와야겠다고 생각했습니다."

핫초보리로 향해 가다가 집이 가까워 오자 교대하듯이 밖으로 나가는 부자에몬의 모습을 발견했다.

"아버지에게서도 뭔가 심상치 않은 기색이 느껴졌습니다. 아버지도 저와 마찬가지로 뭔가 결의를 한 것인지도 모른다고 생각했어요. 몰래 뒤를 밟아 보니 아버지는 오노야로 향했습니다. 그 후에 이곳으로."

오하쓰의 목덜미 털이 곤두섰다. 후루사와 부자에몬의 몸으로 옮겨간 나이토 야스노스케는 오노야에서 리에가 있는 곳을 알아내고 곧장 이곳으로 온 것이다.

"이 안에 섞여들고 나니 아버지가 어디에서 무엇을 하고 있는지 전혀 알 수가 없군요. 게다가 오하쓰 씨가 이곳에—."

곤혹스러워하는 우쿄노스케의 말을 한쪽 귀로 들으면서 머리를 돌렸을 때 위층 객석의 맞은편, 여기에서는 직접 보이지 않는 곳에서 여자의 큰 비명 소리가 나는 것을 오하쓰는 똑똑히 들었다.

후루사와 부자에몬은 로쿠조와 오노야 주인 부부 앞에 버티고 서더니 천천히 칼을 뽑았다. 물끄러미 바라볼 수 있을 정도로 천천히. 검날에 새겨진 문장紋章을 볼 수 있을 정도로 천천히. 그 동작은 뱀이 사냥감에게 달려들기 전에 매끄럽고 느릿한 움직임으로 똬리를 푸는 모습과 매우 비슷했다.

하얀 검날을 보고 오노야의 리에가 비명을 질렀다. 쥐어짜 낸 목소리가 높은 천장 구석구석까지 울려 퍼졌다.

앞길이 막힌 로쿠조는 재빨리 뒤로 뛰어 피하며 오노야 주인 부부를 밀어냈다.

"도망치십시오! 저쪽으로!"

여자의 비명.

연극 도중에 느닷없이 막이 내리기라도 한 것처럼 무대 위의 배우들은 움직임을 멈추었다. 관객들의 술렁거림도 뚝 끊겼다.

오하쓰와 우쿄노스케는 맞은편 관객석 중앙에 못 박힌 듯이 우두커니 서 있었다. 주위의 손님들은 아직 앉아 있었지만 사람들의 얼굴에서는 뚜렷한 표정 같은 것이 사라지고 없었다. 모두들 귀를 기울이고 있었다. 방금 그것은 무엇일까? 비명인가? 환성인가? 장난일까, 진짜일까? 다음에는 무슨 일이 일어날까?

그때 "도망쳐!" 하고 외치는 소리가 그들의 얼굴과 얼굴, 귀에서 귀로 울려 퍼졌다. 잠시의 공백이 또렷하게 변사^{弁士}의 빛깔을 띠었다. 그 빛깔이 나카무라 극장의 구석구석까지 큰 화재의 연기처럼 달려가는 것이 눈에 보인다.

"오라버니예요!"

로쿠조가 오노야 주인 부부를 감싸면서 구르듯이 달려 도망쳐 온다. 도망치는 로쿠조를 쫓고 있는 것은 후루사와 부자에몬. 그의 손에는 뽑아든 검이 빛나고 있다. 누구의 눈에도 무대의 소도구로는 비치지 않았다. 그제야 무슨 일이 일어나려는지 깨달은 관객들이 일제히 술렁거리며 일어섰다.

로쿠조는 짓테를 번득여 부자에몬을 막고 오노야 주인 부부는 그 사이에 무대로 도망친다. 소방복을 입은 배우들은 어떤 사람은 도망치고 어떤 사람은 우두커니 서 있었다. 그 가운데 다부진 목소리가 울리고 그 사람이 다른 사람들에게 지시를 내리는 모습을 오하쓰는 얼핏 들었다. 저 사람이 이치카와 단조일지도 모른다.

우쿄노스케와 오하쓰는 객석에서 글자 그대로 구르듯이 뛰어내렸다. 소란을 피우며 우왕좌왕하는 손님들 사이를 뚫고 무대만을 향해 앞으로 나아간다.

악몽이 그대로 연극이 되어 오하쓰의 눈앞에 펼쳐지고 있었다. 그런 기분이 들었다. 배우들도 위험을 피해 도망친 무대 위. 무대 뒤쪽 객석에서 뛰어내린 후루사와 부자에몬이 과감하게 버티고 선 로쿠조를 슬쩍 받아넘기면서 검 끝을 리에와 도쿠베에게 향하고 서서히 간격을 좁히려고 한다.

"리에……."

나이토 야스노스케의 망집이 서린 목소리가 백 년의 세월을 거쳐 되살아났다. 오노야의 도쿠베는 아내를 등 뒤로 감싸며 홀린 듯이 후루사와 부자에몬을 바라보고 있었다.

"왜—관리님, 왜 이런."

도쿠베에게는 나이토 야스노스케의 얼굴은 보이지 않는다. 보이는 것은 오직 갑자기 그들 부부를 베려고 하는 풍채도 당당한 요리키의 모습뿐이다. 오하쓰는 무대로 뛰어올랐다.

"나이토 야스노스케."

존칭도 없이 이름을 부르자 부자에몬의 얼굴이 이쪽을 향했다. "당신은 여기에 있을 사람이 아니야. 당신의 리에 님은 더 이상 이곳에는 없어. 자, 얼른 원래 있던 곳으로 돌아가!"

부자에몬의 검 끝은 움직이지 않고 오노야 주인 부부도 꼼짝달싹할 수가 없다. 단련된 검의 고수의 움직임에는 오하쓰나 오노야 주인 부부는 물론이고 로쿠조조차 쉽사리 대항할 수 없었다.

"아버님!" 우쿄노스케가 새된 목소리로 불렀다. "아버님, 정신 차리십시오. 왜 아버님이 그런 망집의 영혼에 씌게 되신 겁니까."

부자에몬은 깨어나지 않았다. 오하쓰의 눈에는 오직 리에를 자기 것으로 만드는 것, 다시 죽이는 것만을 생각하는 나이토 야스노스케의 광기 어린 얼굴이 똑똑히 보였다.

"우쿄노스케 님."

감싸듯이 앞으로 나선 로쿠조의 짓테 뒤로 숨으면서 오하쓰는 불렀다.

"아까 우쿄노스케 님은 아버님에게 베여 죽을지도 모른다고 생각했을 때의 두려움을 지금도 똑똑히 기억한다고 하셨지요."

우쿄노스케가 오하쓰를 올려다보았다. 창백한 얼굴에 눈만이 빛나고 있다. "그렇습니다."

오하쓰는 부자에몬의, 야스노스케의 얼굴에서 시선을 떼지 않고 말을 이었다. "그때 죽음의 공포, 사랑하는 사람의 목숨을 빼앗기는 것에 대한 공포에 뼛속 깊이 떤 것은 우쿄노스케 님만이 아니었어요. 아버님도 두려움에 영혼이 오그라드는 기분을 맛보셨지요. 오늘까지 쭉, 그것을 잊지 못하셨어요. 그래서 파수막에서 우쿄노스케 님과 이야기를 나누었을 때, 과거가 생각났을 때, 사령이 파고들 틈을 보이고 만 거예요. 마음이 죽지 않았기 때문에요. 마음을 버리지 않았기 때문에요."

오하쓰는 목소리를 돋우었다.

"다른 누구보다도 아버님이 가장 마음 아파하고 두려워 떨고 계셨어요. 그렇지 않나요, 후루사와 님?"

"아버님." 우쿄노스케가 불렀다.

"그렇습니까, 아버님!"

후루사와 부자에몬의 빈틈없는 자세에 희미한 동요가 스쳤다. 눈동자가 움직였다.

"정신 차리세요, 아버님!"

거기까지였다. 순간 부자에몬의 마음에 닿은 우쿄노스케의 부름을 지우려는 듯이 부자에몬의 몸에 씐 나이토 야스노스케가 포효했다. 영혼이 부서질 것 같은 목소리에 모두들 한순간 그 자리에 못 박혔다.

부자에몬의 발이 바닥을 찼다. 하얀 칼날을 번득이며 눈은 오직 한 사람, 오노야의 리에만을 바라보고 있다. 사기^{邪氣}를 머금은 바람처럼 재빠른 움직임에 로쿠조마저 멀거니 서 있었다.

생각하기도 전에, 움직이려는 의사조차 생겨나기 전에 오하쓰는 옆으로 뛰어들었다. 양손을 벌리며 리에 앞으로 뛰어나갔다. 부자에몬의 검이 허공을 가르는 소리. 그 소리. 바람. 검 끝이 가슴으로 닥쳐든다. 오하쓰는 눈을 감았다.

"오하쓰!" 로쿠조가 외쳤다.

다음 순간 오하쓰의 눈꺼풀 안쪽에 불꽃이 튀었다. 캉 하는 소리가 울렸다.

검이 가슴에 꽂히는 충격은 느껴지지 않았다. 자신의 몸 앞에 갑자기 벽이 생겨 칼을 튕겨 내었다―그것을 몸 전체로 느꼈다. 마치 갑옷을 입은 무사가 된 것처럼. 마치 방패의 보호를 받은 것처럼.

눈을 떠 보니 부자에몬은 검자루를 움켜쥔 손을 누르며 그 자리에 무릎을 꿇고 있었다. 그의 안에 있는 나이토 야스노스케가 보였다. 크게 부릅뜬 눈은 충혈되어 있고 관자놀이에 파란 힘줄이 돋아 있다. 그는 거친 숨을 내쉬면서 처음으로 약간 겁을 먹은 듯이 오른쪽 어깨를 뒤로 당기고 있었다.

'무슨 일이 일어난 것일까?'

베인 줄 알았던 가슴에 손을 대었을 때, 오하쓰의 머릿속에 불빛이 커졌다. 저도 모르게 입이 벌어졌다. 직감이, 전율이 오하쓰의 몸을 뚫고 지나갔다.

미늘 갑옷이다. 소중하게 가슴에 넣어 둔 미늘 갑옷이 나를 지켜 주었다. 나이토 야스노스케의 검을 막아 주었다.

생각할 것은 아무것도 없었다. 오하쓰는 품에 손을 넣어 미늘 갑옷을 꺼냈다. 그것은 든든하고 묵직하게 손바닥을 채웠다.

마음을 담아 아주 잠깐 그것을 움켜쥐고 나서 오하쓰는 부자에몬을 바라보았다. 나이토 야스노스케를 응시했다. 지금 일어서려 하고 있다. 지금 이쪽으로 다가온다. 오하쓰는 팔을 들어 손에 들고 있던 미늘 갑옷을 있는 힘을 다해 나이토 야스노스케의 얼굴을 향해 집어 던졌다.

"아버님!" 우쿄노스케가 외쳤다. 로쿠조도 뭐라고 소리쳤다.

미늘 갑옷은 정확하게 부자에몬의 이마에 맞아 마치 의사를 가진 물건처럼 그곳을 감쌌다. 갑자기 부자에몬은 마치 뜨거운 물이라도 뿌려진 것처럼 고통의 소리를 지르며 이마에서 그것을 벗겨내려고 버둥거리기 시작했다. 허공에 칼을 휘두르고 발을 구르며 미친 듯이 날뛴다.

움직이려고 해도 움직일 수가 없는지 로쿠조가 목구멍 깊은 곳에서 신음하는 소리를 내고 있었다. 우쿄노스케도 오노야의 주인 부부도 이 모습에 아무 말도 하지 못하고, 그렇다고 도망치지도 못하고 오히려 홀린 듯이 바라보고 있다.

오하쓰의 눈에는 마치 꼭두각시처럼 보였다. 괴로워하며 버둥거리는 나이토 야스노스케의 얼굴 너머로 창백해지고 경련하면서 그저 경악에 넋을 잃고 있는 진짜 후루사와 부자에몬의 얼굴이 보인다. 야스노스케, 부자에몬, 야스노스케, 부자에몬. 겉과 속. 빛과 그림자. 알맹이가 있는 것과 없는 것이 하나의 몸속에서 겹쳤다 떨어졌다―.

마침내 나이토 야스노스케가 부자에몬의 얼굴에서 미늘 갑옷을 벗겨냈다. 하지만 그 한순간 그는 눈이 먼 것처럼 크게 비틀거렸다. 오하쓰의 눈에 보이는 야스노스케의 모습도 엷어지기 시작했다. 팔에서 힘이 빠지고 검이 내려갔다.

로쿠조는 그때를 놓치지 않았다. 튕기듯이 움직여 곧장 부자에몬을 향해 덤벼들었다.

오노야의 주인 부부가 도망친다. 오하쓰와 우쿄노스케는 그들을 감싸며 부자에몬과 맞붙은 로쿠조가 무대 끝 쪽까지 굴러가는 것을 보았다.

다시 나이토 야스노스케의 힘이 되돌아왔다. 그의 모습이 되살아났다. 순간 로쿠조는 어린아이처럼 튕겨 나가고 야스노스케의 광기 어린 눈이 리에를 찾아 사방으로 움직였다.

무서운 나머지 무릎이 후들거려서 서 있는 것이 고작인 상황인데도 그때 오하쓰는 등 뒤에서 불어오는 이상한 바람을 느꼈다. 따뜻하게 등 뒤를 지키고 감싸며 오하쓰에게 용기를 주는 이상한 바람을.

문득 양손을 펴고 내려다보니 소매와 손목, 손가락 끝까지 엷고 밝게 빛나고 있었다. 그리고 귓속에 다무라 저택의 기이한 돌이 우는 소리를 들었을 때도 들은 적이 있는 수많은 발소리가, 칼이 부딪치는 소리가, 미늘 갑옷이 서로 스치는 소리가 선명하게 되살아났다.

'습격이다…….'

나이토 야스노스케는 시대의 부조리한 권력에 희생된 사람이었다. 아코의 무사들이 그랬던 것처럼. 기라 저택의 사람들이 그랬던 것처럼.

아코 무사들은 그것이 부조리하다는 것을 알면서도 피를 흘리고 희생을 치르며 할복을 함으로써 저항의 형태를 남겼다. 그러니 나이토 야스노스케는 거기까지 다다르지도 못하고 희생자에서 패배자로 떨어진 남자였다.

그렇기 때문에 생긴 망집이다. 갑자기 눈이 번쩍 뜨인 기분이었다. 오하쓰는 깨달았다.

리에에 대한 마음과 마찬가지로 강하게, 나이토 야스노스케의 영혼은 시대의 권력에 선명한 저항을 보여 준 아코 무사들이나 깨끗하게 운명에 승복해 인내의 길을 선택하며 흩어져 간 기라 가 사람들에게 지우기 어려운 증오를 품고 떠돌고 있다. 아코 무사 중 한 명의 손에 의해 이 세상에서 쫓겨난 것도, 그들이 같은 입장에 있으면서도 자신과는 너무나도 행동방식이 달랐던 것에서 생겨난 얄궂은 운명이었다.

다무라 저택의 정원석이 소리를 내어 알려 주려던 것은 이런 것인가. 과거의 큰 잘못, 운명에 희롱당한 사람들의 비극이 한 남자의 사령을 보다 선명한 형태로 되살아나게 하려고 한다. 그것을 막아 달라고.

'막겠어요.' 오하쓰는 마음속으로 외쳤다. '그러니 부디 힘을. 부디 제게 힘을 빌려 주세요.'

로쿠조와 우쿄노스케를 어린아이처럼 내던진 야스노스케가 오하쓰의 등 뒤로 도망친 리에를 쫓아 다가온다. 오하쓰는 일단 뒤로 물러나며 무기를 찾아 주위를 둘러보았다. 그때 무대 옆에서 누군가가 달려와 오하쓰의 손에 무언가 무거운 것을 내밀었다.

창이었다. 소도구로 쓰는 창이었다.

"이것을." 누군가의 목소리가 말했다. 거칠게 파도치며 야스노스케를 치겠다는 생각만으로 스스로를 지탱하고 있는 오하쓰의 마음의 눈에는 그 사람의 얼굴이 보이지 않았다. 다만 검은 솜옷의 소매와 무언가 무거운 사슬 같은 것이 서로 부딪치는 금속의 소리가 귀에 들어왔을 뿐이다.

"이것을 쓰십시오."

목소리를 들었을 때 오하쓰는 또 다시 이번에는 몸속에 이상한 바람이 가득 차는 것을 느꼈다. 두 손이 빛나는 것을 느꼈다.

망집을 끊어 주십시오.

오하쓰는 창을 양손에 들고 고개를 힘차게 끄덕인 후, 다시 나이토 야스노스케를 향했다. 그는 겁먹은 기색도 보이지 않고 리에를 찾아 돌진해 온다.

"나이토 님, 이제 마지막입니다!"

오하쓰가 눈을 감고 있는 힘껏 내지른 창끝에 충분한 감촉을 느끼는 것과 동시에, 땅 밑에서 끓어오르는 것 같은 귀를 막고 싶어질 정도로 으르렁거리는 소리가 울려 퍼졌다.

"오하쓰!"

주위는 순간 대낮처럼 밝아졌다. 순식간에 어둠이 내렸다. 천 개의 달이 한꺼번에 빛났다가 한꺼번에 부서진 것 같았다. 둘 다 눈을 한 번 깜박일 정도의 시간에 일어난 일이다.

무대 위에 후루사와 부자에몬이 큰대자로 쓰러져 있었다. 우쿄노스케가 무릎을 꿇고 로쿠조가 손으로 그 몸을 받치고 있다.

나이토 야스노스케는 사라지고 없었다.

오하쓰의 몸에서 힘이 빠졌다. 몸속을 채우고 있던 그 이상한 바람과 빛이 사라져 간다.

흐물흐물 쓰러질 것 같아서 저도 모르게 손에 들고 있던 창을 지팡이 삼아 몸을 지탱했다. 하지만 창은 한 번 오하쓰의 몸을 받아내고는 어이없을 만큼 쉽게, 뚝 하는 소리도 내지 않고 부러지고 말았다. 오하쓰는 무대에 털썩 주저앉았다.

그때 어디에선가 무언가가 터지는 소리가 들려왔다.

타닥타닥…… 타닥타닥…….

불이다. 아직 끝나지 않았다. 야스노스케의 최후에는 늘 불이 따라다닌다.

"오라버니, 야스노스케 님, 빨리 도망쳐요!"

무대 옆의 연한 노란색 막에 불꽃의 혀가 보이기 시작했다. 연기가 앞길을 막으려고 흘러간다. 오하쓰 일행은 출구를 향해 달리기 시작했다.

"불이다!"

나카무라 극장을 가득 채우고 있던 손님들이 불과 연기에 쫓겨 앞다투어 도망친다. 무서운 나머지 주저앉아 버린 사람들이 좌석을 구분한 칸막이에 매달려 울고 있다. 고함과 울음소리가 어지럽게 섞이는 가운데 로쿠조가 가능한 크게 소리를 질러 한시라도 빨리 사람들을 밖으로 도망치게 하려고 여기저기에 지시를 내리는 말소리가 들려왔다.

도중에 딱 한 번 오하쓰는 뒤를 돌아보았다. 고노 가의 저택—무대 배경으로 세워진 저택 그림 지붕에 불이 퍼져 타오르고 있었다. 뺨으로 날아온 불똥이 뜨거워서, 오하쓰는 저도 모르게 손으로 뿌리쳤다.

눈을 떠 보니 그곳에는 조용히 눈이 내리고 있었다.

정말로 한순간의 환상이었다. 눈꺼풀 속에 남지도 않는, 그림자보다도 엷은 것. 하지만 높은 장대에 매달려 밝게 타오르는 등롱의 불빛과 하얗게 빛나는 눈의 색깔과 어지러이 뒤섞인 수많은 발자국과 진흙의 색깔이 분명히 그때 선명하게 눈에 비쳤다.

멀고 희미하기는 하지만 승리의 함성 소리가 들려온다.

"오하쓰 씨! 빨리."

우쿄노스케의 큰 목소리에 퍼뜩 정신이 들어 오하쓰는 주위를 둘러보았다. 불은 이제 바로 코앞까지 다가와 있었다.

그가 뛰어서 되돌아왔다. 오하쓰의 소매를 붙잡았다. "자, 빨리요! 우물쭈물하다가는 피하지 못합니다."

"우쿄노스케 님, 보셨어요?"

"무엇을 말입니까?"

"무대 위에서 눈이 내리고 있었어요."

두 사람은 잠시 우두커니 서 있었다. 타오르는 불꽃이 두 사람의 얼굴을 비추고 피부를 태우는 바람이 불어온다.

이윽고 우쿄노스케가 조용히 말했다. "모든 일이 끝났다는 증거입니다, 오하쓰 씨."

오하쓰는 천천히 고개를 끄덕였다.

"자, 가요."

오하쓰는 몸을 돌려 도망치기 시작했다. 무대를 내려가는 마지막 계단에 발을 딛었을 때 고노 저택의 그림이 불꽃을 머금고 쿵 떨어졌다.

5

"어르신은 이번 일을 어떻게 적으실 건가요?"

나이토 야스노스케의 최후로부터 얼마쯤 시간이 지나 오하쓰는 다시 노부교가 있는 관사를 찾았다.

일전에 보았던 다친 새끼 참새는 이미 없고 빈 새장이 왠지 쓸쓸해 보인다.

"글쎄, 어떻게 적을까."

느긋하게 손을 품속에 넣어 팔짱을 끼며 노부교는 미소를 지었다.

"있는 그대로 쓰기에는 지장이 있는 부분도 있겠지. 오하쓰 너는 어찌 생각하느냐?"

오하쓰도 마주 웃었다. "어르신께 맡기겠어요."

어차피 주신구라 연극과 수많은 일화들은 앞으로도 시간을 뛰어

넘어 진실과 거짓과 지어낸 것들이 뒤섞이면서 오랫동안 전해질 것이다. 네기시 야스모리라는 분은 거기에 어떤 일화를 덧붙일까. 그것이 또 후세 사람들의 눈에 어떻게 비칠까. 아직 나이가 어린 오하쓰로서는 짐작도 할 수 없는 일이다.

짐작도 할 수 없는 일이라고 하니 생각나는데 무대 위에서 오하쓰에게 다가와 창을 건네준 인물도 결국 누구인지 알 수 없었다. 만일 그것이 요시카네를 연기했던 단조였다면 평생의 추억이 될 거라고 농담을 한 오하쓰였지만 사실은 단조였다고는 생각지 않는다.

그 사람이 단조였다면 무대 위에서 입을 소방복을 입고 있었을 것이다. 하지만 오하쓰가 본 그분은—.

분명히 검은 미늘 갑옷을 걸치고 있었다.

"오노야의 리에는 그 후 어떻게 지내고 있다더냐?"

"이제 완전히 예전처럼 돌아갔고 기묘한 병도 없어졌답니다."

오노야에서는 도코지 절의 무연고 무덤을 위해 계속 공양을 할 거라고 한다. 나이토 야스노스케가 잠들어 있는 무덤도 오노야 주인의 조치로 다시 훌륭하게 지어졌다.

"후루사와 님은……."

조심스럽게 물은 오하쓰의 얼굴을 보고 부교는 활짝 웃었다. "어떤 후루사와 말이냐? 아버지냐, 아들이냐?"

"어머나, 어르신."

그 일 이후 우쿄노스케와도 역시 만나지 못하고 있는 오하쓰다. 자유로운 평범한 서민인 오하쓰와 달리 우쿄노스케는 일련의 사건과 그 사건을 매듭지은 화재의 뒤처리에 쫓기고 있기 때문이다.

부자에몬은 그때 화상을 입어 한동안 요양이 필요하다는 이야기를 로쿠조가 해 주었다. 그가 극장 안에서 검을 뽑아들고 소동을 일으킨 것은 분명한데도 그 일에 대해 특별히 눈에 띄는 처분이 없는 까닭은 시치미를 떼고 있지만 어르신이 손을 쓰신 것이리라.

"우쿄노스케는 잘 지낸다. 한동안은 아버지를 대신해서 일하게 되겠지만 부자에몬의 몸이 회복되면, 그렇지, 우쿄노스케는 후루시외가를 나가게 될 게다."

오하쓰는 깜짝 놀랐다.

"의절—인가요?"

"아니, 아니." 부교는 느긋하게 손을 저었다. "간다에 있는 도장에 입문한다는구나. 세키 파 산학의 길을 추구하는 도장이라고 하던데."

어머나, 하며 오마쓰는 가슴 앞에서 손뼉을 쳤다. 저도 모르게 얼굴에 웃음이 떠오른다. "그러면 좋아하는 길을 선택하시는 거군요."

"조만간 또 시마이야로 찾아가겠다는 연락이 있었단다." 부교는 웃으며 말했다.

"그런 일이 있었으니 우쿄노스케도 세상 사람들의 관심이 식기 전에는 그리 홀가분하게 행동할 수는 없지. 그게 오하쓰 너나 로쿠조와는 다른 점이다. 만날 수 없어서 정말 아쉽다더구나."

오하쓰는 얼굴을 붉혔다. 부교는 말을 이었다.

"우쿄노스케는 이런 말도 하더구나. 오하쓰 씨는 타고난 힘을 살리며 살아가고 있다고. 두려워하지 않고 그렇게 하는 것이 얼마나 소중하고 기쁜 일인지 네게 배웠다고 말이다."

"제가 가르쳐 드린 게 아니에요." 오하쓰가 말했다. "사건을 통해서 우쿄노스케 님과 아버님 사이의 응어리가 풀렸기 때문에 자연스럽게 흐름이 정해진 거예요, 틀림없이."

"글쎄, 그것은 어떨지."

고개를 갸웃거리고 아직 더운 여름 햇살이 쏟아지는 정원을 바라보면서 네기시 야스모리는 말했다.

"다무라 저택에서는 정원석이 소리를 내며 움직이는 일을 멈추었다는구나."

"어머나."

"이제 소리를 내는 일은 없을 테지."

오하쓰는 생긋 웃었다. "하지만 『미미부쿠로』에는—."

"기이한 돌이 소리를 내며 움직이는 이야기."

"그렇게 적으실 거군요?"

"그래." 노부교는 미소를 지었다. "기이한 이야기라 여기에 적는다, 라고 말이다."

∽ ∾

　현존하는 『미미부쿠로』 6권에는 다무라 저택의 정원석이 소리를 내며 움직인다는 기술이 분명히 남아 있다. 그러나 기담에 얽혀 일어난 일들에 대해서는 일체 기록되지 않았다. 습격 사건으로부터 백 년의 세월이 지난 후에 다무라 저택의 돌이 흔들리며 소동을 피운 이유도 머나먼 어둠 속에 묻혔다. 도코지 절의 무연고 무덤도 지금은 없다.
　옛날, 나이토 야스노스케가 광기에 사로잡혀 저지른 일을 막은 것이 정말로 마음을 독하게 먹고 기라를 치기로 결심하여 거사를 목전에 두고 있던 아코 무사 중 한 명이었는지—기라보다 오히려 당시의 권력이 적이었고, 기라 저택 습격은 결코 의거가 아니라는 것을 알고 있었던 아코 번의 주군 잃은 무사 중 한 명이었는지도 확인할 길은 없다.
　하지만.
　반슈_{현재의 효고 현 남서부} 아코 시에 있는 아사노 가의 위패를 모신 가가쿠지 절에는 두 장이 한 쌍을 이루는 족자, 〈의사^{義士} 출정의 그림〉이 보존되어 있다.
　가가쿠지의 4대 주지가 그린 이 족자는 이제 막 기라 저택을 습격하려는 마흔일곱 명의 무사들의 모습을 선명하게 그려낸 것이다. 정문을 맡은 스물세 명, 뒷문을 맡은 스물네 명 한 사람 한 사람의 복장에서부터 얼굴까지 멋지고 생생하게 그려져 있다. 그러나 그 가운데 단 한 사람, 아코의 역사를 그리며 이곳을 찾아와 올려다보는 사람들 앞에, 몸을 뒤로 돌려 얼굴이 보이지 않는 의사가 있다.

가가쿠지 절에서 발행된 문서에도 왜 그 사람만 얼굴이 없는 모습인지에 대한 이유는 일체 기록되어 있지 않다. 그는 무엇 때문에 등을 돌리고 있을까.

물음에 대답하는 목소리는 없다. 현재를 살아가는 우리는 다만 단호하게 이쪽을 향하고 있는 등을 바라보며 본디 영광스러워야 할 출정의 그림에 등을 돌린 모습으로 그려지기를 바랐던 아코 무사가 있었다는 사실을 아련하게 생각해 볼 뿐이다.

옮기고 나서

 미야베 미유키 여사의 한계는 어디일까요. 요즘 미야베 미유키 제2막을 섭렵(?)하면서 문득 그런 생각이 들었습니다. 특히 이 작품은 작가로서의 미야베 미유키 씨가 얼마나 풍부한 상상력과 재능을 갖고 있는지를 여실히 보여 주는 작품이 아닐까 합니다. 게다가 소설로서의 재미까지 갖추고 있으니 금상첨화지요. 미야베 월드 제2막을 사랑하는 분이라면 놓치지 말아야 할 작품 중 하나라고, 감히 말씀드리고 싶네요.

 안녕하세요, 또 시대물로 인사드리게 되었습니다. 『괴이』를 여름에 작업했던 것 같은데 어느덧 겨울. 세월이 정말 화살처럼 빠르네요. 읽을 때는 참 즐거운데 작업할 때면 괴로운 시대물입니다. 하지만 괴로운 건 저 하나고, 좋은 책 만드느라 애써 주시는 북스피어 편집부 여러분이나 읽어 주시는 독자 여러분께는 즐겁기만 했으면 하는 바람입니다. 다행히 이번 작품은 신나게 읽을 수 있는 액션 판타지 모험 활극!! 칼싸움도 나오고(액션) 신비한 힘을 가진 주인공에 (판타지) 살인 사건을 해결하기 위해 동분서주하는 형사들(모험 활극)도 나온답니다!!

권두에도 인용되어 있는 『미미부쿠로』의 한 대목에서 이 작품은 시작합니다. 『미미부쿠로』는 본문에도 소개되어 있듯이 네기시 야스모리라는 사람이 에도 시대의 기이한 이야기를 모아 정리해 둔 책입니다. 전 10권으로 되어 있고, 이 작품의 모티브가 된 '기이한 돌이 소리를 내며 움직이는 이야기'는 그중 6권의 세 번째 이야기입니다. 미야베 미유키 씨는 이 에피소드를 또 하나의 에도 시대 인기작인 〈주신구라〉와 연결해서, 이 멋진 작품을 만들어 냈지요.

〈주신구라〉는 본래 가부키나 인형 조루리로 상연되었던 것이지만 현대에도 가부키 외에 연극이나 영화, 드라마로 만들어지면서 일본인들의 사랑을 받고 있는 작품입니다. 내용은 본문에도 소개되었듯이 겐로쿠 14년(1701)에 일어났던 일명 '겐로쿠 아코 사건'을 소재로 한 것으로, 처음에는 사건이 있은 2년 후인 1703년에 소가 형제의 복수라는 내용으로 각색되어 상연되었으나 사흘 만에 상연 금지 처분을 받았다고 합니다. 이때는 아직 〈가나데혼 주신구라〉라는 제목은 아니었습니다. 당시 에도 막부에서는 동시대의 무가 사회의 사건을 상연하는 것을 금지하고 있었기 때문에, 무대를 다른 시대로 옮기고 등장인물도 역사상의 다른 인물로 바꾼 경우가 많았다고 하네요. 1706년에 다케모토 극장에서 지카마쓰 몬자에몬 작作〈바둑판 태평기〉가 상연되었고, 그 후에도 가부키나 조루리의 인기 상연작이 되어 여러 작품이 만들어졌는데, 그 집대성이 바로 1748년에 상연된 인형 조루리 〈가나데혼 주신구라〉입니다.

영화로는 1907년에 처음 만들어졌고, 그 후 80편 이상의 작품이 만들어졌을 정도라고 하니 그 인기를 미루어 짐작할 수 있겠죠? 1964년에는 NHK에서 드라마로도 만들어졌는데, 평균 시청률이 30%를 넘었고 순간 최고 시청률은 53%에 이르렀다고 합니다. 패러디 작품들까지 합치면 그야말로 수백 편의 관련작이 만들어진 셈이고요. 주인공 오하쓰가 살았던 교와 시대에도 〈가나데혼 주신구라〉는 큰 인기를 누렸던 것으로 묘사되고 있지요. 충의를 지키기 위해 목숨을 바치는 무사들의 이야기는 어느 시대에나 사람들의 마음에 어필하는 매력이 있나 봅니다. 게다가 본문 중에도 언급되다시피, 사건 자체에 명쾌하지 못한 점이 많다 보니 상상의 여지도 풍부해서 작품화하기에는 안성맞춤이 아니었을까 싶습니다. 미야베 미유키 씨도 그런 점에 착안해서 이 작품을 쓰셨겠지요.

북스피어에서 이전에 출간된 『혼조 후카가와의 기이한 이야기』나 『괴이』가 단편집이었던 것에 비해, 이번에는 『외딴집』 이후 오랜만의 장편입니다. 지금껏 국내에 소개된 미야베 여사의 시대물 중에서 미스터리성도 가장 뛰어납니다. 같은 장편이라도 『외딴집』처럼 어딘지 모르게 축축하고 무겁고 음울한 분위기는 전혀 느낄 수 없는, 박진감 넘치는 미스터리 스릴러랍니다. 올 겨울, 따뜻한 아랫목에서 함께하기에 제격인 소설이지요. 읽어 주신 분들도 그렇게 생각하셨으리라 믿습니다.

 늘 그렇듯이 많은 도움 주시고 챙겨 주신 북스피어 편집부 여러분, 고맙습니다. 개인적으로 힘든 일이 많았던 시기에 한 작업이라 다른 때보다 더 힘들게 일했던 것 같은데, 묵묵히 기다려 주시고 격려해 주셔서 큰 힘이 되었습니다. 이 책이 2008년의 마지막 작업이 될 것 같은데, 한해 동안 여러 가지로 정말 감사했습니다. 다가오는 2009년에도 모쪼록 잘 부탁드립니다. 그리고 한해 동안 함께 해 주신 독자 여러분, 고맙습니다. 새해에도 계속될 미야베 월드 제2막, 계속 응원해 주시고 사랑해 주시면 기쁘겠습니다. 항상 건강하세요!!

2008년 겨울, 김소연 드림

초판 1쇄 발행 2008년 12월 19일

지은이	미야베 미유키
옮긴이	김소연
발행편집인	김홍민 · 최내현
편집장	임지호
책임편집	추지나
마케팅	유덕형
표지디자인	이혜경디자인
용지	화인페이퍼
출력	스크린출력
인쇄	현문
제본	현문
독자교정	박용진, 송정의, 정지용
펴낸곳	도서출판 북스피어
출판등록	2005년 6월 18일 제105-90-91700호
주소	(121-130) 서울특별시 마포구 구수동 16-5 국제미디어밸리 4층
전화	02) 701-0427
팩스	02) 701-0428
홈페이지	www.booksfear.com
전자우편	editor@booksfear.com

ISBN 978-89-91931-48-0 (04830)
　　　978-89-91931-29-9 (세트)

책값은 뒤표지에 있습니다.
파본은 구입하신 곳에서 교환해 드립니다